创始人

创业大计，始于足下

刘少勇 / 作品

河北出版传媒集团
花山文艺出版社

创始人目录

CONTENTS ▶▶

创始人目录

CONTENTS ▶▶

个个凶神恶煞，不提防不行。”他理着板寸，头发半白，方脸，蜡黄，胡子拉碴，病恹恹的，精神涣散，刚才威猛的气焰如回光返照，倏忽间消散了。

“搞什么鬼，傻不拉叽，就你那身板，还拿棍耍枪，别给敌人送武器了。发烧糊涂了？有事叫警察，搞不掂就躲，为云信这点儿破事，犯不上白搭条小命，弟妹那儿咋交差咧。一个字：蠢！俩字：愚昧！几天不见，人不人鬼不鬼，你不是早辞职走了？到底啥幺蛾子，我替你把脉。”“唉，一言难尽。”王工将握在手里的钢管竖在门侧，递过瓶矿泉水。“乱，随便坐吧。我留守这儿收拾残局，门卫都新派的，这里被政府暂时接管，我熟，请我回来配合协调，否则才懒得搭理这烂事。”

棕色真皮沙发旁，立着一个落地鱼缸，目测高两米，残损严重，被重物捶裂的痕纹呈放射状，刺眼。底部剩浅浅的水，浑浊不堪，散发着腥臭，水草杂乱，不见鱼的踪影。镶在画框里的簸箕大的五个字：海阔凭鱼跃，依然醒目地挂在墙上，镜面将窗外苍白的阳光反射进这间阴郁的房里。样品柜里的东西被扫荡一空，蒙着厚厚的灰尘，散落几粒干枯的老鼠屎。茶几上滴着污迹，搁着几碗麻辣方便面，黄褐的汤渍，残余在敞口的纸桶底，咸鱼渣滓，粘在报纸上。

王工喝口水润嗓子：“病来如山倒，让人措手不及，好乱。”

“那我问你答更省事，许总到底咋样了？”

王工蹙眉，苦脸摇头：“我也没准信。用‘失踪’这个词贴切些。”

“狗屁！失踪？不和没说一样？逃避追债就当失踪，当官的最喜欢用这词糊弄不明真相的广大群众。我和你几天未碰面，你也可以宣传我失踪，反正不在你眼皮底下，但我活得好好的。不和你瞎掰，云信欠我的加工款还有戏吗？”这是秦奋此行最关切的问题，玩失踪关老子鸟事。

王工面色难堪，手指那鱼缸道：“鱼都没了，还有活水？”

“算许强狠，和咱玩阴的。”秦奋冲动地从沙发上蹦起来，气呼呼地骂，“别让老子撞见，剐他皮！”

“你这算小意思，近百万的债主都有好几个。进来时，外面那些晃悠的，没为难你吧？他们通宵在这儿‘值班’，白忙活，这里的设备全被粘了封条，不许动，干瞪眼。”

“叮叮叮”，王工接听手机：“好的，我马上赶过来。”转身对秦奋说，“抱歉，下次再聊，事儿闹大了，我得赶去镇政府，有人煽动了几十名工人去那儿喊口号示威，讨拖欠两个月的工资。叫我去劝劝，都是熟人，不碍事。”“要我陪你吗？”“你别掺和，免得那些爷误会咱俩有瓜葛，天天盯你梢，嫌死人。我先去，你在院里逗留会儿，迟点儿走，照顾不周啊。”整得像特务似的，王工想得蛮全泛。

王工锁好门，还不放心，推了两把，和那老头用家乡话聊了几句，匆匆闪到门外，招的士绝尘而去。后面果然尾随辆外地车牌的面包车，窗户遮得密实，车距咬得很紧。

秦奋拨开树枝，踮起脚尖细瞅，几栋车间里死寂一片，昏暗却秩序井然，未遭任何破坏，流水线还堆码着半成品，工厂应该是突然停工，如断电般戛然而止。他拍拍身上沾的灰垢，啧啧叹了声，可惜了，一代枭雄就这么灰溜溜地谢幕了。

一个个谜团如雾浮起萦绕，秦奋启动轿车折返，长长的柏油路向前延伸，来和去都看不到尽头。树木、房屋、路人飞逝而去，车扎进了时光隧道里，三年前的一幕幕，生动地迎面扑来。

2. 活 命

几经折腾，共创公司总算开门，订单从何谋来？全球经济危机闹得正欢，小企业萧条凋敝，人心惶惶。秦奋挑此诡谲形势下办厂，事先也未掐算，不知世道会如此艰难。在别人恐慌时贪婪，在别人贪婪时恐慌。既然别人纷纷贱卖设备，工厂歇菜，秦奋铆足劲挤进这行，这些窘迫自然需坦然消受。但如此恶劣的市场局面，远远不是凡夫俗子能算计的。大企业产能疲软，小工厂嗷嗷待哺，一副饥渴的衰样。许多企业苟延残喘，岌岌可危，哪还有外发单漏出来？唉，天时不济。

秦奋纯凭一腔热情，初入塑料加工行当，实战经验贫乏。技术方面，虽有吴志鼎力支持，但终归是兼职，不能长驻现场指导，最让人怵头的，是连产品如何报价，秦奋都犯迷糊。

以前东流西窜跑业务时，秦奋搭识一帮生意伙伴，酒桌上的狐朋狗友，工厂未开张时，个个胸脯拍得山响，信誓旦旦地打包票："咱认识这个局长、那位大老板，关系海着呢，这点儿订单算个球！"

当草台班子搭妥，再向他们要订单时，要不就噤声，要不口气调到一致："不好意思，我也等米下锅。"或是："订单刚外发出去。不要急嘛，以后再逮机会！"表情丰富多姿，声线诚恳客气，瞅着那满脸的歉意，反倒让秦奋羞愧，何必为难兄弟，先反省，做深刻的自我批评。冉冉升起的希望蓦地被腰斩，只觉世事无常，自己卑微无能。生活的常态富有戏剧性，浸满了无奈，结果无法用逻辑推演。

工厂大门一敞开，啥事不做，开支近千元。天亮眼一睁，就要时刻想着欠别人的钱。万事俱备，只欠订单！该咋办？庸碌无为地混，还是怨天尤人？秦奋急躁上火，嘴角隆起火泡，奇痒肿胀，肉体时刻提醒他没单的痛苦。好运将我遗忘抛弃了？环境愈是艰险才愈有趣，如果能蹚出条生路来，那将意味着，在寒冷的岁月，将种子撒下，侥幸能倔强地存活；待到春暖花开时，生机勃发，必会长得壮实。什么都有可能，要永不言弃。哪怕撑到经济复苏黎明前的那一刻，也要将目光瞪到曙光里。所谓出路，唯有四个字：主动出击。

秦奋给所有"相好"拨电话，寒暄数句后，邀他们有空过来喝茶。然后，羞涩地宣布，"刚开了间小厂，记得关照。"秦奋嘴上打哈哈，内心五味杂陈，确实，小打小闹，未成气候不能吸引人，但他溢满信心，从这里蹒跚学步，有如雏鸟初啼，第一声叩问，虽嫩弱，但不啻铮铮誓言。头等大事——公司必须活下去。

秦奋成天猫在办公室，逡巡各专业网站散发广告帖，浏览那些芜杂又良莠不齐的信息。两眼熬得涩胀，腰杆酸疼。拧紧神经琢磨，第一脚如何踢开场面，挨门逐户拜访潜在的客户？还是宴请几位铁哥们，杀到饭店，觥筹交错间，给他们布置作业，调动周边的关系，捞个把订单。纠结呀！转机，总会不期而遇；奇迹，也许明天乍现，或在更遥远的明天萌芽。

第一份加工单，在秦奋的张罗下，何时翩然而至？

渴望着一根救命稻草来拯救，这并非耸人听闻。装修空置了两个月，置办机器调试，耗去个把月，三个月的租金刨去了几万块。面对毫无生气的工厂，账上的钱似流水漂逝，令人揪心和焦虑，如蜗行在浩瀚的沙漠上，荒凉茫然。有人嘲笑，先前没把握，盲目上马，这般草率冲动，难免酿成苦果，在劫难逃，活该。可尘世间事，哪有万无一失的保险？变化总比计划来得快，来得猛。

秦奋冥思苦想，一激灵，记起一位老同事：王工，和云信公司的许总合作整三脚架，有塑料配件！前阶段，许总盛情款款，特邀秦奋吃农家菜，向他讨教营销策略。既然这位大款有求于我，那我何苦惺惺作态地傲娇，不向他索讨点儿回报？也不枉我免费做市场顾问。他有的是米供应。

“王工，方便吗？我拾掇了几台注塑机，能发点儿单关照下不？”秦奋厚着面皮恳请。

“这个，行是行，但得请示许总。”王工笑得勉强。他没拒绝，意味着有戏。

秦奋心底振奋，有谱了。王工的尴尬处境，他能理解。许总叫许强，是绝对的大股东，身价近亿，由于厌倦了单纯的加工，正积极筹划产品线。王工占技术优势，被拉拢过去，名分上叫技术入股，实际家底儿都是许总兜着，王工作片绿叶陪衬。

“托你说叨两声，等你准信哦！”秦奋欣喜。

“没问题，我们还求你多指教呢。”王工并非恭维，在摄影器材这行当，要提营销，对秦奋而言，小菜一碟，满肚子馊主意。交换，用自己的强项，交换欠缺的东西，这叫资源互补，双赢。生意终归是生意，没有平白无故的施舍和帮助，更多的是相互利用或交换。

一周过去，没音信，秦奋急火了，无形的压力裹着他喘不过气来。原本业务出身，自诩有几把刷子，当初他拉帮结伙建厂，曾许诺，订单牢靠得很，如今等米下锅，岂不癫人说大话？他坐卧烦躁，如一尾被切的鲜鱼，架在炉火上烧，痉挛地蹦跶，吱吱冒白气，从外到里渐次烤透。每时每刻的焦虑，使秦奋如履薄冰，忐忑不已。不行，不能靠等，得主动搭讪，讨个前程。

“那事进展如何？”秦奋紧张地问。

那头静默了一阵：“我提过几次，许总没表态，不要急，再等等。”王工蛮有信心，反过来劝解。他实诚，不会蒙人。

这样拖下去，等得心焦。可能王工说话分量不够，要不，许总没将这芝麻粒大的事儿搁在心上？秦奋决定亲自出马，当面拜托许总。人求人，心气自短了半截，他很少厚着脸求人，但此时，他不下地狱谁下地狱，难道坐等天赐甘露滋润焦渴？豁出去了，秦奋独自摸到云信公司。

王工一见秦奋，撂下手中的活儿道："稀客！"将他迎进展厅，殷勤地介绍琳琅满目的新产品，咨询该如何拓展市场。换以前，秦奋会毫不遮掩，将整套营销方案和盘托出。这回学乖了，说话含蓄。那些经验，可值老钱了，他要待价而沽。

秦奋摆出一副高深莫测的样子，只迸出几句恭维的话："做得不错，有前景！"

他惬意地坐下，闲聊，不深入。王工出去向许总通报，屁颠转回来，欢喜道："许总留你吃饭，请教销售问题。""不敢当。"秦奋假装谦逊，心下窃喜，酒桌上便易行事。"天下没有免费的午餐，俺肚里那点货，看来有机会晾一下了，设法用它兑换成梦寐以求的订单！"

"我正想找你求教！"迎面一阵热浪，许总洪亮的声音袭来，极富磁性。他身材魁梧，瓷实，阔脸，蒜头式的高隆肉鼻，眼光刀锋般犀利。

王工从座位上弹起来，刚才温和的脸上，瞬间冻成恭顺的灰色。出于礼貌，秦奋懒洋洋地陪着站起来，气氛骤然紧绷。

许总肉团的脸上，挤出笑意，肥厚的手掌在空中划道夸张的弧线，中气十足地道："坐嘛。"

秦奋将屁股贴在软椅上，王工疾步跨出办公室，专程拉张转椅，眼神收敛，谦卑地候在一旁。

"王工，先接待，晒晒咱们的新货，六点一起坐坐。"许总语速平缓，字正腔圆，渗着一股居高临下的威仪，毋庸商榷质疑。他随手拎起支三脚架，将铝管用力扭转，扒拉出来，支在地上。

"瞧，咱做工精致，喷涂细腻，这脚管，伸缩顺畅……"许总滔滔不绝，如数家珍，信心饱满，不容外人插话。

秦奋乖觉地点头哈腰，堆起讨好的笑容，连声附和："品质不错，外观挺时尚。"心底大不以为然，咱混这行多年，能不知好歹？别自吹自擂，吹爆了表，好卖才是真功夫！

这堆货色，也不太水。秦奋隐忍不发，未反驳或露出不屑。姑且听他倾诉，配合着他，一起共鸣，随他的意。让他接纳咱，才能达到此行的目的。

许总仅待不到五分钟，电话响起，边接电话，边向秦奋招手，旋风般离开。他步伐跨度大，如同小跑，让秦奋领略到一位大老板分秒必争的实干风范。王工恭送着那匆忙的身影，舒口气。

秦奋斜瞟一眼，调侃道："许总闻风而动，蛮有效率。"

王工神情轻松地道："那当然，他以前也是打工仔，大学毕业后，为偷师学艺，放弃近万元的高薪不做，甘愿钻进一家企业，潜伏半年，当名模具学徒工，每月领不到一千元的低薪，爬到主管，成了老板倚重的红人。当他瞄到压铸加工来钱猛，立即辞掉差事，不顾老板一再挽留，和朋友张罗了这家企业。最初资金紧巴，买一台老旧的压铸机鼓捣。他胆忒大，租 3000 平方米厂地，空荡荡的，可跑货车。他敢搏，攀上外国人的业务。工厂渐有起色，不到四年工夫，身价近亿，传奇吧。"

王工谈起许总的发家史，流露出对偶像的崇敬。难怪这家伙见到掌柜，低眉下眼的，就像宫廷里的丫鬟伺候主子一般。这许老板非凡品，能在超短的时间，将财富吹气球般地膨大，料必情商智商卓著，手段独特。

"你俩咋扯在一起？"秦奋好奇地问。王工眯着眼陷入沉思，秦奋和他是死党，曾在吉祥公司共事，后来王工被老板开了，就不知漂到哪儿了。

"唉，说来话长。"王工神情落寞地道，"自从手下闹罢工，我成了炮灰，被炒了鱿鱼。许总不知从哪儿探得消息，屡次约谈，他想开发自己的产品，我在这行滚了近十年，不敢冒失许他，一来对他不熟，另外有几家也在挖我。"提到得意事，王工两眼放光，荡起几许骄傲。"这小子又在拔高自己。"秦奋暗笑，不揭穿他，人能自夸，说明存有自信。

"以前的老厂长自立了门户，许以高额的提成，我盛情难却，便去帮他。但老板娘心眼窄，双方弄得别扭。许总隔三岔五宴请，聊他的雄心，这不，经不住他的软泡硬磨，我便辗转过来。他有实力，又挺撑我面子。"王工娓娓而谈，从抽屉里掏出张印刷精美的名片。赫然印着头衔：副总经理。很扎眼。

秦奋捏着这张轻薄的小卡片，诧异道："许总开的不是压铸厂吗？你咋顶这个名头？"

王工脸色红润，笑答："我们另成立的新公司，独立核算，不搭界。"

"原来如此，恭喜你当了老板，你有没有掏钱？"

"主要技术入股，少量凑了几万块。我打工的，没攒到钱，以前炒股亏空了。"王工坦言，对秦奋不耍滑。

秦奋很三八，盘根究底地发问，好像与找订单风马牛不相及。错！这些貌似无心的打听，却藏机谋——对许总先摸底。

做生意，等于做人。和咋样的人做生意，至关重要。先要知彼，不妨阴暗点儿，臆测一把，抓到一大堆订单，万一对方跑路或赖账，一切付出，岂不打了水漂？先刺探情报，看看前面布防的是雷区，还是绿色通道。合作前，先相人，相对人，相好人，再展开下一步，才能收获事半功倍的安逸。这些貌似是闲话，实则是秦奋在为下一步棋做铺垫。

接下来，秦奋会采取什么迂回的步骤狩猎？

3. 交 换

许总拨弄那辆大奔，左拐右突，穿行在狭窄的乡间土路上。两旁树影婆娑，农舍掩映在蓊郁翡翠里，小车在绿波里沉浮。清澈的溪水，静谧环绕，一队麻鸭叽叽喳喳，悠然游在碧波上。阡陌纵横，两三戴笠的村民徜徉在田埂上。

秦奋嘀咕：这要到哪儿吃饭？这么偏远的地方会有酒肆？

“我常听王工夸你，说你业务水平高，有思路，深得吉祥老板的器重，还有做那一块生意吗？”旖旎的浓荫下，许总娴熟地扭动方向盘，和秦奋套近乎。

“还在做广东省代理。”秦奋甜滋滋地答。不小心遇到高人，毫不吝啬地夸你，不费一分钱。不正面恭维，而用自己的嘴，代他人说出动听的词，一箭多雕。王工有没有背后这样捧秦奋，鬼才知道。此刻静坐后排的王工，一定很受用，老板暗地表扬他，还将功劳收录在他名下。甜言蜜语的背后，一定揣有企图。与老板谈事的话，无非脱衣干活。

兜过迤逦茂盛的树林，几间用枯竹搭的茅棚，从汪洋的翠绿中浮出。宽厚皱褶的树皮，铺陈屋顶；青篾编织的窗扉，用松枝撑起；几窝修竹，摇曳秀颀的清影。耳边，传来水波的荡漾声。墙上，垂挂一串串干辣椒，红艳艳的；实木桌凳，被烟熏火燎成焦黄色，朴拙斑斓；空气里，游逸着泥土的生涩气息，野花淡幽的香味。周遭静雅，偶尔传来鸟儿的嘤嘤啼唤。农家饭店傍水而建，向西的窗台下，漂浮着几蓬绿莹莹的水草。

“这里谈话方便，不会撞到熟人！”许总大大咧咧地甩开双手，霸气侧漏，向甜美的迎宾小妹逗趣地点头。看来他熟这儿，真会找位置消费，秦奋叹服。大佬风格就是不落俗套，有钱就是任性，车马劳顿，寻这等旮旯吃饭，油钱都贵过菜钱，太骚包！

“已开发的几款新品，该如何操作？”许总呷一口热气腾腾的毛尖，将壮硕的身子贴近秦奋，越过安全距离，让秦奋顿觉空间逼仄，受到侵犯，不自然地向旁挪了挪，两个大男人，过于亲密，肌肤蹭来擦去，他可没这嗜好。现在上了考场，许总出题，我岂能胆怯，含糊或答非所问，那意味着缺乏料道。

“我个人观点，每个省会，物色得力的经销商，仰仗他们圈市场。因是新牌子，认知度低，需加强推广。给经销商的让利空间更丰厚，刺激诱导更多人投奔你的麾下。定价是命脉；设计，摸准消费者喜好，点穴按摩才舒服；品质是口碑；售后服务如擦屁股，软硬适中且到位。”秦奋擅用粗鄙的比喻，侃侃而谈，不想抖书袋子，用正儿八经的概念包装自己，那些官腔八股文，是写给迂腐学究读的。

王工默默起身，斟茶续水，许总眼光犀利，锁住秦奋，表情凝重投入。

“如何接洽经销商？简要地说：从同行中挖墙脚，多快好省，最王八的方法——将一流企业的营销主管钓来，这些老龟纵横江湖多年，手里有现成的网。

“在网媒上遍撒招商广告，守株待兔，这种方法缓慢。

“聘有经验的业务员，主动找经销商，这种途径前期投入大，能及时收集市场信息，营销团队的忠诚度和凝聚力高。”

许总板着的脸，抽搐了几下，微微点头。这套理论，并非纸上谈兵，是秦奋积十多年业务，碾榨出来的几滴精髓，绝少显摆，为了赢得许总的青睐，将压箱底的货都晒出来。

征服，从心开始。如卖艺，先吆喝着耍几招，挑逗观众心里的馋念，观众才会心甘情愿地花银子看戏。

“给多少提成才值当？代理吉祥的产品，给你多少？”许总直逼敏感话题。

一个产品，如何定价，让利几成，对任何公司都属核心的商业机密。国之重器，岂可轻易示人？作为一名老鸟，秦奋掂量到轻重。

“吉祥公司给咱的提成，不方便透露，实在抱歉，我签过保密协议。换成我在你那儿做代理商，对其他人，也照样保密，这是咱做人的原则。但可以举例说明。”秦奋冷汗直沁，担忧这么直接回绝，会扫他面子。

“你做得对，不必勉强，随便聊聊，如何返利？”许总故作轻松地举起杯，和秦奋碰一下，将那杯金黄色吞净，展现他的豪放做派。

“譬如让利五成，指按批发价倒推百分之五十，还有种方式，在出厂价基础上加点儿。”秦奋咧开大嘴，仰脖子，喉结上下蠕动，一杯接一杯猛灌，酒量和气势上他不能示弱，不添些醉意，胆量也放不开，如何放肆地瞎掰。

许总用公筷给秦奋碗里夹菜，嗔怪：“多吃菜，别光顾喝酒！”他照顾地望了眼王工，表示并没忽视他。

秦奋心被焐热，从这一细微亲昵的动作，可见许总一向在意细节，起码表面上敷衍到位，给人温馨的感受。

许总将座椅贴秦奋移了移，两个人几乎要黏成一团。秦奋浑身一紧，两个纯爷们儿这般亲密，不明就里的，会误以为狎昵的“同志”。秦奋挪也不是，不挪哩，又不自在，借故站起来倒酒，摆脱难堪。

“我老家江西，大家山长水远奔这儿打拼，图啥？我跟王工常说，一个人，一生，能交几个真正合意的朋友？有三个就知足了。老了，聚在一起，钓鱼休闲。人生不就这么回事儿！你直爽，值得我深交。”许总满脸红光，言语煽情，拉拢人的手段巧妙，让听者熨帖。

秦奋受宠若惊，身子燥热，一席话让他浮想联翩，莫非许总将咱纳入三个之一了？作他的候补知音也不错！何不趁热索点儿实惠。

“我和王工不懂业务，最稀罕你这样的人才，望多指点。”许总和颜地说，朝秦奋碗里又夹了一大块肥腻的粉蒸肉。惹得秦奋胃里泛酸水，他已硬生生吞了一坨，哽在喉咙里还没下去。

“您客气了，只要我能办到，您随时吩咐。”秦奋矮下身段献媚，此时要不要提订单的事？如当面挑明，他会不会觉得咱太势利，万一被拒绝，岂不被动。刚培育起来的亲密关系尚脆弱，刚萌发好感，便心急火燎地扯到办事上，会不会太露骨？

欲速则不达，还是让许总主动提出来，大家都有面子。秦奋不禁暗地抱怨，这个王工也真温暾，袖手旁观，也不旁敲侧击递一句话，趁许总兴头上，将订单的事引出来。秦奋憋着这个念想，如蓄着一股屁，想畅快地释放，又不敢翘臀，急得难受。

菜肴丰盛，三人都没怎么下箸。天色渐次暗下来，黑夜降临。一条机帆船，轰隆隆地从窗前驶过，拖出一河深灰色褶皱的绸缎，缀着星光和渔火的花斑，锦绣般熠熠生辉。青蛙在岸畔高亢地呱呱叫，唱得晚风也沉了。一天捕捞的渔获，在船舱里荡来晃去。可怜的鱼儿，有的被切了，滑进了充溢唾液的食道；有的被粜卖，养在酒店的鱼池里。大的小的，五彩斑斓，从一筐水里迁到另一腔水里，被人们消化，作生命的轮回。

回去的路上，秦奋闷着想对策，初次见面，不能唐突，暂将心思掩住。从哪儿突破哩？明知想要，却不便表达，得借别人的嘴捎话。

4. 过 渡

过了几天，秦奋约王工全家打边炉。他拎一瓶白酒，两个人推杯换盏，拉家常。

“许总很器重你哦。”醉意厚起来，望着满脸绯红的王工，秦奋扯近话题。

“还行吧，他开豪车，拉着我到处找出租房，将家属安置好。”王工喷着浓烈的酒气得意道，“说句实话，还有大公司请我，工资任我喊，没去，许总夸口，三年内打造第一流的品牌，到时分红都几百万！”

“你全权负责这间公司？”秦奋明知故问，以激发他的自豪感，特别在太太面前，更壮男人的面子。

“当然咱说了算！”王工牛气哄哄。太太没插嘴，搂着粉嫩可爱的女儿喂食。

“那你们的塑料件在哪儿做？”秦奋点到主题。

“海川公司啊，有六套模具。”王工擎起酒盅，向秦奋致敬，醉醺醺地说，

“兄弟拼不过你，你自个儿尽兴。”

海川公司秦奋听说过，主要替日本人加工些塑料件，在行业内浪得些名声。

“拉到我厂试一下？”

“我早向许总提过，他没回复，上次你俩唠嗑唠得投机，他很赏识你，你直接向他挑明就行，不怕的。那边疏通了，我这里随便整。”王工舌头打卷，胳膊肘将茶杯碰翻，溅到他裤裆上，如撒的尿迹，洇湿一片。

“酒量浅就少灌点儿，打肿脸充啥胖子？”王太拧紧眉梢心痛道。

听完一席话，秦奋有谱了。这顿公关酒喝得值，酣畅淋漓。

“服务员，加汤！再上一盘羊杂！”秦奋醉眼惺忪地嚷。一圈浅浅的汤汁残留锅底，向上蒸腾起袅袅氤气，一片迷茫，人影绰绰。

“这事儿拜托你了！请兄弟多关照！”秦奋又满酌一杯，他在酒桌上淡定，豪爽，凭着后发制人的酒量主导气氛。

“这么讲就太见外，我们的销售，还仰仗你呢！”

酒喝透了，话也到位，秦奋决定投桃报李，不让王工白耗嘴皮子：“你不妨向许总交个底，我这边有现成的朋友，动员一下，替你们打开局面！”

要取得，先给予，这是秦奋一贯的主张和圆融的做法。云信正渴求一帮经销商跑腿卖命，而他正巧有这批人脉。为何他不当面向许总阐明，而要通过王工拐弯带话？这便是秦奋用心良苦的伎俩。借用王工的嘴巴说出去，表明王工有份参与，在许总面前可表功。对于秦奋，显得更稳健，万一到时没个经销商愿“上钩”，献身到许总的宏图大业中，秦奋不牵啥瓜葛，大可翻脸不认账，推脱说，那纯系酒后的浑话，不足为信。

秦奋甩下这条肥诱饵，就等鱼儿来缠绵，咬钩。潜台词：“我帮你们售卖产品，那你们的塑胶件，要不要发过来？再笨的人，都识做，何况睿智如许总这样的人精。”

不出所料，几天以后，许总亲自致电：“听说你在搞注塑，有没有兴趣接活儿？”

千呼万唤，盼的就是这句话，秦奋按捺住激动，声音略微颤抖：“有！我立即过去。”

“找王工，他会安排。”

一线曙光投射过来，这是希望之光，让秦奋对“钱”途充满憧憬。进步，往往来得太突然。不管今后怎样，第一份订单，终于飘然而至。这份订单，是美女抛来的绣球，还是烫手山芋，秦奋来不及分辨和考量，欢欣地捧到手里，他会面临什么新的问题？

5. 间 谍

翘首以待的模具拉了过来，车间里忙碌地试产。订单量虽少得可怜，但秦奋已知足，机器启动，静寂的工厂顿添生机，他相信，好的开端是成功的一段前奏。

“我是张小姐，你们三天之内必须送货！”那声音干脆生硬，咄咄逼人。秦奋如被蜜蜂蜇了一下，脑壳涨麻，火辣辣的锥痛。新拜的码头，不晓得对方的来头，他憋住满腔的浊气，不敢贸然发泄，耐着高温的怒火，调整好情绪，恭敬地答：“好的。”

秦奋狠狠撂下话筒，骂骂咧咧：“不知深浅的屌人，挺能拿腔。”

事后向王工打听，这张小姐是何方神道？依循一般常识，普通打工的，直接和客户老板联系，语气不会这样冲，秦奋高度不爽，感觉被冒犯了本来就微薄的自尊。

王工压低声线，神经兮兮地道：“她是许总的秘书，找她也行，你别太在意，她就那副拽样！”他欲言又止，话中暗藏玄机。

秦奋不敢怠慢，翻出订单，睃了一遍，经理一栏上签着大名：张丽，字迹张扬潦草，颇显雌风。

主管拿来样品，说不知是啥原料，秦奋急忙向王工求教，他也一头雾水。

“一直在海川公司加工，我谎称模具需维修，才拉给你。”

“探一下对方？”秦奋暗笑，王工居然连材质都犯蒙，如何管控品质？

“我私下打听过，对方嘴严，据说是日本人敲定的，海川视为最高机密，靠它来接单吃饭，不轻易透露！咱们将模具撤走了，对方泛起戒备心。”王工皱眉，像个苕货。

“这简单，你们不还剩几套模具在那儿吗？随便忽悠，就说要出口，需要他们提供原料质检报告。”秦奋的鬼点子多，为达目的，什么阴招都能使出来。

生意场，虚虚实实，真真假假。商道，即诡道。从商道退出来，才醒悟，外面才光明。

王工终于刺探到情报：“原料是 PA6。”共创用这种料试产了几十枚，送给王工测试。

“怎么搞的？样品太软，缺乏韧性。”耳膜上扑来一阵犀利的飓风，如迅疾地撕裂一匹布，让人惊悚。

“张经理，不好意思，料名是贵方提供的，要不，再多试几种？”秦奋调低音量，温和地解释，明知对方诘问得无理，为不得罪这位强势的小女人，只能耐着性子。

她整明白了，为刚才的鲁莽发飙，缄默了几秒，语气趋向和缓：“我吩咐下面去查。”她遣词果断，逸出一股麻辣味，有劲道，呛人。

原料有几十种，秦奋试验过几种，始终达不到海川公司生产的效果。他专程走访了几家卖料的商铺，那些家伙煞有介事，将样品剪下一角，用火机点燃，放在灵敏的鼻子下嗅嗅，然后作沉思状摇头，辨不出是哪种尼龙。在秦奋一条腿正要跨出门槛时，店家恢复了自信的本色，忙不迭地推销：“你买咱们的 ×× 料试试，准成。”

到底是啥东西？难道第一单生意，就这样夭折？交货期的剑锋一寸寸逼近，依旧没头绪，两边人马如同兜满尿的膀胱，急得难受，又不便声张。

此时，秦奋不得不佩服许总前瞻的眼光，许总没将外发给海川的订单全移来，一是对秦奋的技术和产能尚持疑虑，缺乏加工经验，这需要时间来沉淀，失败来磨砺。先只发一套模具，让秦奋操练一下，这种做法，确实老练谨慎。

“效果如何？”许总关切地问。任何小事捅到老板那里，便会引起震动。许总没小觑这次合作，想扶秦奋一把。

“我觉得不是 PA6，海川公司瞎扯的。”秦奋估摸对方存心在耍宝。

“咋办？”许总反问，将皮球踢给秦奋。是缩回去当乌龟？还是撅起腚，向前冲锋搏一把？无论秦奋如何选择，他均可作壁上观，不得罪人。

“有个建议，我能否扮成你的员工，到海川的车间晃一趟，见机行事？”

许总歪着脑袋犹豫了片刻，干脆道：“我开车带你过去。”为了挺秦奋，这位腰缠万贯的董事长亲自披挂上阵。

两名有身份的总经理，揽起了特工的活儿，潜入另一家公司，客串一回贼的角色，有点儿滑稽和刺激。为了各自的利益，又是如此自然。

两位大侠将遇到什么惊险的插曲？信息窃取到了吗？

霸气的奔驰像一尾蛇，呼啸着钻进了中山菊花工业区，寻一处阴凉地悄然趴下。一排排铁皮盖的简易厂房，破败陈旧，斑驳的顶棚上，生着牛皮癣般的铁锈。雨水浸渍的墙角，爬满绿茵茵的青苔，几簇艳红的杜鹃花，热闹地挤在带刺的枝条上。

“你别吱声，我将人引开后，你设法拐进库房，记下原料袋上的名称。”许总耳语叮嘱。

海川公司中等规模，十多台崭新的注塑机，成行地摆放，间隔的空当儿里，工人们忙碌着。会不会被人瞧出破绽，遇到麻烦？秦奋心虚胆怯，腿软绵绵，有些打飘，他不习惯这种偷偷摸摸的举动，脑袋短路了，晕乎乎的。

许总窥出端倪，细声耳语：“那个在吊模具的是经理，提防点儿，他是股东！我去缠住他。”

秦奋眨巴眼，点头，深呼出一口浊气，尾随其后。踏进机器轰鸣的车间，一双贼眼亮闪闪，寻找着猎物，额头沁出油腻的汗沫。噫，远眺 3 号机台，那人眼熟，原来是王工！被许总提前安插过来作内应，正装模作样地抽查品质。

想得真周全，秦奋不禁暗叹，涌起一丝酸味，比老子还猾，以后得防范点儿。说不定哪天也将老子哄得卖了。说不定许总早就想到这歪点子，捂在肚里不提，要我先挑明，真是高人。

许总若无其事地踱过去，和王工打招呼，噘起嘴提醒秦奋：“就在那边。”他和王工顺势作掩护，秦奋佯装漫不经心，一步步向仓库靠拢。

那名经理机警地打量秦奋，眼光如刀锋，露出咄咄冷光，刮骨剔肉般的锐利。

秦奋心底一沉，难道发觉咱的意图？屏住气，镇定会儿，踟蹰在一堆模具前，背上如披芒刺，扎得难受，他掂量着：“进，还是退？仓库近在咫尺！”

秦奋用余光瞟那人，心底扑腾抓挠。许总醒目，大步迈向经理，用宽厚的肩膀挡住其视线，故意挑起话题，插科打诨，分散其注意力。瞅着这空当儿，秦奋如一条黄鳝般溜进仓库，时间流逝，它在哪儿呢？心悬着，脑门不断冒汗，秦奋彻底傻眼。到处码着原料，一垛垛，是哪一种？更要命的，袋子上都印满英文。几秒内记下它们的全称，这不是考记忆力呢吗？

突然一条影子晃过来，秦奋一惊愕，猛抬头，海川的一名员工不知何时冒出来，诡异地笑笑，从秦奋旁径直离开。吓得秦奋一身冷汗，不妙，没戏！此地不便久留，秦奋迅速抽身出去。

“不好意思，找洗手间。”秦奋自言自语，掩饰慌张和惶恐。

许总以为得手，丢下经理迎过来，眼语道：行吧？秦奋轻微摇头。他脸一沉，失望地瞄一眼秦奋，没吭声。就此善罢甘休？秦奋木桩般杵在那儿想对策，将王工拉到一边，不甘心地问：“有没有收获？”

王工嘀咕：“他们精得很，换了外包装，我待了三个钟头，看不出啥名堂。”

保密工作做得缜密，足见海川的防患意识到位，难怪几个配件能独家垄断加工。秦奋不信这个邪，钻不破这封锁。突破口在哪儿？不能直接问员工，否则会打草惊蛇。还有啥方法？

秦奋像敬业的狗仔队，充分发挥无孔不入的钻营手段，这样才会有斩获。仔细搜索车间，期望能捕捉到有价值的蛛丝马迹。许总盯着秦奋，仿佛在催促，该撤退了！

忽然，秦奋惊喜地发现，在机台上散落着几粒原料，米粒般大小的晶莹的玩意儿，不正是我梦寐以求的答案吗？

秦奋环顾四周，趁人不备，迅疾出手，拈起七八颗遗漏的原料粒，紧紧攥在手心。满意地说：“走吧！”

那位经理掬着笑送他俩上车，懵懵懂懂地，误以为秦奋是给许总拎包的马仔。

秦奋将粘满汗渍的颗粒装进自封袋，轿车扬长而去，炎热的空气中，留下一股轻飘的青烟。仅凭这几粒金贵的原料，能获得正确的指引？一路上，秦奋依然忐忑，喜忧参半。不管怎样，不虚此行，收集了几枚种子，下一步，全凭老天眷顾了。

秦奋光顾了几家卖料的商铺，老板研究一番，苦笑道：“样品太少了，烧一下就没啦，实在无法辨别。”

老子就不信邪，他又去了几家，终于探出一点儿门道，一位长相清爽、干练的老板，皱眉端详了几秒，脱口而出：“这是PA66，但PA66有两种，不能确定是哪类。”

一听此言，秦奋大喜，忙不迭地说：“各买几公斤，试验妥了，再来订料。”

谜底终于揭晓，海川用的是杜邦料PA66。这么一折腾，光做试验，就花了两千元，学费交得冤枉，但听着机器轰隆隆转着，秦奋心底灌蜜般甜爽。不禁反思，海川当初故意误导，胡扯PA6，缺一个阿拉伯数字，却是差之毫厘，失之千里。可见生意人用心之阴毒。

费了番周折，这单业务收入囊中，意味着秦奋这个愣头青开始点灶和面了。

打响了第一枪，秦奋沾沾自喜，踌躇满志。一个现实问题又横亘在面前：云信的单量太少，且杂碎。模具频繁地吊上卸下，麻烦。另外，他们的模具粗制滥造，常需返修，车资不菲。一个月核算下来，入不敷出。而张大经理那犀利的女高音，时不时催命似的让交货，秦奋的手下也不时地抱怨。但是端人家赏的饭碗，能梗着脖颈顶撞吗？秦奋咋办？

6. 布 局

才起步，只能装孙子，忍！第一桩买卖，不能搞砸丢人。秦奋的思路：哪怕赔本，先赚吆喝，只有机器活起来，才能吸引新客户，一点点将声誉攒起来。如果工厂里成天死寂，员工会丢掉信心，生意先赚人气。订单不多，不如替客户招揽生意，曲线救自己，双方皆大欢喜。

先招呼全国几位要好的哥们，在闲聊中，不经意间释放消息：“喜讯，有个新项目招商！我和老板关系不错，能拿到更大的实惠。和这家公司一同成长，打江山。直白点儿说，市场乾坤未定，蹚浑水好摸鱼。”这些家伙，本来精通此行，多个产品，多项收入，他们久经沙场，唯利是图，对金钱的饥渴，如好腥的馋猫，一嗅就闻知这是福音。

秦奋隐住自己的企图，不忘作善人叮嘱：“这是个发财的机会和平台，我不担保什么，风险自个儿拿捏，我纯属友情推荐。”以后的成与败，秦奋概不负责，免得惹骚。秦奋喜欢一竿子戳到底，不喜欢拐弯抹角，丑话先拎清，说透亮。

过段时间，待他们快要淡忘这事，便寄去几本产品画册，重新撩起他们的欲望，火候正恰当，不能操之过急，以免染上一味推销的嫌疑。歇几天，再提示一下，说许总正求贤若渴，恭维他们一番后，秦奋点题：“邀请你来参观。成不成没啥，多认识个朋友。”

这纯是秦奋一派胡扯，他心中急迫，想哄鱼上钩，引诱这帮家伙来云信公司，单凭许总那磅礴的架势和上佳的口才，加上实在的产品，富有诱惑力的合作条件，这帮贪婪的商人，不加盟也会心痒。金钱加上欲望的汤汁，能煲一锅有滋味的粥糜。这并非欺骗，推介产品，吸引眼球，需步步为营。这类计谋，运用在正儿八经的生意上，称为“共赢”；用于损人利己的勾当，便叫“阴谋”。

广撒网，重点布下“窝子”，时不时牵动一下鱼饵，沉住气，静候佳音。做生意，本就如此庸俗和市侩，这便是算计！大千世界，道理息息相通。不是你勾人，就是人勾你，各取所需。

会不会有鱼儿来，试探上钩呢？

好酒也怕巷子深，庭院深锁，久旷的黄花闺女也会变蔫。秦奋草拟了一份推广方案：

重金聘请摄影师制作精美的画册，这是产品的名片；参加上档次的行业展销会；赞助全国摄影家协会的活动；在专业媒体上狂炸软硬广告……

将寂寂无闻的乡土妹子打造成时尚妞，包装成大家闺秀。只有先不要脸，以后才有脸！拼命赤裸裸地炒作，能暴露的，就不要羞答答地遮掩。信息泛滥的资讯时代，没有惊世骇俗的特点，就无法吸引眼球。当然，产品本身的卖点，是基本功，不必赘述。

秦奋怂恿许总参加一些活动，拓宽人脉。然而，让秦奋丧气的是，在宣传方面，许总特别吝啬，担心辛苦赚得的加工费打水漂，装扮产品会得不偿失。投资这方面拘谨小气，和他的大块头形象反差极大。

印个画册，到照相馆整出一沓艺术照的图片，画面呆板，缺乏创意。秦奋将它否定之后，许总居然买来单反相机，亲自摄，自我陶醉于所谓的作品。弄得秦奋哭笑不得，本想再次枪毙，话噎在喉管里没吐出来，多少得给大老板一点儿薄面吧。许总这种超强的不服输的积极性，虽值得鼓励，但这些半吊子习作，从专业角度评判，挂出去只会徒增笑料。

许总盘算过，单独参加三天的展销会，开支需两万元，和一位做摄影包的同行合租，随便摆几只三脚架，试水一下，观察效果如何。这让秦奋折服他的“奸”。商人的精明发挥得淋漓尽致。

“何不租整个摊位呢？”秦奋疑惑，以许总的实力，区区万把块不是小意思。

“要搞，就搞大的，起码拿几十平方米来布展，这样大气，摆出一线品牌的形象来！那才威风！”许总粗胳膊一挥，如同领袖嚼着窝窝头，牛气地指点江山。

去北京前几天，他兴奋地道：“租间套房，将客户约到酒店谈，你和我一起吧。”许总的如意算盘是客户云集北京，届时秦奋将他的资源兜出来，说不定当场就能捞到几条大鱼。

秦奋思忖一会儿，微笑道：“我也想跟你去长见识，实在脱不开身。”哪里敢接收他的盛情，如此抠门，他才懒得伺候。

虽然如此，秦奋倒也感到一丝宽慰，许总起码朝这个方向跟进。王工扛着一箱沉重的三脚架，屁颠屁颠地随着许总向皇城进军了。秦奋想，要是老子跟了去，这份苦力活儿就得揽下。说白了，秦奋只打算当他们的狗头军师，抛头露面的事儿一概回避。他这样考量：摸不透许总的秉性，万一他与我相好的客户杠上了，岂不引火上身，自讨无趣。还是保持“狼狈为奸”的关系更适合，秦奋憋了一肚子的坏水，正好有个排泄口。

许总也识做，陆陆续续地将八套模具发给秦奋，彼此相得益彰。距离不仅产生美，更产生需要。

不出所料，许总此行收获了几百张花花绿绿的名片，惬意地说：“就像你说的，展会要多参与，大把潜在的代理商有意向，对咱们的产品赞不绝口，提了些中肯的建议。”

“恭喜你！”秦奋挤出笑容附和。许总有个口头语，“就像你说的！”这个说法别有意味，细细咀嚼才能体会。将功劳和成绩让给对方，只要是好事、正确的选择，就像你说的！多么高明！到底“你”有没有这样说，还是这话本来就是许总的原创，鬼晓得。重要的是，在不知不觉中夸了对方。许总式的社交语言，意蕴深长，让听者舒坦。

“就像你说的，我们要大干快干一场，不能畏缩保守。告诉你个好消息，深圳的严鑫想做总代理，打算一举拿下北京、上海、深圳、广州、成都，你认为怎么样？”许总意气风发，他完全视秦奋为心腹，一起分享喜悦和业务情报。

“这是他故意试探，还是诚心倾听我的观点？”秦奋掂量着，听到“严鑫”这个熟悉的名字，神情一紧，脸上抽搐几下，真是冤家路窄，宿敌来了。这个人，为何引起秦奋这么大的反应？

7. 对 垒

秦奋与严鑫这厮有些渊源，前几年，秦奋在吉祥公司做主管时，和他有过瓜葛，此人诡计多端。他承包深圳片区，不服从总公司的调教，经销仿冒产品谋利，老板筹划叫人取而代之，由秦奋指挥这场“锄奸”战役，双方明争暗斗，结下梁子。

最后迫使严鑫向老板认错，才免于覆没，秦奋领教了他翻云覆雨的伎俩。后来秦奋辞职，双方就此分道扬镳。算起来，双方打个平手。而秦奋也会装蒜，表面上保持一团和气，没撕破脸和他硬掰。这回山不转水转，狭路相逢。他在明里，我在暗处。要不要报前朝的旧账呢？

秦奋调整情绪，若无其事地说：“我认识他，不好缠，但擅长做生意。”秦奋客观公允地评价。

生意面前，只有共同的利益，没有永远的朋友和敌人，谁会和钞票过意不去？秦奋也不例外，是一名彻头彻尾粘满铜锈绿霉的商人，不会装什么狗屁的仁义、君子报仇之类的酸样。

“哦，他过几天来，该如何谈？”许总投来殷切的眼神。

“我们毕竟是新牌子，正需要招徕这类有闯劲的人，不过，善意地提醒一下，他混得久，道行深。我们摸清对方的意图再出对策。先理个粗略的方案，免得被牵着鼻子走，被他戳到咱们的穴。”

“越是不好惹的对手，越要死缠烂打，驯服他，为我所用。与高手过招，更富挑战性，就算他是狼，我们也要与狼共舞！”许总慷慨陈词，信心满满。

秦奋揣测到他的心思，难得有人应征，何况严鑫的胃口大，嘴馋，一口气想囊括几大一级城市，这厮有现成的营销网络，实力雄厚，经验丰富，借他的平台，顺水行舟，云信的产品可迅速铺向市场，何乐不为？更让许总怦然心动的是可以套现，收取一笔不菲的加盟费。秦奋从更深远的方面考虑：用人，要有德，不能使唤“白眼狼”，挨到关键时候，反戈一击，如同埋下定时炸弹。

“个人观点，如果创立长久品牌，经营成百年老店，需分区招商，不能将全部鸡蛋放在一个窝里孵，指望一个强人打理，迟早受制于人。”秦奋并不忌讳，真将自己当块料，反客为主。

“你说得对，不必担心，产品由我方掌控。要是有人调皮捣乱，削了他。”许总想得蛮天真。

“捆绑在一起开拓，这是最理想的状态，如果他想赚快钱，那事态就会恶化。他采取薄利倾销，不理会公司的价格政策，咋办？他手中攥有筹码，几大重要的市场受他管制，其他经销商是跟风降价，还是按照全国统一零售价呢？其他经销商沦为被动，要么无利可图，要么产品滞销。照这样布局，市场乱套了。这会内讧，产品陷入窝里斗的泥潭，对新品牌的发展造成障碍！”

这并非耸人听闻，许多知名品牌最大的困扰就是“窜货”，价格自相残杀。秦奋厌恶严鑫那厮的品行，借此机会参一本，想搅黄他的如意算盘。

许总眉关紧锁，尚未想透，有必要这么防患？“怎么办？”王工在旁木讷站着，听得沉迷，突然开腔。

“对方急，咱不能急，底牌先不要亮出来，保留几个特大城市，由公司自营，要培养直系部队，全国要分而治之，保持动态的平衡，彼此牵制。不能让某个经销商独大，强壮到与中央讲条件或抗衡，那样风险大，最终得不偿失。做生意和历朝的统治一样，诸侯干政造反，就得削藩。”秦奋唾沫四溅，如电视上眉飞色舞的股评专家。

许总点头赞许：“先开门迎客，让我好好想想。”

做任何生意，无论大小，都会经历一番波折，交点儿学费才能毕业。只有勇于面对困扰，孜孜以求，险中求稳取胜，才有所斩获。这些粗浅道理，人人都懂，而真正面对，如何辨识方向，做出选择时，往往无从下喙。选择，决定命运，决定胜负输赢。失之毫厘，谬之千里。

严鑫有没有如愿以偿，成为云信的总代理商？

严鑫理着小平头，中等个，骨架单薄，是个英俊小生，从深蓝色的奥迪A6上钻出来，贼溜溜地四处打量。橄榄形脸庞，嘴角略微翘起，神态不屑与傲慢。拎着一只鼓囊囊的黑皮包，后面跟着两个魁梧的中年汉子，如同保镖。“龚总兄弟俩，一位承包吉祥的上海办事处，一位北京的。”严鑫大大咧咧地介绍。许总跨上前去，笑盈盈地伸出那只肥厚的手寒暄。

“叫张经理过来。”许总命倒茶的女文员。

办公室门被轻轻推开，一张俊俏的面容徐徐绽放，水盈盈的眼顾盼流芳，一蓬乌黑的秀发撩人心扉，弯弯的柳叶眉轻描淡写而成，粉砌玉凿的玲珑鼻挺耸，一抹娇艳的唇，好个标致的可人儿，一双颤巍巍的酥胸呼之欲出，越发衬出凸凹有致的俏身段，白嫩的纤手捧着笔记本，用婆娑的眼神打量着几位陌生人，乖巧地坐在许总旁边。

“这是张小姐，我的助理。”

张经理欠起柔绵的腰肢，妩媚地向在座众人颔首致意。严鑫迷离地望了一眼，全身骨架酥软，阴暗地想：“要是摸上一把，该多么销魂爽快啊。这个许总，真会招人，将此等极品尤物网罗门下，上下受得了吗？”

“久仰大名，不知有何好提议？”许总那双鹰隼般的眼睛盯着严鑫。正在天马行空思春的小帅哥干咳一声，正经道：“我们有诚意，产品还行，但缺乏名气，我们为你拓展市场，前期投入很费劲，公司有何支持？”严鑫开场便贬低对手，戳许总的虚弱之处，直接索要优惠条件。

“公司会拓宽让利空间，零售价比一线品牌低。你们也可提方案，大家协商。”许总的眼光在三人脸上游走，如何定价，他暂时含混不清，渴望这三位商界精英献策，又防备被他们使绊子套牢。说白了，既想豢养几条忠心耿耿卖力的猎犬，又怕会引狼入室，他内心纠结，唉。

“我们仨拥有庞大的渠道，只要产品有卖点，每年业绩飙至千万，那是小意思。我们想签六个省级代理权。”严鑫胃口大。

“这个嘛，再商量，北京、上海、深圳可以给。一级城市的代理费每个10万到20万。签太多的区域，会不会战线太长，影响跟进？”许总想用高昂的代理费设门槛，灭灭严鑫的骄气。

“不缺钱，既然敢张嘴，就有两把刷子揽这活。”严鑫抿了口清茶道。

长着国字脸的龚总开腔道：“吉祥公司，给代理商35%的提成，响当当的名气，根本不费功夫去推。还有几家老板邀请我们，我们觉得许总一片诚意，大老远奔过来，就想跟你混。能不能多划几个地方？”另一位光头没吱声，一支接一支抽着大中华，在烟雾的掩护下，不时用眼角的余光把玩张小姐凝脂般的俊脸蛋，神情恍惚。

许总没轻易松口，气氛沉闷。张小姐低头做会议笔记，敞开的衣领洼地，堆砌出白花花的深深的乳沟。

“除了北上广，成都、西安、武汉、天津，我们都要做，否则就算了，不必耗口水。”严鑫语气强硬。

许总僵硬地杵在那儿，脸色严峻，真难缠啊！何曾不巴望对方多代理几个地方？他们可是急需借靠的生力军。有这些猛人加盟，产品全面铺上市指日可待。但区区30万的保证金，就妄图将全国最大的几个市场掐去，剩下那些欠发达的二级城市，要盘活则很艰难。

同意，还是回绝？这些苛刻贪婪的索需，许总思前虑后，举棋不定。事关全国一盘棋，如果研判失误，推广至少要耽搁一年，公司拖不起，前期的研发林林总总已过200万，三年下来只出不进，在漫长的希望中痛苦煎熬。作为老板，压力山大，如被茧缚，窒息。此时，有愣头青过来主动请缨，担当大任……

气氛炙烤得白热化，光头慢条斯理地解套：“大家无非求财嘛，何必闹得如同开庭般严肃，婉转点儿嘛，不为难许总了，先定五个城市，余下的几个，在合同注明，如果没人代理，我们可以跨界铺货，同等条件下有签约优先权。”

“行！”许总向光头抛去赞许的目光。

“铺多少钱的货？”严鑫和缓道。

“按押金一比二配 60 万的货。”这个比例，许总事先酝酿过。如果将货压给经销商太多，不仅风险大，更占用了公司的资金。

“不行！吉祥公司放账一比四。这点儿货没堆头，几百家分销商，哪够摆？”严鑫撇嘴不屑道，抬出别的公司的大方来讥诮许总的悭吝。

“嫌少？可以多交些押金嘛！”许总斗鸡般反啄。张小姐抬起头，眼神崇拜地望着老板。

“支持力度薄，样品少，如何占领市场？何况没点儿名堂，顾客瞧都懒得瞧，还指望卖得俏，不是扯淡？小打小闹的事儿，咱撑不开场面。”严鑫说话犀利，带刺儿，直扇许总的脸。

这位坐拥近亿资产的老板，每天的流水账几十万，被自不量力的毛躁小子在众目睽睽之下践踏其尊严，会不会发飙？

空气中弥漫着硝烟，许总板着脸，蹙着眉。光头见势不妙，清清嗓子，口喷香烟道：“别臭屁，双方退让一步，第一年一比三，让咱们有充足的货摆，半年后变回一比二，如何？”

张丽用那双媚眼轻眺许总，拘束地等着他发话。

严鑫嗖地从椅子上蹿起来，吱地扯开那个鼓囊黑包，哗哗往桌上倒出几十匝厚实的人民币。

“30 万，你看着办！”的确干大事的，不拖沓，说话掷地有声。这小子有备而来，这招亮得凶狠，甩钞票，当作手雷来砸场子。大伙一愣，瞅着一堆红色的现金，傻瓜都会怦然心动。有钱不收，还做鸟的生意？

许总尴尬地笑，被这般孩子气的冲动感染，放下刚才的难堪，依然未表态，巍峨不动。

收下这笔钱，就得发 90 万的货，实际上，是我方垫钱运作，真是猴精；反过来算，90 万的货，按批发价核算成本，也就 30 万左右，我也亏不到哪儿去。现金回笼，可循环生娃。另外，收拢了三位得力干将来打江山，何乐而不为？许总想透了，长舒一口闷气。

“还有一点，签三年合同。不然辛苦将市场盘下来，你将它再转包给别人，咱不白忙活？”严鑫的脑瓜子活络，将最棘手的问题搁在最后。

签一年太短，不现实。新牌子再如何爆发，消费者也需要时间认知。但三年时间，似乎太漫长，万一这帮龟孙子懒散，将货屯压在仓库，以后周旋的余地都没了，他们就成了一年半载甩不掉的包袱！换新血液吧，合同期没过，眼睁睁瞧着市场冻在那儿，无法作为。许总权衡再三，和蔼地说："先签两年吧，顺畅的话再续。做得棒，我上哪儿再网罗比你们还牛的人才？"

严鑫和光头默契地对视了一眼，没异议。张丽扭着丰乳翘臀出去打合同。光头浑身燥热，眼馋地目送美人。蜜桃熟了，却不是咱碗里的菜。

晚上宾主扑向KTV，恣意欢娱。张丽亲昵地陪着许总，号丧般对唱，暧昧的光影下，欲火在那一张张皮囊下熊熊燃烧，贪婪在灯红酒绿里发酵。一场声势浩大的营销战役即将上演，为了各自的利益，许总和三剑客的鏖战拉开了序幕。交易，充斥着倾轧和博弈，在相互需求和利用中妥协和争斗，他们能媾和多久？

8. 客 户

许总将喜讯告诉秦奋，秦奋表示祝贺，同时隐隐不安。云信的加工单太小，时不时试模改模，让他们疲于应付。结款拖个半个月，算表现好的了。做加工的，哪家不被人拖欠？

"你过来一下，老湘好酒店，我请位大客户。"吴志来电。他在一家大型外企做技术经理，在共创公司只象征性地投资几万元，十多年前的老同事，秦奋拖他下水，共同创业，利用空闲过来做指导。

圆桌上摆满了美味佳肴，接待的档次不低。"这位是成兴公司的余总。仰仗他发单。"那位中年人肥头大耳，满面油光。余总挪动臃肿的身躯，点头致意。

"这位是胡总，老哥们。"吴志用筷子指向满脸横肉的胖子。

胡总五短体形，矮矬壮实，小眼眯成窄缝，理着板寸发型，有电影中黑社会老大的范儿。望着他踮起脚，趴在桌上夹菜的馋样，秦奋暗忖，这不是现实版的武大郎吗？人不可貌相！有财有才的人，并不一定相貌堂堂，风流倜傥。眼见并不为实，生活常会开玩笑。

面对着两位营养过剩的重量级人物，秦奋没多嘴，赔笑举着饮料，频频敬酒：“不好意思，等会儿要开车。”

吴志宴请的客户，秦奋不便喧宾夺主，将主持权抢过来。他们聊些赌场上的糗事。吴志精通此道，炸金花、打麻将，玩得疯，常和一帮道友通宵达旦地切磋酣战。据传说，有回耍得大，一晚就输了十多万，老婆横眉竖眼管束严了，如今才有所收敛，但依旧手痒，沉迷其中。小赌怡情，这种社交游戏，实现人的征服欲。

秦奋从他们的闲言碎语里理出头绪，成兴公司做打印耗材，有三十多台机器，生意兴旺，忙不过来，到处物色外发厂。吴志从这位牌桌上的老战友身上探得消息，一拍即合，吴志恭维的余总，不过是名生产主管，但此君不可小觑，能量大，董事长是他妹夫。

那位三寸钉的胡总，别瞧他其貌不扬，疑似三级残废，却是日天厂的老板。吴志的意思是，成兴公司外发单大，两家串起来，对外宣称一家公司，以日天的名义接单，然后内部分配。

两个人进厕所嘘尿，吴志说：“这事谈得七七八八了，你的意思呢？”

“你安排就行。”秦奋排空胀鼓的膀胱轻松地说，用沾满尿臊气的手，从钱包掏出一沓钞票，“这是五千元，不够你先添上，下一场玩得尽兴，我还有点儿事，就不作陪了。”

吴志拍着秦奋的肩膀，醉眼惺忪地说：“保证让他们爽到底。”吴志爱好广泛，吃喝嫖赌玩一夜情，这些占全了，他的理论：人活一世，不吃喝玩乐，岂不太亏待自己，享受生活。今朝有酒今朝醉，此时，正是他发挥生理特长的良机。

秦奋对于社交潜规则，不反对也不支持，表示理解。人嘛，七情六欲谁没有，不过有些人的兴趣表现得强烈些。人有爱好就容易对付，攻关也简单。

秦奋到前台埋单，折回酒席，夜色阑珊，南方的晚上歌舞升平，到处游荡着寂寞的红男绿女。

“一起去，按摩舒服下。”吴志扶着摇晃的余总说。

余总酒喝得麻麻，脸色白森森的，腿在打飘。这位哥们牌技臭，越输越赌。在家闲着位黄脸婆，基本不理，成夜在外面花天酒地。

这两位臭味相投，彼此百无禁忌，贴到这等亲密的关系，所谓的订单，还不是秃子头的虱子——明摆着。

胡总害怕埋单，借机溜走，吴志没勉强，从前两个人是一起打工的同事，对其吝啬的招数了如指掌。合伙接生意，他却逃票。由吴志指挥，秦奋将车拐上高速公路，或许是生疏，余总窝在后排一声不吭，鼻子喷着浓烈的酒气闭目养神。

费了番周折，在一片灯火辉煌的门前歇下。四周寂静，没有民居，三幢楼房藏在漆黑的树林里，隐蔽。一溜小车列队趴在开阔的院落里，如此偏僻的地方，别有洞天。

“这里，朋友介绍的，我玩过几趟，放心。”吴志有意强调。

秦奋将他俩放下，重新钻进广袤无垠的黑暗里，按照GPS的提示，左冲右突，颠到大路。

“兄弟，丑话先说明，我要点儿提成。”余胖子突然焕发精神。

“你放心，五个点，孝敬你喝茶。”吴志应承，“你能直截了当开口，表明没把我当外人。”

“我只是打工的，虽说老板是妹夫，他赚大钱，不会分一丁点儿给我！”

“没问题，咱俩多年牌友，知根底，亲兄弟明算账，不会赖！”吴志挽着胖子胳膊，向明媚处晃去。

秘密交易，参与的人越少越好。大客户能长期赐单的话，势必财源滚滚，那些闪烁的灯光，在吴志的眼中，幻化成金子的光芒在召唤。

过了三天，成兴公司发来订单。秦奋开车接胡总，一起去拉模具。

胡总献谀道：“你挺能耐，这么快就搞定了，这可是长期大单啊。”

秦奋傻笑：“要是你有胸的话也行。”

胡总一脸迷惘：“我有胸啊！”

秦奋哈哈大笑：“你那叫胸大肌，这坨酸肉不值钱，要有沟，能埋人的那种胸才稀罕咧。”

“模具你全拉过去做，忙不过来，再赏点儿给我。”胡总假惺惺地推辞。

“不行，以你公司名义接的单，咱们一块赚，别见外。报价如何？”对胡总的虚伪，秦奋讪笑，他盯着单价。

“还行，市场价，两个月结款，周期长了。”胡总经验老，一路听他喋喋不休地吹嘘，“想当年，俺一台机，一天的毛利达两千，当时有十二台机，堪称印钞机，日进斗金，牛哄哄。去年经济危机，不得不忍痛割爱，贱卖了一半，还他奶奶的开工不足，等米下锅，糟透了，闹心！加工这行，越来越难盘，不过还是有人发财，起步只是两台破机，三四年就鸟枪换大炮！只有硬撑。”他长吁短叹，宽慰自己。

做企业老板，在人面前风光显要，背地里承受着巨大的压力，冷暖自知。生意萎靡的话，如活在剃刀边缘，一大堆开销需应付，惶惶不可终日。经营得法，侥幸迈上坦途，也就脱胎换骨，让人仰视。那钱只是阿拉伯数字，在存折上添涨。这是段磨炼意志的煎熬的过程。起步最艰难，好的开端，不一定是成功的一半。一口气续不上，就会夭折倒闭。

秦奋深有感触：“行行都难做，要生存就得硬撑！”

“你心态好，俺去年亏了50多万，最难挨的关口，拖欠工人三个月工资，如今经济复苏，稍微缓过来了。”胡总念叨起旧账。

“没办法，人过了四十上哪儿找工？小年轻一茬茬冒出来；再说替别人卖命，‘工’字不出头，人越活越不值当。青春饭吃不长！选择创业单干，有的是主动，有的是走投无路，被逼，不得不下海。许多无奈，拖家带口，也没爹值得啃和坑，不转转脑筋，哪有活路？老了，给人家看门都遭嫌弃。”胡总四十多，切身领略过生活的小沧桑。

事事只能靠自己。没好爹妈罩着前途，一蹦出来就是官二代、富二代。咱们先天不足，没生在肥沃地势，命里就是贫贱的农二代、工二代，又想让娃儿沦为打工的第N代？为了子孙后代，唯有玩命挣扎折腾。

秦奋回归现实：勉强混得人模狗样，稍有闪失，又被高房价、高药费、高学费三座高山压回“负翁”的原形。活着真累、真苦。如今，有的人想当名光荣的房奴也成奢望，连首期都凑不齐，这更悲催凄凉。下辈子投胎，得瞄准点儿，死活都争取成为土豪或官绅的家属，漂洋过海，刷盘子当二等公民也行。

纵有满腹牢骚，不过应景罢了，当闲话瞎扯，秦奋不喜欢抱怨。老天爷对我相当眷顾了，要实现“大康”，彻底的经济自由，晋身“幸福一代”，尚有一段悠长的里程。他个人的中国梦比较饱满富实。

秦奋沉浸在猎获大订单的喜悦里，天真地以为工厂发达指日可待。

一场官司却从正面袭来，与成兴公司的合作，如上了贼船。到底泛起什么波折，让他们疲于应付？

9.陷 阱

加工的打印耗材里有款产品，从机器中冒出来，原本笔直，成兴公司的品质部却要求中间需有点儿弧度。秦奋请几个师傅反复调试，都办不到，对方的品质主管一口咬定，通过工艺参数，可以达到这样的效果。建议取出产品时，趁热用手掰弯它。说起来安逸，做起来难。弯啥程度？把握不准。

吴志请成兴公司做个定型的制具，他们懒得搭理。没辙，共创公司便按对方的演示去做，递给成兴品质主管检验，那家伙眯起眼，觑瞄了几下，没异议。于是，工厂铆足劲儿开工。

让人匪夷所思的事发生了。为表慎重，秦奋跟车送货，成兴仓库一位女品检抽查了几箱，判为不合格，要秦奋拉回去返工，将所谓没折弯的不良品挑出来。秦奋据理力争，女品检表情冷漠，很拽的样子，根本不屌他，这让秦奋火蹿起来，当场发飙："你们品管天天守在老子车间，不吭声，照这龟儿子教的，他都通过了，到你这儿就扯卵蛋？整整花了十天十夜，五万条！那个鸟品管，为何视而不见？对品质没吭一声呢？"

秦奋越想越窝气，会不会有诈？分析另几套产品发现：产能低，故障频发。成兴公司不缺注塑机，为何还外发？一种可能，赶货期，要不就嫌麻烦，加工难度高，否则对方白痴，会拱手送肥肉给咱吃？

秦奋闹不明白，明知第一次合作，为何不发点儿简单的货让咱配合？如果是真想帮扶一把，按理会这么操作。但今儿个颠倒过来，诸多疑团困扰秦奋。

成兴的采购阿娇，每天不下十个电话催货。秦奋烦了，将这个结抛给吴志去解。他屁颠地去找余总商量，这厮面子挂不住，推说公司的制度是硬性规定，他爱莫能助。吴志碰了一鼻子灰，郁闷地嘀咕：“床上不是颇有能耐吗？还是老板的家属，这点儿鸡毛事都搞不掂，还胡吹蒙我。”

秦奋左右为难。堆积如山的成品，被对方判定为不良，但他根本无法返工。一条挡板，弯曲度为多少才算合格？单凭双手掰一下就成？咱们确实照章执行。另一边厢，天天逼着要货，甚至吓唬，再不送货会罚滞纳金。

做还是不做？选择，让人头痛。做下去，浪费资源，对方拒收，除非改良工艺，尚有一点儿盼头。不做，已投放的二十多天基本报销。毕竟是吴志牵头拉的客户，秦奋探吴志的口风，这个滑头推诿：“你是老总，你说了算！”

权衡再三，秦奋最后决定：放弃这个客户。他心慈手软，为不影响对方出货，模具全部退回。华仔笑秦奋太实诚：“反正不干了，将模具扣在这儿，叫成兴先结了款再说，没把柄捏着，被动。”

秦奋也曾兴过这个念头。觉得硬顶，做得太绝。无论合作与否，按约定是60天结款，没到期，没理由扣模具。再说这单生意是吴志撮合的，得给他留点儿面子。万一对方赖皮，不找数，就支他去周旋。何况我也没这么傻，尚且备着一手，将余料押着，如果翻脸，就将它卖掉，充抵加工款，虽有点儿损失，倒也不至于颗粒无收，亏得一塌糊涂。

秦奋的退让，按说合情合理，成兴欺他软弱，便得寸进尺。余总率几个马仔，浩浩荡荡地来到共创公司，厚着脸，要强行拉走余料。被华仔拦住，青筋直暴地说：“老板说了，先将这批不良品处理了，再退料！”

这边的祸才发酵，日天公司那边也露出端倪。和共创如出一辙，不过是换了版本而已。胡总张皇失措地在电话里诉苦。

日天公司加工的一款产品，模具无法正常生产，成兴派人去指导几次，依旧没多大改善。胡总便硬着头皮慢吞吞做。当他将一万只鼓捣完，以为能歇口气。兴致勃勃送货时，被浇了一瓢冷水。

“这批货误了货期，不能收！”阿娇说。胡总好说歹说都没用，成兴那些管事的铁了心不依从，抛出的理由：“设计已变更，这批货只能当废品。”

胡总一听急吼：“换了设计，为何不提前吱声？叫老子稀里糊涂憨做，玩这一出。为什么交迟了，还不是狗日的模具太烂，影响了进度，现在装蒜耍老子！”

他嘴上雄，只会在秦奋面前嘟囔几声，一到场合，对阿娇换作低声下气，恳求通融。他觍着脸，求秦奋说叨，对方一概冷淡地拒收。明明是良品，要当废品收货，不仅加工费丢了，还要倒贴原料钱。这让精打细算的胡总很受伤。

秦奋综合这些乱七八糟的情况，隐约觉得蹊跷。和胡总商量后，决定共同进退，中止与成兴的合作，为体现诚意，两个人特意去拜访余总，协商善后事宜。

一见面，胡总殷勤地敬上一支烟：“你们变更设计，未及时通知，不要扯我。”

余总喷着烟，扮无辜：“我不晓得，听说是你们迟迟未送货。我向上级汇报过，在等答复咧。”

“我做的货，一个良品都没？”秦奋满腹牢骚。

“别误会，是叫你们返工。”余胖子外表看上去憨厚，仿佛事不关己，高高挂起。

“如何返？按你们教的，都弯过了，还不行，明摆着捉弄我们？”秦奋越说越恼。

“那咋整，我也没法子，公司要求的，我说了不作数。”余胖子耍滑。

“那跟你老板谈！”胡总亮起嗓音。

“老板不在，你们如不想干，必须将剩料退回来。”余总很贼，为缓和气氛，主动给他们敬烟。

“那不行，事都没扯抻妥，如何退料？”秦奋脱口而出。

“那些产品，只能当废料冲账。”一旁的阿娇帮腔。

“不可能！”胡总气鼓鼓地吼道，两眼射出凶光。秦奋一惊，蔫不拉叽的胡总长脾气了。

“按这样算，咱们不但白做，还要倒赔原料变废料的差价？笑话！”秦奋被惹毛了，血涌上脑壳，竭力捂住怒火。这样扯皮，不会有啥结果，对方丝毫不肯让步，将错失推卸得一干二净。

秦奋拽着胡总衣角，嘘道：“他当不了家，待在这儿白费口舌，互掐，只会让事态升级，没鸟用，改天约他老大谈。”

两个人气急败坏地离开成兴公司。胡总跨上他的电单车，向秦奋挥手。

秦奋心底特不是滋味，胡总这不太抠门了，连台小车都舍不得买。唉，将这个可怜兮兮的“老实人”拉下水，原指望相互帮衬，结果落得如此尴尬下场。好事要急于求成，坏事能拖就拖。这是秦老爹的一句口头禅。看来和成兴的纠纷，不能操之过急。

然而，成兴一班人马，却没片刻消停，阿娇一天几遍在电话里哀求：“老板，行行好，我只是名打工的，很难做，帮忙将材料退了，早点儿对账！”

一会儿余总婆妈地啰唆：“能否将料退了？要不我派人去拉？先对账，才好结款嘛。”说得轻巧。接着，余总发动吴志来催促秦奋：“兄弟，先对完账再说，好聚好散，没必要斗气。”

成兴的老板成天龟缩，不肯露面，一伙虾兵小将轮番上阵，成天鼓噪，一直坚持让秦奋先退料，再对账结算。

如果料全退回去，我连渣都没揣到兜里，拿什么作筹码谈？处于任人宰割的被动位置，秦奋犹豫不决，对成兴能否付款忧心。软磨不行，拖也不灵，看来得试另一种方法，添把柴火爆炒，将这块硬骨头煮烂。将对方的关键人物逼出来，和咱对话。

10. 流 氓

胡总约秦奋两点到成兴谈判，过了三点，还没见胡总人影，秦奋只有单刀赴会，对他食言很不爽，嘴里愤恨地问候他老妈几句。

和余总老话重提，没啥进展，他依旧支支吾吾。秦奋不屑理他，跷起腿，吊儿郎当地歪坐在办公室，霸气侧漏。进进出出的人，好奇地打量他，余总见势头不妙，忙拐进隔壁办公室，和一位身材魁梧的中年男子嘀咕，那边还坐着其他人，秦奋不便强闯进去。中年男子派头十足，估计有点儿分量。

“厂长要我们先到会议室聊。”余总将这个刺头打发到二楼。

空荡荡的房中，两个人隔张阔大的圆桌，面对面，别扭地坐着。

“到底怎么办？”秦奋的音调加高，事先灌了两罐啤酒，头脑发胀，血直向上涌。

“先将原料退了，对账。”余总还在装腔作势。

“不行！早知这态度，模具都不返。想玩我？货全做好了，你们拒收，瞎扯淡！”秦奋越说越激动，愤怒地诘问。

“你不要这样，这种态度，我不跟你谈！”余总脸上憋得青一块紫一块。

“你能做主吗？叫你老板来！想赖账就明讲，那我就不要了！”秦奋故意挑起事端，将矛盾激化，引蛇出洞。

余总气急败坏地嚷道：“赖你的账又咋样？我们在外还欠几百万不还，不照样潇洒！”

“你有种，这是你说的不付钱。”秦奋猛地从椅子上蹿起来，拍着桌子咆哮。

“是老子讲的，把老子怎样？”余总歇斯底里地叫嚣。两个人如斗红眼的公牛，龇牙咧嘴铆足劲，恨不得将对方撕成碎片。

秦奋要的就是这效果，把火催旺，让人丧失理智。疯狂的人，才会说出疯话，做出疯事。非常之事，必须用非常之手段。无法好言好语地协商，就得撕下温情脉脉的面具，以暴制暴，绝不能心慈手软。否则，对方会误判你孱弱，好欺侮。欺软怕硬，是商界的一条显规则，也是大自然的丛林法则。就算你弱势，也要展现出血性阳刚的一面，大义凛然的英雄气概，视死如归的牺牲精神，气场磅礴强大。

余总不知是激将法，紧攥拳头，关节咯吱响，恶狠狠地逼视秦奋，脖颈上青筋暴突，急促地喘气，与半个钟头前的憨实形象判若两人。

秦奋气冲冲地拢近身，轻轻拍了拍他的肩膀道：“要不，我请你到外面喝一杯？”

余总浑身战栗，头向后缩，以为秦奋要挥拳袭击。迅疾地从座椅上弹跳起来，张牙舞爪，拼命号叫：“打人了，快来人啊！”

秦奋本打算推搡他两把，强化一下效果，转念一想，不妥，这是人家的地盘，如果他吆几个马仔来，和俺切磋拳脚功夫，俺一定吃大亏。孤身深入虎穴，旁边没个人支援，更别说作旁证，随他信口雌黄，反咬一口，岂不受冤枉坏了事。

秦奋后撤两步，与他保持约一米间距。几秒后，门外呼啦啦撞进四名穿厂服的男子，其中一名很拽，冲上前来，气焰嚣张地嚷：“是不是想打架？”

从身高肌肉来分析，那家伙不占便宜，但如果围攻，秦奋的胜算渺茫，只有挨揍的份。秦奋竭力保持冷静，嗓门却不示弱：“想怎样？挺横的，你想打？你敢动手的话，下班了，在厂门口候你！”

那位本想带头冲锋陷阵，展现一番雄姿的小混混，气焰短了半截。他明白这话的意思。今天人多势众，掰赢了，明天还得来上班，到时他势单力薄，且在明处，秦奋可暗地随时收拾他，他再傻，也犯不着替打工的老板抛头颅洒热血，争强斗勇，斗志瞬间被瓦解。

对方阵营中缺出头鸟，便快了，其他人干瞪眼，将秦奋团团包围。

“快叫保安报警，妈的，敢打老子！”余总见养的家丁愣在那儿，大声呵斥。

这时门外闯进一位人高马大的男子，他便是厂长，铿锵有力地说：“老余，他先动手打你？打在哪儿？”

厂长搓着双手，威风凛凛地驾到。余总如见到救星，嘚瑟起来，哼哼叽叽：“打在我肩上。”突然，密集的人群向两边豁开，一位戴眼镜的老头被簇拥进来，唾沫飞溅，气势汹汹地叫骂：“他妈的，谁在这里撒野，不想活了？”

老头头发灰白稀疏，苍白阴森的脸上，严重贫血，皱纹皴裂，五短身材，瘦弱的骨架，松垮垮套着件黑西装。那架势，如进村横冲直撞“扫荡”的鬼子，舞爪的螃蟹。

“没人打他，别胡说八道！”秦奋顶撞道，闪到一边，寻个宽松的位置，以便进退自如，眼睛睃着老头，严阵以待。

老头挥动那根骨节突兀的食指，差点戳到秦奋脸上：“你的厂在哪儿？看我不找人收拾你，敢打老子的人，活得不耐烦了。”老头骂骂咧咧，周围人如老鼠逢见猫，战战兢兢地听其训话。

大庭广众之下，敢这般跋扈、霸道地大放厥词，从那帮家伙卑恭谄媚的态度，秦奋灵醒地猜到，成兴的大老板出场了。

秦奋暗喜：“要的就是这效果，不是牛嘛，躲着不见洒家，上你山头，点支炮仗，将鸟儿都惊得扑腾，倾巢而出。”

“谁怕谁？我等你，就怕你不来！”秦奋针锋相对，气得老头快七孔冒烟，跺着脚，捋起袖管，咧开阔嘴，露出黄板牙，要和秦奋肉搏。

就在这关口，厂长挤过去，用壮硕的身子从中隔开，张开双臂将他钳住："您消消气，不要和这没脑的烂仔一般见识。"点头哈腰地将老头护送离开。

周遭瞬间静寂，四名穿制服的保安仔冒出来，雄赳赳地喊："闹啥子事？是不是你们报警？"

"打人啦！"

"没揍他，过来催货款，就拍了他肩膀。"秦奋连忙解释。110迅速过来，他紧绷的心活泛了，这是他最强力的后援。有他们在场，局面就容易控制，不至于发生混战。

先例行登记身份证，一名公安调解："一个说打了，一个说没动手，打在哪儿？"

"肩膀上！"余胖子狡辩。

"下手重吗？"

"轻拍一下，给你掸灰，就叫打人，真是笑话，纯系污蔑！"秦奋冷笑。

余胖子没吭声，脸憋得通红，又气又急。在员工面前，他到底算个角色，底下的人向他献殷勤，宠让惯了，今天居然栽在这不识好歹的家伙手里，被当众削了一餐，合演一出轰动的闹剧，让不明真相的员工围观看笑话，面子往哪儿搁？

"老余，要不要上医院拍片子？"那个厂长忙递馊主意，他居心叵测，不肯善罢甘休，唯恐余胖子乱了方寸，忘了收拾对方。

"对，要去。"余胖子一激灵，被厂长点醒，似乎这般能捉住把柄。

"无所谓啦。"秦奋耸耸肩，嘲笑，没损他一根汗毛，怕什么拍片子。另外，他想和余胖子保持亲密接触，护送到医院，正中下怀，外面方便发挥，到时让他上厕所，尿都尿不出来，治他的损招大把，就怕他不挪窝。

公安只想息事宁人，不想淘神。这时治安仔放重话："不要纠缠不清，闹大了，都不好收拾。拍片子可以，如果肩膀没事的话，拍片费，人家可不管哦！"

一听这话，余总顿时萎了，耷拉脑袋，本指望公安同志态度分明，卫护他，帮腔修理一下秦奋，没料人家毫不偏倚。他要是继续蹚浑水，去拍个片子，查出肩周炎或其他的病，自掏腰包不说，糗大了。

公安见报案方没吱声，趁机说：“消消气，以后有啥事，好说好商量，别大动干戈，大伙都散了！”

秦奋像只得胜的斗鸡，雄赳赳气昂昂，挺胸扬脖，被大伙目送出厂。取得了阶段性的胜利，接下来的续集，秦奋再抡一套组合拳，让他们免费观赏。

11. 文 斗

这么一鼓噪，成兴公司上下对这事议论纷纷。来者不善，他们首次遇到一位不清白的刺头，翻脸比翻书还快，不按牌理出牌的愤青，耍横不吃素的老板。余总不得不放低架子，屡次向胡总示好，在结款方面，仍没实质性让步。

秦奋权衡再三，如果对方死猪不怕开水烫，咱再强硬，也于事无补；如果上法院，手上的证据有限：送货单上只有员工的签名，没盖章。加工方注明是日天公司，要起诉的话，原告只能是日天公司。按照程序，共创公司得向日天公司结算，与成兴公司无关。

秦奋试探过胡总，怂恿他告成兴公司，但他兴趣索然，排斥官司。两家捆绑在一起，和成兴斗，主动权掌握在胡总那儿，秦奋无所作为，只能静候胡总的动作。

“兄弟抱歉，上次实在没闲，听说你和成兴干上了？”胡总假惺惺地关心，暗自得意，做名看客，让秦奋出头搅浑水，他好趁机摸鱼。

“在外混口饭吃，没法子，荤的素的没得挑！”秦奋讥讽，关键时当缩头乌龟，他对这种人不屑。

“下午两点，我们到成兴碰头，和他们的厂长聊。”胡总又邀请。

“你这屌人，要准时哦。”秦奋恶心他。听胡总言下之意，他似乎疏通好了关系。

生意场上，刚才还狂风骤雨、寒冬腊月，转瞬间便风和日丽、春意盎然。生意人擅长变脸，为争夺利益，粉墨登场，戴着喜怒无常的面具。角色转得快，灵活，适者生存。

秦奋应景地换了张温和的面孔，见到板着脸的余总打哈哈。厂长、胡总、余胖子、秦奋，四人冷峻地围坐在办公室里，吞云吐雾，彬彬有礼的衣冠下，拨弄着各自的小算盘。

“我听听你们的意思。”厂长总揽全局，低调谦和的开场白，让人舒服。

胡总咽了口唾沫，先开腔：“帮我将那批货收下，可不可以先结清我的加工费？”他怕得罪成兴，担心秦奋闹僵后，影响自己的收成，急忙撇清关系。

如果他收完自己的那份，抬屁股走人，我的上哪儿落实？秦奋感到鼻孔里瘙痒，打个响亮的喷嚏，吞了口矿泉水，慢悠悠地说：“你们所谓的不良品，加工费我可以不要，但这批货，不能作废料，要按原料冲账。辛苦做的产品，一个好的都没有，你们巡检的品管渎职！双方都要担责。”

秦奋没再坚持讨加工费，退一步海阔天空，大不了损点儿钱，但对方的错，绝不能让自己背黑锅。“将产品当废料退，意味着我们还要赔差价。这么刻薄，不公平，无法接受。”秦奋硬朗地说。

厂长脸上活泛起来，意味深长地点头，他有点儿诧异和惊喜，未料到秦奋会作这么大的让步。“我晓得分歧在哪儿，我提议：有争执的货，作原料退，不计加工费，其他的加工款，我们分文不少地付。流程为先退料，对账，再结款。有没有意见？”

厂长一口东北腔，噼里啪啦，干脆利落。

“没意见！”秦奋见好就收，直接答。这正是他想要的答案，不知不觉，他欣赏起这位厂长的豪爽，虽然对他的第一印象很糟。

胡总扭捏一会儿道：“这个嘛也行，能否将我的款先清？我的少，容易算。”他皱着眉，挂出张苦瓜脸乞求。

秦奋胃里翻酸水，直想呕，鄙视地瞪了这个奇葩一眼，真不醒目，龌龊！咱俩一起摆渡，遇点儿小风浪，不同舟共济也就罢了，还自顾先逃生，太混账王八蛋了。

“还是一起吧！”厂长笑道，他不想节外生枝，与其一个个对付，不如掷到一个锅里烩。

余胖子一脸尴尬，闷闷不乐地陪坐，肥墩墩的屁股碾着沙发，和它较上劲，眼光散淡游离，心不在焉。

“既然大家没意见，阿娇，打份协议，照这么办。”厂长遒劲地一挥手。

彼此敬烟，气氛轻松，胡总和厂长攀起老乡，套起近乎。秦奋阴暗地想，“同是东北人，咋差距忒大呢？”

秦奋拿起合同扫了一遍，内容写得有些讲究。

甲方：成兴公司

乙方：日天公司

仅在条款中，提及秦奋这方，共创公司属于日天外发单位。还特别强调：甲方与乙方结算货款，故意抹去共创公司。

读合同条款，需咬文嚼字，字里行间是否暗藏玄机，埋伏地雷。显然，本合同将共创公司撇开，一旦签署，秦奋的几万元加工款与成兴公司不搭界，以后不能再找其麻烦。

秦奋凝神思索，这纸明显有缺陷的合同，要不要签？

“既然不关我事，我就不用签吧！”秦奋装傻，既然厂长卖乖，他乐意作壁上观。

“你还是签个字，作见证！”厂长自以为高明地说。他葫芦里卖啥药，秦奋洞见。转念一想，我签个字也妙，胡总万一懈怠，中途撒手不管，那兄弟就不客气了，白纸黑字明晰了三方关系，共创属于日天的加工单位，且有成兴作旁证！整盘生意，虽由共创公司操办，如今名衔调位了。

胡总不明就里，只盯着自方利益，不顾念战友的得失，这一壶够他喝的。有了这纸合同，谁都抵赖不了。闹上法庭的话，秦奋拥有牢靠的铁证。想到这层，秦奋不再犹疑，龙飞凤舞地签名。

胡总没考虑那么多，只操心何时收钱。他粗略地浏览一遍，便鸡爪式地画押。

一场沸沸扬扬的纠葛，尘埃落定，宾主相谈甚欢，胡总流露出继续接成兴订单的心意。

过了几天，秦奋将料悉数退掉，账核对完毕，焦急地候着胡总的通知。

一个月过去了，没音讯。

两个月过去了，没动静。

胡总传达的理由很缤纷，成兴老板出差，没人批；要不就是，财务正在安排云云。这些拖款的套话，都老掉牙了，成兴也不整点儿有创意的来敷衍。

胡总干着急，他也没策，有个客户欠他15万，挨了一年多光景，怀孕的话，崽儿都生了，人家恃强，根本不当回事。但这次情境不同，成兴公司欠秦奋几万元，只差胡总几千。他的数目小，一时半会儿收不到，无所谓。

对秦奋来讲，日子就难熬了。这样耗下去，不地道，很明显，成兴公司妄图黑下这笔款，发点儿单让胡总尝到甜头，再施以小恩惠笼络，将秦奋甩到一边。

若胡总阳奉阴违，不作为，秦奋就惨了。想到这层，秦奋额头直沁冷汗。必须戳下胡总软肋才行。好话说一箩筐，他不上心，玩两面派，我的款不成了画饼？

秦奋郑重地向胡总挑明："一周内，你追不回钱，兄弟只有约到法院见！"

胡总满脸无辜："不会吧，俺的钱都没影，从始至终我都在帮你，你反咬一口，告我，啥意思？"

秦奋不得不摊牌："合同上明白写的：你发给我加工。你仔细瞧瞧，我该不该向你讨债！"

"恶人先告状，你想咋办就咋办。"他气急败坏地挂断电话。秦奋没生气，反而窃喜，就要刺激你，这兔崽子，真是榆木疙瘩，脑袋被驴踢过，还未意识到事态的严重性。

秦奋原以为双方联手，枪口一致对外，将钱讨回来，没料到胡总撂挑子，不愿担责，到底用啥法子，来驯服这头软硬不吃的犟牛？

12. 反目

老虎不发威，当我是病猫。秦奋要对胡总动真格。

一纸诉状递到珠海法院。事先他推敲了那份合同，觉得胜算概率很大，自己辩护，不想花冤枉钱请律师。做生意，常与律师打交道。掌握点儿基本法律常识，对于防范受骗，被人栽赃陷害都有裨益。不当讼棍，不做小人，但要防备别有用心的人和圈套。动物尚有保护色，何况面对龙蛇混杂，进化了千万年的灵长类。

诉讼请求：判日天公司支付8万加工费。收集材料时，秦奋跑了趟中山工商局，查阅了日天公司的注册资料。原来胡总是法人代表，那矛头就瞄准他扎过去。

接到法院的电话，胡总几乎要崩溃，跺着脚，切齿地号叫：“你他妈的还真告？你的款关我屁事？”

“你还不清白，好言顺语请你去讨账，你无动于衷，推三阻四，咱没办法！”秦奋拖腔拿调，不急不恼地说。他们没不共戴天的仇恨。秦奋无奈才出此招，无非寄托强力部门来推动解决此事。

“没必要扯上法院，我天天在催，对方赖着不肯给，你也不必为难俺。”胡总的老婆慧娟致电解释。站在日天公司的角度，换位思考，他的确有点儿冤，糊涂地签字，莫名其妙地成了被告，沦为人家拉锯战里垫背的。

在秦奋眼里，此结不难解，关键看胡总能否配合。两方联手起诉成兴公司，定能稳操胜券。但胡总不理会秦奋的善意，以为拖沓一下，将秦奋的锐气磨蚀掉，此事便不了了之。未料秦奋越挫越勇，未曾放弃。

商战中，笑到最后一刻，才是真的勇士，无论成败，都是英雄！屡败屡战，才能练就商界统帅。

让人不可思议的是，胡总竟然不去取传票，快递过去，也拒绝签收，甘当缩头乌龟。

拒绝配合法院的工作，就算他再有理，也让人疑窦丛生。书记员请秦奋带路，亲自将传票送给胡总，耐心地做了十多分钟思想工作，这厮才不情愿地签收，脸嘴都气歪了，如被人敲了一记闷棍，晕头转向，又不便发作，跌坐在大班椅上恼火。

秦奋心里豁然敞亮：“这么窝囊的男人，难怪欠他十多万，还能忍气吞声，不采取实质性的动作。仅在嘴巴上逞强，瞎嚷嚷，有鸟用？真金白银追到手，才是王道！指望他帮我讨债，真是天方夜谭！”

商场就是无硝烟的战场，人不犯我，我不犯人，人若玩我，我必玩人！做男人，需有点儿阳刚，血性。无论对手多么强悍，要敢于并善于与对手搏击，要有坚毅的信心、必胜的决心、称王的雄心。只要站在正义的一边，就能得道多助，战无不胜！

胡总时不时打来电话骚扰，语气很冲，命令秦奋撤诉，秦奋坚持一条：

“你付了款，就撤诉，如果成兴公司不给，我挺你。”

对胡总的挑衅和骂骂咧咧，秦奋正告：“再对我说话粗鲁，带刺儿，小心剐了你舌头，卤了下酒。”

开庭的那天上午，胡总没到，据书记员说，被告有事，改期到下午。这让秦奋愤懑，他大爷的，法院是他家开的菜园？这么随便。拖到两点半，法庭里异常安静，一名正襟危坐的女法官，一名帅气的男书记员，一名满不在乎的原告，被告缺席，这是一场滑稽却庄重的审判。

一切按程序，正经地排演一遍。女法官质问：“合同只有甲乙两方，原告为何要向乙方讨加工款？况且合同没盖公章！另外，成兴公司与共创公司的对账单，全是打印的，没盖章，说服力不强，原告需补充证据。”

秦奋疏忽了这些细节，紧张地做了番解释，不管用。风向不对劲，似乎偏袒被告，秦奋心里发虚，敬佩女法官办事严谨，真是明察秋毫，不偏不倚。法官没当庭宣判，秦奋仿佛被掏空，信心打了折扣，万一吃了败仗，讨债的事，只有另辟蹊径了。

第二天，秦奋带上华仔，直奔成兴公司，单独找到余总，隐瞒打官司的事，请他在合同上盖印，这家伙心存芥蒂，学乖觉了，推说没必要。

秦奋一激灵，溜到二楼财务室，找到个长得清爽的妹子，谎称对账单需盖个章，以便做账。那名可爱的妹子随便扫了一眼，二话没说，大方地盖了红戳。谢天谢地，最重要的证据捞到手，秦奋舒了口气，兴奋地驱车，直接交到法院的立案窗口。

无论最后的判决结果如何，秦奋竭力拼了，不放弃任何一丝机会。通过这次法律实践，让秦奋学会：不要自以为是，公理并非百分之百站在正义的一方。公说公有理，婆说婆有理，法庭上，有理还需有据。打官司，要做实有利有力的证据。

为何胡总逃避出庭？他在担心什么？是胆怯还是不屑？对簿公堂，将是非曲直厘清辨明，连这点儿勇气都没有？真是个奇葩老板，不愿直面问题，令人费解和遗憾。秦奋开始可怜他。秦奋表现出来的气势和斗志，早就击垮对方了。

官司的结果如何呢？

13. 胜 诉

半个月后，胡总惊愕地收到判决书，手发抖，捏着那几张薄纸，心慌意乱地读到：“被告需承担……”胡总不免焦躁，拒不履行的话，耽搁一天，就要交滞纳金。如果将秦奋惹急了，申请强制执行，查封工厂，这个名声就恶劣了。

胡总铁青着脸，在办公室里徘徊，束手无策。慧娟劝他，不如找成兴公司想点儿法子。危机关口，往往女人更有韧性。他屁颠地跑到成兴公司，苦着脸抖出那张判决书，哀求道：“作孽啊，你们连累我，那个屌人告阴状，帮帮忙！”

厂长起初懒得搭理，将他推给下面。胡总没辙，豁出去了。逮到成兴当官的，哭丧着脸，神经质地唠叨同一句话：“瞧判决书！”这种怪诞的举止，让那些员工如见到瘟神，纷纷绕道避让。

他拉下面子，整天守着余总，隔三岔五地敬烟，一个劲地唉声叹气，让余总坐立不安，挂着张脸。对他发火不顶用，又不能叫保安来驱赶，偶尔余总陪着扮可怜，相互宣泄一下苦衷，活着谁不难？打工、当老板都没安逸日子过。

厂长实在看不过眼，照胡总这样缠下去，公司的形象会丢尽。他也担心，万一胡总孤注一掷去起诉，成兴公司也会惹火上身，日天便是前车之鉴。思前想后，他将余胖子喊到僻静角落叽歪几句，给财务经理施压，让她向老板请示，说再这样胡搅，会影响生产秩序。

一个人，不要脸的话，百事可为，无往不利，无坚不摧，所谓以柔克刚。软磨硬泡，不达目的，誓不罢休，讨债的敬业精神，胡总运用起来，也相当娴熟到位。遇到这类现世活宝，对任何人来说，都是一种折磨。成兴公司终于挺不住了，通知两家一起去结款。

唉，何苦兜这么大一个圈子？就是贱，不逼不行！

秦奋感叹：“强中自有强中手。如果不讲诚信，便能征服世界，哪还需到处宣传‘诚信’这两个字？一些企业，经常游走在死皮赖脸的灰色地带，到期不埋单，能拖欠多一天，绝不提前一秒主动支付！能尽量挪用别人的钱来周转，绝不用自己的，还觉得心安理得，天经地义，是种能耐和成绩。所谓的资金运作，做大做强，就是凭这种恬不知耻的方式来生存发展。弱肉强食，侵占别人的劳动成果来壮大自己。雁过拔毛，贪婪成性，背信弃义的德行构筑了这类企业的财会文化。”

概括起来，就是“拖，欠”。有位亿万土豪的口头禅是：“我不是不付，拖而不欠。”多么冠冕堂皇，大言不惭。说了句大实话！那些小微企业，为了求生存，在财务上被劫持，被要挟，被盘剥，在夹缝中苟延残喘。有幸做大发迹了，多年媳妇熬成婆，又复制他们曾深恶痛绝的伎俩，导致市场诚信体系无法建立起来。

谁不想用别人的钱生蛋？借船出海，捞得盆满钵满，这是儒学中的商文化：假斯文，真败类。树起诚信的牌坊，干着婊子的勾当。有些生意人，既是受害者，也是施暴者。商道上，充斥着血淋淋的蚕食，藏在温情面纱下的奸诈，不计手段，将别人的钱揣进自己的口袋，还美其名曰：“这是王道，狼道！”令人不齿，这是应遭到批判和唾弃的诡道。

秦奋笑嘻嘻地数着厚厚一沓现钞，掀开提包，一垛垛码齐整，拉上拉链，从外面惬意地抻了抻，硬硬的，扎实，眼睛向四周看了一遍，突然心里梗得慌，会不会出这大门就……

秦奋压低嗓门，电话通知华仔，将车直接开到办公大楼来接应。料理妥这些，他向胡总告辞。

胡总慌急地说：“给咱写张保证书，不再追究此事。”

“没问题。”秦奋向成兴公司的出纳讨了张白纸，按照胡总的意思描上几个字，还不忘揶揄：“这张墨宝可得珍藏好。”

胡总虽爱耍滑，但本质不坏。在回去的车上，秦奋不禁想起胡总贪小便宜的两桩趣事。

当时原料由共创公司统一领，然后分发给日天。但与成兴公司阿娇对账时，华仔发现多领了 100 公斤，送货单上并没共创公司的任何人签名。

成兴的物料员小妹辨认："是那个矮胖的老板过来拉的，当时他着急用，就漏了。"这一说，便有了眉目，胡总正好对号入座。

"我几时领的？没有呀！"胡总矢口否认，撂下电话一脸的无辜。

两方争执不休，拗在那儿。秦奋扯上胡总，三方当面对质。

小妹一见到胡总，花容失色，杏眼圆瞪，一口咬定："就是你领的，那天五点半，我们快下班了，你慌忙火急地过来送货，说没料了，顺便捎走！"

"是吗？都过了五十多天了，不记得了！"胡总装糊涂，想抵赖。

"过后为何不补签？"胡总发现破绽，想钻对方疏忽大意的空子。

"第二天忘了，你真记不起来，有放行条帮你回忆！"小妹子噘起小嘴，气鼓鼓地跑到保安那儿查底单。

秦奋若无其事地看戏，心底亮堂。人家打工妹和你平日无怨无隙，不可能栽赃陷害，冤枉好人。何况早将胡总的体貌特征，描绘得有板有眼，大约印象深刻。和胡总打交道稚嫩了点儿，为他提供便利，反被蛇啜了一口。

小妹取来单，内容和那张送货单相吻合。胡总捏着那张纸片，摇头晃脑地琢磨，神色不太自然。

"这能证明什么？"他拒不认账。

小妹鄙视："不认数是吧？"她激动起来，白皙的粉脸晕染了胭脂，冷俊俏丽。

"当时急赶下班，没打单，你口口声声保证，叫我放心，现在装着什么事都没发生？"

余总冷眼旁观了许久，帮着打圆场："胡总，有这档事就认了嘛，我们没跟到位。"双方再这样剑拔弩张地争执下去，办公室就要成了锣鼓喧天的舞台。

"百把斤料，就值几百元，不至于争得面红耳赤吧？大人有大量，人家认定是你，就认栽，有多大关系？开那么大间厂，还在乎这点儿小钱？"秦奋半捧半压，实在不耐烦这菜市场小贩般的争执。

胡总庄重地发誓："我真的没领。都有责任，为吗只要我承担？"他犟劲上来，得理不饶人地嘴硬。

谈崩了，大伙不欢而散。因为这条数没厘清，秦奋拒绝确认成兴公司传来的对账单，也成了对方拖沓结款的理由。

胡总败了官司，还纠缠这100公斤料，伤脑筋，最后成兴公司的厂长出面解围，各担一半，这才让胡总喜滋滋地认数。遇到这样的大神和泼皮，真让人唏嘘，口头的承诺就这么轻贱，还是习惯了信口雌黄？人与人之间，最起码的信任都需要设防加锁。承诺，真的就这般不值一文？事无巨细，都要扯书面的凭证，只为防范万一，某天一不小心，便成为呈堂证供。诚信，被如此轻易地消费？当只相信白纸黑字的契约时，人类之间，就变得冷漠与猜忌。

胡总这点儿花花肠子，秦奋在这破事之前已领略过。

有天，他将一整车货退回共创公司，其中有与成兴扯皮的那批，刚巧仓管员请假，没人顶班。

华仔对押运的胡总说："先放这儿，清点完再签单。"他死活不依，耗在那儿，华仔拗不过，在送货单上画了押。华仔多长了个心眼，特别注明：数量待核实。

过了几天，华仔慌张地说："大事不妙，日天的退货与账面相差50公斤。"秦奋一激灵，会不会虚报数量？华仔恍然大悟，胡总果然做了手脚，想糊弄他们。如地摊上缺斤少两的婆娘，将青菜喷上水，在秤上动点儿心思，便以为聪明。

秦奋在电话里狠狠骂了胡总一顿。对付鬼，就得用钟馗收拾。和这种人打交道，时刻得振作精神，披着盔甲防范。稍不留神，他便会揩油，占点儿小便宜，他乐此不疲，活得不累？我都觉得辛苦，值吗？话说回来，他不这样做也不行。生意上，不锱铢必较，哪能积沙成塔？但这种春秋笔法，用得过分和歪了点儿。欺瞒挪占贪污，毕竟是盗窃的勾当，无商不奸，这是生意人的劣根性。难怪大力提倡慈善，号召企业家有慈善觉悟，成天和金钱欲望搅在一起，不修身养性，哪能获得心灵的宁静。生意场上，你仁慈，他以为你软弱；你强势，他以为你难缠。厚德载物，有容乃大。至诚至善，方可战无不胜。

共创公司在料理这边烂摊子，云信公司那边也冒出麻烦，到底啥情况，让秦奋寝食不安？

14. 上 钩

共创和云信的业务不咸不淡地开展。订单琐碎，催货还紧逼，模具常出故障，弄得人不厌其烦。吴志屡次说，这种“垃圾订单”不做也罢。但秦奋自有考虑：利润虽薄，但机器在转动，没冷场，借此吸引更多的客户。通过实践积累些经验，只有摸索一阶段，才能学得精明。否则，就算揽来优质的长单，盲目地接下，甩开膀子干起来，不懂经营，结果反倒亏本，和成兴的合作，便是前车之鉴！

谁不想吃大蛋糕？一口吃不成胖子。发财，水深着咧。先做足前期的功课，没有经历几番吃亏的磨炼，不可能占到便宜。成功非一朝一夕之事，朝为田舍郎，暮登天子堂，那只是影视剧里的桥段。何况今天的小单小客户，谁能保证明天不会晃成大单大客户？不以单的大小决定合作的态度。任何生意，都是一点一滴的小细节不停地重复，才能垒大。这些道理，人人都懂，但真正身临其境，面对实际困难和压力，并非每个人都能坚守原先的选择，会动摇怀疑原先的判断，方向是否需作适当的调整，或彻底改弦更张，这些都让人纠结。刚练手，只要不亏的生意，都要接，还需做到客户满意，自己满意，这是宗旨。秦奋顶住各方的闲言碎语。

“许总马上过来。”话筒中传来张丽直突突的声音。

云信经常要共创买各种料试验。起初，秦奋还乐于配合，但对方反复折腾，共创的员工极闹心，反感这类鸡肋订单，抱怨他们难伺候。员工说得在理，忙碌半天，只生产寥寥几十个，谁有心情干？明摆将咱们当傻子耍。

秦奋晓得他们心底憋屈，瞧着老板吃亏于心不忍，又不能消极怠工。秦奋安抚这种情绪，对王工提两点要求：将单价提高，收试模费。

他不能再装憨！

“你要收试模费？太过分！这是敲竹杠！”张丽一下车，咄咄质问。

秦奋笑迎："按理说不收，但每批数量太少，加工费抵电费都不够！"秦奋温和地说。许总没吱声，木然坐着，他心知肚明。

"委屈一下，到时量大了，不就赚回来？"张丽煽情道。她说得真好，先美美地画张大饼。做她的单等于亏损，咱不能饿着肚子向前看。秦奋皱眉为难，欲言又止，不想和这女人争辩，许总待在那儿扮深沉，让她来作秀。

"单价可重新报 ，下次提高起订量，试模费就不要收了。"张丽抛出个新方案。

"先试试吧。"秦奋点头。就算没盈利也乐意做，他不是个得寸进尺的人。

"一定用原料做，不能添回收料，影响强度！"许总迸出一句，真是提纲挈领。这两个人演双簧，一唱一和，厉害。貌似满足你开的条件，却又加码，提苛刻条件。一松一紧，掐得你捞不到油水。

秦奋陪他俩到车间参观，许总不经意地说："有空过我那边坐坐，有些营销的事，想讨教！"秦奋愉快应允，所谓士为知己者死，能得到他的赏识，就算是挂在嘴边的客套话，也让他美滋滋地受用。

他俩逗留不到二十分钟，旋风似的离开，张丽坐在副驾驶位。凭秦奋多年床上经验来察言观色，这两位关系非比寻常。种种不经意的亲昵举止，默契的眼神都似乎印证了他的猜测。这激起了秦奋的浓厚兴趣，有空要钻研一下。挖掘男女之间的绯闻，关注下半身的风流，令八卦的男人感到亢奋。特别是合作单位，把谁是什么身份，谁和老板劈腿、断背，谁说话有分量能当家做主整明白，便于对症下药、投其所爱，这点不能小觑马虎。

为何这么垃圾的单还不肯放弃？秦奋心里有杆秤：将对方的生意当自己的来做。打工时，将老板的事当自己的事用心去做，便能得到老板的器重，得到更多升迁机会。做生意，作换位思考，自然要替合作伙伴两肋插刀，助一臂之力。能得到回报？秦奋没想太多，先真诚地付出，抱着与人为善的美好愿望去为人、做事，有些书生意气和迂腐，少了商人的奸猾和算计。最终，他能否如愿，还是被人当猴耍？

15. 出 卖

云信试制出多款产品，壮观地陈列在豪华的展厅里，渲染他们具备强大研发实力的形象。许总不想再砸钱进去，寄望招商引资，所谓筑巢引金凤凰。酝酿着大张旗鼓搞加盟，钓金龟。

王工不时来电敲打，催秦奋拉些吉祥公司的经销商过来，多多益善。端人家的饭碗，秦奋面薄，不便推辞，硬着头皮给那帮哥们推荐。他想起昆明的阿亮，十多年老友，以前在中山做货运，积了点儿钱，回老家发展，曾托秦奋留意些好项目，帮衬他。

“这边有个新牌子，有没有兴趣？”秦奋想作顺水人情，让阿亮和云信挂钩。

“老板有魄力，敢搏，加盟这种成长型的企业，有远景。发财要趁早，把握机遇，才是真功夫。”

“大哥介绍的生意没问题，如何操作？”阿亮对秦奋绝对信任。

以前秦奋作白领，无论在哪家公司当差，都将货运交给他做，阿亮对此感恩戴德，过意不去，常说给些回扣，秦奋批他俗套见外了，做好本职的服务，不让我操心就行了。

秦奋也曾犹豫过，毕竟不是圣人，谁怕钱多扎手？谁不想在职场中多捞点儿，何况是台面上的显规则，老板和员工都心知肚明的事儿。但个人残存的那点儿职业操守，勒住膨胀的私欲，不稀罕这类灰色收入，拿人家的手软，不想被人抓着小辫子，否则不成了人家豢养的鹰犬？做足本分，做个自由人。所以他一再谢绝阿亮的好意。

阿亮欠这份人情，憋得慌，好歹请秦奋吃了几顿饭。那时都是单身汉，午夜的街边小摊，一人一瓶啤酒，就着一碟花生米、一盘卤菜，敞开肚皮灌，醉眼迷离，搀扶着上卡拉 OK，放纵飙歌；拐进酒吧，疯狂地摇滚，和那些同样不愿清醒的妹子们调情，何等的青春洋溢和得意！玩累了，结伴晃到他那间集体宿舍，一头一尾同榻而卧。两个糙爷们不分彼此，坦荡相见。

“交三万押金，就当云南总代理。我替你说合！”

“你敲定就行。”阿亮是财会毕业，为人有点儿谨慎，“对方给什么支持？”

“据许总说，发六万的货，卖不掉可退货。”

“哦，代我签合同，我将款转到你卡上。”阿亮直爽地说。

“这不行，细节还得你把握，我只管介绍，生意成不成，有没有风险，我可不打包票。是兄弟，先将丑话说到前面。”秦奋最怕替人担保，被不设防地全盘托付，并非他不实在，终究是生意，突发事件难以预测和控制。又不能辜负兄弟们的信任，事办砸了，势必会背负思想包袱，平生误会。

当好友想将担子撂给他时，秦奋不接收，总会善意地提醒：“经商有风险，入市需谨慎。”没有稳赚不亏的生意，除非是大话诳骗。钱存银行都可能贬值，那实质是一种变相的亏损。

“有空来考察一下，我做参谋！”秦奋表明立场，不能越俎代庖，既没夸大其词，粉饰引诱其上钩，也没泼冷水，打击其创业的积极性，不偏不倚，叙述一个项目，中庸淡定。

对阿亮来讲，如果经营得法，这是次成长的机会；对厂方，撮合知根知底的朋友替他们效力。三方皆大欢喜，秦奋的出发点是善意的。

以商为媒，唯利是图。秦奋这位生意场上的掮客，没捞一分钱的好处，为何将好友推下海？他自以为行善积德，却万万没料到，阿亮第一次下海摸鱼，就遭遇了旋涡，还对秦奋这位铁哥们儿耿耿于怀。

秦奋交代阿亮，趁闲逛逛昆明的市场，初步接触下客户。将阿亮想入伙的意愿向王工反映。

“老板，有空没？许总请你过来谈谈。”王工热情洋溢地邀请。

秦奋开车弯进云信，中山市某工业区内，耸立着几幢六层楼，院内绿树成荫，铁栅栏上攀爬着红艳的杜鹃花，环境整洁清爽。

穿着蓝色厂服的员工们忙碌着，那些青春的脸上，写满麻木和呆滞，那是没睡醒的疲乏，这成了打工者的标准表情，为生计驱使，成年累月忙碌在流水线上。曾经满腔热情，意气风发的大学毕业生，批量下嫁到车间，厮守着冰冷的机器，昂扬的斗志被上下班的铃声敲碎，只剩下对周末假期的期盼，对月底那点儿薪水的渴望。上级虚伪的面孔，盛气凌人的训斥；同事为了向上爬，钩心斗角和倾轧；下属刻意的阿谀奉承或冷漠。为了图表现，混钟点，挨到办公室的人走光了，才悻悻地拖着疲惫的身体离去；为了挣加班费，熬出肩周炎颈椎病，两眼昏花，面带菜色；为了吸引老板的眼球，争宠邀功，使尽浑身解数，掏尽心思。工作那点儿事总是烦心事，干不完的活，加不完的班，没胆量丢下这份安稳，无奈，继续捧着这只饭碗。天下公司大同小异，一个球样，跳槽吧，换来蹦去，不过是老板手中的一枚棋子。

秦奋望着流水线上这些为生存和未来挣扎的影子，不禁唏嘘感慨。

青春和激情，随着机器飞转的轮子搅拌碾压，在春节返乡的鞭炮声中灰飞烟灭。年复一年，青葱年华染成霜雪，下一茬长成、婚娶，复制的一代，又潮水般涌进工厂。繁忙的流水线，批量制造出产品，也批量产出打工奴。这是命运和轮回吗？还是个人的悲哀？我们的幸福感在哪里？

此情此景，秦奋不禁想起一则冷笑话：一个放牛娃，老人问他有什么理想，他说多放牛，养大了生崽儿，攒钱，娶老婆生娃，娃大了，养更多的牛。为了生活而工作，还是为了工作而生活？如果劳碌后能安居乐业，工作就是愉悦生活的和谐组成。但更多的是为了苟活于尘世，戴着枷锁和镣铐在跳舞卖唱。房子是判了有期徒刑的按揭，高昂的学杂费，换了马甲的暂住证，等级制般的户籍门槛，被涨工资的幸福……这些贴在外来工身上的标签，将一代又一代扔进万劫不复的轮回中循环。

活着，为了活着而活着。高三教室中悬挂着励志标语：读书改变命运。大学毕业证揣进旅行包，成了人才市场的通行证。工厂里张贴着让人心惊胆战的条幅：今天不努力工作，明天努力找工作！多么巨大的讽刺和落差，不同年龄段和不同时代的忽悠。命运如果这么容易改变，那还叫命运？蚁族草根的命运，改来改去，成了老大的一块砖，哪里需要哪里搬；成了老板盘中的一根菜，想拣谁就拣谁。

车间地上，涂着绿色反光的油漆，窗外明媚的阳光投进来，晃眼。粉白的墙上，有序地挂些图表。秦奋的发散性思维，信马由缰地奔驰，小小地庆幸自己产品升级，暂能人模狗样地当起几十年前人人唾弃批斗的小资本家。

“稀客，欢迎！”王工打断秦奋的思绪，他面色蜡黄，精神萎靡。

秦奋突然发现个怪现象，王工只坐一张普通的桌子，和办公室的文员打成一片，而张丽的，却是张扬气派的大班台，阔绰醒目，霸在董事长室的门旁。

秦奋涌起不祥的感觉，作为公司股东和创业伙伴，竟这样不待见王工，办公室的座次明显受到轻视。王工不在意这些枝节，但员工会市侩地八卦这些，从中窥见一个人在公司里的分量和地位。

“总经理助理的屁股占的位置比你大哈！”秦奋调侃。

“别瞎联想，反正我不常待在这儿。”王工有点儿难堪，极力掩饰。

在办公室里低调，有利于融入同事中间，但过分低调，便容易被人瞧不起，踩在脚下。办公室，是讲究等级尊卑的地方，是争风吃醋向老板争宠邀功的后宫。

秦奋替王工鸣不平：“要不我向许总点穿？这么安排没面子。”

“别，无所谓，赚到钱才是真！”他慌忙小声说。

“你脸色不好，生病了？”秦奋关心。王工过于实诚，不善言辞，只知工作。

“有点儿累吧！”会议室里，只有他俩说闲话。平时王工泡在车间，他属工于作狂，每晚十点才下班，三年来，一个周末都没休过，堪称私企中的劳模。

“不要这样玩命，年轻拿命兑钱，年老用钱换命，不值得。”秦奋劝。

“没办法，每个环节都需亲力亲为，才省心。”王工有气无力地说，如吸食鸦片的瘾君子，一副浑噩恹恹的样子。

云信公司有辆货车，许总没请专职司机，经常叫王工送货，有几晚，他送货到东莞，凌晨路过共创公司，顺便溜进秦奋办公室，打个盹，眯一会儿。秦奋苦口婆心地劝，你大小是老板，不要过于辛苦，这类杂役活，就不要睬了。王工摇头叹息，说对许总提过，请个司机，他当耳边风。

“这不将你当牛马在使唤？将一个人的潜力压榨干净，太过分了。”秦奋愤愤不平。

“有什么办法？公司有我的份，能省就省嘛。”

“不能做！如果公司才起步，股东这样搏命，尚可理解，但现在颇具规模，已上轨道，还如此不爱惜身子骨，苦干，就糟蹋人。你作为老板之一，从琐碎事务中解脱出来，才能高瞻远瞩，进行规划。”

“是这理，但许总玩命做，他都能，我能偷懒？许总积劳成疾，上个月，人差点儿挂了，住院吊了几天点滴，才缓过阳来。”

“他三十来岁，年富力强，体格多健，你都四十好几了，体质羸弱，岁月不饶人，不是一个级别。再说，他吃苦耐劳作表率，但不能苛求别人，都超负荷工作，活着，还有什么趣味？ ”

“唉……”王工唉声叹气。他有顾虑，新产品，投资几百万，耗了三年，还处在小打小闹的试产阶段，对业务又不精。开支又庞大，只出不进，压力山大。靠压铸加工的生意，输血过来才勉强维持。

许总曾语重心长地说:“我不拼怎么行？要是我输了，就败三代人，父辈、我和儿女，三代都押进去了，只有赌下去，没别的选项和退路。”他在狂赌，用命和家庭的荣耀作筹码，这是何等的悲壮和勇气！不成功便成仁，一条路走到黑，誓不回头，这是条不归路！

秦奋欣赏这种执着和豪气。这么优秀的品种，上哪儿去挑？他成功了，跟着他混，也能分一杯羹。跟在老虎后面追逐猎物，起码有骨头啃。秦奋这么盘算，替阿亮分析。事情真这样简单顺利？

16. 掮 客

许总如阵旋风卷进来，后面紧跟着张丽。“不好意思，让你久等了。”

许总放下手中拎的三脚架，挪开椅子坐下。“聊聊全国营销布局，你有何高见？”许总那对特大号的牛眼炯炯有神地刺过来，仿佛要攫取什么。他用“高见”这个词来捧秦奋，让秦奋很受用，有些飘浮，积极性瞬间被煽起来。

“个人的建议，业绩的好坏，最终归结到人，要找一批得力的经销商。宁缺毋滥。可以招商，在空白的区域，派业务员去开拓市场。在特大城市设立展示柜。”秦奋侃侃而谈，张丽摊开笔记本，用心做会议记录。

“就像你说的，人才最重要，最稀缺，招吧，刚毕业的，有冲劲没经验；老业务员心气高，不一定来，为难！”许总脸色凝重阴沉。

“就捡那些年轻气盛的新手培训！刚踏进社会，敢闯，能吃苦，成本低。再请位内行来调教。做业务的老油条，吊儿郎当的，猴精，贼得狠，不见鱼儿不撒网，张口先谈报酬，到底有没有这能耐？思维僵化，倚老卖老，经验是个屁，放出来自己舒服，臭得熏人，不愿配合公司的思路，作为新品牌，不适合选拔这类老枪。”秦奋信马由缰地调侃。

王工缄默地坐一旁，恭敬地听讲，如课堂上乖乖的小学生。许总微微点头，露出一排白牙，似笑非笑：“上哪儿聘这样的能人？”

他会不知道？明知故问，秦奋发笑，王工不是他许以高薪期票哄来的？

“挖同行墙脚，最省事。”秦奋打起哈哈。

“我在办，进展有点儿慢，产品的竞争，实质是人才的竞争，优秀人才，谁都舍不得。被炒掉的，不晓得底细，不敢用。”许总意味深长地瞟了王工一眼，似在安抚他，你是例外。

“用人勿疑，这是句客套话，用人哪会不疑？哪个用人不疑？夸得自己多大度。绝对的权力会滋生腐败，必要的监督和牵制是必需的，这样老板才踏实。只要人品端正，英雄不问出处，包容才能汇聚各方专才，谁都有个性，只要不是歪瓜瘪枣，值得公司差遣，大可不拘一格地选用。”

“就像你说的，和吉祥公司的严总签约，两位龚老板，上海的忠厚，北京的滑头，这不要紧，能帮我推产品，什么人我都敢用，会用！”许总信心满满，抑扬顿挫地说。

秦奋堆着笑，不能苟同，如果一人无德，性格怪僻，举止跋扈，再出类拔萃，他也不感冒。

碍于面子，秦奋没当面反驳，只善意地提醒：“严总代理吉祥东西，一直调皮捣乱，唱反调，暗地里尽卖些贴牌仿冒的水货，还见缝插针地全国窜货，大老板雄哥几次想收拾他，有些话不方便说，免得误会我在嚼舌根。多留意些吧！”

庸才，奴才，歪才，如果一定要秦奋挑，他选奴才，这类人，起码有执行力。庸才有心无力，混工资，图安稳；歪才心术不正，钻营狡猾，在关键时刻耍奸使诈，让事功亏一篑。当然，德才兼备最理想，用人勿疑的前提条件——德为先。

许总病急乱投医，过于自信，坚信自己能驾驭那匹悍马。秦奋还能说什么呢？

“听王工说，你有朋友想做代理，该如何操作？”许总话锋一转，来了精神，秦奋一时语噎，许总两片厚唇，一张一翕地动弹，这才是请秦奋来的主题，先做了半个钟头的前戏。

“我们十多年的交情，他人不错，没涉足这行，做过货运业务，昆明土著。”秦奋交代与阿亮的关系，意指：放账给对方，不用担心会跑路，不妨直奔细节。

“条款如何写？你能否弄份吉祥公司的合同来参考？”许总问。

这是剽窃行为，秦奋一时愣在那儿，不知如何接话，许总是故意试探，还是别有企图？将自己曾效力的公司的机密文件泄露，这有违职业道德，许总讲得这么轻巧，似乎看扁了秦奋的人格。做人岂能如此无耻？再想想，许总这么做，有前科，他俩曾狼狈为奸，合伙去“偷”几粒原料。

“对不起，早丢了。”秦奋撒谎，语气尽量婉转。

许总眼中闪现一丝不悦，脸上肌肉轻轻抽搐几下，作为名堂堂大老板，平时要风得风，要雨得雨，骄横惯了，被人当面挡驾，心理有点儿受伤。但他经过风浪，马上淡定下来，十指舒展开，虎躯向后一仰，呼出一口长长的浊气，正欲开腔。

秦奋抢先插嘴：“不过，还记得要点！”一张一弛，这是他说话的技巧，在回绝对方时，给个台阶下。

“那行！”许总喜出望外，这小子有一套，做事冠冕堂皇，既当婊子又竖牌坊，像枚驴蛋，外表光溜，里面裹着一团乱草渣。既不让吉祥公司骂他是叛徒，又不得罪我，够圆滑，有手腕。

“合同签一年，签太长，万一对方没能耐，方便剔除，补充新生力量，两不耽误。如果滞销，可按一定比例换货，切记，不是退货！强调是‘换货’两字，主动权握在我们这边。有个请求，阿亮是我介绍的，业务方面比较嫩，希望给他点儿照顾：合同期满，退货，双方结清余款。”

秦奋站在云信的角度说话，同时替阿亮考虑，如果生意差，压一堆货，阿亮如何承担？几年打工的积蓄，拖儿带口的，听信我一顿蛊惑，万一套牢，岂不对我恨之入骨。作为兄弟，该把这个舵，规避风险。按我的思路，就算阿亮不赚钱，他交的保证金，起码可退，损失不过是浪费点儿时间，增长些经商的教训，不至于颗粒无收。没下海，先预防落水。

“可商量，你记下来！”许总吩咐张丽，她面带桃花色，乖巧地点头。作为一名成熟的老板，不轻易承诺，擅长用一套模棱两可的外交辞令，圆滑地应酬，给自己留有回旋的空间，人为地制造点儿悬念，吊起来卖，让对方心生期盼，努力争取，得之不易的东西，会让人心存欣喜。

“我呢，协助贵公司指导阿亮，用对人，用好人，不懂可以教会他们。”

“你说得对！王工具体跟进，尽快办妥当。”许总果断地说，腾起身，从盒子中拔出几支三脚架，得意地说，“瞧，多顺溜，表面喷涂的光泽，亮闪闪；质地薄，不像那些所谓的名牌，油漆臃肿！咱们的美观轻盈！”他陶醉于自我良好的感觉中。

秦奋违心地附和，拣好听的话说。逢场作戏，配合表演，并非惺惺作态，对他人，也是种精神宽慰。自信，需要有自卖自夸的勇气。先让对方了解你的卖点、亮点，引起共鸣，认同你的观点，这便是推销的开始。

前进的征途中，当没人给予掌声，我们不要吝啬给自己掌声。请给自己掌声！奋斗是孤独的，让自己的掌声相伴。相信总会有一天，站在万众瞩目的舞台上，雷鸣般的掌声响起来，为我喝彩。

17. 蒙 蔽

过了段时间，阿亮成为云信在昆明的总代理，他偶尔给秦奋来电，请教拓展业务的技巧。他跑得勤，连地级市都没漏，费了老大劲，客户还是诉苦卖不动，没知名度，性价比低，质量不稳定，不时有退货的投诉。客户渐渐少了积极性。

秦奋将他的抱怨传达给王工，云信公司无动于衷。其他市场信息也反馈过来，大同小异。许总吹起的肥皂泡，不攻自破。秦奋为此忧虑：“一个新牌子，想要站稳脚跟，没有严苛的品质，敷衍消费者，只会自断生路。”

王工三番五次请示许总，恳请工厂增强质量意识。许总不以为然：“哪家不经过三四年沉淀？”他在宽慰自己，为懈怠找自我麻醉的理由，掩饰失误。

更令人难以忍受的是，模具粗制滥造，导致共创公司加工成本增大。

秦奋向许总、张丽指出这些毛病，他们一笑置之，嘴上信誓旦旦，保证改进，却没见啥成效。经打听，许总亲弟弟负责模具，员工称呼他许经理，他原本捣弄压铸模，对精密的注塑模属于半桶水，性格还固执。知道这层关系后，秦奋理解王工的尴尬，他能屌技术部？

秦奋试探性地支招：“既然许经理做得差，模具何不外发？”

王工难堪地说：“许总不干啦，他们自以为是，谁要说三道四，便火冒三丈，说你挑剔！‘咱们为日本人开的模都没问题，这玩意算啥？’”

“难怪做得稀烂，还反咬一口，骂我的师傅调机水平低。”秦奋的人和许经理几次在电话中争吵，相互指责。有次共创的主管气愤地摔掉电话筒，发誓再不接那屌毛电话，弄得秦奋事后灭火。

“既然独立核算，那你有权要求外发！”秦奋直指问题的症结。

“他是大股东，说云信公司的运作入不敷出，每月从压铸厂借钱来开支。我还能说什么？他说肥水不流外人田，外发不一样花钱？”王工嗡嗡地说，提这类敏感的话题就头大。

“这套模，你们内部算多少钱？”秦奋指着个小配件好奇地问。

“一万两千元。”王工犹豫片刻，细着嗓子说，扭头向窗外机警地瞄一眼，站起身，将办公室门轻轻掩上。

“太离谱，这么贵？就那套烂模，吓人！”秦奋惊讶，这不糊弄人吗？凭许经理那点儿料道，还趾高气扬地嘚瑟，原来他手艺还挺值钱的。惯的！

“我们给日本人做模，都这价。”

“压铸模和注塑模的工艺，压根儿不同，小日本这么好忽悠？难怪许总对其技术信心爆棚，原来有资本。”秦奋哂笑。

“这套模，顶多八千元，保证比那堆废铁强十倍！”秦奋为王工鸣不平，这种短视的运作模式，不仅砸自己的牌子，还毁了王工的前程，让代理商一起陪葬。一丝寒意从秦奋心底泛起。

“本不该透露这些，多年老友，也不瞒你，压铸厂的会计做账，就记云信公司欠1.2万元，几十套模具，不就几百万？”王工忧戚地说，内心憋屈无处释放，长久的压抑，痛苦地煎熬，不知忍到何时才了。

“这就意味着，你入股的云信公司欠压铸厂几百万？要等到盈利后再归还？难怪你三年没分红，还是负资产！”秦奋捋出其中的脉络。

“别提分红，前几天，许总还要我追加投资，否则就稀释我的股份，我穷得叮当响，哪有钱往里填？每月仅领点儿生活费，紧巴巴地过日子，巴望你帮忙多销点儿货！”王工眼睛犯潮，满脸愁苦。

“有玄机！这样合伙，表示你一直欠他的钱，如果云信的盈利不足以偿还压铸厂，你就成冤大头，永远替他卖命，名义上，你也是老板，实质连打工仔都不如！你只领底薪，没任何福利，相当于无偿做事，卖身为奴。替你算笔账：你以前打工，月薪8000，现只领2000，他变相剥削了6000，一年就是7.2万，三年高达21.6万！再加上你入股的，全搅在里面和稀泥，这三年，你玩没了几十万！更可怕的是，你还是欠他几百万债务的云信公司的股东！他的压铸厂安逸地赚钱，与你无关，你在这边填窟窿，法人代表是你，背一屁股债。还有什么奔头？”

大的投资方盘剥小股东的方法，廉价或无偿地消费小股东的劳动力，只需给他们戴一顶闪着光辉的高帽子，描绘一个美好的远景，阴谋就得逞了。

“有没有想过，如果你没有利用价值了，他会一脚踢了你。几年后，你能获得啥？”秦奋剔肉见骨地说，这种情况屡见不鲜，能共苦，却不能同甘。一旦生意有起色，兴旺了，双方因理念和利益针锋相对，落个图穷匕首见、反目成仇的下场，那就竹篮打水一场空。

“有朋友也提醒过，但现在，他亏得更多哦！”王工真是冥顽不化，脑筋转不过弯。

“他亏个球，这属于他的投资，机会一成熟，便收回来；你不同，一旦离开云信公司，便一无所有，你的辛苦全打水漂！甚至成‘负翁’！如果他昧着良心追究的话，你还欠他巨债，后半辈子吃牢饭！别天真了，指望公司今后做活了分红，那是痴心妄想、空中楼阁，你等不到那天，早充当炮灰了。”秦奋说到兴奋处，手舞足蹈，惋惜他太单纯，太孤陋寡闻。

初入商海，没经过什么风浪历练，以为有人搭建平台，让你施展才能，你便鞠躬尽瘁去奉献，真是傻不拉叽。人家用精神鸦片来迷惑、洗脑，卖了你，你还替对方数钱。

“明知注塑模，压铸厂做成本高，质量差，还霸着干，明摆着，要将你、云信及压铸厂，牢牢捆在一起。想挣脱，没那么轻松。你没日没夜地超负荷工作，有回报吗？近四年了，还租房住，有积蓄吗？积蓄虚无缥缈的期待，踩进沼泽地，越用力，陷得越深。不能再执迷不悟，将自己搭进去了。”秦奋苦口婆心地劝，他混迹商界多年，早见识过这种伎俩。

许总将全盘棋布好，王工不过是一枚驮他过河的卒子。还有谁将成为他的车马？秦奋打个寒战，希望王工能雄起，向许总挑明立场，争取应得的权益，不能再窝囊，盲目地死干。王工心存侥幸：许总不是那种人，这些担忧多余，许总宽宏大度，雄才伟略。

许总会将大家玩弄于股掌？这些顾虑，仅是秦奋个人的近视和错觉？

18. 发 轫

当初筹建共创公司，由秦奋带头启动，将几位凑在一起。吴志懂技术，象征性地投资几万，他还在外企做金领，因其好赌喝花酒，业余生活丰富，收入都上交老婆财政，在家装得老实温顺，典型的“妻管严”。

魏贤将积攒的几十万拎过来，他在台资做过仓管，因得罪上峰被贬，“凉拌”起来，郁郁不得志，勤勤恳恳干了十五年，期望公司炒他，按照劳动法赔偿个十来万，但公司偏不辞退他，当个闲人圈养着，让他心灰意冷。属于被公司打入冷宫的废人。

一年四万多薪水，十年四十多万，资本家就买断他的青春，都奔四了，还能晃几年？每月需按时交房贷，上有老、下有小，日子过得紧凑，心底压抑。谁不想扬眉吐气地活着，而他的处境，在公司里如小媳妇，为了那点口粮，夹着尾巴做人。住的小区，认识不认识的人，车来车往，锦衣玉食，活得滋润，且不说小蜜换了几任，商品房储了几套，他只能跨着电动车，趁菜贩子快收摊前，掂量着买点儿贱价的小菜。城里还禁电动车，两眼鼓得圆，左顾右盼地防范，锁在单车棚，时常提防小偷惦记。被残酷的现实生活奴役，为生计奔波，他那残存的一点儿理想尚未泯灭，挣扎着出人头地，让自己和家人活得更有尊严，生活质量提高，上档次。经秦奋的游说，加入了这个创业的团队。他那份鸡肋工作照做不误，利用闲暇参与公司的建设。

吴志、魏贤、秦奋三人是十多年前的老同事，为解放几个家庭的经济，实现小资理想，义无反顾地结盟。

还有位重量级的股东隆重登场——秦奋的弟弟秦斗，在一家集团公司上班，靠着别具一格的手腕，几年卓有成效的钻营，从一名仓库的小搬运，爬到人们觊觎的职位——采购经理，这是超级吸金的大肥缺，秦斗干得风生水起，淘得盆满钵满，在市区黄金地段，购置了二百多平方米的山水洋房，就是最有说服力的成绩。

人是有追求的。采购是个高危的岗位，对于老板来说，他属于弱势群体。万一哪天被开掉，将他打回原形，一觉醒来，回到70年代？未雨绸缪，他处心积虑地安排“退休”后的养老计划。

当他探知秦奋蠢蠢欲动的想法后，牛气地说，这个大股东非他莫属，先砸几十万，不够的话再开口。有这位资本大鳄在后撑腰，秦奋怦然心动，更有底气。创业伊始，资金雄厚是求之不得的，何况秦斗信誓旦旦地表示：“我只投资，不掺和管理。”这打消了其他合伙人的顾虑，他们不了解秦斗的秉性。

公司瓜熟蒂落地诞生了，取了个吉利的名字：共创。秦奋作为发起人，当仁不让地扛起大旗，做总经理。他们事先约定，魏贤管财会，吴志跟技术，秦奋总揽全局。秦斗歇在一边，挂名法人代表。四条枪，斗志昂扬，准备精诚合作打天下。

浩瀚的大海，船，扬帆远航，一路颠簸，会遭遇狂风暴雨的洗礼，也许被恶浪摧残得支离破碎；也许遍体鳞伤地抛锚；也许满载鱼获，或盛一舱的孤独落寞与夕阳，泊回港湾。做生意，在这苍茫浩大的染缸里浸淫沉浮，别指望能纯洁地抽离出来。英雄本色，都会挂彩。埋藏和折叠起尊严，在压力和焦虑里挣扎，战战兢兢度日，依赖希望，坚韧而苦涩地活着，为了选择而煎熬，这便是辛酸的创业之路。

万事开头难，但必须开头才有机会。走在前面的启蒙者，勇于开拓者，多数成为后来者的铺垫。笑到最后，需要体力和忍耐。

公司蹒跚起步，秦奋全身投入。在一次家庭聚餐中，秦斗借着酒意，半开玩笑半当真地说：“哥，你成天忙得晕头转向，凤莲从国外进修完，在家耍得无聊，将吉祥公司的业务转给她跟？”

秦斗生活富裕，他现在做的这份工，便是秦奋介绍的，先做杂工，扎实地做了三年，凭他自己的机灵和勤勉，步步升迁。

弟媳凤莲是秦奋的老婆翠花牵线撮合的，她从前在家外企做小职员，到美国短训几个月，镀金，风光地回来，下嫁给当时一穷二白的秦斗。之后她辞职去进修，学了半桶水，高不成低不就，后来在石岐步行街，租个铺面卖服装，倒贴皮，便关门大吉，一直在家赋闲。她性格有点儿古怪，妯娌间谈不拢，很少走动。

“我和你大嫂商量下。”秦奋没意见，兄弟谁做都一样，得说服翠花放弃这块生意。他们是吉祥公司在珠三角的代理商，翠花在操办，秦奋当甩手掌柜，她和客户的关系融洽，颇得他们的欢喜，业绩做得有声有色，每月收入可观。

“一个人纵有三头六臂，精力有限，大嫂可去帮你，我打工的这家公司，做采购太几年了，常在海边走，哪有不湿鞋？老板明镜似的，这个岗位，你不想占好处，供应商不答应，设法塞给你，否则当你有想法，看不起他们，担心双方的关系不牢靠，下个订单就悬了。哪个老板是傻瓜？把我牢牢地捧在手心，小心翼翼地供着。我的小日子过顺了，但做得越久，越惊，担心东窗事发的那一天。大老板明知我会揽回扣，他装糊涂，只要我不太贪，将各个部门的头服侍妥帖，不让人抓住小辫子，也就有惊无险，蒙混过关。再说我不是捞公司的损公肥私，这里有技巧，做得让老板开心、放心，我也就安心。”

兄弟俩一喝起啤酒来，酣畅淋漓，没个十来瓶，达不到状态。走马天下，纵谈人生，百无禁忌。

“如何做到一箭多雕？大老板瞅不出破绽；供应商甘愿孝敬；你能心安理得，笑纳这些灰色收入。公司的同僚们不给你穿小鞋，不向老板告御状，揭发你以权谋私。多少双眼睛虎视眈眈，对这个职位垂涎三尺？需要有受贿的睿智！”

秦奋如坠云雾，绞尽脑汁也想不出有何花招。

秦斗笑得灿烂，灌掉一杯，不慌不忙地斟满，他故弄玄虚，卖起关子。

“不懂吧，当年在东北，我白混了？仔细琢磨其中的道道，在这个位置才坐得稳当，没人觊觎眼红，没人敢动你。这需要有胆有识，与众同乐，一起分享，能装！这是我多年的采购心得。哪像你打工，憨做，不动脑筋，钱送上门都不敢收，怕烫手。”

秦斗在短短几年中，从一贫如洗的搬运工，摇身一变，坐拥近百万的资产，出手阔绰，不得不让人惊叹，他谋财的手段着实高明快捷。职场上，翻云覆雨，爬到这个级别，已是人之翘楚。说得难听点儿，阴底巧取豪夺，表面还风光玲珑，不翻船，的确要有些过人的本领，堪称赚黑金的榜样。

狼有狼道，鼠有鼠道，任何成功都有理由。成功和失败，都需要付出代价。一席话，激起秦奋的浓厚兴趣。其中有何蹊跷？以便自己作借鉴，防患于未然。这行业里，有哪些不可告人的潜规则？

19. 黑 金

“不可思议吧，举个简单例子。全国不断开连锁店，衣架不时需更新，算作消耗品，这个量大哦。公司指定用的款式，交到我这里。随便找几家衣架厂报价，筛选有代表性的三家：

“最高价的甲，单价每支 2.5 元；中间价的乙，每支 1.5 元；最低价的丙，每支 1.2 元。

“附上各家样品，呈送给上级。这是采购流程。

“其实，在挑选哪家入围时，我会约他们详谈，提前过滤了候选方，谁家能配合，才能进门槛，如同官宦门前的守卫，先要打通这道关节。

“无论老板拍板哪家供应商，都是我囊中之物。

“比方说：衣架的市场价是乙方的每支 1.5 元，价廉物美，合了老板的心意，那我约上乙方，不露声色地和他砍价，套对方的最低价。

“几个回合杀价，乙方为了接下这个大单，会报出实价，其实衣架的成本，我早刺探清楚了，大约为每支0.8元，当乙方私下告诉我，每支1元可以接受，这时机会就来了。

“采购单上的价为每支1.2元，我要求乙方按每支1元实收，多出的0.2元，算作我的茶钱。我没侵占供应商利润，乙方欣然同意，不过是将报价的水分挤掉，让他们不要太黑。

“我的老板也高兴，每支1.5元降到1.2元，节省了0.3元，并且这个每支1.2元是市场的最低价了，有丙的报价单佐证。

“我用心维护公司的利益，有功劳，没做损公肥私的勾当，也增加了个人的收入，我拿这笔报酬，当然问心无愧。

“不要小瞧这几毛钱，每个月几万支，那提成就不少了。收到这笔钱，不吃独食，打点紧要的上级，不能直接送钱给他们，供应商送的礼品，不入眼的，转送给他们，小恩小惠，意思一下，重礼不能送，否则，将他们胃口喂大了；逢年过节，对方办红白喜事，包个稍有分量的红包。这类人不能太滥，最多两三名关键的，都是打工级别。

“有的人不吃这套，装清高廉洁，不用理他，让他得偿所愿，平时他吩咐的事，打起精神办好，或他还未考虑周全的，提前替他服务到位，他有面子，省心，在老板那儿好交差，自然卫护我。

“对下属，要保持适当的威信，不能让他们翘尾巴，眼馋这块肥肉，也想揩油，怎么镇住这些跟班？乖巧听使唤的，替他争取涨工资，他们胃口小，胆子尿。调皮捣蛋的，想从中插一杠，找机会让他滚蛋。有野心，垂涎这位置的家伙，毫不手软，坚决打压铲除。

“从来不和下属称兄道弟，喝酒聚会，和他们保持距离，神秘感和距离产生美，产生威慑。让他们活得战战兢兢，生杀大权牢牢掌握在我这儿，对我毕恭毕敬，不敢马虎，至少表面上温顺听话，他们便不敢造反，不会出卖我。调教下属，恩威并重。

“供货商那儿，我只收现金，他们额外送礼品，我转送给同舟共济的上级，和我穿一条裤子的同事，他们平时没人请客、送礼，挺寂寞的，我得感谢他们的积极配合，共同富裕，这叫分享。老板那儿，有点儿风吹草动，他们会替我美言，敷衍几句，至少不会暗中使绊，说三道四。上面的盖子捂密实。

“供货商，什么鸟人都有，需好生对付。他们明明可多赚的银子，白花花地分流到我口袋，时间长了，不平衡，自然有不服气、打算盘的。如何驯服他们？

“那些讲信用的、按时进贡的，就不说了。那些舍不得割肉打点的，磨磨叽叽表现不好的，就得调教他们。他们不急着收款吗？我慢腾腾地给他申请，这个权限我有。就算俺手中捏着支票，也悠着点儿给他，先敲边鼓，收到提成才给。如果对方还不醒目，佯装着健忘，想吞我那份，俺当时隐忍不发作，示意手下，整理份质检报告来，退货，逼他缴械投降，没脾气，下次再不敢吝啬，忽悠我。遇到那种不知好歹、臭屁的，我就不采他的货，物色新的供货商。后面削尖脑袋想钻进来取而代之的海着呢，咱是集团公司，有的供货商，单供我们一家的货，就养活一大帮人，老板没几天就鸟枪换大炮。从前，灰溜溜蜷在出租小四轮上过来，没两年光景，得意地开着几十万的靓车，请我吃饭，四五年下来，买地建厂房，如此炙手可热的买卖，谁会傻到和我赌气？只能怪他是瓜娃子。

“我就修理过这样的人，双方谈妥了利润分配，他收到第一笔货款，没下文了。我旁敲侧击提醒他，他居然装憨，几千元的回扣，想捂在他兜里。我不吭声，第二份订单就成了太监，阉割！这个龟儿子晓得厉害，多次赔不是，这种黑吃黑的妖精，我绝不接触两次，太阴了。只要我在位一天，他的生意就与我们绝缘。他想投诉，门儿都摸不到。行贿受贿，也要讲诚信。收钱办事，办妥了，你放我幺蛾子，不埋单，这种人，良心被狗啃了，紧要提防这类二愣子反水，倒打一耙。学会保护自己。”

秦斗唾沫四溅，滔滔不绝，将他奋战在职场上的心得，当作下酒菜，解囊相授。他觉得，收这些钱天经地义，属于智取，从供应商的暴利中分一杯羹。他讲的有几分真？几分玩笑？还是从书上抄袭，趁着酒兴，拿出来吹嘘。鬼知道，但这些猛料，揭开了灰色收入的秘密，瞄准猎物，够黑、够狠、够准，这是发财的诡道。

“收钱不觉得愧疚？有没有怯过？”秦奋戏谑道。

“这是我应得的佣金，作为中介的辛劳费，和贪污受贿有本质区别！我让哪一方吃亏了？各取所需，都得到便宜，我不过是将利润合理地分配了一次。不让供应商随心所欲。”秦斗振振有词地诡辩。

我为人人，人人为我，相互寄生，互为宿主的谋利关系，不正是做生意的手段？光明正大地赚钱，真有那么难吗？

墨绿的啤酒瓶，敞着空空的肚子，落寞地竖立，杯中金黄的液体，泛起气泡，被秦斗大口吞咽，喉结上下蠕动，啤酒无声无息，滑进黑魆魆温暖的胃里，一股浊气翻涌而上，冲出口腔，一个酒嗝生动地制造出来，挟裹着刺鼻的酒精气味，醉意阑珊。

是与非，谁能裁判？钞票上没写谁的名字，谁拥有了，她便嫁给了谁，供其使唤。不这样用心地浑水摸鱼，秦斗做杂工，勤扒苦做，也许能混个主管啥的，循规蹈矩，干到上年纪，被扫地出门，卷铺盖再谋活路。在路边摆摊当小贩，或当名光荣的地球美容师，看门拾垃圾的边缘人，一辈子还有啥指望？那点儿微薄的工资，买得起动辄几十万的商品房？只有望楼兴叹的羡慕！这种生存之道，是对还是错？是自愿还是被逼？秦奋无言以对。当我们还在纠结对错时，人家早就脱胎换骨，俨然已是成功人士。

风景在这里，也在别处。生活就是这么有意思，滑稽，富有戏剧性。当你还没想好，它已离你远去，昨天是昨天，一年、十年、二十年，仿佛是才逝去的昨天，一觉醒来，N 年不见了，离得不太远，就在昨天。还不及后悔和看仔细，它们都走了。 生有三天，昨天属于记忆，今天又那么匆匆，明天那么迷惘。明天是今天的延续，昨天是凋零的今天。活在当下，活在路上，到底该如何把握今天？

20. 裂 痕

当年，秦斗没发迹时，千把块工资，刨去房租，和一帮朋友交际，所剩无几。秦奋和翠花开着店，秦斗正和凤莲恋得如胶似漆。这是第几任女朋友，一晃悠都三十好几，还没落实，秦母对小儿子特别疼惜，总是唠叨当哥嫂的多关照。

秦奋将金帝花园的房子让给他住，方便他泡妞。他俩公婆在铺头歇息。过了半年，翠花怀孕了，这期间，凤莲飞往美国学习三个月。秦母从老家过来照顾大肚婆，每天在小区和店铺间往返，要走一段几公里远的黄土路。下雨天，遍地泥泞，秦母撑着伞，提着煲好的排骨汤罐，深一脚浅一脚，陷在淤泥中，跌跌撞撞挪步。路滑，秦母矮胖，心脏不好，拖着病体，一路下来很辛苦。秦奋和翠花商量，要她搬回家养胎，不用劳累母亲两边奔波。店里翠花走不开，只好暂时作罢。

一晃到了炎热的夏天，儿子呱呱坠地，为了让母子有个安静的地方休息，秦奋在店附近租了间小房，七楼顶层，一扇对着菜畦的窗户，八平方米的房里，架着张铁床，空间逼仄。

七月的气温如流火，炙烤着头顶的水泥板。房里没空调，如蒸笼般溽热，滚烫的墙壁向房间吐着热辣辣的白气，刚出生的婴儿不能吹电扇。翠花穿着短衣薄裤坐月子，斜靠在草席上，用纸扇轻轻摇风，额头大汗淋漓。

秦母胖，爬上七楼已面色苍白，精疲力竭，佝偻着腰，浑身衣服全濡湿，粘在身上。她在这火炉般的屋里烧火做饭，和媳妇轮流抱着婴儿摇晃，婴儿敞开喉咙号哭，更让大人们心烦，手忙脚乱，不得片刻的安宁。为了孩子，两代崇高的母亲咬紧牙关忍耐，默默地承受。

秦奋不得不找秦斗说："要搬回家住，大人小孩方便照顾。"

秦斗犹疑半会儿，不乐意地说："稍等几天，我在外面先租好房。"

回家住，秦奋当然不需征求谁同意，那本就是他的房子，如果秦斗愿意，依旧住一间，给秦母在客厅搭个铺。

几天过去了，秦斗还没挪窝的迹象，婴儿那曾经粉嫩的脸上，圆滚滚的肚皮上，玉藕般的胳膊上，全爆凸起密密麻麻的红疹，他痛痒，彻夜哭闹。大人看在眼里，心如刀绞，直抹泪，这么幼弱的生命，降临人间才十来天，便遭受疼痛的折磨，他们愿代替他，来承受这份苦难和疾患。

"火气大造成的，还是回去住吧，家里宽敞，透风凉爽。秦斗也不用搬走，又不是住不下！"秦母皱着眉头，忧戚地说。

这么挨下去，不知会恶化到多严重。危险，在一分一秒地威胁着婴儿的生命。无论秦斗同不同意，秦奋豁出去了。

“哥，能否再迟两天，凤莲今天从美国飞回国，我接她回家。”秦斗怜香惜玉，提起女友情意绵绵，透出一丝骄傲。

“不行，小孩病了，拖不得。你俩继续住，有何不妥？又不影响。”秦奋铁定地讲。

“她喜欢安静，说家里有婴儿，太吵！”秦斗叹气，对女友言听计从。

这话让秦奋一冷，作为婴儿的亲叔，为何不体谅大人的难处，曲意逢迎女友，将婴儿的平安，亲人的关切，都抛诸脑后？

“要不你接她到酒店安顿？那舒适气派。”秦奋出主意。

“这不太合适。”秦斗结巴地说，他在顾虑什么？这么冷酷。

秦奋诧异道：“为什么？不就困觉嘛，还要择床？”

“这不显得我没本事？让她受委屈，风风光光回国，还住酒店，我居无定所，连窝巢都没一间。就几天，绝不食言，你就帮这次嘛！”秦斗在电话里死皮赖脸地哀求，“好不容易谈成，也不嫌我家贫，这节骨眼上，能不表现一下？”

一边是婴儿满身疮痍的惨状，凄厉的啼泣；一边是秦斗对女友浓情蜜意的关怀体贴，言真意切的恳求声。

一边是两位母亲揪心哀怨的眼光；一边是喜气洋洋，喝过洋墨水的准弟媳。

一个是生病的稚儿，一个是无奈的亲弟。

一个是孱弱的太太，一个是娇艳的弟媳。

舐犊之情，手足之情，影影绰绰，搅在一起，秦奋思想激烈地交锋鏖战。何去何从？无论如何抉择，都会让亲人对他失望。

秦斗捧着一大束玫瑰，直奔珠海机场。凤莲笑盈盈地投入他怀抱，手挽手，甜蜜地走在明媚的阳光下，钻进的士，向帝豪酒店驶去。窗外流泻着旖旎的南国风光，思念，化作默默的凝视，含吮着；爱，在交融的视线上跳跃。

秦奋背着婴儿的尿布奶粉，提着两大篓沉甸甸的锅碗盆瓢，租了台三轮车，摇摇晃晃，将一家老小接回家。

那一夜，秦奋没见到秦斗，他和一帮哥们儿上大酒店，为女友接风洗尘，凤莲喝得粉面桃花，秦斗兴味盎然，赢得美人情怀，只恨良宵苦短，颠鸾倒凤，醉入梦乡。

一宿静谧，月亮皎洁，将浩瀚的天宇映照得空灵辽阔，遥远的星星，眨着惺忪的睡眼，海风轻拂，她也在找地方休憩吗？萤火虫，提着闪烁的小灯笼回家；蟋蟀，在草丛里哼着小夜曲；蝶儿，轻盈地歇在花蕊里，绚丽的翅，舞起芳香的涟漪。婴儿甜甜地睡了，不再彻夜吵闹，三天后，又恢复粉雕玉琢的可爱模样。

秦斗租房和凤莲同居，直到赚到钱，购买住所。

要说服翠花是项艰巨的任务，不能和女人讲道理，无论你再有理，女人靠哄，靠宠，哪怕唱再肉麻的颂歌，她们都乐意笑纳。

“如果某一天，秦斗那份工作丢了，他俩公婆靠什么维持生计？”秦奋担心。

“就你心肠好，他做采购吞了那么多钱，比你富有，瞎操心。”翠花不屑地说。

“坐吃山空，外面满天飞的大学生都贬值，他没学历，年纪再一大，谁请他？老婆成天闷在家，万一有啥变故，还不是向我求援，就兄弟俩，我不帮他，谁帮？我多少在大学混过，万一共创公司实在撑不下去，我可从头再来，应聘个文员，手到擒来，易如反掌。凤莲虽说学过两年外语，我觉得她学得夹生，离当翻译的水平差一大截，否则也不会霉在家里，四肢俱全，谁会好逸恶劳吃闲饭？我们将吉祥公司的生意转给他，肥水不流外人田，让他早点儿参与，以防患未然；再说，他给公司投了几十万，我们也得表示一下，兄弟齐心，其利断金嘛。知恩图报，善莫大焉。”

“忘了她以前是怎么欺侮你？这人缠不起！”翠花不依不饶，对凤莲的厌恶溢于言表。

有次秦奋好意地介绍客户上他家，凤莲摆出女主人的臭架子，横眉瞪眼，像贴在门上避邪的门神画，嘬起嘴说：“讨嫌，你又来了？”

碍于朋友在场，面对这种不知好歹的恶劣态度，秦奋憋着一肚子怒火，没发作，心底愤懑反感：“老子是来找亲弟的，关你屁事！又不来搓麻将，找你男人借钱，有正经事。这人不清白！有人生没人教的东西。”作为男人，还是当哥的，就高姿态不计较。当作笑料讲给太太听，没料翠花当作羞辱，铭刻在心。

千万别得罪女人，女人真记仇。女人之间好攀比，使小心眼，徒生嫉妒。

记性还特好，鸡毛蒜皮的摩擦，拌嘴的事，都会存档，不时拎出来晒一下。何况妯娌间还有宿怨，家长里短，说三道四，那真叫一个晕呀。

翠花怨恨地说："你还不知吧，她有次挑拨，你老公花心，乱七八糟的，在外面瞎滚，别跟这种男人，会倒霉的，和他离婚算了！劝和不劝分，宁拆座庙，不拆桩婚。她竟劝我与你掰散，这像什么话，我老公，我不清楚他为人，还需你来指指戳戳，教育我？不照照镜子，自己什么脸相。我老公再坏再荡，是我家里的事，你不掩着点，还说三道四，安啥心？"翠花蛮有原则性，立场坚定，替当家的说话，撑面子，这种女人难得，充分信任丈夫，不为闲言碎语，谣传蛊惑，旗帜鲜明地拥护老公。

秦奋欣喜点头："搞分裂是错误的，你做得对，家庭琐事，马虎点儿。这个安稳的生意，交给秦斗，你我踏实，如果他老婆没本领做，再请人不迟。"

"你尽帮他，当年他在东北混不下去，拎个胶袋，疲条了，投奔你，你啥事都揽在身上，他的单位也是你求爷爷拜奶奶地拱进去。如今他发达了，未见他意思一下，孤寒得狠！不醒腔。现在又打你主意，想沾你的光。将吉祥公司的业务交给他，肉包子打狗，叼去就没了！我先将话撂在这儿，不信走着瞧！"翠花凭女性的直觉来判断。她说的是事实，但这与我帮他，有什么冲突？总抓住陈年旧账翻，没劲。

"我懂你的意思，但他也救过我，你忘了？那次我在湖南某县，被套进黑白两道编的笼子，当作嫌疑犯关进收容所，电话求助阿亮，向他借几千元去通融，他无动于衷；平时称兄道弟的酒肉朋友，没一个动作，还不是秦斗赎我，才免于牢狱之灾。人家对咱们的好，要时刻牢记，滴水之恩，没涌泉相报，也得还瓶矿泉水吧。"秦奋忆苦思甜，痛陈革命家史。

"那时，你怀孕十个月，当我蓬头垢面，逃窜回来，第二天就赶上你分娩，亲眼见证咱们的儿子出生，这不是奇迹吗？儿子硬是赖在娘胎里，等他老子平安归，才情愿呱呱坠地。我囊空如洗，给接生婆的五百块红包是向秦斗借的。兄弟情分，患难与共。如今，不正是回报的机会？不就点儿小生意，你那么通情达理，不会太在意的。做人，要大度。"秦奋哽咽酸楚地说。

往事重提，翠花也陷入沉思。人心都是肉长的，将心比心，谁没个遭孽犯难的日子，当求告无门，孤立无援时，多么渴望有人来关怀、拯救。当苦难挨过去，就将曾经的眼泪屈辱，那些爱心恩情淡忘遗弃？一席话，拨动秦奋心中存封已久的那段柔软记忆。得到是福，放下、舍得是福，付出、施予是福。

21. 维 持

秦奋将吉祥公司在珠三角的业务移交，秦斗叫来侄儿刚子过来当跑腿。二十才出头的毛躁小伙，乳臭未干的脸上，刻意留几根胡须。青葱，喜欢扮成熟；老藕，偏好装嫩，人之常情。清瘦的脸上，点缀几颗油光闪闪的青春痘，和凤莲一个模子刻的，弱不禁风的麻秆条子，对人的态度，如川剧中变脸的戏子，忽热忽冷。

在普通人面前，拿腔作势，好像是威风凛凛的县太爷。对秦奋，他比较见范，收敛许多，这得益于秦奋训斥过他一次，这条变色龙明白，对秦奋这只刺猬，敬而远之为妙。

因是弟媳娘家人，秦奋并不为难他。刚子眼头亮，会来事，对待有利益关系的老板，便曲意恭维，善于套近乎。对秦斗毕恭毕敬，非常听话，好使唤。

秦斗对刚子不薄，待遇优厚。在秦斗的指挥下，那块生意蒸蒸日上，每月净利润有几万，秦奋很欣慰，看人没走眼。

秦奋和翠花，全力以赴泡在工厂，有时缺人手，两个人和员工们通宵干活，一天只眯四个钟头；白天又打起精神，忙前跑后。开过厂的人有体会，企业草创阶段，事无巨细都需亲自挂帅。每天神经紧绷，殚精竭虑，被一条无形的鞭子抽着、驱赶着，日复一日，年复一年，陀螺般旋转，不得须臾松劲。

有一次中午，秦奋宴请几位客户，喝了半斤白酒。晚上又来一波老朋友，上餐馆把酒言欢，几圈白酒、啤酒下来，他已迷糊，加上疲惫不堪，半夜便开始心悸，心脏急蹙怦怦乱跳，人坐卧不安，有种濒死的感觉，他实在撑不住，摸黑挪到医院打点滴，才算捡回条小命。

缺订单着急；订单来了，担忧货期品质，也着急。客户拖欠货款，着急；月尾的工资需筹集，着急……千头万绪，无形有形的压力，全部叠加心头，让人窒息焦虑。

为了一点儿理想，渴望做大做强，跋涉在漫漫征途，摸索着，没有人指点出路，不知是否会有光明的前景，只有在茫茫沼泽中孑孑独行。

每天醒来，直面这种动荡的生活，如在钢丝上舞蹈，感觉分秒会崩溃。每月的财务报表显示亏损，不知道还能撑多久。

秦奋明白，没有过硬的资源和优质项目，一开张就盈利几乎是不可能的。但每天流水般漂去的金钱，剐他的肉，啃噬着他的信心和知觉。这些资金，凝聚着股东们对他的信任，还有他们家庭的希望。

秦奋曾美好地预言过，半年内，公司会收支平衡；一年后，稍有盈余。但目前糟糕的局势，正动摇摧毁他们的梦想。虽然大家一直在努力，期冀扭转乾坤。但结果，根本没结果，希望之花未绽放，只有负数。入不敷出，只有输血。

交厂租，差钱；发工资，差钱；买料，差钱……而加工款，人家一拖再拖，还得求爷爷、拜奶奶，说尽好话，恨不得作揖下跪，他们才挤牙膏一点点施舍。艰难搭起来的草台班子，在风雨中飘摇，举步维艰。

当初估算的投资不够支用，开间这样的厂，没几百万资金，扒不开场面，指望加工款来维持运转，显然天真，望梅止渴，人早死翘翘。

严峻的形势搁在这儿，秦奋的头快爆了。董事会上，他托钵化缘，股东个个像霜打的茄子，蔫在那儿。追加投资，吴志和魏贤明确表态：“没有，借也借不到。”他俩不宽裕，要供房，一家老小要养活。他俩家底，只剩下空壳子，再榨油水，不现实。

秦斗打破这沉闷，豪爽地说：“这坎，我来过，差钱，我先垫上，收到加工款就补过来。”他最阔绰，有可观的收入，没小孩负担。据他说正计划造人，加班加点忙活了五年，送子医院也造访了不少，总没见凤莲“下蛋”。

秦奋更没资金贴进去，俩公婆全职耗在工厂，半年多分文未领，经济拮据，家中老少，仅靠出租几套物业那点儿钱敷衍。

会上，魏贤将报表分发给大家审核，他老气横秋，冷不丁抛出一句：“才创业，资金有限，能省就省。有次请个模具厂小老板，光酒桌就吃掉1500元，这样抛撒下去，要闯大祸了。”

话音没落，吴志皱起眉，脸色铁青，拔出根大中华烟点燃，吊儿郎当地吐起烟圈。

这话，敲边鼓，针对他。那小老板是他拐了几道弯的朋友，吹嘘有单发过来，却一直没动静。

那天吴志带秦奋去拜访，那厮如吃大户，吆了一大帮他的人马去蹭饭，海鲜好酒尽兴地上，叫秦奋埋单。酒足饭饱，胀得圆碌碌的，又奔赴帝豪酒店唱K狂欢。那天，秦奋带的现金不够。为了顾全吴志的面子，叫翠花打的送钱过来。秦奋将一卷钞票塞给吴志便离开了。那晚，这一伙玩得应该特别开心。

吴志好客，讲义气，这点儿小钱，他没挂在心上。赌桌上玩一把，这个数，输赢都不眨眼。此刻，被魏贤抖出来，众目睽睽之下，那滋味如被毛毛虫蜇了一下，火辣辣的难受，闷忍着不好发作。

秦奋见事态不妙，忙解围："这事我有责任，考虑不周，埋单时，没人主动掏腰包，个个左顾右盼地剔牙，僵在那儿，初次见面，当交个朋友，不必太计较，下回我会注意，虚心接受批评。"

魏贤心比针孔细，居家过日子，恨不能一分掰成两半来用。管过仓库，养成他这种细腻的作风。难怪有天，翠花牢骚满腹地说："那个魏贤，也太抠门了，吴志请师傅来修机，到了中午吃饭时间，魏贤也在场，磨磨叽叽的，我问他，是上馆子招待，还是咋办？他硬是不吱声，大伙饿瘪了，他也顶不顺，哭丧着脸，叫我去打快餐。将就吃吧，也就算了，你说他邪门不，嘴里有滋有味嚼着白切鸡肉，一边心痛地打听，这快餐多少钱？我说每盒八块，他鼓圆眼睛，吓死人，皱起眉，啰唆地怪我：'吃这么贵，隔壁小店有炒的，五元一份！'那能用来招待客人？真是气死我了，师傅放弃休息过来帮忙，好点儿的快餐都舍不得，下次谁愿来？不就相差三块钱，又不吃你一个人的，公司报销，哪像股东，和卖小菜的婆娘一样！"

秦奋呵呵笑："财务让他管，选对了人，对铺张浪费不较真，哪行？"

"他人不错，就是小心眼，女人似的，婆婆妈妈，在工厂反剪着手巡视，嘴里嘀嘀咕咕，这不该买，那也嫌贵了，还絮叨你大手大脚，要我把关，多劝你细水长流。"翠花一脸的鄙夷，讥诮道。

"他倒会节省，买台旧的手动叉车，省了五百元。锈迹斑驳，拉起来费劲，哐啷响。"

“话说回来，工厂有这样一位铁公鸡把门也好，不精打细算，哪会生效益？”翠花识大体。

人都有棱角个性，关键用好他的正面，这是秦奋的用人观。

依照议案，秦奋时不时向秦斗支取千儿万把的，周转应急，收到货款就填上，工厂勉强维持。还需要熬多久，才能盼来曙光？

小厂，要想生存，捷径是投靠大企业门下，大树下面好乘凉。那些零碎的小单，只能打牙祭。循着这条思路，秦奋通过关系，辗转摸到几家上市公司的庙门。几番打听，又让他希望凉了半截。

有几条制约：共创公司规模小，不成气候，好单轮不上号，充当替补队员，没啥意思，承接那些大公司不屑一顾的小单，量少利薄。最让人头痛的，结款周期长，一般几个月账期，拿的还是期票。

举个例子：每月的加工额为20万，结款期三个月，那意思，连续做四个月，交完80万的货，才能收到第一笔加工款20万，你要垫60万作陪嫁。说得难听点儿，对方占用你的60万周转。如果对方在第四个月不及时结款，牵进去的资金更多。单越大，滚雪球般，滚进去的资金越大。如果实力不雄厚，垫付不了庞大的资金，替他人做嫁妆，玩不转。一旦有个风吹草动，对方资金链断裂，突然给你断炊，货款拖欠年把的话，你的资金不能及时回笼，生存的机会就渺茫了。这叫债务转移，或称资金漂流。

商海里，大鱼吃小鱼，小鱼吃虾米，凶狠的吃懦弱的，食物链最末梢的虾米最后吃什么？啃海藻？大鱼的排泄物？大鱼欺小鱼，小鱼玩虾米，比吃掉还难受的是，弱者成了强者解闷、追逐、调戏的玩偶。

每当经济危机爆发，中小企业纷纷倒闭，原因何在？无以为继的资金链，本来脆弱，不堪一击。没有坚挺的自主品牌，创新的优异产品，强大的营销网络，完全依赖辛苦加工，赚点儿微薄的劳务费，大浪袭来，便溃成逃之夭夭的虾米。

秦奋是学经济的，这点儿浅显的常识不生疏，不会将自己的前途别在别人的裤腰带上。他力排众议，不走寻常路，严格挑选合作的企业，但他有资格挑选别人吗？

外企的信誉好，结款有保证，挤得进去？外企下单前会验厂的资质，共创公司达不到那些苛刻条件。即使有幸挤进去，品质稍有问题，货期延迟，都会遭到高额的罚款。作为新厂，都有个磨合期，没十足的把握，贸然去尝试，显然莽撞。

秦奋拿放大镜搜寻，哪怕最细微的机会，只能量力而行，看菜吃饭。需要时间来探索一条健康发展的路子，但时不我待，股东们早就沉不住气，酝酿着变革。

一场狂风暴雨骤然而至，由秦斗牵头，拉拢另两位股东，悄悄收集材料，准备在股东会上发难，将秦奋撵走。

合伙的生意难做，秦奋以前没掂量过这句话，怀疑是那些合作伙伴分道扬镳后找的托词。创业，守业，都需要团队，当今分工如此精细，没哪个人可独领风骚。秦奋自信，凭他与时俱进膨胀的啤酒肚这么大的容量，和股东们肝胆相照，精诚合作，不会闹成小孩子过家家，那样轻率和滑稽。

秦奋厌恶思想斗争，不屑钩心斗角的城府。但事态在悄然演变，与他的初衷背道而驰。中国人的国粹，最擅长的武术——窝里斗上演了，友情、亲情，揭去了粉饰厚腻的面具，露出金钱冰冷赤裸的狰容。

秦奋将面临什么不公正的指责？他会绝地反击，还是颓废倒下，竖白旗投降，溜之大吉？

22. 失 业

有天，秦斗提着六瓶啤酒，一大包咸干花生，一盒凉拌卤肉，上秦奋家来。

先扯些无关痛痒的闲话，酒渐渐喝深，秦斗伤感地说："哥，我想辞工！"

秦奋一惊乍，他做得风生水起，可谓公司当朝炙手可热的宠臣。凭他的手腕，盘踞在采购部门的高位已逾十年，非一般人能撼动。多少人梦寐以求的，他却想主动放弃，有何难言之隐，难道是东窗事发，被逮住？

"有人拆台，整你？按你的性格，特能忍的，只要钱进，退让点儿，有何妨？霸着这个坑，会炒你不成？"秦奋劝道。

做采购主管，除非老板的家眷或嫡系，顶多两三年就被毙掉，荷包揣得满当当，老板不叫你滚蛋，自己也不好意思，见好就收，光荣退休。秦斗在这家集团公司，蹚了十多年肥水，已酿成经典，可谓奇葩。按办公室的文化传统，属于早该淘汰的老人了。

当初，他荣升这个职务时，也曾打过退堂鼓，说自己就是一名打杂的，不会敲电脑，哪有能耐与那帮名校出身的人才平起平坐，一个锅里吃饭。秦奋就鼓励他，都是手艺活，熟能生巧，在外打工，图啥？不就为多挣点儿，活得强点儿吗？

终于克服心理障碍和自卑感，秦斗越混越有模样。前两年，他厌倦职场上的虚情假意、勾勾扯扯，觉得鱼也摸够几篾篓，便想提前退休。他向秦母提出，放弃那份工，专心开服装店。

秦母叮咛："做熟比做生要强，放着安逸的日子不过，去当浮萍飘？没得哈数，不醒腔！"秦母一番朴实的话，让他咬牙，挨过了职场疲劳期。

不久，秦斗的事业又跃上新台阶，得到老板的青睐，收入跨进牛市，年年飘红。

职场上，能忍则忍，折而不断，弯而能曲，伸缩自如，进退有方。打那份工，都差不多的乌鸦，好死不如赖活着，一切向钱看，向前看。这是职场上的乌龟原则。

"这次通天了，今非昔比，董事长好像对我不感冒，香港总部，派名新的行政总裁来盯我这块。上次，我与顶头的台湾经理闹别扭，他想开掉我，我装憨，收敛一阵，让他出岔子，被董事长拿下，贬职流放。"

秦斗相貌堂堂，气宇轩昂，形象潇洒，风度翩翩，说话如外交部的新闻发言人，不卑不亢，掷地有声，在酒吧中飙歌，声音雄浑，悦耳动听，富有磁力和穿透力，男人味十足。待人谦卑稳重，有自知之明，深谙人情世故。公司中，无论上下级，无论公私事，只要他得知，都想方设法去协助，常常给对方一个惊喜。雷锋式的好好先生，善于钻营的和事佬，万金油式的人物，谁会和他过意不去？

"你太敏感了吧，照常上班，等这阵风刮过去，说不定又咸鱼翻身。"秦奋参谋。

小弟都奔四，扔了这么牢靠的金饭碗，再上哪儿捧？他的学历低，缺一技之长，虽天生异禀，但人老珠黄，老板请保镖都拈年轻气盛的。

秦斗觉察出秦奋的担忧，满不在乎地说："受够了，那些鸟人颐指气使，永不打工了，手里小有积蓄，还有几十万的股票，专注做吉祥公司的生意，小康的生活质量能保持。"

"是不是真的？和你旁边的电扇一样，在吹吧，打几年工，这么发达？有这么夸张？"秦奋惊诧，有些匪夷所思，平添了几许羡慕嫉妒恨。

"这话只能对你讲，你就当耳边风，我存折上有几位数，连凤莲都瞒住。寄人篱下卖命，无论混成多高级的幕僚，不管多用心，老板都不会给你养老送花圈。伴君如伴虎，老板的喜恶脾气，随时随地阴晴变化。与其让人事部通知，还不如自己先铺垫好，明修栈道，暗度陈仓！时机一到，主动拜拜。能多捞一天，绝不歇一天，偷懒手软对不起自己，对不起老板的栽培！有权不用过期作废，有钱不赚是活宝，过了这村没那店了。别奢望公司会给你补偿年金，那点儿碎银子，咱瞧不上。老板会遣人事经理，和你磨叽，锱铢必较，缠晕你，排练一折苦情戏，咱们都是小打工的，公事公办，平日相处不差，不看佛面看僧面，小生不过是老板使的枪杆，听这讲得多温馨实在，值得争得面红耳赤，让别人为难自讨没趣？

"上次打算辞工时，就备好了这一天，向供应商吹响'钱进'的号角，该拿的回扣，能提前一天回笼的，绝不过夜。

"加大采购力度，积极工作，只需买半年的，我下全年的单，提前把活干完，佣金不就翻番？对那些寒酸的供应商，绝不心慈手软。那一阵子，来我家上香做功德的络绎不绝。财主们纷纷将一匝匝钞票驮进来，连凤莲都看不下去，嗔怪我心忒狠了！太黑了。狮子不狠能称王？人不疯狂，钱就疯狂；钱不疯狂，人就疯狂。老板比我还贪，老板不贪，他能当老板？他是我的师傅和榜样。贪了这么久，我知足了。"

"你可要装孙子，趴下去，反正有工资领，不拿白不拿，其他的低调些。"秦奋说。这是秦斗做得最久的一份工，达到巅峰，来之不易，毅然舍弃，令人惋惜遗憾。

月盈会缺，人满招损。如此大起大落，决绝撤退，会不会有点儿草率？

"不是你想象得那么简单，将锋芒敛起，躲过这一劫就风平浪静！这次彻底没戏，估计是董事长想修理我。那个行政总裁老奸巨猾，是位口蜜腹剑的笑面虎，难缠得很。他先从香港调名亲信过来，说做我的助理，安插探子，摸透我的工作，监视我的一举一动，然后将部分采购权收回总部；再将我的审批权，切割分配给其他下属；接着命令财务，对本部门进行盘点审计。逐渐架空我，以我多年职场上练就的嗅觉，这次来势汹汹的海啸，不是部门间的倾轧，非同事之间尔虞我诈的争权夺势，是一场处心积虑的，从上而下的清洗运动。

“上班，天天无所事事，无聊透顶，木桩般戳在办公室里，同事用飘忽的眼光打量，那比揍我一顿、骂一场还难受，如芒刺背，寒光闪闪。关系铁的，过来善意地打声招呼，让我放宽心，这些都无济于事。八面玲珑的风光不再，一切烟消云散。仿佛我罪孽深重，成了全公司十恶不赦的罪人。有的人，为了饭碗自保，板着张僵尸脸，与我划清界限。一定有人故意放出阴风，从舆论上搞臭我。

“头几天还能若无其事，视而不见。坐半个月冷板凳，被老板晾在一边，落差大，失宠的滋味生不如死，难怪皇宫里的妃嫔会那么贱。办公室就是老板的宫廷，大伙都忙碌，我成了透明人，如无人问津的烟尘女子！她尚能犹抱琵琶半遮面地抒情，我只有用文件夹遮羞。那与领着工资坐牢有何区别？明摆着，老板要我觉悟，公司逼你滚蛋，不会蠢到主动炒你，那得支付一大笔遣散费。他们会不急不躁，像煲汤用文火，煨下去，让你待在那儿难堪，压抑，自闭，烦躁，沸腾，直到你主动滚蛋。人事经理时不时热情地唤你过去喝咖啡，点拨你：‘打持久战，不是长法，建议你请个长假。’

“我可没这么贱，让这帮护院家丁假惺惺地过来送神，不如干脆利落，咱炒老板。”

秦斗的酒量深，一杯接一杯清空。金黄色的液体，使那些鸡零狗碎的烦恼，从记忆中扒拉出来，倾倒杯中，被他大口豪迈地吞掉，让肚子消化成一泡骚尿，嘘出体外。

“对父母说过没？” 秦奋希望他给长辈通个气，以免他们挂念。

木已成舟，劝说枉然。那年，秦母从洪湖老家过来，给秦奋带小孩，秦斗嫌电子厂的工资低，吊儿郎当做了半年就跑了，混迹在一帮四川棒棒里打短工，替装修公司卖苦力。

有次，秦斗驮几块沉重的三胶板，躬着背，从一楼吭哧吭哧地爬到七楼，晃了眼，被一根长钢钉扎透右脚板，血淋淋，缝了几针。秦母心痛不已，求秦奋再帮他谋份稳定的差事。饥一顿饱一顿，以后拿什么结婚？

于是，秦奋托熟人，将他塞进了这家效益好的大单位。

“请示过了，要我征求你的意见。”

“那就算了，勉强不得，提醒一下，和原单位好聚好散，别闹僵！”秦奋摇头惋惜道。

“放心，我会交接利索，不留尾巴，老板没亏待我。”秦斗得到大哥允许，如释重负，频频举杯向秦奋敬酒。

天要下雨，娘要嫁人，随他去吧。秦斗解放了，自由了，带着丰富的职场斗争经验，将他的那套把戏搬上另一个新舞台。这次，观众不是拥有私人游艇的亿万富翁，而是风雨飘摇的共创公司股东。他会如何发挥呢？

23. 埋 伏

秦斗将精力倾注在吉祥公司的生意上，扩大了市场占有率，营业额大幅提升，与吉祥公司的关系进入蜜月期。秦奋为他的成功转型高兴，不愧是老秦家的优良品种，天生做生意的料。

然而，共创公司却陷入进退两难的尴尬局面。

名义上，秦奋当掌柜，但公章、公司的银行卡都被秦斗牢牢捏着，货款全由他主宰，每月用度，都得向他哼，会计是他聘的，这让秦奋非常被动，不能及时了解每笔业务的盈亏，盲目地干，几个月才算总账，损失已不可挽回了。

秦奋挂总经理衔，财权旁落，成了蒙着眼拉磨的驴。这样的管理模式，与他的经营理念格格不入，让他有点儿受伤，觉得别扭，不止一次向其他股东发牢骚，但这伙人打各自的小算盘，没作丝毫改善。

魏贤担心秦奋大权独揽，将他排挤，小媳妇说不上话。秦斗的意思很明显，他是最大的股东，名正言顺的大当家，理所当然要抓紧钱袋子，这个权力不能下放。

秦斗常挂在嘴边："以前那家公司的大老板，高中没毕业，资产几十个亿，手下马仔几万号人，他什么都管，号称'一支笔'，报销单无论金额大小，都必须经他的审查，签名才作数。口袋扎实，不让一分一毫冤枉漏掉。他买私人游艇，要我在珠海睇个码头泊，一年光租金撒几十万，大手笔吧，他反复比较几家报价，最后才拍板，就为了省几千块。"

开业后的第八个月，秦奋去拿钱交厂租，秦斗铁青着脸，生硬地说："公司账上干了，资金周转困难，我工作丢了，也没钱垫了。你想其他路子吧！要不向魏贤挪点儿？别看他喊穷，他挺会攒钱的。"

秦奋习惯向他伸手要钱，猛然被挡回，有点儿措手不及，纳闷儿地问："我有鬼的办法？来钱的渠道让给你了，再说这钱是公司花。"

秦奋心底泛酸，又不是我私人使，有必要拿腔摆架子寒碜我吗？

吴志羞涩地说："不是我不想替公司解困，老婆盯得紧，以为又是幌子，拿了钱去赌，我的工资全上交领导，她按预算发放。"他那点儿破事早有耳闻，为不影响人家夫妻和睦，这线希望只有掐灭。

魏贤的情况更糟，就那点儿微薄的薪水，老婆做保姆，家有一稚儿需哺养，房贷需按时敬献，日子过得紧巴巴的。秦奋心急火燎，厚着脸皮向他张口，电话那头沉默了几秒，悻悻地说："借钱维持，不是个长法，我这边不消提的，请大老板出面解决吧！"那声音细如蚊子在嘤嗡。

"秦斗说，这次也没辙，爱莫能助。"

"说胡话，他不管谁管，他是大股东，撒手不管？要不向吴志借，他的工资高！"魏贤也在推诿。

这个皮球，在几个股东间踢来传去，最后还是旋到秦奋脚下，合伙人多了，就会碰上这类扯皮事。坏事、臭事、麻烦事推卸得一干二净，好事、功劳、利益争先恐后，绞尽脑汁地粘上，设法舀一勺。这是人趋利避害的天性、畜性使然，不足为怪，可搏一笑。

没钱交租，拖吧，业主三天两头来催，先找理由搪塞："抱歉，加工款未到账，宽限几天。"人家宽宏大量推迟几天，秦奋过了几天安逸的日子。

几万元的电费单姗然而至，扔进抽屉，眼不见心不烦。过几天，工人要发工资，又一大笔钱，这可不能拖，否则工人没积极性，赶忙找个借口："会计请假回老家了，回来就给大伙补上。"这也应付过去。供货商追问原料款几时能到账好像耽误好久了，秦奋再想个理由敷衍：“不好意思，资金没到位，过几天保证转账，请通融下……”

秦奋以前讨厌欠账不还的，他是个爽快人，自从开了厂后，不知不觉中也疲了，不是他不愿及时支付，别人欠他的，拖累了，在三角债中兜圈。夜深人静，他反省自己，也觉得惭愧和内疚，原本自己不是这样的，咋就变成自己痛恨的那类型了？

商海真是大染缸，掉进去都会变色。那个善良、信守承诺的秦奋，迷失在哪儿？被环境浆洗成灰白不分的小丑。他想找回自己那份人格，不这样行吗？尝试过一是一、二是二的豪爽干脆，坚持不了。他必须生存下去，为了活下去，活得更精彩，他学会用别人潜移默化的招数，他只能当传球手，不能将账砸在自己手里，去撒谎、应酬、忽悠他的下游客户。我不是故意欺骗你们，请给我点儿时间弥补，欠你的，我一定还，让我缓过这口气。他内心一遍遍保证，但现实是残酷的，他们只相信钱，有钞票，你就是王，否则会鄙视诅咒你是说话不算数的小人、垃圾。

又过几天，业主殷勤来电问候；工人们人心浮动，心不在焉的表情，默默地提醒；供货商停止送料……

债主催他的款，他催别人的款。“许总呀，上批的货款，几时结？都拖三个多月了，我们急等钱出粮呀！”

秦奋薄脸皮，也渐渐磨粗了，这是平日催款锻炼的成绩，他也学会了，带着哭腔，苦大仇深的语气，不演不装不行，打动不了对方。我是卑躬屈膝的乞丐，行行好，可怜可怜我，赏口饭吃吧。讨账，至贱无敌。人家见怪不怪，你舞矛，我抓盾，拼耐心，比拖功。

“我不晓得，等会儿帮你问一下。”半小时焦急等待后，张丽说，“已经确认了，对账单在会计那儿，排队审批呢，再等几天吧！”许总耍太极，化骨绵掌，三下五除二就解脱了。

“A老板，我那几千元加工款，能否过去拿？”

“哦，我在外地出差呀，还得几天，回去为你处理吧！”A答，语气带一丝歉意，仿佛日理万机，遗忘了这点儿小钱，出差的地方一般山长水远，似乎有脱不开身的大买卖。实际情况，A可能就在他公司里，或就在附近。

“B经理，前几个月的款有没有落实？”

“我查查，请款单已报老总那儿，他签完字就得啦！”

“几时能批？”

“这说不准，老总神龙见首不见尾，欧美亚非拉到处飞，每月才回公司一趟，你要有耐心，反正少不了你的！”B的理由无懈可击，公司大牌，按部就班的程序，不服不行。实际情况，B可能正和他老总开会，被训得狗血淋头，或老总正团在大班椅里，剔着牙看报表。

秦奋还得千恩万谢地拜托对方，不能讲狠话。欠钱的是大爷！大爷在打盹。这几招秦奋熟稔，情节不同，结局一样。

加工款一拖就是几个月，没准信。然而，内忧却一步步、一天天逼近、包围，像无形的铐子，渐渐将秦奋箍住，越挣扎，勒得越紧。无形的压力，铺天盖地，令他窒息揪心，形影不离地罩住他，不得须臾安神。

秦奋成了夹心饼干。他拖欠一堆人的，一堆人拖欠他的。秦奋深陷这种恶性循环的泥沼，无法自拔。而机器还在夜以继日地生产，加速这个怪圈，眼花缭乱地旋转。

拆东墙，补西墙，能拖一天就赚了一天。钱揣在自个儿兜里比啥都牢靠。不怕商人是流氓，就怕商人有文化。这位曾经单纯酸腐的读书人，胸怀天下，豪情还在耳边萦绕，在这大染缸里浸淫，沉浮，不能自已地，正加速向一个市侩庸俗的商人蜕变，他想成为兼济天下的儒商，却寻觅不到光明的途径，他还在跌跌撞撞地探索。

秦奋焦头烂额，应付这些棘手的三角账。秦斗背后一枪，点中了他的穴位，让其腹背受敌，再无招架之力。秦斗暗地捣啥鬼？

24. 谋 划

秦斗多次不厌其烦地向魏贤诉苦：“工厂入不敷出，亟待整饬。”

“没错，这样亏下去危险，你哥大手大脚弄惯了，每月请客都吃掉几千，太讲究人情世故。”魏贤附和，他和秦斗惺惺相惜，堪称知音，先抓到订单才破费应酬，不能像秦奋那样抛撒，来者是客，挨到了吃饭的钟点，就邀他们撮一顿，秦奋埋单还忒主动，唯恐客人抢先，不给面子。他俩是实用主义者，不见兔子不撒鹰，而秦奋直率，考虑的是先交朋友，有没有单不要紧，先搭上线，说不定哪天就能关照上。他做不到那么势利俗气，什么都要等价交换，先兑现再回报，他偏向远景和潜力。

他俩侧面批评过秦奋，秦奋愈发反弹，叫板："生意没谱，算我私人埋单，不要纠缠不休，烦人。"最后，股东会上约定，应酬费的报销原则，需请客送礼的，谁接待谁先掏，对方下了单，再实报实销。

这个制度不错，执行起来似乎针对秦奋，因为业务由他打理，稍微主动地约下客户，就得有所表示。天天闷在办公室，等鱼儿咬钩，岂不天方夜谭。不放下架子公关，闭门造车，自诩清高，谁搭理你？

机器闲着，开工不足，秦奋更焦虑，唤相关的朋友过来接洽，秦奋自然识相地招待，这就犯了大忌。生意还没谱，便铺张开来，得不偿失啊！听到这些闲言碎语，让他觉得犯贱，好像暗示他，打着找订单的旗帜在混吃喝。夜夜笙歌，还不是为业务有个跨越，谁花银子不掂量一下？

秦斗截断了公司的财源，然后做舆论导向，正话反说，逗引股东蹦出来向秦奋发难。

"你那点儿工资，吃不饱，饿不死，还受气，不如辞工，到咱们工厂做？凭你的能耐，会管得有声有色！"秦斗夸魏贤，试探他的心思，如将魏贤拉下水，架空秦奋，一箭双雕。如魏贤不愿去，更妙，主动弃权，少个绊脚石。

鉴于当前的困厄局面，再笨的人都会退避三舍，谁会当牺牲品？没可观的收入，下海过来，全职冲锋，魏贤猴精，岂会上当，这正中秦斗的下怀。

"暂时不行，等公司捂大了，再来奉献青春。"魏贤当然想扔掉打工者的身份，摇身变为老板，在众人面前扬眉吐气。他权衡过，时机还不成熟，他想稳当地发家致富，边打工，边投资共创公司，留个念想，年老体衰扒不动，还有个归宿，不至于流落街头，或靠社保救济。如果共创公司一不小心发达了，他也可以鸡犬升天，跟着沾光。

"你要得闲，去管吧，我衬你！"魏贤投桃报李，他觉得秦斗人和气，跟他谈得拢，扶秦斗上位，大小事，他还能掺和几句。而秦奋我行我素，泥鳅般的滑，不待见他的主张，爱说大话，倒腾近一年，工厂半死不活的。实践证明，秦奋是水货，还一意孤行。说不定换个掌舵的，局势会焕然一新，蒸蒸日上。

“这不是篡位夺权，把我搁在火上烤？我哥牵头的，我半路出家，哪像你和吴志有本领。”秦斗假惺惺地说，欲拒还迎，有魏贤抬轿，他美滋滋的，未立即表态接受，否则，那么露骨，显得他急不可耐，没城府。

“我相信你，能行，你投得最多，不担大任，谁有这资格？名正言顺，我拥护！公司在遭难，你会让大伙的血汗钱打水漂？”魏贤的观点明朗，琢磨得深远细腻。

如果公司倒闭了，资不抵债，他和秦斗占大份，秦奋不过小股东，当这份差事练手。而秦斗将全副身家押上了，只会兢兢业业去搏，哪会懈怠？力挽狂澜的最佳人选，非他莫属。

“不用再推让，我和吴志统一下，开股东会敲定下来。”魏贤激动地说，他被自己的英明设想所鼓舞，力撑秦斗出山。他心思缜密，是一名诡计多端的师爷，个子瘦小单薄，戴一副变色的近视镜，小眼珠贼溜溜，脸色蜡黄，高高的颧骨，八戒二师兄似的扇风耳，说话慢条斯理，喜怒不挂在脸上，得益于其风水世家的熏陶。

“容我周详地考虑，望你们多指导包涵！”秦斗志得意满，曲意奉承。有这个愣头青当挡箭牌开路 ，我跷起腿，坐收渔翁之利。这招，秦斗管采购时屡试不爽，颇有斩获。

吴志听完魏贤的游说，阿弥陀佛充善人，他才懒得理，谁当家做主，只图个清静。公司只要兴旺，不必再接济，年底分到红，兄弟俩谁当老大，还不一样。吴志聪明，做了个顺水人情。

越艰难，斗争越激烈残酷。人类在斗争中进化，企业在斗争中成长。斗来斗去，一场空！国人好斗，善斗，斗来斗去，没消停过。难怪中国功夫一流，你方斗罢我登场，包罗万象，啥都斗得走样变味，自己人斗自己人，自己和自己斗。

一场酝酿许久的批斗会拉开序幕，秦奋还蒙在鼓里。他们能说服秦奋退居二线？秦奋会心甘情愿地缴械投降？

25. 僵 局

“大哥，帮忙疏通一下，昆明合同到期了，我不想继续做了。”阿亮突然来电乞求。

“不是做得好好的？”秦奋不解。

“别说了，价高，质量差，款式少，不新颖，没广告支持，一年才卖掉20只，白干了，货都堆在家里。和王工联系了几次，他总模棱两可地推辞，不给个准信。”阿亮焦急地讲。

业绩这么糟糕，秦奋心情沉重：“要不再坚持一段时间，消费者慢慢接受这个牌子，销量自然上涨？业务有个精进过程。”

“没用的，意见都反馈了，他们没动静，烦了，不陪他们玩了。”阿亮有气无力，只想立即和云信公司切割，甩干净。

秦奋将阿亮的意思转达，等王工的回音。然而结果却让秦奋一惊，时间一到，合同终止，阿亮主张自己的权益，云信却装聋作哑，到底演哪出？

“狗屎，太气愤了！王工说，存货不退，就在当地消化，押金不退，这是什么道理？为云信公司跑了一年的市场，没功劳有苦劳吧？翻脸不认人！”阿亮气急败坏地开骂。

“少安毋躁，我来协调。”秦奋爱做和事佬。

“这是公司的意思。”王工解释。

这下惹恼了秦奋：“什么公司的意思？还不是许总的指示？你将利害关系说叨，阿亮确实没做什么成绩，不至于让他埋单吧？积压的货，昆明销不掉，可以调到其他地区，再说，叫他打折处理，会对全国的定价有冲击！影响品牌形象，当垃圾贱卖，传出去，让人笑掉牙。合同上分明写着，退完货，归还押金，这是放屁？当花瓶作摆设？我不针对你！”秦奋愤懑地驳斥。

“许总说，他投了几百万开发产品，本都没收回，这个亏损，谁背？”

王工狡辩。

“偷换概念，完全两码事，公司亏了，要经销商分摊？岂有此理，怕亏就别投资，以后发了，许总会分瓢饮，给中途离席的作补偿？简直荒诞，什么逻辑。将我的原话捎给许总。”秦奋劈头盖脸地指责，王工不当家，不过是许总的传话筒、扩音器，既然做了公司的喉舌，那也是帮凶，被削一刀活该。

“我再劝下许总吧！”王工可怜兮兮地道。

“你们和阿亮的纠纷，本不该由我来逞能，我和你没啥分歧，纯粹做局外人，说句公道话，说重了，你别介意，别往心里去。是兄弟，就不玩虚的。”秦奋态度放温和。

一进一退，强硬之下，晓之以理，动之以情，除了清汤寡水地讲理，还拌点儿麻辣佐料，方烹饪出谈判桌上可口的菜肴。

“大哥，有音讯吗？拨几次电话都不接，急死了，货堆这儿，占地方不说，怕受潮生锈。”阿亮焦躁，声音嘶哑。几万元，虽不是大数目，但对并不宽裕的打工仔来说，却让人揪心。钞票换成了一堆铁疙瘩，能不烦？老婆成天唠叨埋怨，讥讽自己男人的无能，老母唉声叹气，婴儿需奶粉钱；朋友们说他有眼无珠，上当受骗。这些压力，是沉甸甸的石头，压在心头。

“他们故意在拖，想赖着，不了了之。”秦奋夹在中间，爱莫能助，两边都熟，帮哪边都不合适。

对阿亮有些许歉疚，指望跟我沾光发家致富，没料捉鸡不成反蚀了一把米。幸好事前提醒过他在合同上把关，否则真愧对朋友。秦奋自责，我将朋友间的信任打包，当礼品送给许总，换取实惠，似乎有这种嫌疑。友情亲情，一旦沾染金钱的气息，便面目全非。

阿亮请秦奋从中斡旋，没效果；主动协商，对方几个月不理睬，被逼无奈，还有第三条路可走？请社团出面摆平？阿亮不是这种料，他生得白净，玉树临风，对人温和，哪怕被激怒，也不会冲动地干仗。他只有求助法律，弱势群体受到委屈，黔驴技穷了，尥蹶子表示反抗。

“很遗憾，帮不了你。”还能说什么呢？秦奋说再多都是废话。

阿亮不笨，沉住气，默默做准备，真让人刮目相看。

他先将货委托做物流的老同事小郭，送到云信公司，没人肯收。阿亮编瞎话，哄王工，暂将货寄存在云信公司，有新客户接手的话，他转让给对方。

王工也不傻，在收货单上留了一手，特别注明，暂代阿亮保管。

就是这个关键的证据，让阿亮抓到把柄。收集了这些资料，阿亮向法院提告，反戈一击。

等这些尘埃落定，阿亮才告诉秦奋："等着看戏吧！"

阿亮在广东还有几位狐朋狗友，这样也好，免得秦奋抛头露面，两边不讨好，为这桩棘手的事劳神。

遇到麻烦，做缩头乌龟，也是种自我保护、委曲求全的方法。忍者神龟，学会忍，伺机而动，生存之道。老子的无为妙论，无为，就是有为，在商场上，大有可为。上善若水，秦奋的理解："水无形，却能变幻万千，无所不在。水没骨，受到打击，不会反弹变形，不会压弯折，却能吞没万物，涤荡天下。水的柔和韧，正是商海行舟的利器。人，随波逐流，有何不好？"为了利益，秦奋自然不会和云信公司闹翻，同阿亮站一战壕；也不能不顾道义，为虎作伥，将弱势的阿亮撇到一边。两者都不可为，就只有无为了。唉，一声弱弱的叹息。

势单力薄的阿亮，能否战胜财大气粗的许总？这场朋友反目的官司，谁胜谁负，都是碗苦涩的中药，端在秦奋手里，难以下咽。

26. 执 迷

窗外漆黑一片，夜深人静，海风轻拂。秦奋坐在灯火通明的办公室上网。华仔轻轻敲门，蹑手蹑脚地进来报告："云信的大老板过来了。"

秦奋诧异地从电脑屏后扬起头，都晚上十点多了，他过来有何贵干？这位日理万机的大忙人，请都请不来的稀客，大驾光临鄙人的小厂，一定有紧要事。正待他细思量，一团黑暗袭来，许总那硕大的英姿耸在眼前，风尘仆仆。

秦奋笑嘻嘻地迎上去："许总！"这次有点儿特殊，他平时来，会提前打招呼，贴身带着张丽，浩浩荡荡，这次微服私访，突然匆忙，有些古怪。

"这么晚，冒昧打扰了。"他随手把门关上，将牛皮纸档案袋搁在茶几上，形神有些疲惫。

秦奋揣测："催货？还是产品出了差错？都不像，这些琐事，都是张丽打理，根本不会惊动他。"

许总眉头紧锁，叹气道："请教一下。"

他迅速抽出一沓资料，摊在面前，神情肃穆，深邃的眼里，藏着难以捉摸的神秘。

"这是阿亮的起诉材料，合作一场，他居然告我们！"许总不甘心，又不可思议的神态，耿耿于怀的样子，如同老子被桀骜不驯的儿子送上法庭，一脸错愕。

一个资产过亿的老板，深更半夜跑来讨论案情，真是大跌眼镜。昨日，双方还谈笑风生，亲密一家，今天就为这芝麻粒大的事，对簿公堂，贻笑大方。许总事无巨细都大包大揽，真是精力充沛。按常规理解，这种小事，扔给法律顾问处理，哪需他亲自出马操劳。

秦奋酝酿了下情绪，考验他的时候到了。千万不能说错话，说漏嘴，冒犯这位贵人，还得摆出高姿态，不偏不倚，具有建设性地分析。既然许总有心，专程过来探讨案情，说明他还顾念大家的交情。秦奋不仅是云信公司的供应商和营销顾问，也是王工、阿亮的朋友。

"想听听你的意见。"许总强调，见秦奋半晌不吱声，用恳切的眼睛盯着他。

秦奋点起根烟，深吸一口，吐出浑浊的浓烟，空气顿时凝重，弥漫着呛人的烟草味。望着那一沓资料，慢条斯理地说："我不偏袒任何一方。这只是简单的经济纠纷，都是朋友，是吧？"

秦奋先定调子，打感情牌，你们如何撕破脸皮，我还是我，别将我卷进去，界线划清楚，你们之间的敌我矛盾，不关我鸟事，我是劝架的角色。

"阿亮根本没用心推，不反省自己，还好意思退货，要押金？全国都学这样，还了得！"许总语气铅重，内心落寞，曾经志同道合的战友，如今分道扬镳，有种遭背叛的困惑和羞辱。

秦奋不知说啥好，觉得说啥都多余。附和许总吧，不妥，他做得太那个了，我还能说卫护他的话，岂不助纣为虐？反驳他，更不行，他如正处于青春期的叛逆少年，烦着呢！为阿亮据理力争，他能听得进去？

许总心急火燎地过来，哪是向我讨对策，分明是在外面受到欺负，遭人拍了一记闷棍的小孩，嚷着逃回家，向家长撒娇诉苦，他是过来取暖的。

秦奋乖觉地保持沉默，用心地竖起耳朵倾听，就是不站队。

许总正急切地盼着他的声讨，批判阿亮不知好歹，不识大体，不顾兄弟情谊，做出这种人神共愤的宵小举动。那样许总的心情，会放晴，舒畅。

但以秦奋的德行做不到两面三刀、见风使舵，这不是他的风格。他不会为了安慰别人去演戏，虚情假意地捧上他的阿谀奉承，虽然他们之间有利害关系。

许总见秦奋如禅定的老和尚那样淡定，脸上掠过失望的挫败感。“他能打赢吗？我同学做律师，我就不信邪，任他信口开河就搬动我！”

许总恢复其鹰隼的本色，他是个强势的人，从不轻易服输的领袖。刚才缩水皱褶的茄瓜脸上，阴霾一扫而光，焕发出咄咄逼人的英气。

“如果得罪了，只当我没讲，依个人浅薄的法律常识猜，他赢的机会有八成。你们中奖的概率不大！”秦奋谨慎地分析成与败。

这场官司只要开庭，意味着双方都输了。输了友情、包容心、气度、感恩的情怀。

“真的吗？会这样？瞧瞧这些条款，他也要担责！”许总坚信自己的判断，从他的角度思考，他没错，这是成功人士好强顽固的写照。利令智昏，在金钱面前，成年人比儿童还幼稚。

“事无绝对，他也可能败诉。”秦奋成了街边看相算命的大师，好话歹话都说一半，模棱两可，总会擦点儿边，突显其高深莫测的精准。

秦奋评估，如果阿亮缺乏扎实的证据，未必赢得了。另外对手在这边，拥有强大的资源可调动，而阿亮远在昆明遥控，孤家寡人，无权无势，和许总硬碰硬，诸多不利因素。还有，就算云信公司一审输了，还可上诉，拖个一年半载，阿亮又得陪练，还需花一笔律师费，最终入袋的钱大打折扣，还不知几时兑现。

许总心事重重，悻悻离去，黑色的大奔在黑夜里前行，他睁大疲倦的眼睛，在车灯撕开的一垅光明里，寻找前进的方向，接连打着呵欠。

这场躲猫猫的游戏，一方为了争口气，一方抹不下面子，双方都舍不得那点儿碎银子，大张旗鼓地对掐起来，谁能如愿以偿？

27. 反 击

许总慌忙去请教律师，对方建议："标的物太小，不如协商解决。"王工硬着头皮请秦奋做和事佬。"可退部分押金，叫阿亮撤诉？"

秦奋见云信公司服软，窃笑："都这熊样，欺软怕硬，能蒙一个算一个。内心乐见双方和解，两败俱伤，对谁都没好处。"

"王工说退部分押金，你的意思？"秦奋探阿亮的态度。

"我付了四千元律师费，让他找我律师谈。"阿亮戾气未消，硬邦邦地说。

"求财不求气，对方让步了，见好就收嘛！作为双方的朋友，没讨任何好，我只传话，谈判本来就是妥协的艺术，何必要法官判？"秦奋苦口婆心地说。

"看你面子，押金退两万八，这事儿就算了。"阿亮大方地说。

王工说需请示上峰。

"许总说，只能退两万，行的话，立即付钱！"

秦奋翘首以待，得到这种不咸不淡的答复，他们如市井里的小贩，砍价也忒狠了点儿，三万杀到两万，也说得出口。这不是节外生枝吗？

"不行，少一分都不行，这种人，我懒得理！"阿亮一口回绝，语带嘲讽。

王工在电话里不停地唠叨，恳求秦奋去劝阿亮让步，聒噪的声音让秦奋厌烦。"局面失控了，就想到我，要我去替你们擦屁股。"他反感这种做法，但还是耐着性子，给阿亮做工作。

"与其僵着，要不这样，云信公司承诺退两万，剩余的钱，我私人垫，你们也不要争来斗去，我都烦死了，不就几千块差距？一个人，就值这几个钱？"秦奋终于生气了。

如果能用点儿钱来填平双方的沟壑，秦奋愿意掏，只当捐给慈善。为了钱，争得面红耳赤，六亲不认，还有什么意思？人与人之间，除了赤裸裸的铜臭关系，没有包容、谦让、感恩，只有血淋淋的厮杀争斗，那和动物界有何区别？原则需恪守，但不伤筋动骨地退让，何曾不是种胜利？

许总和阿亮都反对秦奋私人垫钱，这让他不理解，在他们还没携手迈进法院之前，秦奋给双方都支过招，没人采纳他的馊主意。

不出秦奋这位大神的卦算，云信公司败诉，判全额退回押金。为了三万元，双方律师费总开销八千元，支持中国律师队伍的建设，耗费多方脑细胞若干。短暂的一生，不看开点儿，算来算去一场空，争来争去白忙活。

通过此役，秦奋重新审视与云信公司的合作，检讨自己，以后给亲友介绍生意，需谨小慎微。一失足成千古恨，亲情友谊都搭进去，成了生意的陪葬品，鸡飞蛋打，有去无回。

就在秦奋被阿亮的事缠得心烦意乱时，共创公司烽烟四起，股东们内讧起来，要造他的反，秦奋的命运将何去何从？

28. 逼 宫

“厂租已欠了两个月，咋办？”在股东会上，秦奋先摆困难。

大家都不吱声，阴着脸，默默地望着服务员上菜，将干锅里凝结成果冻状的酒精点燃，架起堆满红辣椒的锅仔。黄色火焰，砰地腾起来，半晌，油汩汩翻涌。白花花的田鸡，被剁成碎片，肢体，躯干，饱满的腿肉，七零八落，杂陈在蒜坨、青葱里，煎得吱吱地响，热气蒸腾，溢出阵阵令人垂涎的香气。

“别枯坐着，边喝边谈！”秦斗打破沉寂，被辛辣气息呛得干咳两声，抬起手腕，举杯示意。就着两碟凉拌菜，大家空腹碰了几杯，兴致逐渐高涨，刚才的拘谨慢慢被酒精融化。

“如果每月都在砸钱填窟窿，公司迟早塌火，如何解善？”魏贤牵入话题，回避急迫的房租，先抛出大题目——公司的生存之道。

“我检讨一下，筹建仓促，订单不稳定，缺乏经验，交了学费，当初的预算太少，流动资金不充裕，个人建议，追加投资。”秦奋指出症结。

“在入伙的那阵，我声明过，没钱了。”吴志冷冰冰地反对，他当初的思路，扔点儿小钱尝试下，有指望了，搁在里面滚雪球，不碍事。

“我的日子过得紧巴巴，不如以公司名义借款！”两个人一唱一和，跟事先串通好似的。魏贤拿眼瞟向秦斗，期待他发言。

秦斗没接茬，无动于衷，悠闲地品着杯中酒，盘算着：“我已稳操胜券，此时沉默是金，没必要将矛头愚蠢地移过来，引火上身。我要等他们千呼万唤将我捧出来，自会有人跳出来煽风点火，有人拱手让贤。我要做的，就是静静地坐等，他们将这锅粥煲烂，恭敬地端到我面前享用。”

“大家表态，工厂要继续开，咋弄？不开，清盘散伙，干脆点儿！”秦奋严肃地说，他是直性子，有屁就放，不想和他们一般装糊涂，藏着掖着，蔫不拉叽的。

这段时间，秦奋干得精疲力竭，感到孤独无助，在座的，说是股东，却没任何担当，帮他分摊。他们兴趣来了，过来指手画脚，蜻蜓点水般离开，搅起一圈圈涟漪。工厂遇到麻烦，各人明哲保身，袖在一边当看客。他感到寒心，沮丧，很多次想撒后不管，但扪心自问，这种不负责的态度，又是多么的可耻和颓废。咬紧牙坚持着，面对伙伴们一张张冷漠的脸子，倍感冤屈郁闷，全心全意付出了，却得不到一丝认同，收获的尽是冷嘲热讽和猜忌。

吴志闷声不响地抽烟，间歇地给各位杯中续酒。秦斗微笑着，伸长猿臂，捍着一双筷子，掘出一块滴着黄油的田鸡肉，牢牢地夹实，缓缓地阔开嘴，抿起，慢慢地咀嚼，喉结上下蠕动，微闭着眼享用，肉汁浅浅地从嘴角溢出。

“要开。”魏贤坚定地说。如只刚下完蛋的母鸡，“咯咯哒”得十分欢畅。“只能往前冲！工厂搞砸了，这张脸往哪儿搁？让人看扁了。”

他继续振振有词地讲：“我提议，请秦斗主内，秦奋专心跑业务，各发挥长处，没那么辛苦，大家觉得呢？”

“我没卵意见！”吴志反应神速，只要不掏腰包，爱咋折腾都行。

秦奋黑着脸，浑身不自在，钉在那儿，仿佛被人当众掴了一巴掌，觉得羞辱恼火。妈的巴子，酝了半天，竟是这等馊主意！舞台搭好了，锣鼓铿锵敲响，主角不是我，将老子一脚踹开，存心将我当炮灰。真无耻。转念一想，不过也行，我先放手，让几个屌毛去掰，尝尝滋味，说不定哪天否极泰来，杀回来。他心境平复下来，得到精神胜利后的自我疗伤。

收到吴志的正面响应，魏贤扬扬得意，两个人视线聚焦到秦斗，如粉丝仰视他们崇拜的偶像，殷切期待。

秦斗不慌不忙，点上支烟，深深吸上一口，青烟从鼻洞里悠悠爬出来，神色肃穆地说："不行，我哥是开荒者，工厂青黄不接，闹点儿饥荒，就嚷嚷造反，不成！"他停顿一会儿，用嘉许的目光瞥向魏贤。

"兄弟们，谁弄不一码事？你是大股东，不挑大梁，谁干？要是我能辞工，都会来帮衬。兄弟齐心，其利断金。不勒紧裤腰往前闯，哪会赢？赚再多，打水漂，白忙活。"魏贤说得在情在理，没有反驳的余地。

如果秦奋霍地跳出来反对，就显得太小家子气，贪恋权位，蹲着茅坑不拉屎，就算有再大的委屈，只能担着忍着，木已成舟，只等着秦斗接受他的禅让。对秦奋来说，被逼宫下野，不啻是种解脱，要比自己撂担子心安些。他决定坦然地接受。

"我同意！"秦奋决绝地表态。虽有些许愤慨，但理智告诉他，不能让厂毁在自己手里。拥有是得，放手也是一种得，得到圆圈外更无限的空间。

"大伙这么抬举，我就勉为其难吧。"秦斗欣喜地举杯，话里带颤音，说得不利索。

"我决定私人注入50万，公司有起色了，再还给我，我在管理，如果亏了，与大家无关，自己背这条数。"秦斗意气风发地说，抛出大惊喜。这枚重磅炸弹，炫得在座的缓不过阳。

秦奋傻眼地愣着，寒气从脚板涌向头皮。我天天乞丐似的，向你哼钱，你毅然决然地回绝，说资金没到位，弄得我灰溜溜，如丧家之犬。原来这一切，都是虚假的。甫一登基，便大方起来。这让秦奋有种受愚弄的悲催，他不便将事抖出来，只好捂住，做小媳妇的，挨些委屈算啥！以大局为重，将个人的恩怨得失放在一边。

虽内心满是块垒，秦奋还是服从股东会的决议，大度地让贤。

共创公司在秦斗的领导下，会迎来朗朗晴空？秦奋败走麦城，跌入人生低谷，他会一蹶不振？两兄弟今后将何去何从？

29. 清 算

秦奋将变故告诉翠花，她板起脸子，大发雷霆：“你脑袋进水了，还是发烧？憨死哒。我们上哪儿安身？吉祥公司的生意他抢去了，现在又把你挤跑，不是将我们往绝路上逼？你辛辛苦苦将厂搭起来，他们一合计，就撵你，你这么好说话，轻易同意？你弟做得忒绝了！会遭报应的，不是我嘴毒咒他。”

秦奋低眉顺眼，静静地听她一通发泄，深觉内疚，不仅自己黯然下岗，还连累她遭孽，夫妻俩成了被人讨嫌的闲人。换成了谁，心里都会生疙瘩。

“再想法子吧，不必在一棵树上吊死。再说，工厂没钱周转，小弟愿出头理顺，我也省心，他是最大的股东，全权接管，理所当然。想开点儿，咱们也有股份嘛，工厂旺了，我们一起发达。”秦奋解释。

“就你替他着想，他有没有替你想？上有老下有小，人多口阔，都得支应，喝西北风？现在好啦，他被老板炒鱿鱼，你帮他；他反倒好，揩你的油，顺便把你的也搂去！说是亲弟弟，他作采购阴捣发财，拉过你一把，还是分你半个子？工作，你帮他找；老婆是我牵线；生意你帮他铺路，工厂你帮他建好……结果咋样？不但不领情，反鹊巢鸠占，拿你开涮，太过分了，他早就预谋好的。”翠花絮絮叨叨诉苦，伤心的眼泪簌簌落下，揪着纸巾揩。

女人擅长陈述往事，对于那些不平和辛酸，记性贼好，一擀出来，滔滔不绝，声情并茂。

“谁让我是他哥！他日子过安逸，咱们少操心。他发财，我们一样高兴，他要穷得叮当响，剐裤子，不一样找我麻烦？再说，我有文凭，机会大把，他没有哟。实在没辙，我再去打工，饿不死的！”秦奋卫护他弟，触动内心柔软的情愫，声音哽咽。

“他就想依赖你，你靠哪个？就你心肠好，当善人！明摆着欺负你，把你当傻子。”翠花一把鼻涕一把泪地说。

秦奋的心在淌血，将公司一点一滴培养起来，倾注了感情，如自己哺的娃儿，倏忽间，拱手交给别人去带，那种失落，挫折感，五味杂陈，罩在心头。

舍得，说得轻巧，那需要勇气，宽宏大度和长远的眼光。想干大事，就得有大胸怀、大悲悯，务实与灵活变通。一切向前看，一切向钱看，一切都会过去的。秦奋自我安慰，将内心的痛楚舔平。

“我就不信邪，他那德性能将工厂疗好，不要搞得稀巴乱，再搬你回去擦屁股，这么会算计，将屎盆子扣在我们头上，和他扯不清白，先提前说好，以后和他不往来。”翠花咬牙切齿地说，语气和缓些。

秦奋一见老婆大人松口，忙不迭地响应：“万一公司搞垮了，他承担，亲口打包票的。”

“你怎么打算？按你的性子，不可能缩在公司，听他发号施令。以你的倔脾气，如果和他共事，只会拌嘴，惹不起咱们躲得起，到外地瞅瞅？”翠花气消了，拿过纸巾轻拭泪痕。

女人的情绪，如五月的天气，说变骤变，刚才还大雨滂沱，一会儿就光彩和煦。和女人不要太较真，能哄能抚能装，逗她们开心，蒙混过关就阿弥陀佛，她们便死心塌地跟你走。女人是茶叶，用热情的滚水泡，心便会舒展，为你绽放娇娆的身姿，让你品尝。女人这道茶需工夫泡，耐心、细心地泡，羞涩里，蕴含芬芳绵软醇厚的滋味。

“多少风风雨雨咱们没蹚过？刚来广东时，除了包换洗的衣服，不是一无所有？露宿街边，到处打游击、摆地摊，还不是靠双手活到现在，比上不足，比下有余，知足常乐！”

“是呀，做人，要能上能下，干一行像一行，没饭吃，大不了洗盘子做清洁工，也不会饿死。这种孽，不是没挨遭过。”翠花雌气高涨。

生命力顽强的草籽，撒在恶劣的旮旯，都能生机盎然，与命运死磕到底。这是草根的贱命，不惧怕艰难险阻，一穷二白，扎实地、执着地奋斗，也许贫困，抱持着自尊的灵魂，相信自己，终有一天能功成名就。哪怕屡败屡战，从不改初衷和决心，一如既往地前进。正是这样平凡的蚁族，张扬起澎湃的活力，筑成当代巍峨的中国大厦。

共创公司办公室，窗明几净，盆景植物意趣盎然。鱼缸里，几条热带鱼绚丽多彩，在清澈的水里嬉戏，追逐，水草摇曳。

秦斗一页一页仔细地浏览交接单。

秦奋闲着无聊，从柜子里拿出一包饲料，掀开鱼缸的上盖，抓起一小坨，一点点撒下。

暗红色的饵食，轻飘飘地落在水面，缤纷地缓慢下沉。鱼儿觉察到，朝着就近的饵食游拢。它们摇头摆尾，瞄向目标，用嘴轻轻一啜，咽下去一粒，然后扑向新的猎物。当附近有其他的鱼儿想抢夺，大鱼会凶狠地追上去，将窥视者撵走，有不服气的小鱼，眼睁睁看着嘴边食被掠，翘起唇，愤恨地朝大鱼的鳞甲猛戳一口，迅速地逃逸，追寻其他被忽视的食屑。大鱼吃饱后，撑着圆滚的肚子，慵懒地歇在草丛里，或到处闲逛，逗那些觅食的小鱼玩。

忽然，秦斗盯在支出的一栏，脸阴沉地质问："你每月工资一千元？不会吧，你是股东，在这儿帮忙还要钱？"如同老师对着一位犯错的小学生，居高临下，教训的口吻。

这种粗鄙的态度，让秦奋觉得受到亵渎。他按捺住怒火，反唇相讥："有何稀奇？我是铁打的？驴拉磨也要嚼草料！当初大伙不是商量妥当，股东任全职的领生活费，不会反悔吧？"

"有这么提过？"秦斗想和糨糊，能省一分，就是赚两分，这是他的哲学，就算面对嫡亲手足，也明算账。

秦斗模棱两可的语气，仿佛在责备秦奋投机取巧地虚报，侵占公司的便宜。

本属于秦奋应得的劳动报酬，却被抹去，秦奋越发恼火，厌恶地说："不信，可以问魏贤。"

那次魏贤写股东会议记录，是故意遗漏，还是疏忽了，有蹊跷。这给秦奋补上了一课，和这帮家伙交往，需打起十二分的精神。时过境迁，缺书面的证明，有人事后会翻脸抵赖，或故意遗忘。

"我没日没夜地干活，吃什么？啃自己的老本？这不是倒贴，你们这么做，是不是太孤寒绝情了？"秦奋气呼呼地，握紧拳头，捶在雕花的红木茶几上，震得茶杯晃荡脆响，惊得鱼儿到处乱窜。

"这个我做不了主，看他们是否同意冲账！"秦斗摆出一碗水端平的姿态，扭身出去，立在墙角，拨通电话，一会儿折进来。

“有这么回事，你做了八个月，不能少算点儿？魏贤的意思，公司还在亏，你开一千元工资这么高，我不好意思向他们张口。”秦斗用法官审判式的凛然语气讲。

秦奋憎恶被人污蔑，看不惯这种拽样，瞬间怒火飙升，厉声嚷道：“你看着办，想给多少就多少。普通员工，每月两千元多，我折了一半，这还叫多捞？公司有没有盈利，是一码事，我的工资属营运成本，岂能混淆一团？如此刻薄自己人，我傻，就该有觉悟，当义工白干？那你们三个股东，为何不来高风亮节，试下？”

做得也忒损了！秦斗还好意思打魏贤的牌，明明就是他个人的意思，这样虚伪的托词，如果我是名不谙世事的毛躁小伙，就会被忽悠过去，以我混迹江湖的阅历，这点儿小伎俩，亮出来丢份儿。秦奋拔出一支烟抽，愤懑地蜷在沙发上，吞云吐雾，望着鱼缸发呆。

鱼吃饱了，那些剩余的饲料，渐渐发泡，胀大，一团团，毛茸茸，棉絮般在水里浮沉。黑色的水泵发出嗡鸣，不停地抽水循环，过滤沉渣，无数气泡，翻滚，在水面次第破灭。幽幽的腥臊味，从鱼缸的缝隙里钻出来。

秦斗缄默地窝在大班椅子里，心不在焉地翻那份资料。空气沉闷，硝烟弥漫，只需星点的火花就能爆炸。原本开诚布公的交接，变馊，成了对秦奋的拷问，抓他的小辫子。秦斗的人事斗争功力不可小觑，可和魏贤媲美。新官上任三把火，先将第一味真火烧向亲哥，让人对他刮目相看，不愧是在跨国企业做过高管的人精，算计起来狠辣。

僵持下去于事无补，秦奋让步：“那我发扬风格，每月工资，象征性地给五百吧，权当快餐费。”这帮铁公鸡！不领一分钱，我日子不照样过，犯不着为这几把米，啄来争去，上纲上线，闹得鸡犬不宁。

“头三个月，工厂装修期间，工资就别算了，当作贡献。”秦斗得寸进尺地说，脸上浮现出得意和狡黠。

算得精，没见刮得如此干净的，剥一层皮，真是厚颜无耻。

秦奋无话可说，争执下去，显得我小气，不识时务，公司连房租都没着落，我还为个人的蝇头小利喋喋不休，不依不饶。那我算啥货色？太自私自利，一丁点儿牺牲精神都没？秦斗这样大义灭亲，让人背脊感觉凉飕飕，见识到他的心狠手辣，也让秦奋油然而生“敬意”。

生意场上，狼奔豕突，虎啸猿啼，充斥着尔虞我诈的陷阱，恃强凌弱，只有比对手更蛮横，更毒辣，才能立于不败之地，活得更潇洒。对蛇讲仁慈，农夫沦为其点心，这是最好的寓言。

秦斗对人的狠劲，不正是我欠缺的？不正是驰骋商场的撒手锏吗？商界，是以金钱为食物链的丛林。这种锱铢必较，认钱不认人的作风，用在对外掘进，对内盘剥，将会无往不利，功到垂成。但此时此刻，他的锋芒，瞄准自己战壕里的兄弟，让秦奋唏嘘嗟叹。

小不忍，则乱大谋。这点儿摩擦，不过是疥癣之痒，不足挂齿。只要公司迎来光明的前景，我们甘当陪衬的绿叶，又何妨？委屈自己，化作肥壮鲜花的牛粪，这是组织常倡导的牺牲小我，成就大我的奉献精神。企业和人一样，活着，才有机会翻本；活着，才有话语权；活着，才是最大的幸福。

三个股东翘首以待，秦斗能力挽狂澜，扭亏为盈吗？

30. 潦倒

华仔继续留在共创公司，秦奋交割完毕，请他喝了顿酒，感谢他的鼎力支持。酒意酣浓时，他酸溜溜地说："虎落平阳被犬欺，你一定要挺过这个坎，凤凰浴火涅槃，你终非池中物。"

没什么值得再留恋的，秦奋和翠花毅然上广州另谋出路。兼职给共创公司联系加工单，也算仁至义尽。

翠花屡次唠叨，骂秦奋没用，粗声诅咒三名股东忘恩负义，女人发泄起来，最恶毒的话都不用打草稿，脱口而出：

"瞧你弟弟，真不是东西，咱们瞧他被炒鱿鱼了，老婆闲撑，好心好意，将吉祥公司的生意交给他，多少有点儿收入，这下不得了，得寸进尺，过来抢咱们的饭碗！张狂地把你挤走，他是大股东，有权这样做，有必要做得这么绝情寡义？这个弟弟，我以后不认了，再有啥事，你也不要去帮他，只会刮你的！

“那个吴志，也不是啥好东西，拈轻怕重，丢点儿钱入股，工厂忙时，机器需维修，一天拨几通电话，人毛都不见，还指望他技术，他可好，没事时过来晃晃，叫几个赌友过来喝酒，公司埋单接待。以后，不要和打牌的人搅在一起，没出息，炸金花有时间，过来调机喊没空？这不明摆着拿架子嘛，翘得不得了。一点儿不体谅你的难处。

“魏贤就更不屑提，人小鬼大，小肚鸡肠，光长心眼，每次大驾光临工厂，指手画脚，神气得不得了。加班赶货需要人手，三番五次请他过来帮忙顶一下，影都不见；清闲了，便带着家属过来度假。这里瞄着不顺眼，那里需要改进，天天要查账。成天和你弟嘀嘀咕咕，穿一条裤子，尽搞阴谋，沆瀣一气整你。订单少，埋怨你没去跑业务，猫在办公室里吹空调；生意多了，说你乱请客，花钱如流水。刚起步，省点儿没错，也不至于抠得流血，这种人，能干狗屁大事？搞思想斗争一流，窝里斗强项，对外就草包一个！难怪在台企干了十几年，连主管的位都让人端掉了，能力不行，人品更差。

“起初，我就提醒过你，不要和他们合伙，打工的，嗜钱如命，请客不掏钱，给脸人家刷？人家会把单给你做？做梦去吧，狗屎！一个月，就那点儿工资，从月初盼到月底，刨开家里生活费、供房，最后能剩几个钱？瞅你大手大脚地花，他们能不心痛肉紧，眼红上火。不管是谁，只要管钱，就让人猜疑。三个股东，六只眼盯着，叫你埋头拉磨，还不想让你插手公司的财政，买几块钱的快餐，还要向他们申请，束手束脚，你顶得顺？你这个总经理，不如跟班跑堂的，窝囊！”

秦奋静静地听着她诉苦，偶尔插一句，做深刻的自我批评。她是个好女人，从开厂到两个人净身出户，没日没夜守在工厂，近一年时间，没领一分钱，和秦奋一起漆车间的地板，粉刷墙壁；一起拎着两轮车，挤公交车去拖原料；一起熬通宵赶货；守在客户那儿，低声下气地讨货款……

突然将她扫地出门，让她一时半会儿怎理得出头绪？心在泣血，那是痛，一种被欺凌玩弄的恨。股东们对不起她的一片赤诚，他更违背了对她的铮铮承诺。咱们一起打拼，过好日子。她过上了好日子？

翠花的一席话，让狷狂不羁的秦奋彻底醒悟：“资金为王，谁有钱，谁就是老大。最关键的时刻，不讲什么亲情友情，不讲什么奉献能力，资本说了算，其他靠边站。商道，不是你吞我的，就是我阉你的。有条和谐的中间路线可供挑选：俯首称臣，受强者颐指气使；要不就滚蛋，站一边去。”

从此，秦奋发誓，以后开公司，要么就不做，要做，就当老大。

分裂是暂时的，秦奋还保留着股份，丢了话语权，只能旁观。他得自谋生路，连累老婆大人一同遭殃，如同一名受到委屈的怨妇，妾心向明月，明月照沟渠。

翠花对秦奋两桩事耿耿于怀：本来，她做得风生水起的吉祥公司的业务，让秦奋转给秦斗，忽悠她一起办厂，这下完蛋了，厂稍稍有点儿动静，连秦奋也失业了，她跟着下岗，一无所有，只收获了后悔和痛恨。她恨老公不争气，没点儿男人的阳刚，为何不和他们斗？

秦奋冷静地说：“工厂草创，像个婴儿，需要大家悉心呵护，如果秦斗经营得法，大家都沾光。拆伙简单，拢到一起，需要缘分，不到山穷水尽那一步不解散，相煎何太急？给其他股东机会，让他们尝试下，说不定，他们比我强，更适合呢。”

“狗屁胡说！”翠花抹着哭红的眼睛，愤恨地说。

“反正我不和你困在一起，你爱干吗干吗，我去海南表姐那儿歇几天，合适的话，就在那边打工。珠海房子那点儿租金，勉强够家用。”她目光坚毅，语气不容反驳。

“你能放下身段？要不我打工，你回家照顾老小？”秦奋惊讶，她竟冒出这样的念头，担忧她在陌生的城市遭罪。

“我就不信邪，打工咋啦，不偷不抢，自己养活自己。表姐怀第二胎，去那儿顺带照顾下。”

说得轻巧，望着她戚戚的神情，秦奋隐隐觉得不安：事业没了，老婆要远走高飞，为何不幸总是不期而遇，还大方地来双份。秦奋如坠冰窟，冷淡地说：“不想和我过了？”

“我去那儿透会儿气！以后的日子再扯吧。”翠花心烦意乱，泪眼婆娑。

“你年纪大了，还好找工作？”就算她选择离婚，秦奋也能坦然接受，是自己做得失败，让她跟着挨苦、受委屈，只要她舒心，就让她走吧，选择她想要的生活，他不会勉强。要来的，想躲躲不掉。

“不要把我看扁了，我是没你文化高，做份普工，不行呀？捉个千把块，比干耗在这里强。有手有脚的，不指望你养。我放心不下，没人给你洗衣做饭，你咋办？人又懒，饥一顿、饱一顿，放羊似的，不会照顾自己。你到广州，一时半会儿找不到事，我到时给你汇钱。天气热，记得常洗澡换衣服，脏死了，走到人跟前有股馊味。”

秦奋伤感地点头，听她啰唆，女人的嘴巴裹死人。秦奋替她分析：她三十出头，在广东这边，这般年纪挺尴尬，一般工厂嫌大，十八九岁的小姑娘才吃香。她会理发的手艺，进发廊当师傅，也不现实，几年没弄，生疏了，哪跟得上形势。自己开个店，没本钱。她该咋办？秦奋忧心忡忡。

翠花读出秦奋的焦虑，不以为然地说：“不用瞎操心，就我这张嘴，到哪儿都讨人欢喜。再说，表姐在那儿，有照应。记住，不要和爸妈说我溜到海南，免得他们担心。”翠花反复嘱咐，将换洗的衣服塞进大拖箱里，依依不舍地离开了她奋斗的工厂。

31. 落 难

秦奋曾在广州购买过一套寒酸民居。拥挤的城中村，天空灰蒙蒙的，电线如蜘蛛网纵横交错，地上污水横流，小街窄巷中，人流熙熙攘攘，尘埃和噪音此起彼落，让人烦躁。秦奋猥琐地侧身在某个阴暗的旮旯，屋外间或传来低沉雄浑的汽笛声。抬头远眺，一根高耸的大烟囱，杵向云霄，日夜恣肆地喷发滚滚白烟，与天空的流云起舞。

有时，秦奋会在嘈杂的村中乱窜，如只穿行下水道的老鼠，匆忙打量着路边店铺。从洒满柔和灯光的发廊门前溜过，有意无意地向里面探望，将眼光歇在白晃晃的肉球上，慌张宝贵的几秒，这种偷窥有利于肾上腺分泌。他不会在浓妆艳抹下滞留太久，热情如火的小姐们涌动的奶子，会让人沦陷迷失。这样暧昧的眺望，证明他的生理功能尚且正常。

秦奋两眼空洞，心底迷茫，以后做什么？被这个问题纠缠，让他焦虑。放弃了一手操办起来的事业，流落在这个陌生的都市，成了名失业者，我有家，心却在流浪。我有房子，灵魂没有归宿。自由了，没有金钱支撑的自由，那是另一种囚禁。囚禁在阴森的黑洞里，找不到出口和光亮。周遭人声鼎沸，热火朝天的红尘与我无关，我在热闹的旋涡里孤独地沉浮，在温暖的阳光下打着寒战。如何戳破内心盘结的那层厚茧，从事业的低谷中重新跃起？

秦奋走到离家两百米远的江畔，抽着廉价的香烟，望着混浊的江水，向西汩汩流淌。

气温炙热，他木桩般插在墙角的阴影里。波浪拍打着水泥和石块砌成的堤坝，阵阵涛声，回荡在耳边。雾霭朦胧处，一座线条流畅的斜拉桥，若隐若现，横亘在波光潋滟的远方，上面缓缓蠕动着积木般的车辆，它们喘着黑烟，活着。

“开船啦，快点儿上！”有人扯起喉咙，嘶哑地嚷。码头上，卧着条锈迹斑斓的船坞，在水面晃荡颠簸。两条破旧不堪的渡船，定时往返。担货的小贩，推单车的水泥工，花枝招展的学生娃，驮着婴儿的少妇，满脸风霜的长者，陆陆续续钻进那个铁壳里。水天一色的混沌苍茫，那条船隆隆启动，曳着翻滚的波浪，朝目的地驶去，将江面上阴郁的影子，抛在发动机渐行渐逝的尾声后。

让秦奋惊讶不已的是，这个简陋的码头，还有乌篷船摆渡，在浩渺的江水上，每次载着几名过客，在浪涛里摇摇晃晃，挪动黑黢黢纤瘦的身躯，在那些装载沙石的庞然大物空隙间穿梭。执舵的中年人立在船尾，脸膛晒得油亮棕黑，沉着，颇得古风的韵味。乘风破浪会有时，直挂云帆济沧海。这也是一种生存方式。

大有大的价值，小有小的活法。小小的渡船，在渡人，渡我这位不知归路的浪人。我必须振作起来，将过去的辉煌和曾经的拥有全部打包，归零，不能再消沉下去。人活着，先解决温饱问题。在哪儿栽倒，就在哪儿躺下，先调整一会儿，再伺机爬起来。在伟大的苟且偷生中，寻找绽放的机会。尘封了许久的豪情，被再次拾起。

渡船上，闪现一拨一拨人，徐徐的江风送来凉爽。秦奋的思绪跌入江水，随波起伏：

人是一条船，在岁月的河里，漂呀漂的，都想抢个先儿，争着往前划。渡人，也渡己。河里有斑斓的鱼，那是各色的欲，人，便一生忙活着，捕各色大大小小美味的鱼，在岁月的风浪里沉浮。有时会泊在岸边歇息，没有绳揽住的船，哪儿才是真正的家？就这样，一路探寻，一河的迷茫。船破旧了，再也荡不动了，要么沉在泥坑里，逐渐腐朽；要么被抬上岸去，当柴焚成灰，化作一缕青烟，散了。

争渡，争渡！从昨天渡到明天，从春渡到冬，从一尾精虫渡成一条人，从摇篮渡到棺材，从新渡到旧……都是一个过程。争来夺去，最终，有几人渡到彼岸？彼岸又在哪里？时光荏苒，流淌了亿万年，河上的过客匆匆，船来船往。不如载上满舱的太阳，潇洒地踏上旅程。在水一方，有位伊人，等着归去。

这些旅客，幻化成一尾尾活跃的鱼，在天地围成的鱼缸里，在江水里徜徉，在时空里生长，在光阴里游弋，在欲海里追逐。

鱼的眼泪在水里，滋润着自己。在水里生息，寻找和发生爱情，将卵产在水里，将未来孵化。在水里老去，最后消融。完成一季的轮回。每条鱼，都是这条江河里的过客，匆匆忙忙，转瞬即逝，鱼是水的精灵，水是鱼流淌的欲望，从昨天的黄昏游出来，游入明天的朝霞里，在月光的怀里睡去。

屋檐旁，几根粗壮的竹竿上，晾晒一排排鱼干，开膛破肚，扁平地吊在麻绳上，枯瘪狰狞，散发着腥味；夕阳的余晖，将片片鳞甲镀成金色。一只黑猫亮着扑朔的蓝眼睛，慵懒地走过，发出一阵让人寒战的叫春声，尖锐的咏叹调，将愈来愈昏暗的天空刺破，泄下满鱼缸的墨汁来，染黑了天，泼洒了一地，夜悄悄降临。

“得回去了。”秦奋自言自语。

闷在家里，歇了个把月，猛然散淡下来，反倒浑身不自在，内心开始烦躁。做项目？显然不太现实，除了点儿固定资产，口袋缺硬通货。房租用来养家，都不太宽裕，别指望分流，去鼓捣别的事儿。

这回让秦奋长记性，放弃吉祥公司的生意，是件多么愚蠢的举动，截了自己的退路。无论何时何地，都得存点儿钱，以备不时之需。风光时，动辄几十万元从手中周转，从未想到，会跌得如此狼狈，过上捉襟见肘的生活。

突然枯竭了经济来源，对于潇洒惯了的秦奋，真是羞耻。朋友吆喝聚会，以前二话不说，驱车去款待他们；今儿个，只好面带愧色，内心惶惶地支吾：“不好意思，在外出差，不方便，下次再聚。”不方便？的确，囊中羞涩，男人的雄风便萎了一大截。钱包鼓起的幅度，和面子的大小成正比。

高不成低不就，日子就这样蹉跎荒废过去？成天自闭，萎靡不振，怨天尤人，自暴自弃？曾经被人前呼后拥的角色，转瞬间，沦落成孤苦伶仃的无业游民，天壤之别的落差，让他平添酸涩的失意。

秦奋心里转不过弯来，上小店，拎来几瓶啤酒，撕开一袋洪湖卤板鸭，独自畅饮。在酒里索求安慰和答案，让酒精重燃起残存的激情。

他不会把希望套在别人身上，不会迷醉于空洞渺茫的妄想。遭遇冰火两重天的打击，他没有丝毫的抗争，一味地逃避，用空间换时间，苟且偏安于一隅，那份苦楚和愧疚，时常针灸着内心。仿佛一双无形的手，掐灭了飞扬的自信。天下有几人，能做到打掉牙齿和血吞？他是凡夫肉胎，在逆境中，这些悲观消沉的情绪，如沉渣泛起，迷惘了向前眺望的眼睛。

日子还得过下去，秦奋收拾心情，酝酿着下一步的生活。广州，曾在这儿跑过业务，积累了人脉，先找个饭碗活命，再从长计议。

翠花心事重重地从海南回来，闲不住。她提出：“这里南来北往的人杂，谁也不熟咱，我先打份工，贴补家用。”这番贴己的话，让秦奋眼窝潮起，相濡以沫，患难见真情！她能放下做老板娘的虚荣，分担生活的重担，让秦奋深感欣慰和温暖。

冒着炎炎烈日，翠花撑把伞，两个人穿梭在人流中，蚂蚁觅食般，这儿瞅瞅那儿嗅嗅，到处刺探招工的信息。

时间仿佛穿越到十多年前，秦奋刚从故乡千里迢迢跑来谋生，一家家单位填简历、面试、等通知，这样轮回。在兴奋和失落中，在疲惫和冷漠里，奔波在求职的路上。

在路边脏水横流、苍蝇云集的快餐店里，扒几块钱的盒饭；在逼窄嘈杂的城中村神出鬼没。

翠花苦中作乐地调侃：“咱们自作自受，扔着好端端的生活不过，擎着金碗讨饭吃！”

秦奋大惑不解，她玩笑道：“咱们三套物业，随便卖一栋，都可享清福，吃上几年，何必从头再来？这不是倒行逆流，自讨苦吃？”

“房子绝不能卖，不到走投无路，不要打这主意！我就不信邪，缺了张屠夫，洒家就没猪肉吃。离了秦斗就会饿死！”秦奋斩钉截铁地说。

翠花不再吱声，生闷气。打工下作，受气，没日没夜机械般拴在流水线上，连上厕所都需要请假，五分钟内，快速解决生理问题，这些，她都经历过。

她有怨气，和他冷战？还是一哭二闹三上吊地威胁宣泄？老公不是个懦夫，他能和秦斗争强好胜？他的观点狭隘短视？明明是吃亏，还要装着无所谓大度的样子。夫唱妇随，家和万事兴。作为贤淑的小女子，与老公携手，同呼吸共进退，经历他所经历的，爱他所爱的，便得一份实在的幸福。只要能和爱人相守，宁做糟糠妻，不当富贵婆，平平淡淡才是真。简单地过活，执着地奋斗，快乐地享受。淡泊宁静，平安和睦，有家，有所爱的人，便拥有了一切，这便是天大的福报。

电子厂只招年轻、手脚麻利的小姑娘，翠花厚着脸，缠着主管递好话，说得对方眉开眼笑，同意录用。事后，她得意地炫耀："话，都是靠人说的嘛，嫌我岁数偏大，怕吃不消，我就哄他，年纪大有耐心，不会到处跳槽呀！"她人缘好，见面熟，爱扮靓，一头秀发，隔三岔五挽上时尚妆，花样百态。

翠花朝九晚十上下班忙碌，衬出秦奋吃闲饭的无聊，他焦急地想找份工，让自己显得还有点儿用途，不让斗志消磨殆尽。

走出去，需要勇气和胆量。只有放低自己，直面现实，才会邂逅机遇。能上能下，说来简单，做起来难。需要克服心理障碍，需要能屈、能熬的淡定和洒脱，在这蓬勃发展、物欲横流的大都市，秦奋会遇到什么匪夷所思的事呢？

一晃十多年，还没整明白青春是咋回事，青春，已从脸上悄悄溜走，只剩下青春痘愈合后的坑坑洼洼，那里埋葬着躁动和野心，激情和叛逆。时光如一阵秋风，将青春吹得无影无踪，霜染了满头的青丝。

秦奋成了一只乱扑腾的苍蝇，夹着几张简历，到处瞄机会。与从前迥然不同，他不再是风华正茂的青葱少年。岁月免费赠给他太多的沧桑和感慨，他学会了向现实妥协，将年轻时的豪言壮语折叠起来，放在发黄的影集里。

回顾自己不太光辉的历史：奔四的中年人，家庭的重担，幸福地抗着。蹉跎间，岁月的刀将他雕刻成猥琐谨慎的老愤青。按五子登科的通俗标准验货，房子倒有三间蜗居，大债主是银行；儿子生了个，活蹦乱跳，倒不是别人的，罚款偷偷摸摸下的蛋；车子有辆，消费不起与时俱进的高油价，放在工厂跑；票子，多少有点儿，没爽快过，隔三岔五被催数公司提醒去还信用卡；

妻子倒是货真价实，昔日的鲜花，泡在时光的河流里，腌成了菜花。名义上投资了间厂，不过是名小股东，还得仰仗他人的鼻息，被“凉拌”在一边。

秦奋总是失恋，他的情人不爱他，不愿嫁给他，无论如何讨好献媚都枉然。他需要她的温暖和关怀，对她痴痴苦恋，依旧打动不了她，他似乎和她绝缘，他的情人是大众情人，拥有无数粉丝。

利方面，毫无建树，名方面，更乏善可陈。因先天不足，没能混成娱乐界的大腕小腕，否则代言个啥的，也有好几万的出场费。

同学嘛，有坐局长、厅长交椅的，可拉风了，名车开道，前呼后拥，如众星捧月，让人垂涎三尺。

每次都羞于参加同学会，没啥资本和家底亮出来炫耀。朋友来访，礼尚往来嘛，还得掂量口袋里的人民币，够不够上完馆子，再去洗桑拿、卡拉OK，打肿脸充胖子地摆阔了一次，下个月的伙食就得减荤腥，天天啃青菜萝卜大补维生素，归纳总结一下：囊中羞涩，死要面子，钱包遭劫活受罪。

没当官，没发财，自我阿Q一下，在发财的路上奔波，发财是将来时态。理想太肥胖，长着翅膀也飞不起来；现实太骨感，硌得牙嘚瑟，想咬嚼不烂，不想理它面对它，却是空气，严实地包围。

遥想当年打份工，按时领工资，倒也怡然自得。内心抓挠，总不安分，觉得受到拘束，消磨了斗志，自己蕴藏的能量未充分燃烧，总渴望突破，能酣畅地发挥一把。于是辞去了旱涝保收的工作，豪情壮志地去当家做主，拉起旗帜单干。

在商海里几番浮沉，品尝到海水是他奶奶咸的涩的。创业，是条不归路。要么飞黄腾达；要么平庸地维持生计；要么不堪回首，牺牲得很惨，死在路上。因为理想的丰腴迷人，引无数英雄竞折腰，拜倒在她的石榴裙下。要想搞定她，没点儿死皮赖脸的执着，只会是奢望。

对于吃青春饭的职场来讲，四十岁是道坎，年纪与收入成反比。除非混得人模狗样，熬成高层。老大不小，得先定位。到底能用啥东西，兑换每月的饭票？

尴尬的四十岁！装嫩，自诩年轻吧，沉淀了一大堆职场磨炼出来的宫心计，比年轻的油多了。熟透烂了，年轻的毕业生，都喊你叔叔大伯。

中年危机的焦虑强烈异常，下面是乳臭未干的小屁孩，要向上爬，你成了挡路的老家伙；上面的领导，对你防贼般地机关算尽，恩威并施，又压又哄，生怕你将他拱走，篡了他的位，搞了他的人。

秦奋偶尔会幻想，人活着，不用被动地做工，不为稻粱谋，做点儿自己想做的事，那多爽！日日月月年年忙碌着，为生计，为面子，为屁股下面的位置，为家庭朋友，活着，多累。就那么短暂的几十年，为这奋斗，为那拼搏。活着，到底为了啥？图个开心，轻松，自在，不行吗？为何要附加这么多目的和功利？

他情绪低沉，思考所谓的价值观、人生观、世界观，像个地球上的哲学家，总在圆球里兜圈，找不出答案。天一亮，肚子会咕咕地叫唤，饥饿会提示，该杀向人间丛林中猎取食物！

人在苦难里，找回自我。人在得意时，迷失自我。

32. 揾 工

秦奋曾在天河城跑业务，坐在公交车上，冷眼旁观那些心情急切的学子们，一拨拨涌向招聘栏，用眼光在那儿挖矿。他以为从此以后，不用再光顾这种人肉市场。鲤鱼跳龙门，由打工仔换了件老板的马甲，未料到，冥冥之中，还是逃脱不了宿命的安排。

十年了，恍惚一场黄粱美梦，秦奋又降落到这里，等待顾主如上农贸市场的拈选。

路边有很多派小广告的，热情洋溢地向行人塞花花绿绿的宣传单。

秦奋欣赏这些衣着清凉的美女们，从肉色的领略中，获得片刻意淫的快感，将忧虑烦躁暂时打发。

南方的阳光过分慷慨灿烂，将地面烘得滚烫，腾起白气；树叶筛下来的那抹阴凉，被炙热的风驱散；人们千姿百态，是一拨拨行色匆匆的游鱼，漫无边际，朝各自的目的地滑去。地下通道里，卖艺的流浪歌手自我陶醉，声嘶力竭地吼唱。

秦奋的思绪跌入歌声的背影里，如患癔症，麻木的眼神，飘忽地望着那一张张变幻的面孔，在这汪洋大海中，各自奋勇地摇摆。公鱼、母鱼、大鱼、小鱼、漂亮的鱼、丑笨的鱼、老鱼、嫩鱼……从一条涵洞里钻进去，冒出来，涌向一幢幢水泥石堆砌的洞穴里，在高耸或低矮的玻璃樽里繁衍生息。它们都在寻找，在寻找中失落，翻阅一页页的夕阳，游入瑰丽或浑噩的梦乡。

透明的橱窗里，陈列着几款亮晶晶的手表。秦奋的影子扑向它们，抚摸着这片奢侈，那几十万的时尚，戴在秦奋的影子上，如银光闪闪的手铐，他想摆脱，却紧牢粘住。

柜台边的售货小姐，赛出水芙蓉，个个艳丽俊俏。秦奋用享受的眼神，揉搓那卷锦绣年华。镜子中，突兀地映照出一条腆着圆肚腩的大鳄鱼，让他自惭形秽，徒增伤感。顶着稀疏头发的猥琐男，老气横秋，正向四十岁的中年狂奔。戴着有划痕的眼镜，后面藏着一双贼眼邪淫地顾盼，有点儿放浪不羁，有点儿酸腐，有点儿玩世不恭，有点儿自卑、自怜、自信。

面庞上坑坑洼洼，挂着一脸的世故；尖削的下巴，一撮杂乱的胡须，顽强地刺出来，点缀得像艺术家般酷。

肩背一款黄色牛皮包，腋下夹着一匝当天的报纸，手拎着半瓶晃荡的矿泉水，脚踩双底快要磨穿的黑皮鞋，神态憔悴失意，如丧家之犬，夹着尾巴，东嗅西凑，在寻找充饥果腹的残羹冷炙。

一个美若天仙，一个粗鄙猥琐，强烈的反差让秦奋不禁缅怀青春的短暂珍贵。转瞬间，花开花败，新陈代谢的残酷，落寞惆怅，漫上心头。

人人都曾年轻过，拿什么来祭奠我的青春？我曾奋斗过，用我无悔的经历。我的青春，不仅定格在发黄的相片里，我将它点燃，如流星耀过天际，辉煌一瞬。

南方人才市场，人山人海，秦奋混迹在一堆人才中，凑近服务台，掏出十元钱买门票。那位胸前扁平正在发育的小妹，轻蔑地扫了他一眼："大叔，是本科吗？"

秦奋一惊，大叔？谁是大叔？扭头左右瞟一圈，和我级别相当的没一个，难道说，我现在荣升成大叔？

对这么隆重的称呼，秦奋还有点儿不习惯，觉得怪别扭，总以为自己年轻气盛，床上雄风未减。没毕业几年呢，还没玩够疯够，眨眨眼，现在已混到大叔级别。蹉跎岁月呀，真是慢性自杀。在二十岁的小妹眼里，我不是大叔，难道还是大哥？岁月写在脸上，揩不掉它排泄下来的分泌物。

秦奋难受地答：“没有！”心里念叨：“老太婆，我再等你二十年。”

小妹冷漠地将票掷过来，叫道：“下一位。”那些白嫩嫩或毛茸茸的手臂立即挥向她。

秦奋羞愧地抓起门票，丢人，都这把年纪了，还和二十来岁的后生娃亲热地挤在一堆，打成一片，争那供不应求的泥坯饭碗，混得失败呀！

真他妈的白活了几十年！痛恨自己的无能。一般年纪的同窗好友，局长、县长、董事长的，一抓一大串，她奶奶的，越混越不如人！这都何苦来着，隐忍退让？东山再起？苟且偷生？都是狗屁，阿Q的精神疗法，我必须检讨下性格方面的弱点。

那曾经引以为傲的所谓成绩，不过是自欺欺人的麻醉剂，自我搭建起来的海市蜃楼。成功，还遥不可及，凭我这点儿草包料，今生今世，可能根本不会功成名就，那些都是奢望和幻想！那些榜样，曾国藩，松下幸之助……统统见鬼去吧。我还不如路边摆摊补鞋的老大爷活得安逸，过得滋润。

包里揣张发黄的文凭，好多年没用过，秦奋没脸掏出来晃。左邻右舍，一大堆红本本绿本本，什么名校本科、硕士，一个赛一个名堂大。就算我捏着专科文凭，有屁用，连卖猪肉的北大屠夫都不如，人家起码天天有骨头汤喝。没票子，还不照样需打工，贱卖自己？

一大把年纪，不知天高地厚，和一帮意气风发的年轻人抢饭吃，拼魅力，真是自不量力。有鸟优势？职场是年轻人的舞台，人老不中用。

秦奋设想过这一天，打工没人要咋办？除非考上公务员，被国家包养。新鲜的毕业生多如牛毛，过了四十岁，哪些岗位适合？活路只会越来越窄。

如果一味沉迷于职场，不作创业的演练，青春饭扒完了，就会陷入时不我待，岌岌可危的窘况。不靠救济，不啃老本，没有了太多值得挥洒的青春，没有太多可供调度的资本，拿什么来赌明天？再去打工，重新开拓一片新天地？需要战胜内心的胆怯、惶恐、迷茫，坦然地抵御外界射来的羞辱和压力，在蚕丝包裹的密室里，向外啄一个孔，破茧，羽化为蝶，舞起那双折叠的翅膀，飞向蓝天。

摊位前，人才“挤挤”，摩肩接踵。俊男靓女打扮入时，殷勤地派简历，绿豆对王八眼，相互打量。这里和菜市场没两样，人头攒动，从二楼波到三楼，蔚为壮观，各怀心思地打捞能对号入座的信息。美其名曰人才集会，不如称脑力的交易，先看品相，生得标致顺眼的，比那些歪瓜瘪枣更容易成交。再论价格和斤两，相互掂量，评估利用的价值有多少。

秦奋抹下脸，鼓起大眼，转了两圈，做个热身运动，气喘吁吁地爬上爬下，便了无兴趣，满腔的热望被锥破泄气，脸色晦暗，恨不得掘条地缝钻进去。打退堂鼓，又不死心，来一趟，不播撒点儿希望，太对不起那十块钱的门票，他在现场踟蹰徘徊。

锁定了三家有点儿对脾胃的公司，秦奋厚着脸皮，鼓起勇气，恭敬地呈上了反复润色的简历。

端坐的招聘男，一本正经，斜睨了秦奋一眼，堆起职业性的微笑："不好意思，不适合您！"对洒家挺客气的，还用"您"来敬称。职务要求写得明明白白，35 岁左右，有营销经验，能在国内出差……这不正是为我这个萝卜挖的坑？咋不合适哩？再眯眼往下端详，哦，还有备注：要硕士，英语过六级。什么破玩意，不过是间国内销售灯饰的小厂，名不见经传，和华人打交道，有必要侃几句英语？后缀括号里的工资，写得挺含蓄，2500～4000 元。用小菜的价想买海鲜，挺划算的，还挑肥拣瘦，真是恬不知耻，晕倒。对方替秦奋节约了一份简历，他却不知该投给谁。

招工广告上，四十岁以下，是条扎眼的年龄红线，硬生生划在那儿，这是秦奋无法逾越的鸿沟。他不禁郁闷地遐想："我等升斗草民，稀里糊涂过了四十岁，如何讨生活？如果不是公务员，如果没有资产、姿色、资历，后续的光阴如何打发？打工不再吃香，四十岁就沦为边缘人，上有老，下有小，靠什么支撑下去？当门卫、清洁工、医院看护、保姆……成为这些工种的最佳人选。当青春不再，就该提前退休，享受人生的夕阳？"

岁月是把无情的刻刀，将身心剜得伤痕累累，雄心还有余烬在残烧，这是怎样的悲悯和无奈。招工单位对性别、年龄、学历、经验之类的歧视，已是屡见不鲜。

正赶上好运气，秦奋刚好差两个月四十周岁，这令他进退两难。

到处撒简历吧，似乎浪费复印费；重点进攻吧，没靶子。他想尽量谦卑些，寻个业务员或送货员之类，希望依然渺茫。人家欢迎刚出炉的应届毕业生做普工，生熟手不限。

贱卖体力，也乏人收留，他好不容易在人缝中窥到一家招门卫，年龄蛮宽松，50岁以下，能值夜班。转过去试探一下，全身又凉了半截，“需广州户口！”

秦奋低声下气地补问一句：“中山户口行吗？广州有房行不？”

“姆得！”那位人事部的大妈用白话冷冰冰地挡回。幸好移民广东有些年头了，土著的语言听得明白。

“丢她老姆！”秦奋小声回敬一声，这不明显是地域歧视吗。

秦奋在大厅里又徜徉了几趟，领略到就业市场的严峻性，供不应求，全国院校每年批量制造的劳动力，如过江之鲫，而单位新添的岗位屈指可数，优胜劣汰的自然规律，在职场天天上演现实版。

他逛得心灰意冷，两腿发软，瞥到楼梯口的吸烟区，一帮青年人或蹲着或斜靠着墙，在吸烟，个个如打麻将输下台的，苦着脸，神色晦暗，心情阴霾。有个别骑牛找马的，显得毫不在乎。他们用尖酸的语气调侃招工单位：

“挑你妹，刚毕业有卵的工作经验。泡妞的经验丰富，要不要。”

“啥德行，做个人事经理那么拽的，失业了和咱不一个熊样。”

“妹子喊我大叔，老子生得这么成熟？36岁都不行，又不是选新郎。”

秦奋默默地望着他们，多年前，我也是这副屌样；多年后，我还是这般落魄。生活没着落，浮萍般飘来荡去。据说买养老保险可防患未然，这的确是种好思路，关键还未活到达标的退休年纪。40到60岁这段真空阶段，还要继续奋斗在温饱战线上，刨食！这不属于我能理清的宏大课题，带着失望的心情，打酱油回家。为了口粮，四处奔波。说得崇高点儿——为了理想。

此路“便秘”，只能另谋生路。像他这样的老油条，嚼不烂，公司一般不敢请。与其将表情浪费在人才市场上，不如自己降级，找点儿踏实的事做了再说。

正当秦奋在户外和烈日较劲的待业路上，一天瞥见《南方都市报》一则大幅广告，条件相当富有吸引力：

招发行站的站长和送报员，

1.70米以上，会骑68的自行车，能载200斤；（我会，老把式了）

40岁以下；（我差两个月，够格）

体格健康；（我各项生理指标吻合，能吃能睡，像头只长思想不长膘的猪）

能起早床；（我每天睡到自然醒，这点儿克服一下大约能行）

户籍不限；（挺开明）

待遇还真不赖：节日有米和油分；（正紧缺，多诱人）

生日有神秘礼物送；（能记住我生日就不错，礼物就免了）

1800元底薪。这个数让我眼睛亮了几分钟，一直在这个数上流连，广州当时的普工，行情是1200元，整整高了600哦。就冲这个数，我也得蹬几天单车，当回报童呀，这份工仿佛替我度身定做的，挖好坑等我去埋。

秦奋窃喜，回家和娘子商量。

“你干得了？凌晨三点起床，驮两百斤，穿街走巷送报，别开玩笑了。”翠花嘲笑道。

“没问题，只当锻炼身体！”

“你每天从床上挣扎起来，都是很隆重的大事，要人伺候齐袜子衣服。何况，你身体虚得只剩下肥肉，哪里吃得消这蛮活？拉倒吧！”翠花怜爱道。

筹办工厂时期，每天高负荷连轴转，压力大，秦奋积劳成疾，要是沾点儿浓茶或白酒，便会心悸，脉搏狂跳，只觉得万念俱灰，奄奄一息，有种濒死的难受。曾上中大五院做过彻底的检查，器官查不出啥毛病。这种病态，没消停，时不时发作，让家人揪心，只能静心调养。

“踩单车，锻炼肌肉，还享受免费日光浴，对我的身体有裨益。这比上健身房强，像小白鼠在跑步机上反复地蹬腿，有意思。我从网上查过，这病叫‘自主神经功能紊乱’，少胡思乱想，多伸展运动，就会康复。”秦奋自圆其说，扛不扛得起，他也没底。毕竟一介书生，又长期过着养尊处优的舒坦生活，散漫惯了，真要去劳其筋骨，做运动员，自个儿都有些心虚。但他喜欢尝试，热衷于挑战，没经历的事情，权当作体验生活。

翠花见他意志坚定，心疼地说：“如果不适应，就算了，不要勉强，不差这个钱！”

去报社的路上，秦奋心底泛起小小的波澜：“送报纸，每天干那么四个小时，大街小巷地窜，接触面广，贴近市井民风。能迅速融入这座繁荣的大都市，干基层的民工，最省心了，户外骑行能减肥。美中不足，太阳老大方的，人晒得黑不溜秋，那种古铜色的健康皮肤，他不喜欢，他中意美白。英雄岂能被尿憋死，去瞧瞧，说不定能和报社的人混个脸熟，有机会当跑腿的，赚点儿报料费，也是蛮有意思。那可是国内响当当的大报，我这名文艺老青年，可近水楼台，沾点儿文化味道。我要用汗水洗刷耻辱，用劳累掩埋失落。蹲下，将自己放低，再放低，储蓄能量，准备下一次的跨越。

先在门卫处登记，领块牌，摸到发行部三楼，一瞧，傻眼了。报名者火暴踊跃，和超市抢购打折商品的人架势一样，蔚为大观。一个个表情怪诞，秦奋紧随长龙向前蠕动，将招工的条件再推敲一遍，不禁哑然失笑，够格的公民，只要四肢齐全，长势良好，满街可用钉耙搭。

秦奋挪进办公室领表，一位后生仔抬头，上下打量，微笑说：“别逗了，你不当老板，来这儿做苦力？”

秦奋一惊乍，满头雾水，后生仔开玩笑涮我，还是真见过？奇怪了，咱们素昧平生，他从哪点看出我是老板来？难道我的气质像？还是气场太强？还是生得肥头小眼，蒙了张老板相？第一次见面，他的眼力超给力，可转行，去当算命掐八字的专家。

秦奋五味杂陈：“老板不易做，还是打工轻散，没办法，找碗饭吃！”

后生仔和蔼地递给他一张招工表，秦奋喜滋滋地拿到一边，填完再递进去。

然后走进隔壁财务室，要先交300元单车押金，秦奋犹豫半晌，口袋仅剩350元伙食费，要不要献出去？他掂量着，反正发行站包吃住，50元零花，豁出去。肉痛地将三张主席像交上去，把换来的收据小心翼翼地夹进钱包。

他顺着人流，乖觉地缩进培训室，有意拈第一排座位，临窗坐下等候。来应聘之前，秦奋提前做足功课，如何应答，简历写啥内容，不能露馅。

你说你做过营销经理，公司老总，这么牛，屈驾来这做投递员，谁信？这么个爷，哪个敢请你？这不明摆着调戏人家吗。如今找工作的，谁不吹嘘一下，在简历中包装拔高？上国外的野鸡大学，就诳成名牌的分校；只是跑龙套的，为董事长拎过几天包，开过几次车门，便充作董秘或总裁助理。竞争委实太激烈，不给自己贴金抹粉，扮上登台上场的扮相，哪能吸引消费者的青睐呢？装，吹，是找工作两大法宝，只有会耍，才能从堆积如山、名校扎堆的简历中脱颖而出。

秦奋反其道为之，自我矮化，实属无奈。毕竟找普工，身份要与它相匹配，扮啥像啥。他只写高中毕业，做过杂工。从住着几只蟑螂的箱底，翻出一套邋遢的旧牛仔服，皱巴巴地套上；换下穿惯了的高档行头，蹬一双沾染灰尘，后跟磨成斜角的黑皮鞋，一副朴实劳动人民的光辉形象。

头发不再喷发胶，梳理得油光可鉴，他岔开五根指头，抹上洗脸水，随心所欲，向后耕了几耙子。将那副镀金的近视镜摘下，视线有点儿模糊，减些书卷气，镜片后那对犀利的狼眼，顿时黯然失色，如死鱼翻白的眼珠，毫无光彩。

装，就装得逼真点儿，恢复英雄本色。当初他就以这样呆头呆脑，土得掉渣的形容，浪到南方。现在，找回了原来的感觉。人，从高贵处坠落，容易快速；从低贱处向上攀爬，困难重重；从热闹繁华，回归恬静平淡，需要放下、舍得、忘了，这三昧禅意。

培训室宽敞透亮，布置得和学校教室一样，八十多名求职者陆续将空座位填满。大伙焦急地候了一个小时，后生仔姗姗而至，雄赳赳地走上讲台，顺手将门关上，他声如洪钟地喊："大家好！欢迎你们踊跃报名，加入我们的队伍！"

室内的人，坐姿东倒西歪，乱哄哄，有气无力地哼道："老——师——好。"拖沓的尾音，此起彼伏。

"大家没吃早餐吗？大声地嚷出来，拿出吃奶的劲！"后生仔笑盈盈，神清气爽，像名威武的将军，面对刚从战场上溃败下来的兵痞，朗声地鼓动士气，将颓废的气氛搅活起来。

下面瞬间亮起吼声："老师好！"

男女老少正襟危坐，注视着这位热情洋溢的年轻人，他握着录取的生杀大权，没谁敢马虎，吊儿郎当。

秦奋振作精神，佩服这位年轻人的口才。他在黑板上潇洒地画上自己的名字和手机号码，他叫袁军。"今后有什么事，随时可以找我。这份工做什么，大家清楚吗？说得对，骑单车送报纸，难吗？不难！丢人吗？不丢人！从最基层锻炼起，让自己成长。有人会说，清晨三点钟爬不起来，不用担心，有前辈会叫醒你，习惯就行了。一旦正式录用，你就是我的同事，无论贫富贵贱，大家一视同仁。来这儿之前，你们可能为找不到工作失意过，开店失败了，统统都是过去式，这里收留你，五湖四海的落魄者！ 无论从前多么辉煌，好汉不提当年勇，相信自己，从这里起航出发，只要肯拼搏，哪里都是舞台，都能翻身！”袁军激情四射的演讲，如晴天霹雳，振奋着底下的听众。

“太阳每天都是新的，我们要掀开崭新的一页，紧紧拥抱今天！不要怨天尤人，是不是？大声回答我！”他高声叫道，激情澎湃，煽动下面萎靡的气氛。“请回答我，说是的！”

“是——的。”黑压压的一干人，从喉管里挤出嘤嘤嗡嗡颓废的噪音。

袁军挥动黑板擦，重重地敲打讲台，青筋直暴地嚷道：“谁叫得响亮，我就招谁！”

这一招真绝，下面的人如打了鸡血，一个个扯开嗓子吼道：“是的！”

掀起一阵热浪，这小子，是做培训“导师”的料，狂热的气氛，可媲美传销大会。

“这就对了，人，可以没钱，但不能没精神、缺斗志！我们的队伍浩浩荡荡，要能打硬仗，能骑单车冲锋，为全市的报摊服务。作为南都人，就要有干劲！我曾和你们一样，找工作到处碰壁，来这里送报纸，起得比打鸣的鸡早，睡得比狗晚，宠物狗除外，从最基层干起，一步步升到站长，最后坐在这里。你们比我更优秀，报社给予你们广阔的提升空间……大家有没有信心做好？”

“有！有！”一班人争先恐后地呼应，个个精神抖擞，血脉贲张，不喊几嗓子，这份工就没戏了。

秦奋眯着近视眼，端详着这位靓仔，字字珠玑，如鼓槌在心里擂响。知耻而后勇，不管从前做过什么，拥有过什么，当下收拾好心情，重新来过。将暂时的挫折失意忘却，找回雄心和斗志。英雄不论出处，是金子，到哪里都会发光，赢得赏识。

“好，每人用五分钟做个自我介绍。声音必须洪亮！”

一个个，从后排按顺序，站在座位上，简单地吹几句。原来，有的当过治安，有人开过小店，有的还是熟人介绍来的，这碗饭，真如传说中的那么香喷？

秦奋将个人精彩的部分省略，简单地回忆了打工的经历，袁军微笑地点点头，在他简历上画了一笔，令秦奋分外不安，难道被他瞧出破绽了？没老实交代历史问题，又被枪毙了？难得的工作机会泡汤了？ 袁军对照招工表，称着应聘者。有位男子，个头矮小，当场淘汰；有位女孩陪着男朋友一起来应征，两个人都渴望得到这份工，也惨被筛选掉。

“我宣布，点了名字的留下，没点的，上财务退押金！”

“秦奋。”

“到！”

秦奋顺利通过，这儿招工干净利落，大多数都能被录取。袁军说了，有些人，挨不了那份苦，会半途而废。只要做够十五天的培训期，就有工资发。来去自由，非常宽松，这样的单位很稀罕。

秦奋兴奋异常，再一次证明， 天无绝人之路，机会不在这里，就在那里，总有一个地方，有一次机会属于你。只要不怕失败，勇于尝试，去闯。

“明早九点去体检，体检不用怕，乙肝只要不传染就行。记得不要吃早餐，自带体检费九十块！”

大家鱼贯而出，秦奋高兴地蹦回家，这是他来广州找到的第一份工，特有成就感。

翠花特意多烧了两个菜庆祝，他们想象着：一个中等身材的家伙，戴着草帽，穿着统一的黄色工服，天麻麻亮，骑着辆单车，驮着两垛沉甸甸的报纸，歪歪撇撇，吃力地穿梭在熙攘的街上。一辆辆汽车从他摇晃的身边飞驰而过。

翠花感叹：“从前，你开小车兜风；如今，风光满面地踩单车，非常滑稽。”

“人生无常，唯有适应。工作没高低贵贱，平常心对待就行。”秦奋呵呵笑。能上班，说明我不是酒囊饭袋的废物，尚有剩余价值值得榨取。做过总经理，就不能当投递员？这是什么逻辑。在国外，教授、博士都乖乖蹶在地上，将饭店里堆积如山的盘子刷得得心应手，这叫生存之道。

吃饱饭，秦奋还在剔牙，翠花武断地说：“明天，你不用去体检，一定不合格！”

“为吗？”秦奋十分惊诧。她的话如一盆冷水，迎头浇熄了他一腔热情。

“你猪样的，爱睡懒觉，不到八九点，打雷都惊不醒，三四点，天黑魆魆的，你拱得起来？天天这样，你熬得住？你还近视眼咧，路上的车瞎拐，哪里顾全泛？撞到别人也生怨。”

路上行人如织，在人口稠密的街巷，稍不留神就撞到人，我怎么忽视了这点？秦奋恍然大悟，面试时，故意没戴眼镜，蒙混过关。

“再说，自行车上压两百多斤，你推都推不稳，还想潇洒地走一回，别脑壳发热，耽搁人家正经事，以前你载我一个，横冲直撞，东倒西歪地晃，这可不是开玩笑。”她蹙眉摇头，分析得头头是道。

刹那间头涨大了，秦奋细细斟酌，她的话在理，点到他的穴位，自行车运动，确实是他的弱项，就算勉强扛几天，身体吃不消，那不是拿命换钱。

秦奋犹豫不决，到底是放弃，还是坚持。

“不消试的，拼力气活，你不擅长，当机立断，明天向人家解释一下，退了。”

秦奋相信女人的直觉。明知不可为而为之，是以卵击石，不理智，不能犯这么低级的错误。知己知彼，量力而行，充分发挥自己的优势，才能在职场上游刃有余，步步高升，大展宏图。

经这么一推敲，秦奋服从家里领导的安排，这份来之不易的工作，便夭折了。

繁华的广州大道上，未能闪现秦大侠脚跨铁马，在大街小巷穿梭的英姿，少了位优秀投递员的候选者，委实有点儿遗憾。秦奋蛮感激这家报社，收留了他几个小时，揩去他脸上颓废的尘垢，洗了回脑壳，上了一堂精彩的高级趣味的“三观”课。

第三天，秦奋熟门熟路，转到发行部退押金，本想低调点儿，速战速决地撤退，不巧在走廊上，还是与差点儿成了同事的袁军擦肩而过，他满面春风地打招呼：“老板过来了！”

秦奋真是无地自容，还叫我老板呀，咱这个衰样还是老板，那天下老板都要倒大霉了。那么多求职者，他不会记得我这位没下文的太监吧。就因为我脑袋长得圆滚滚的，像只大西瓜，就是老板？还是祖宗穴埋得正，神灵庇佑，天生异禀，有老板的那种福气？

一路上，秦奋回味着他的话，甜蜜蜜地，每次见面，都这般客气地称呼我，看来，他是对的。刚从老板位置下岗，被股东们休了。我要感谢这位素昧平生的靓仔，一再提醒，我就是老板，老板就是我！

虎落平阳被犬欺，落难了，但它还是只老虎！生活比戏剧还戏剧，充满喜剧的元素。何必太中规中矩地生活？被无数条条框框约束，被世俗道德禁锢，让天性、人性戴上锁链跳舞，受名利和信仰压迫，在人生短暂的旅途，寂寂而行。

偶尔游戏一回，客串一把，让日子多一张面孔，多一份色彩，也许更加生动活泼。

作为一名商人，脸要比城墙厚。出路在哪儿？在脑中，在嘴里，在脚下！

秦奋这位四处找工作的老板，让人啼笑皆非，下一步该何去何从？

33. 喜 讯

正当秦奋每天拎着瓶矿泉水和地图，为找份工走访不同的公司时，接到了秦爸从老家峰口镇拨来的长途电话，惊悉秦斗的老婆有喜了。

这对秦家可谓特大喜讯，小两口挺不容易，一直在努力造人。秦斗又是戒烟戒酒，又是跑步做俯卧撑练耐力。到处打听偏方，给送子医院送高昂的入门费，却不见结果，那真一个急呀！

结婚八年，凤莲的肚子迟迟未见隆起，这让急着抱孙娃的老人们敢怒不敢言。秦爸最上心，将自己那点儿赤脚医生的知识倾囊传授，替秦斗寻医问药，这事又不便明说，床上的功夫，谁也不好亲自示范。生怕孙子没着落，有次急上火了，生育的思想工作都做到秦奋头上了。

秦爸神秘地把秦奋拉到僻静处，神情肃穆，拐弯说："如果她不长进，劳烦你劝劝你弟弟，要么另辟蹊径，找二奶当备胎，生个一男半女，我们替他哺。"

老爷子的观点比年轻人还开放："没啥稀奇，好歹留个后，反正是老秦家的种，管她屁事，喂只母鸡还能下蛋；要么散伙，没卵用的媳妇，干脆休了算球，再娶房新的，那婆娘有啥逗人喜欢，中看不中用。"

秦爸悄悄地讲了两则峰口镇上发生的真事：

你娘从小过继到这个外婆家。当年外婆还是黄花闺女，嫁过来迟迟不见生育，放任你外公到外面寻花宿柳，养了房没名分的小妾。

几年下来，没白耕耘，终于播种成功，得一男丁，你外婆宽宏大量，将那男孩接进家中，当自个儿生的，呵护备至，悉心哺育，无怨无悔，可欢喜了。

可惜命运多舛，十岁那年，那男孩得天花夭折，要不，你就多个舅了。你外婆那个伤心，眼泪都没干过，这不，才通过亲戚，把你妈过继过来。

刚开始，将你妈当个宝，过了几年，你外婆接连生三个丫头片子，就是你姨妈，就将你妈当用人使唤了，八九岁，个子没扁担长，就从老远的夏水河里挑水……

这是民国往事。暗示秦奋去转告，前朝就有的家族传统，借腹生子值得借鉴，咱们打掩护，屋里头搞的事，哪个都不晓得。

另一例近代版的，附近邻里，家有两位高堂，小夫妻恩爱，让人眼热。

男方长得齐整，小学老师。妻子水灵，条子正，财管所职员，家里吃香喝辣，要吗有吗。一番努力，诞下个带把把的男娃，天生睁眼瞎。

夫妻造孽，不服，再接再厉，使劲生第二胎，又得一女娃，依旧盲目。到处求医拿药，结论是遗传，生再多，都是白搞，一串的瞎子。

全家痛不欲生，疑遭天谴，更不甘心，一大家子，晚年无依无靠。传宗接代，不能须臾荒废。物色一年轻健壮的木匠，上门做家具，老实忠厚，面相生得清爽，家里育有一双得意儿女。

每天大鱼大肉，好生伺候。趁女人卸鞍的方便日子，丈夫借故出差，公公婆婆亲自穿针引线，放哨。

女人眉目传情，主动投怀送抱，木匠欣然纳之，干柴火碰到明火，一点就着，滚油锅里洒进了几滴水，炸得直响。

几个回合，暗结珠环。丈夫掐准时间，屁颠颠归巢，生一壮丁，康健可爱，阖府欢庆，延续了香火。

木匠尝到甜头，馋、贪，还想继续打家具，倒贴工钱都行，渴望常伴美人，云雨交合泻火。此户不堪其骚扰，偷偷搬走，绝其念想。

这个借种故事，秦奋儿时风闻，绝没虚妄杜撰。如今听老爸这一番点拨，顿时醒悟。难怪那户人家，一夜突然蒸发。那时是 80 年代早期，峰口镇的人尚没听说人工授精的科技成果。

温习了两则活生生的典故，是想让秦斗领会效仿一下？可怜天下父母心，为了传宗接代，什么招数都用上。

让秦奋始料未及的是，翠花神神叨叨地说："你说爸是不是老糊涂了，要我婉转动员凤莲，说妯娌之间，女人嘛，拉个家常，叫凤莲睁只眼闭只眼，让秦斗到外筑巢引凤，寻小三生个娃，留个种好防老，只要老公对她实诚，不将外线人带回家，胡搅蛮缠。从小抱来养大，和亲生的没啥区别，反正是老公的后人。”

翠花对八卦的事，讲得绘声绘色：“我哪好意思张口？瞧凤莲那德行，我才不理这茬事，只怕好心当驴肝肺，惹火烧身！”翠花对弟媳有怨气，也非一朝一夕。

你有压力，我有压力。和秦斗玩的同党，卖毛盘起家的阿友，每次带家属聚餐，拖儿带女一大串，叽叽喳喳的像雀儿般热闹，再瞧自己两口子，毫无生气，能不着急吗。再说，秦斗不属于丁克，特喜欢小孩子。于是，铆足劲，加班加点搞革命促生产，望眼欲穿，八年抗日大捷，喜获战果。大家将如何迎接，这个响应晚婚晚育国策的新生命？

凤莲在家安胎，秦斗不放心，忙里忙外，走不脱身，恳请有经验的老妈早点儿到中山照顾。全家通气后，秦奋自告奋勇地担起做哥的样子，专程回趟洪湖，接老妈过来。

阔别十多年的故乡，每次踏上那块土地，都令他伤感。有年春节，他曾写了个博客，贴在网上，抒发这种情怀：

终于有大块的时间，让我静下来，梳理一下想法。三百六十五天就这样弹指逝去，又到了候鸟飞回故乡的时间。

而我还猫在南方的海边，忙于生计，只能远眺故乡，在心底拾起、重温亲人们团聚的温馨。在广东，即将挥去的冬天并不冷。我的心却被泪水冰封，海风在耳边呜咽，不是千里迢迢吹来的北风。

我还在这里坚守，不是不想回去，只需要几个小时，就能抵达那梦魂相牵的故乡，和孩子们一起燃放炮仗，吃父母亲做的热气腾腾的团圆饭，和亲朋故友聊聊闲话。这会是多么难得和惬意！

但我回不去了，找不到那张回家的车票。那张薄薄的车票，是我的乡愁，一头在这里，一头连着那里；一头在我心里，一头连着无边无尽的思念。我出生在那里，荡漾着湖水的小镇，我的口音里，永远夹杂着那里的方言俚语，我在那里读书，壮成了小伙……

但我却最终远走他乡，和她渐行渐远。是我在逃遁，撇开她的荫护和关怀，是我叛离那份牵挂。她还在原地将我守望，将不孝的游子期盼，期盼我的回归，而我早已疏远。

从前，每一次回去都会伤感，我们之间的隔膜，叛逆的我，真的是从她那儿来的？看不懂她，更看不清自己。

这个春节，我知道再也回不去了，就算我的躯体回到故乡，我的心还浮在空中，如絮飘荡。童年的玩伴，衰老的亲人，他们用好奇而陌生的眼光打量我，这是二十年前的那个懵懂少年？

我将什么丢了？让我如此凄伤，能从哪里再将它寻回来？

岁月流转，那份欠债的心理愈发强烈，我从她那儿获得无私的照顾和关爱，却没有任何的回馈报答。我长大了，成年了，依旧两手空空地面对她的等候，今生今世，我拿什么来回报她的恩情？我孱弱渺小，自以为成家立业了，在她的眼里，我还是长不大的孩子，她牵挂的孩子。面对她的关切和需要，我爱莫能助，只能空发嗟叹，将满腔豪情化成卑贱的自负和妄想。当年离开她，我一无所有；如今，我还是一无所有，还能回去吗？

这些年，活着，打拼，在路上孤独地奋斗着，在路上寻觅着回家的路，却在回家的路上迷失了自己。我拿什么来报答她，对她的欠账在一天天地累积，沉甸甸地压在游子的心头，放不下！对她的思念，就像自己酿成的酒，陈得愈久愈浓烈。

这边是海，那边是湖，汪洋的一片，中间相连着悠悠的长江，我该从哪里启程，渡过这泛滥漫长的思念，摇橹返到她的身边。漂得太久，我已疲惫，遍体鳞伤，只想归去，偎依在她温暖的港湾，甜美地睡一觉，她会接纳我的平庸和痴情？

落叶归根，落叶能辗转飘回原地？叶绿叶黄，短暂的一季生命，那缠绵的细雨，可是牵引我回家的丝线，还需要淌多少滴泪，才送我回桑梓的庭院？

惭愧，内疚，检视过去的日子，一个人静静地咀嚼着它的苦涩。虽有万千的不如意，却依旧在这里坚守那份执着，忍耐。纵使再艰难的旅程，也不会中途弃航。相信会有一天能登上兰舟，鼓满风帆回家。

见到秦奋落屋，秦爸喜上眉梢，反复搓着手，朗声对里屋嚷：“他娘，大儿子回来啦。赶快烧火做饭，我去买菜接客。”

中午，秦奋和堂哥坐在堂屋，把酒叙亲情。

“秦斗在外混得好，十几岁离家闯荡，一直没回老家，结婚这么大的事，为何不回峰口来摆酒，热闹热闹？”堂哥长相英武，浓眉大眼，抿了一口峰口烧酒。他在本埠开老字号豆腐铺，人缘广，生意做得风生水起，日子过得殷实，对亲族长幼颇多照拂。堂哥的女儿大学毕业了，南漂，借住在秦斗家个把月。

“唉，别提了！”满头银发的秦爸，一提这事，就唉声叹气，“又没谁得罪他，真不醒腔，这么大件事，不回家操办。”

“幺爹，现在年轻人都这么随性，别怄气，山高水长，在外能糊住张嘴就不简单，各忙事业，不得闲。”堂哥宽厚地说。

“麻绳穿豆腐，经不起提，忙个屁，他俩特意回了趟女方家，大宴宾客，为什么事不顺道来婆家，见哈亲戚？结婚生子，闹得好玩，不说孝敬公婆，婚结这么久，连个照面都不打，不清白！”秦爸声音苍老，夹筷子的手上青筋暴突。

“太过分了！苕货。”秦奋忍不住埋怨，夹起老妈做的粉蒸肉放入嘴中，津津有味地嚼着。

“他们要是嫌幺爹这里简陋，不方便，可上我家住，宽敞卫生，比酒店还讲究。上次我姑娘打扰他们，正好赶这个情。”豁达的堂嫂咋咋呼呼地说。

老屋一直没翻修，70 年代建的低矮平房，破旧没看相。墙壁上，污渍斑斓，裂痕蜿蜒，剥落的泥灰簌簌而下。上面有秦爸用粉笔写的几首唐诗，以及孙子胡乱的涂鸦。地上用红砖铺就，高低不平，硌脚。方桌条椅，粗笨朴实，挨坐的位置，被磨出木质深浅的纹路。被拆得七零八落的玩具，没有收捡，一片狼藉。

堂屋正中央，挂着寓意花开富贵的卷轴年画。长长的案几上，供着一座白瓷观音菩萨，香炉中，插着几根余烬的竹签。两边搁一对做工精细的陶瓷狮子，姿势威严，栩栩如生，仿紫禁城皇宫门前蹲的那对的微缩版。

室内潮湿晦暗，纵横拉扯着电线，蜘蛛在墙角安营扎寨，勤快地织着网。

后屋，周边蔓草丛生的鱼塘，废弃了许多年。秦奋儿时常溜到塘边钓鱼，清滟的水里，游动着无数尾诱惑。他头顶荷叶，埋伏在树桩后，警惕着远处闪现的黑影，养鱼的那个家伙，猫一般神出鬼没，他一旦发现苗头不对，就马上和小伙伴收起鱼竿，撒腿逃逸。鱼没钓上几条，短跑的速度不断提高，得益于从小这样的锻炼，秦奋的双腿更利索了，跑起路来呼啸而去。

开阔的后院，种植着时令的蔬菜。一队黑蚂蚁迤逦地搬运着它们的食物。空气中，洋溢着泥土清新的气息，幽幽淡雅的花香。躲藏在暗处的虫蛰，小心翼翼地鸣唱，隐隐约约飘来。

屋檐下，码放着阴干的劈柴，月季、玫瑰和木槿的花枝，围成篱笆。木棉树肥硕的叶子，撑起一片阴凉。杨柳依依，纤细的柔丝轻拂湖水，荡起涟漪。笔直的白杨树上，攀伏着葡萄和丝瓜的藤蔓。红色的蜻蜓，轻悄地歇在一株翠嫩的草茎上。白色的、黄色的蝴蝶成双成对，翩舞在花丛中。邻家放养的鸡鸭，肥墩墩，在草丛中啄食；一条土狗，怡然自得，东嗅西瞅；一只野兔，从荆棘里突然蹦出，倏忽遁去，惊得鸡飞狗窜。远方，烟霭朦胧，几只雪白的水鸟，从苍翠里扑腾而起，展动轻盈的翅膀在低空翱翔，点点生趣，融合成一幅灵秀的江南水彩画。

堂嫂突然冒出一句话，让秦奋大惊失色。“有句话，不知该讲不该讲，听我姑娘说，她住他家时，秦斗作为叔叔，对小惠很关心，送给她几件时尚的褂子，她不讲究，大大咧咧，没心眼，男孩子性格。弟媳有意见了，说小惠勾引秦斗，两个人有意思了，弟媳真是迂腐，亲叔叔对侄女好，有何不妥？还吃干醋。”

“心眼太窄，不识做人，阴阳怪气的二货！怎么会看上这么个婆娘？”秦爸颜面无光，哼哼唧唧地叹息，拈起一颗油炸枯豌豆，挑进嘴里，牙帮紧咬，嘎嘣嘎嘣地响，将它狠狠地用力嚼碎。

家乡菜好吃，馋了好久，秦奋专心致志地对湖鲜野味发起进攻，霉豆渣粑、黄牯鱼、油烩夹心莲藕片、清蒸豆腐肉丸子、水煮财鱼片……秦母做了十二海碗的洪湖特色美味，秦奋吃香的喝辣的，肚胀圆滚，打着饱嗝。

“别提了，都不是外人，他们不回来探望，我可以去嘛。有回在中山，带着孙女，专程跑他家去玩，和那婆娘第一次逢面，她板着脸，一副不冷不热的样子，在她家干待了老半天。擦黑，到了用饭的时候，也不烧个火，请公公在家吃顿囫囵饭，拉我们到外面吃肯什么鸡。大老远过来，到儿子屋里头，连碗热饭都糊不上嘴，老子气不气？恼火死哒！不就图个团圆嘛，砍脑壳的，老子吃穷你了？”秦爸喝尽两小盅酒，嗓门亮起来，脾气上来了。

堂嫂一个劲地偷乐；堂哥面庞红润，和秦奋相互敬烟，听老爷子数落，都不敢插嘴。孝道，老吾老以及人之老，父母将子女含辛茹苦地哺育大，图什么？孩子们长大了，天南地北地讨生活，很忙，压力山大，老人家眼巴巴守着电话机，等孩子们一声平安问候！有空了，回家一趟，在眼前晃一晃，陪着说会儿话。

“说得裹死人，多吃菜，再不好，还不是你教的？”秦母埋怨，从厨房端来碗热气腾腾的粉蒸肉，香喷喷。老两口搭上腔，话锋犀利，你一句我一句拌起嘴。一个说是你生得好，一个说是你教得好，堂屋的气氛立即炸了窝。其他人都不吱声，各忙各嘴里的运动。

秦奋深有体会，老爸老妈脸红脖子粗地争吵几十年，气也怄了，碗柜子也砸过，赌气跑到外面投人，不吭不哈地冷战几天，但从未武斗过，唇枪舌剑后，没几天又和好如初，一锅子吃饭。过一阵子，嗓子发痒，硝烟再起，反反复复，磨嘴皮子。他早习以为常，当他们拌嘴是家常便饭，是乏味生活的麻辣调料。一个月不上演几场，反倒不正常。

两个人背着几捆咸鱼干、洪湖莲子米之类的土特产，辗转到中山，先在秦奋家歇脚。

秦母闲不住，嘴里念叨，早点儿去小儿子那边帮忙。秦奋留她：“急什么，才怀三个月，早着咧，您在这边多调养几天。”

秦斗过来接驾：“妈，您能过来照料，我就安心啦！”拎起秦母塞满换洗衣裳的挎包，开车，兴致勃勃地接到他家。

“精粗粮食，荤素菜，搭配吃，不能偏食；适当活动，不要成天窝着不动，心情放开朗，生小孩，没外头咋呼得那么黑人。鸡产蛋似的，一屙就出来了。70 年代，我怀他们两个，一餐，焖两海碗红薯饭，那年景不好，没啥吃的，你爸就去乡下，换黄豆回来，焙熟了，磨成豆浆，我当茶喝。天寒地冻，你爸四点钟起床，顶着呼呼寒风排队，只能买到三两肉，一小坨坨，肥膘，要省下来诞油，牙缝都塞不满，啥都要计划限购，我不撑饱的话，他俩体质能发育这么棒。我生他哥的前一晚，还在加班咧，哪像现在的人金贵，动不动就横在医院里养胎，大鱼大肉、乌鸡燕窝地进补，好多名堂，养成肥疙瘩，动都懒得动，分娩那天当然疼啦，浑身的肉平时不活泛，难产咯，为保命只有破腹，大人小伢跟到辛苦。生了后，不要挨凉水，蛮多讲究，免得得月母子病……”

秦母对凤莲絮叨个没完，痛陈家史，忆苦思甜那套又来了。望着越来越瘦小的老妈的背影，秦奋视野模糊，眼角潮起。

那年月，全国人民脸上都流行菜青色，米油肉布等紧俏货要靠票证限购。缺母乳，婴儿喂清汤寡水的豆浆米汤。人人身材苗条，没有将军肚和三高，一年仅吃几两肉，大家都向往脂肪和油荤，肉欲强烈。

秦奋深刻地记得，小时候过生日，老爸送的礼物不过一只小拳头大的柑橘，整个镇上都算稀罕物。那个甜渗入他儿时的记忆里，老妈做的生日大餐，是几个荷包蛋，加一勺红糖，他笑呵呵地喝完糖水。碗肚子未化的，浅浅的一层糖晶晶，伸长舌头，慢慢地舔干净，偏起头回味。舌头够不到的角落，用食指掏，抹到嘴里，涎水直流，尚觉意犹未尽，舍不得那只碗，叫老妈添满滚水，用筷子在里面搅荡，将碗再涮一遍，一边对水面吹气，让它快些凉，仰脖将它灌进肚子，圆滚滚的肚子，咕咚响，这才拍着鼓鼓的肚皮，心满意足。不好，膀胱胀得难受，赶紧提着裤子，向茅房冲去，屙了一泡长尿，才全身松爽，缓过阳来。

在那饥馑得需勒紧裤腰带的年代，老妈会弄出花样的菜式，将萝卜切成薄皮，腌成酸辣的泡菜，特别下饭。还有酱豆子，炸胡椒。在鱼贩子那儿，买来丁点大的刁子鱼，和上面粉，放在油锅里煎熟，金灿灿，香喷喷，皮脆肉嫩，平时藏在碗柜最高层，不让他们这些小馋猫晓得，天天惦记。来客了，才夹出几条来，摆在席上，他眼都盯直了，贴身跟着老妈这碗菜晃。小屁孩不懂事，见到好吃的就奋勇出击，手又短，够不到，踮起脚趴在桌上，抓起筷子直向酥鱼戳去，好吃佬，馋得要死。

老爸瞪起眼呵斥：“馋猫，不晓得规矩，客人都未吃。”斜刺里，伸长手臂，用筷子使劲敲落他快夹到嘴的美味，半路被截，张大的嘴巴流出口水，打哈欠似的凝在那儿，哇地，雄起嗓子号啕大哭。

客人忙笑着解围：“没事的，小孩们。”

老妈鼻子酸酸的，向客人致歉：“劳慰您。”一边在围兜上擦净手，将酥鱼递到我邋遢的小手里，哄道，“不要号丧，乖啊，听话，你还没吃腻？”

小屁孩抽噎着，捏紧鱼往嘴里塞，眼泪鼻涕敷一脸，顾不得揩。

老妈将他脑壳拨过去，撩起围兜一角，替他擦，“慢点儿嚼，别呛哒。”他再接再厉，赖在桌上不挪窝，什么碗菜都不拈，小眼珠执着地瞅着那碗过年才能享用的菜，让大人们不忍下箸，只好将待客的菜，移到他的眼皮底下，大半碗被他消灭掉。

老妈怕他消化不良，善意地唬他：“别吃撑着，替你攒起来，明天再吃。”

他绝不会放它过夜，上过几次当，也学贼了。前些次老妈也这般说，第二天就连渣儿也没了。闹着问原因，老妈眼皮不眨：“柜门没关拢，夜里猫子拖走了。”

那时没有煤气之类的先进厨具，他蜷在灶前捉火，将棉梗柴火折断，往膛口添，烟囱上飘出袅袅青烟，偶尔闪出火星子，噼噼啪啪地迸响。熊熊火焰烧得红旺，映照在脸上，望着妈弓腰忙碌，周身暖烘烘。

生米煮熟了，飘逸出焦煳的香气，等着老妈揭开锅盖，腾起一笼的白帐。老妈眯起眼，握住锅铲，贴着浮起白皮的锅沿，使劲掘下去。他袖着手，伸长颈脖，目不转睛地候着那一刻。

好咧，老妈将白花花的一垛饭翻过来，反面绽现金黄的锅巴，个别部位有点焦枯。他将小手在褂子上象征性地揩两把，接过热气腾腾的一块锅巴，欢天喜地地一溜小跑。那块锅巴，是儿时最可口的饼干，老妈亲自烤的。

平时馊饭，舍不得喂鸡，老妈摊在簸箕里晾晒，待干枯后，纳进陶瓮里攒起来，日积月累有些分量。挨近年关，将锅里烧热，舀一瓢粗沙粒，加入陶瓮里的饭，爆炒成炒米，过竹筛，仔细沥去细沙，便成为他们平时糊嘴巴的零食，叫作炒米，还省去上街过早的钱。

他拿个搪瓷茶杯，盛大半杯，挖两三勺糖，搅匀，嘎吱嘎吱地干嚼，甜丝丝的，这是他这个好吃佬挖空心思的独创，咿呀！有硬的硌牙齿，呸，吐在手心，漏网的沙子渗在里面，用指甲剔掉，再抿进嘴里咽。

记得有位阿姨常过来帮忙，和老妈一起，烘焙些特色糕点：炕糍粑、油果子、板糖、麻叶子……年前大费周章，烟熏火燎，熬到三更半夜。屋里大缸小坛，盛得满当当的，够他们这些小家伙吃一年，从未断顿，都吃丧了。捋起袖子，伸出小胳膊一探，坛子里还盈大半哈。老妈生怕饿着他们这些馋嘴巴，不知啥时候，悄悄续上了。

没过上四天，秦母孤零零地站在秦奋的小区门口。秦奋纳闷儿，这么快就光荣完成任务了？

秦母开朗随和，对谁都客气，鸡毛蒜皮的事烦不了她，这次一定遇到啥刺激，才打道回府。秦奋不便细问，默默过去提包。

秦母愁眉苦脸，不吭声，跟着上楼，到了家才长叹一声："我高高兴兴，老远地过来，和亲戚们讲，给小媳妇帮忙，一个星期都没待稳，哪有脸回去？家里头的人会看笑话。"

原来，凤莲瞧不起来自小镇的婆婆，嫌她土里土气。凤莲有洁癖，婆婆洗过的碗筷，她当面再涮一遍，还严格要求，水要沥干净，一定要放进消毒柜杀菌。婆婆烧菜，她在旁指挥，肉片一律要削一公分，这样才入味，厚薄都不行，影响营养吸收。排骨蒸八分熟，才不老。凤莲搬出一本烹调书，要婆婆照着上面的单子配料煲汤。

仿佛她要生龙种一般慎重。婆婆干忍着照办，心底不忿，这么刁钻，我不讲究这些，养的两个儿子生龙活虎，哪个差？晚餐，等儿媳吃饱，婆婆收拾碗筷，将残羹余渣汇在一起，自己吃净，泼掉可惜了，她边往嘴里扒，边念叨。凤莲看不惯婆婆的小气，肚子撑不下，就别硬塞，这算什么浪费？我们有的是钱，不晓得的人，还误会我们虐待老人，尽吃剩的。

有时，凤莲将半盘隔夜的菜倒进垃圾篓里，婆婆痛心，嘴里唠叨几句，立即惹火凤莲，又不是扔你的，管这么宽，操瞎心。你屋里穷怕哒，垃圾都攒来吃……婆婆不敢反嘴，为了未出世的孙娃娃着想，怕激怒孕妇，动了胎气，转过脸藏在洗手间里，一个人偷偷抹眼泪。

隔壁邻居大门紧锁，谁都不熟，小媳妇成天猫在家里，团在沙发上盯着电视，也不和她拉下家常。偶尔交流也有，都是比较激烈的方式，一张口就指责她的不是。

早晨走一站路买菜，和监牢里放风一样，然后又关进那间富丽堂皇的金丝笼屋里，大眼瞪小眼，闷得慌。趁凤莲脸色转晴朗的机会，婆婆小心翼翼地劝她到小区花园里活动，活络下身子骨。凤莲扬起一脸不屑，当耳边风，懒得搭腔。

秦母将秦斗拽到门外面，轻声嘀咕，让小儿子去做工作，一天到黑，闭在家里，不活动不行咧，吃东西要蛮，这也不吃，那也没胃口地挑食。

秦母想得全泛，又不便将话讲透，怕儿子误会，以为挑拨小两口关系。秦斗满口答应，事后也未见凤莲改善。还是待在电视机前追电视剧，偶尔穿插读会儿报，听段音乐，看来凤莲是将未来的接班人，往影视娱乐方向培养。

秦母委屈，无处诉苦，媳妇不清白，小儿子糊涂。和秦斗商量后，没让他送，自己搭的士走了。没一个听话的，恼火哟。

“这种人生得贱，违您的一番好意，不值得您伺候。她以为自个儿啥了不起，天上的金凤凰，大家闺秀呀，娘家还不是偏远农村，鸟不拉屎的山坳坳，摆什么谱，去了几天美国镀了金，不晓得天高地厚，光溜苕。就那德行，不理她。”秦奋宽慰道。

“不用着急回去，反正这段时间我闲着，陪你到处逛逛，中山名胜景点多咧，孙中山故居、西山寺、詹园、岐江夜游；尝尝本地粤菜，烟洲的醉龙宴、长江脆鲩、芦兜粽……”

“等有心情再说，你如今也难啊，我心里亮堂，这回幸好你在这儿，有个窝歇，要不我被他们撵出来，到哪儿睡瞌睡，只有流落街头。”秦母酸楚地说。

“哪会咧，秦斗不会做得这么绝，大不了送您住宾馆。”

“哼，说不准，他当不了家，都顺那个堂客，你忘了他得罪姨妈的事？到如今，姨妈都梗在心底，对我们有看法，放出话来，除非大事，否则绝不再踏进咱家的门槛，关系掰得多僵，还不是秦斗做得缺心眼！”秦母一席话，勾起一桩陈年往事。

34. 背 离

那年，秦斗搞服装贸易。姨妈从国企会计师岗位退休，赋闲在家，他邀请姨妈到中山来做账。

姨妈为人处事八面玲珑，很会来事，在秦斗家未住满一个月，就受不了那种氛围，想搬到秦奋这边来住。这让秦奋很为难，如果同意了，就拂了秦斗的面子。人是秦斗聘的，自然由他照顾，要是自己从中插一竿子，说不通。再说当时，自己的住房紧凑，让翠花找个由头推辞掉了。

未料事态逐渐恶化，秦斗将双倍的工资摆在姨妈的办公桌上，暗示炒掉她。姨妈一气之下，卷起铺盖，气呼呼地回了老家，一分钱都不要。亲戚之间的恩恩怨怨，都是些琐事，因为掺和着亲情，极易发酵扩大。因此，秦奋主张做企业少引进亲属参与，发生矛盾后，闹不好上纲上线，结下芥蒂难以化解。

秦斗也不平衡，满腹牢骚地说："姨妈啰唆，对我的生意指手画脚，将角色混淆，让我很烦。"无论谁对谁错，他这样处理，有欠圆滑。对方是长辈，又是自己敲锣打鼓抬着轿子接来的，怎能当打工的看待支使？中意就用，稍不顺眼，就翻脸打发走，让对方咋想？有两个破钱就骚包，目中无人？

你事业有成，亲人来帮忙，这让他们引以为傲，可向旁人炫耀，我侄儿开公司，特意请我去！多有面子。突然打回原形，素面朝天，撕掉这层遮羞布，搁在谁身上都难受。何况，姨妈本来有优厚的退休金，过着舒坦的日子，来这受窝囊气，被晚辈扫地出门。这份羞辱，不啻在众目睽睽之下，被人掴了一巴掌，令人生寒。秦斗是她看着长大的小屁孩，翅膀硬了，变成认钱不认人的白眼狼。

"过去就算哒，说不定他有苦衷。我猜凤莲从临盆那天始，会念起您的好。"秦奋乐观，将发散的思维收回现实。

"好在她几个姐都在广东，有生养的经验，到时只好给她们添麻烦。只要秦斗不怪我就行，没替他带吖儿。"秦母虑谋得深远，揪心凤莲，35 岁高龄产妇，还是头胎。

秦奋暗自发笑，秦斗洪福齐天，上任的三昧真火，烧了高香。在家守株待兔，订单便投怀送抱，老婆那块薄田，经一番苦心耕耘播种，也生根发芽了，双喜临门。他可以放心地离开，期待秦斗发挥良好。两个人间的不愉快，都可忽略不计。人嘛，谁没缺陷？秦母常叮嘱："家里又没多的，就你们兄弟俩，你当大的，多让他，吃自家屋里人的亏，便宜还不在那儿。"

秦奋放下了那些包袱，冰释前嫌，心情舒畅。手足之情，血脉相连，这个世间，就只我们两兄弟，我是他哥，他是我弟，谁也不能代替这种地位，谁也无法改变这段缘分。做人，要会想，想通了，心底透亮，不会再有负担怨恨。

一缕大爱的阳光照进心灵，驱散自我自私的阴霾。宽容、容忍、谦让，常抱感恩的心，让人安宁平和，淡泊名利得失，让亲情爱情友情回归。在现实的天平上，一边是钱，一边是情，不平衡时，懂得选取，才不枉为人。

“过几天，我去佛山工地上干。”华仔平静地说。

这让秦奋一头雾水，他怎么说走就走？作为关系很铁的老同学，两个人无话不说，难道见我离开了，打起退堂鼓？还是受到排挤，遭到不公平待遇，心底纠结？以他泥鳅般善于钻营的精明，平素不得罪任何人，没我罩住，这么快就滚蛋？

秦奋疑惑地问：“有心思？有什么想法尽管提，不要兜圈子！”他吞吞吐吐，从倒后镜瞟了秦母一眼，嘻哈道：“没什么，那边有朋友做经理，缺个帮手，打电话催了几次，请我去当施工的监理。”他眼珠贼溜溜地转，秦奋晓得他日白。十多年的死党，他撅下臀，秦奋便知他放什么屁。秦奋当前混得不如意，泥菩萨过河，自身难保，见他决心已定，也不便挽留，就没扯客套的废话。

“那行，安定了，来个平安信，兴许咱俩还有机会在一起。”

秦母下车，秦奋将华仔拉到一边，悄悄问：“到底什么原因？”

他也不隐瞒，摇头说：“受不了那环境，我想调整一下。你说没单吧，大家焦急。如今有单了，大家还是焦急。刚子这人说话太冲。不能以身作则，员工不服他。”

秦斗刚接手共创公司，没贴己的人，又将刚子叫过去，这厮滑头滑脑，对员工颐指气使，将厂当成自家的菜园子般随便。没忍几天，将女友杨萍唤过来，小两口浓情蜜意，没扯结婚证，在长辈的默许下同居。

公司不聘用股东的亲戚，早就约法三章，秦斗将这条规定弃如草芥。这让秦奋平添隐忧：“三姑六婆，各占一方山头，七嘴八舌，都不是省油的灯，亲情杂糅在其中，如何做到一碗水端平？政令不通，内耗便会严重。这样下去，家族企业的弊端就会爆发。共创公司绝不能走这条老路，它属于全体投资者，不是秦斗私人的，也非秦家的，不姓私，只姓资。”

秦奋明确反对这样安排，其他股东顾及秦斗的面子，都装聋作哑。秦斗硬生生地反驳，我不用亲戚，难道好施外人？瞎搞一通，将公司掏空，哪个天天盯到？

秦奋噎住，秦斗是过来人，这是他的经验之谈。做采购时切身体会过，何为鲸吞蚕食。他曾经潜伏在别人的企业中干过那些勾当，自然心知肚明，更清楚公司“蛔虫”的贪婪和手段，当然需防患于未然。

一些岗位，难免有些汤汤水水，与其让外姓人舀一瓢，不如把肥水分流给自己的家属来分享。那些外姓人就像寄生虫，吸饱了，最后拍拍屁股，一走了之，是群白眼狼。而自家人，哪怕是吸血的蚂蟥，施点儿小恩小惠，想甩都甩不掉，死心塌地地卖命，如听话的看门狗。

一些核心的岗位，用亲不用疏，重德不重贤，亲戚不服调教，德才兼备的仁人，比熊猫还稀有时，还有更优的选项？且不论职业经理人，良莠不分，眼高手低，夸夸其谈，也不是善茬。

几千年的王朝更迭，有共通而诡谲的现象，外戚专权，宦官干政，为何会出现这种烂糟糟的场面？皇帝就不明白任人唯贤、唯才是举？这些老大最亲近的人，往往最后成了掘墓人，这不得不让人警醒深思。联想到一家公司，越扩大，越会面临人事纷争、权利倾轧。与其公司庞大时，由里到外逐渐腐烂，最后功亏一篑、烟熄火灭，还不如草创之时，便不要埋下祸根。高薪养廉，还是高薪养贪，谁轻谁重，老板心底有一杆秤。公司，兴，在自己人；败，在自己人。

不在其位，不谋其政。既然下野了，秦奋不便过多絮叨干涉，作为一名股东，本着履行职责，弱弱地提醒，兼听则明，偏信则暗，对员工要一视同仁，切不可放任自流。驭人之术，大有学问。选才适益，用人得当，明察秋毫，人人都是可造之才，人人均为可用之才。看来，秦斗一意孤行，没采纳他的劝谏。

“秦斗成天忙外交，现场管理乱糟糟，我也不便插嘴。秦斗只听刚子的片面之词，工人们怠工。唉，反正一言难尽。他们根本没管理经验，纯粹凭直觉，意气用事瞎胡闹，这哪行呢？这么多订单，难得的发展机会，可惜了。”

“谢谢提醒，我会叫秦斗改进。” 秦奋拍拍华仔的肩膀。照他这么说，事态的确严重。作为一名当事人，他天天守在工厂，洞查清晰；作为一名旁观者，与秦斗非亲非故，说的会更客观理性，不必投其所好地拍马，阳奉阴违。

秦奋在工厂逗留了一天，发现一些端倪，秦斗欠缺对全局的把握。

任何企业，都会有这样那样的问题，关键是发现问题，不断地改进完善，不放任自流，不姑息养奸，不重蹈覆辙。前进中有问题，再正常不过了。如果完美无瑕，就不会进步，离毁灭不远了。做事，没有最好，只有更好。做事的人，做得越多，犯错的概率越大。知错能改，善莫大焉。

“你个人，没别的牢骚？”秦奋紧逼地追问。

华仔告饶，只好坦白：“你在这儿时，不管有没有生意，都准时出粮。自从你弟上任，快半年了，一毛饷未派给我，当我是透明的空气，不明不白待下去，没意思。”

“怎么会这样？”秦奋惊讶，喃喃地说，“不发工资没道理呀，秦斗怎能这么胡来呢？搞邪了！”

“不拿钱也没关系，当初我来这儿，就声明了，过来帮忙。”他满不在乎地说。

“这是两码事，像什么话，我先问一下，他要是舍不得，我来付！”秦奋激愤道，哪有这样用人的？自己装糊涂，当别人傻瓜，拉磨的驴都要喂饱草料，何况人实心地替你干活？如果用不上，不妨扯清楚，何必这样囫囵地差遣？秦斗这种耍法，秦奋把不到脉，心底萌生不祥之兆。

华仔投奔东莞。

二十天后的一个晚上，秦奋站在广州火车站的月台上，眼里噙着泪，心如针尖在乱戳，默默注视着年迈羸弱的老妈，肩背手提着包裹，拖着沉重的步履，在列车员热心的搀扶下，吃力地爬上车。

火车缓缓启动，一节一节车厢从眼前滑过，如一条硕大的银鱼，扎进无边无际漆黑的汪洋，那团熟悉的影子渐渐模糊，从灯火通明的热闹里消逝。车轮飞速地旋转，碾过两条泛着银光的铁轨，碾压在两行视线上，蜿蜒划向他黑如深潭的眸子里。连绵有节律的隆隆声，和心脏一样忐忑地搏动，载着满腔的思念，游过万水千山。

一路上，老妈不会孤单寂寞，有一车的好人和她做伴同行。耳边回响着老妈离别时的嘱托：“慢慢来，别急，一定会有出息。少和弟弟扯皮，我就生你们两个，要团结。”她不厌其烦地自责，“来这趟，没帮上小儿子的忙。”

通知老妈过来的是秦斗，送老妈回老家的是他。始乱终弃，做得这么决绝，秦斗怎么想的？秦奋走在喧哗的马路上，憋着没让泪淌出，有这么伟大的母亲，我还值得伤心？ 再大的委屈，再多的磨难，再深的坑洼，都要坚强地迈过。

35. 分 化

秦斗经营得红红火火，老婆的肚子日渐隆起来，刚子愈发趾高气扬。

怂恿秦斗逼宫的魏贤颇为失意，将秦奋挤走，他掌控财权的设想却落了空。在秦奋时代，每月将财务报表提交给股东们审核。秦斗一上位，以最大股东自居，不屑这套做法，他命令会计，未经他允许，任何人不得查账。

魏贤打错算盘，懊恼不已，纠合吴志多次提意见，强烈要求财务对股东透明公开，但秦斗我行我素，根本不睬他俩。

魏贤想插手具体事务，每次到厂都碰一鼻子灰。刚子态度冷淡，不甩他，当面讥讽："投那么点儿小钱，还拿自己当盘菜，你无聊，不要来瞎指挥，让员工无所适从。"这些阴阳怪气的话，让魏贤脸上挂不住，恨得牙痒痒的："我逛自己有份的工厂，关你屁事，不识好歹的王八羔子，还不如养条狗，乱咬人，看我不收拾你。"

刚子也不太识相，太窜，吴志有时过来调机，鼓捣半天没弄好，他便嘲笑："这么久都搞不掂，耽误出货呀！"这令吴志很受伤，脸泛青，对他有了心结，没见过这么不清白的东西，好歹我是股东和师傅，不是奴才，说得这么尖酸刻薄，对这混球也想除之而后快。

例行的股东会上，吴志和魏贤老调重弹，执意要开除刚子："当初定下的规矩，不招亲戚，刚子也得避嫌！"

秦斗阴着脸，摇头拒绝道："不行。"瞅那两位愤愤不平的倔劲，铁了心对垒，嗅到苗头不对，怕硬顶伤了和气，他们还有剩余价值榨一下，虚与委蛇道："这样吧，半年后，叫他走人。"给刚子判了个缓期，三个人的结盟才没土崩瓦解。

秦奋因远在广州缺席，图个清闲。吴志和魏贤的创业热情横遭打击，逐渐心灰意冷。魏贤本想辅佐秦斗，大展一番拳脚，却遭到秦斗的冷遇。

秦斗大权独揽后，嫌这两厮在眼前晃来晃去碍事。自己不方便挑明，刚子便抛头露面做刺头，让这两个股东知趣而退，这招叫过河拆桥，毁了后人的来路，也截了自己的退路。让擅长政治斗争的魏贤，热脸贴到冷屁股上，本指望借秦斗这把快刀，铲除异己，自己隔山观虎斗，最后坐收渔翁之利。没料反被秦斗利用，三条枪捆在一起，矛头一致戳向秦奋。

秦斗用心良苦，避免与亲哥的正面交锋，让魏贤傻不拉叽，敲锣鸣道充当炮灰，吴志抬轿吹喇叭，他坐享其成。大功告成之日，便是他与马弁们分道扬镳之时。何为运筹帷幄？这场没有硝烟的绞杀，股东之间，兄弟之间，为各自利益，在温情脉脉的面具之下，冷酷阴险地争斗。

秦奋跳出这摊泥沼，冷眼旁观。偶尔接到魏贤关切的投诉电话，他一概装聋作哑，不作评价。

还能说什么呢？早厌恶卷入这些无趣的争执中，拉帮结派，一会儿打压这个，一会儿批斗那个，费这腔心思，不如品点儿小酒，醉醺醺，将黑夜睡穿。逼得我凄凉地窜到广州来讨饭的是谁？闹得我夫妻反目的是谁？这种伤害刻骨铭心，我还会掺和他们的窝里斗？

既然全权交给秦斗打理，就放手让他去搏，不要垂帘听政去掣肘，多做有益发展的事，少说和不说不利于安定团结的闲话、坏话、丑话。要有大局观、发展观、时空观，要有包容心、悲悯心、感恩心。任何人，只要做事，就会出错，不会尽善尽美，让所有人满意，只要大的方向正确，公司盈利，股东的利益有保障，细枝末节，马虎点儿模糊些。这是秦奋的观点，疑似抄袭了官腔。

从秦奋这边得不到共鸣，魏贤不再来电打小报告，只有和吴志分享满腹牢骚。

秦奋想法很简单，只要公司欣欣向荣，不管它姓什么，由谁经管，我都会鼎力支持，鼓掌喝彩，意味着心血没白费。作为创始人，这是最大的荣耀和奖赏。公司壮大了，我不有份吗？何不以逸待劳，静观其变？万一亏损了，我分摊的也少咧。舍得，放下，忘了，吃透消化这六字真言。那份凝聚了心血和热情的事业，暂时放下，但填饱肚子的俗事，那可忘不了。

钱包日渐单薄，一日三餐需要解决。活下去，才有说语权；活下去，才有机会。不管心情如何，不管有钱没钱，不管愿不愿意，生活还得继续，秦奋还得乖乖地、老实地去找饭碗。

皇天不负苦心人，一扇窗向秦奋露了条窄缝。报纸上有则小广告：某文化公司，招报亭的看摊员，55岁以下，广州户口担保，1200元底薪，另加提成，会简单的加减运算。这个职位，他喜欢。一天守在档口，卖点儿文化产品，空闲还能免费阅读，提高修养，一举多得。

七拐八弯地搭车，前台的小姐态度和蔼，填完表，领秦奋上二楼。

一位戴眼镜小帅哥和他随便聊了几句，从领导办公室旋回来，遗憾地说："看摊员招满了，要不，我打听下，别的部门是否有缺。"

秦奋对小帅哥挺感激的，他想得周到，为避免落选的难堪，委婉地说招满了，秦奋明知是谎言，姑且当真的听信。他将表送到管后勤的办公室，唤秦奋进去面试。一位中年肌肉男，生得粗犷，大块头，做力气活的料，操口地道的粤语。秦奋操着夹生的白话和他侃。

"下面仓库，需打包的杂工，你做不来！"中年人摆头，直截了当地说。

秦奋迫切地想做事来证明自己，不想吃白饭。做杂工，有什么可怕可笑的，刚到广东，他便是从搬运工做起来的！虽今非昔比，但哥还健壮，扛得起百十斤的包裹。

"能做。"秦奋坚定地说。两个人年龄相仿，中年人犹豫半会儿，对这位大龄的求职者心生怜悯，用同情的口吻说："那就试试吧！我事先声明，很累的活。八点半直接报道！"

来广州整整一个月，终于可以上班了。回家的路上，秦奋信心满满，终于有人要我了，从最底层的苦力做起，我要重整旗鼓，收拾河山。仿佛是南柯一梦，坐轿的变成抬轿的，巨大的落差只有忍耐。人生无常，岁月无情，万物轮回，沧海桑田，令人唏嘘感叹！

仓库坐落在负一楼，地上和墙壁，用灰色的水泥荡平，空旷的楼层，竖着几根柱子，阴森沉闷。一排排铁架上，码满各类杂志刊物。顶上日光灯，射出苍白的光芒，到处垒着成垛的书籍，蔚为大观。封皮上，袒胸露乳搔首弄姿的美女，故弄玄虚惊爆眼球的标题，让人目不暇接。

铃声"当当"响起，一位领班叫秦奋搬木插板上的书，几名女工分拣，然后一百本一垛，码整齐，秦奋抱到打包机上打带。休息了一个月，他觉得浑身有使不完的劲。

马步蹲下，收腹弓腰，张开双臂，将沉甸甸的一摞书靠在胸前，搂起来，缓缓移过去，将四周垛平整，搁在机台上，咔嚓，几根细长的包装带，将一捆书方方正正地束结实，搬到另一张木插板上，一层层垒，高处要使力甩上去。堆完一插板后，男工运走，同时换来空插板，周而复始。

仓库里没一扇窗户，蒸笼般闷热，头顶上吊着电风扇，咯吱咯吱地旋转，荡来一阵阵燥风。工人们面无表情，机械式呆板地收拾书籍。偶尔有女工交头接耳，嘀咕两声，气氛格外压抑。不断有货车停靠，卸下坟茔式的成吨的印刷品，仿佛要将工人们埋葬在里面。

做足一个小时，秦奋便大汗淋漓，浑身衣裳濡湿，瞅空歇会儿喘吁，捧起矿泉水瓶，大口地猛灌。汗水浸到眼里，涩涩的蜇得难受。一百本厚厚的时尚杂志，一百多斤，往返搬运，几趟下来，尚能吃得消，几十个来回，人就累得够呛。难怪打包的那个高个小伙，看着秦奋来顶替他，诡谲地笑了笑，一脸解放地让位。

在地下室，时间仿佛凝固，秒针缓缓地移动，嘀嗒嘀嗒声，清晰地、沉沉地敲在秦奋的心底，他如一头戴着枷负重的老牛，每挪一步缰绳，就勒紧一次。

终于熬到中午，秦奋拖着软塌塌的双腿，一瘸一拐，扶着楼梯爬到地表。一束强光刺得他闭上眼，一股烟火气息，扑面袭来。柳枝，摇得那么婀娜；杜鹃，开得那么欢喜；鸟雀，唱得那么动听。他重见人间的明媚。一只在黑暗泥土里匍匐了几年的蝉，裹着臃肿的坚壳钻出地面，努力攀附在枝头，沐浴熹微的晨光，破茧而出，拥抱此生第一缕阳光，在和风里放歌，亮出自己的声音，将凄切和黄昏唱断，携晚霞齐飞。褪下寂寞的过去，挂在皲裂的树桠上，空叹风月。

秦奋歪到附近，寻了间小食店坐下，花了12元买份快餐，三下五除二扒完，觉得不饱，才垫底，又去舀了两碗漂着腌菜叶子的清汤，灌进肚里，把碗底的渣都舔净。狗日的，难怪劳力的胃口泼，不吃饱实在顶不顺，装了斯文亏自己。

秦奋肚子鼓鼓胀，打了两个响嗝，长长舒了一口气，身子稍感到活泛。

中午一个钟的休息时间，他将湿漉漉的衬衫脱下，扭麻花般使劲拧干，沥出一线散着汗馊味的浊水，摊在一簇低矮向阳的花丛上曝晒。裸着白花花的上身，躲到背阴处，将冒着汗臭的皮鞋脱掉，屁股垫坐在上面，双手箍着膝盖，埋头打盹。

微风从河面上吹来，带来一丝潮湿的凉意，真舒服！此时有张躺椅，将俺撂倒该多惬意！他不敢放松踏实地睡着，担心第一天就迟到，给领导差印象。

迷迷糊糊中，自己成了一条赤裸光腚的鱼，在黑咕隆咚的深潭里，为了猎食乱撞，一个洞穴里透出微弱的光，有条蠕动的小虫，吸引了我的眼球，围着它试探，去触摸，侦察有没有危险，它摇曳着丰腴的腰肢勾引我，赤条条的春光让我不能自已。我饿，渴望将它占有吞噬，它是我赖以存活的口粮。某种意义上讲，我爱它的肉体，不仅关乎食欲；高尚点儿讲，在精神和道德层面，迎娶它，拥有它，能体现我的价值和本领。它奉献给我，也实现它的价值，它没被浪费，虚度光阴，孤独终老。它需要我来开发吸纳。我们合二为一，这多么美妙，共同完成上天赋予各自的使命。因为分工不同，角色各异，不存在道德家评判的那么龌龊的关系。

不是我吃你，你钩我的对立。我们都是上帝手里的一枚棋子，我是黑的，你是白的；我是凸的，你是凹的；我在食物链的上游，你在下游，或者相反。我不得不依赖你的生命，延续我的生命，你不得不依赖别的生命，延续你的生命。都逃脱不了宿命的安排。这是在给自己找吃掉你的理由吗？只有这样才会心安，下一次再狠狠地爱你！爱到吃掉你，不仅仅存在眼里心里，把你爱到胃里去。

观察许久，我决定发起爱的攻势，它扭捏躲着我，它在害羞咧，这更激发我对它的爱怜，多温柔可人！我主动吻它，销魂的一吻，它的甜津让我回味，它散发着诱人的体香，这正是我中意的渴望的那类型。它在等我的约会，欲拒还迎，我快为它痴狂。要将我的心爱含在嘴里，怕它化，怕它溜掉。

我发起最猛烈最温柔的追求，在那一瞬，我们愉悦地融合在一起，我将爱捕获，水乳交融，我们在水里翻滚，癫狂，一起达到高潮。

突然，我感到撕心裂肺的疼痛，它绵软温润的外表下，藏着一根细细的钩，我被它的温柔钩住，却被它的铁心刺伤。

我只有放手，最爱的人伤我最深，我挣扎着慌张逃掉，差点儿被它迷惑，丧失自由之身。为这一点儿口粮，我的心爱差点儿成了垂钓者的盘中餐，可恶、可恨、可气。

那条鱼带着遍体鳞伤乱蹦，努力摆脱这摊死水，向往大江汪洋。岸边岩石峥嵘，空气酷热，水流湍急滚烫，几近沸腾，光溜溜的背脊，烤得火辣辣如针灸，筋骨瘫软麻痹，头向下猛栽，差点儿撞到水泥地，一个激灵，秦奋惊醒。

太阳移了位置，刚才遮阴的地方，暴晒在毒辣的阳光下，秦奋不知不觉中享受起日光浴。看看手机，还富余二十分钟，挪到凉快的荫坡下，赶紧再眯一会儿。

离他几十米远的浓密树冠下，停着辆公安的巡逻电瓶车，坐着两个穿制服的，一个向后仰躺着打呼噜，一个眼睛警惕地向他这边探过来，似在密切监视嫌疑犯。

这也不怪人家，朗朗乾坤之下，秦奋打赤膊，席地而困，在这昌盛的大都市，一，有碍观瞻；二，和三无人员有何区别？那位很敬业的同志盯着秦奋，跃跃欲试，准备随时冲过来。

快到钟了，秦奋将透好气的臭脚丫插进鞋里，左手叉腰肌，右手抻在地上借力，龇牙咧嘴地爬起来，腿蹶麻木，头重脚轻，一个趔趄差点儿摔倒，取过烘得燥干烫手的衬衫，搓了搓上面渗出的白色细沫盐粒，抓件衣领，抖了抖，穿上，全身打了个寒战。在那位忠于职守的同志的执着的目光的护送下离开。

经过上午的强烈运动，筋骨变得更活泛，不知是麻木，还是因补充了能量，回光返照般，秦奋吭吭哧哧干得更欢，自己打气，只要能挺过今天就万岁。其实这份工也不错，纯体力活，不必绞尽脑汁地设计啥臭屁的方案，迎合上司的嗜好；不必搞办公室的十面埋伏，和同事勾勾扯扯。古人云，劳其筋骨，百分百是俺现在这个状态，不知，天能不能降大任给我，没底哦！顽强地撑到下班，秦奋战胜了自己，自己感动了自己。

秦奋头昏脑涨，像是条虚脱翻白的鱼浮出水面，在人流中漂浮。周遭白晃晃，没有轮廓，天旋地转，他想溯流而上，中流击水，一阵大风巨浪，将他拍到深渊，只有随波逐流，浪迹天涯。他被南方的高温热浪煮熟，散发着煳味。那脆弱的神经迟钝起来，泪腺里的眼泪，都化作汗水淌尽，干涸了，鱼的最后一滴眼泪，滴在心里滋润自己。公交车，是密封冷藏式的鱼罐头，将一听听咸鱼迁徙，也将他这条干瘪疲惫的咸鱼卸到临时港湾。

晚上，周身酸痛地瘫在床上，上厕所都摸着墙才能蹲下，连屙屎排泄的劲都没有。骨骼松垮垮，腰稍稍扭动，便酸痛难忍。僵直地趴在篾席上，哎哟、哎哟地呻吟，如只刮光鳞甲伤痕累累的鱼，动弹不得，横在砧板上，噘起唇，腮帮子一张一翕地叹气，脑袋苍茫茫一片空白。

看来这活是真干不动。身体从未这般糟蹋过，如果咬牙硬撑下去，是在透支生命。我这麻秆身材花架子，根本扛受不起这类重活。再说，埋没在那暗无天日的仓库，会有发展的机会？拼体力，罔顾自己的弱势谋生，只会得不偿失。既不理智，也无前途。自己扎实地做了一天，这已够了，证明自己不是老不中用的废物，我需反思，重新挖掘自己的价值。

昏昏沉沉地睡了三天，秦奋才基本恢复元气。也懒得睬理那家把人当牛马来使唤的公司，自我宽慰，试工一天，勉强及格。

为了散心，秦奋坐地铁去白云公园，晚上观赏了一场音乐会。压轴戏是崔健老师的节目，戴着那顶标志性的缀颗红色五角星的帽子，将全场的气氛骚旺起来，High 到最高潮。

由于缺乏音乐细胞，秦奋不是谁的粉丝，但当崔健站在台上，唱起那支熟悉的《一无所有》，他还是被深深地震撼了。

高分贝音响撞击着耳膜，让人热血沸腾。崔老师玩摇滚几十年，60 后，还能拥有澎湃高昂的激情，掀起几代人对摇滚的痴迷和喜爱，陶醉在音乐带来的快乐和解放中，年纪已盖中年，却如正午的艳阳炙热绚烂。

优美的音乐不分年龄，经得起时光的淘洗，在岁月里沉淀，发酵成愈久愈醇的美酒，闻闻都会沉醉。它伴着我们成长，陪着我们一起变老，深深镂刻在心底，每当荡响时，会让人回味，它是我们青春的有机组成部分，渗入肌肤的血色——火热的红。

这注定是场狂欢。有的人在追抚往昔的记忆；有的人在表白当下的心境；有的人在发泄明天的迷惘；有的人在代入自己……在爱中和寻爱的路上，我们的感伤和向往，一起共鸣，在这个没有星光的晚上，在这个灯火璀璨的露天舞台前，我们是观众、听众，也是鼓手、贝司手、号手，台上台下一同演绎着一曲人生咏叹调。我们都在触摸着那根脉络般敏感的情弦！

我们都知道，这些声音都来自空气，是我们亲自拨弄了这些虚空，让我们获得生机。当一切归于沉寂，我们内心还在顽强地弹唱，自弹自唱，忧伤，喜悦，狂野，邈廓，淡雅，绵长……

每个人都是歌者，在路上摇滚。

黑暗渐稠，如无垠无形的网罩在头顶，渐渐收束着它的绳索，鱼儿们在网兜里活蹦乱跳，用高亢的发自灵魂的吼声，激扬的歌声，向外突围，直上云霄，贲张反击，如光束撕裂那片黑魆魆的雾帐，这是我们的抗争和洒脱。振聋发聩的热情在天空中燃烧。一架闪着光亮的客机从头顶掠过，那是载满旅客降落的飞机，回家，起航，在音乐中飘荡。

秦奋抬头仰望那片苍穹，嘴里应和着酣唱正欢的崔健。

9点半，散场，秦奋还在那儿流连，目送着一拨拨人流退去，远眺着崔健离去。周遭静寂下来，我也得回去了。崔健还有下一场演唱会，舞起另一场旋风。一只被遗弃的空铝罐躺在地上，肚子被踩瘪了，和我的心情一样，遗留在空旷的广场。

明天，我和那些离去的人们一样，继续赶路。但我会常想起，有这样一个晚上，我们一起陪着音乐度过，那些歌声会萦绕在我的路上。不只有崔健，还有自己唱过的，只唱给自己听的那些原创。我想，他们会和我一样吧，在看不到星星和月光的夜晚，有歌陪伴赶路。

秦奋调整思路，以他的资历，求职不能单纯为了吃饱喝足就满足。预设个大致的方向，为今后在广州打天下做铺垫，要有向上进步的空间。

还得食脑才行。思路决定出路，最终影响到成绩。方向选择正确，事半功倍，否则南辕北辙，徒劳无功。必须充分发挥个人的优势，才能在残酷的现实竞争中取胜。

带来的盘缠花光了，叫翠花从表弟那儿借几百元过来应急。工作没头绪，人难免烦躁。天一亮，上报摊买最新的招聘专刊宅在家里研究，有针对性地杜撰简历。广撒网，重点捉鱼。

好像有感应，秦斗来电话，说有急事相商，他居然还惦记着秦奋？这位失宠被贬谪的小吏，突然皇恩浩荡重被宣召，难免欣慰和张皇，到底啥贵干，要劳驾一位无业游民？

36. 扩 张

“我想添设备，扩大规模！”秦斗信心爆棚地说。秦奋替他高兴，接手才短短半年，就显山露水出成绩，表明他很上心。

“有订单吗？”秦奋善意地提醒。

“不用愁，金达电器大把单，老板唐果来考察过，谈拢了，他保证我们不断顿。”这真是喜从天降，苦撑硬熬，终于有盼头。

秦斗先将大好形势描绘一番，正当秦奋沉浸在喜悦之中时，他话锋一拐：“好是好，购机需大笔资金，大家能否分摊？”他还有花花肠子在肚里掖着。

一瓢冷水浇得秦奋对宏伟大计不太感冒。按常理，他该最积极响应，一方面是小弟，另外前景明朗，回报指日可待。

但秦奋转念一捋，觉得伤脑筋。一是没钱追加，两口子没收入，积蓄告罄。更主要的，对秦斗的做法耿耿于怀，还未消肿，他已经耍我一次，这次又藏啥玄机，或许是他射的一枚绚烂的烟花嘞，咣啷地闪一闪，美个几秒就废了。

秦奋磕磕绊绊地说：“要不，你先套下别的股东的看法，他们乐意，我好说！”

既然那三人系一条线的蚂蚱，先探他们的口风，我再表态不迟，魏贤和秦斗迈得近，臭味相投，都擅长玩阴的，如果他说服魏贤，以魏贤的小心眼和算计水平，这档买卖不会亏哪儿去。再说魏贤股份占第二，如果他看走眼，押错宝，被秦斗蒙了，他折得比我多。

“我想搬你出面号召他们！”秦斗请求道，“你们十多年交情，老同事，你又是公司发起人，你将大伙聚在一起，他们信你，机遇是春运的火车票，一票难求！”秦斗宣扬得巧妙，恭维秦奋的同时，把自己拔出来，与原来同坑的亲密战友切割。

虽是他们斗争的牺牲品，秦奋的觉悟尚未泯灭，站在公司的利益高度，打算当说客，展望一番远景，点明当前的机遇。琢磨一会儿，觉得不对味，最终熄了这个念头。秦斗这么讲，不地道，将我扫地出门那阵，怎不提我是发起人？把我俩公婆当破烂衫换掉时，辛苦干了一年，请他们象征性地发点儿工钱，个个俏皮，变得高尚起来，以公司尚没盈利为由，铁面无私地拒绝，那时都忘了我是老同事？如今要用我，就摆上台面供起来？我才没这么二！

秦奋也学他的招，阳奉阴违地说："有空会提一下。"虚晃一枪，秦奋懒得操这冤枉心。

秦奋太了解他的办事风格，来这个电话，其实早和那两位聊过，一定吃了闭门羹，想来试探，求我做媒婆从中撮合，没门。搞不好，又会暗地里向我泼脏水。他清楚我现在日子不好过，天天为找工作发愁，翠花每天十二小时焊在流水线上，算加班才一千来块，比老子以前发给员工的薪水还要低，这不都是他们逼的？

拖了几天，秦斗憋不住，不想叼进嘴里的肥鸭又溜走，见拨不动几个股东，便调一服猛药治一治。对秦奋说："谁出的钱多，就涨谁的股份，不愿掏的，稀释掉。"

"必须的，反正我口袋干了，穷光蛋一枚，没指望。"秦奋无所谓，稀释就稀释吧，渣总有吧，还不知谁笑到最后！秦斗明显在吊胃口，还伴着点儿恫吓要挟的意思，这么好的苗头，一个个不进取，别怪洒家胃口大，趁机鲸吞你们的版图。

自从来到广州，秦奋一直在反省，如果我从共创公司退股，未尝不是一步好棋，对这档生意早已心灰意冷，悬在那儿，不过存点儿念想，委实不让人省心。拿这笔钱鼓捣别的营生，也比盲目地打工强。

"将我股份收买去也行，钱照原数，补给我就成，你是中央，你话事，我拥护！"秦奋和盘托出自己的想法。

"那行吧！"秦斗悻悻地说，好像女妖精迷惑未成功，反被猪八戒冷不丁倒打了一耙，完全没估摸到，秦奋对他的百年大计如此冷漠，一腔热血未染红旗帜，却洒在阴沟里。

秦奋真是稀泥巴扶不上墙，没啥软肋值得捏的。他以退为进，采取破罐子破摔的策略。超越了个人的利益和荣辱，那还有什么值得害怕的呢？人，因为贪婪，才会上当；因为拥有，才会害怕失去；因为放下，才会轻松。

秦斗撞到南墙，不从股东身上榨点儿油水，哪肯善罢甘休，他将放什么幺蛾子来调教三名不听号令的股东？

37. 重 组

魏贤请秦奋返中山开股东会，商议融资的事宜。坐到酒楼的包房里，四人心思重重，表面亲热地寒暄起来。

“奋哥，听说在做大买卖？”魏贤笑盈盈地套近乎。

“去讨饭，老啦连狗都嫌，打工没人收尸，不像你们，个个金领。”秦奋反讽一嘴。

魏贤眼光躲闪，被抢白一通，脸上的笑僵硬了。秦奋逮住机会就掐他一把，将我拱走，他功不可没，甘当秦斗的马前卒，如今蹦跶出来，得提防点儿。

兄弟们难得聚在一起，为着共同的利益喝顿小酒，也没啥解不开的心结。秦斗热络地招呼大家点菜，个个扭捏，假客气，秦奋不含糊地道：“遥想几千年前，鸿门宴的精彩，项羽、刘邦一干战友聚餐，吃出了个帝国，今儿哥几个也摆桌全鱼宴，能否也吃出个名堂？”他脱口报出菜名：

豆渣巴炆财鱼（升官发财）

鲫鱼煨水芋头（难得糊涂）

菱角米蒸黄骨鱼（金玉良缘）

藜蒿炒黄鳝（绿野仙踪）

藕尖煎甲鱼（节节日上）

韭菜焖腌鱼（咸鱼翻身）

泥鳅炖莲子米（多子多福）

炸胡椒酥刁子鱼（红红火火）

美味正宗的洪湖菜——八大鱼羹，吃不完打包，图个吉利，吃个意图，八，广东话读“发”，吃了八碗鱼，生意发发发！这些均是秦奋的最爱，既照顾自己的胃口，也让他们尝鲜，何为响当当的湖珍野味。

恰逢中午用餐时间，却听魏贤突兀地迸出一句："我刚在公司吃饱了。"他打工的单位离这儿不远，每次集会，他都将地点定在这附近。

"事先不是约好了，一起喝酒？你都胀饱了，还有啥意思？"吴志白他一眼，有点儿失望。

"替台湾佬打工，公司的，不吃白不吃！"魏贤沾沾自喜得意地答。

难怪前几次，秦奋请他三个喝酒，这小子筷子都没挨，光端着杯啤酒，浅浅抿几口，原来有备而来，如此节俭，让秦奋油然而生敬佩，人才呀！精打细算有一套，不当财务总监屈才可惜啦。

魏贤自有他的盘算，因为只陪客，我吃完来的，就不欠谁的人情。不管谁做东，反正轮不到我埋单，我也没闲钱沽酒买醉。家里老婆打零工；孩子，上挤满民工子弟的私立学校；房子，每月得供几千，头大呀！省的就是赚的。

秦奋不理这茬，今日董事长在这儿，不用我使银子，天天在广州吃快餐，满肚子盛着地沟油，肝脏的解毒功能磨炼得日臻强大。这次赶巧，难得改善一下本人的营养结构，不狠狠地刮你们一次，将本捞回来才怪。秦奋阴着想。

"来这儿放开，吃好，喝好，抽好，争当三好学生！"秦斗道。

灌着冰镇的啤酒，一齐向那碟油炸花生米进攻。菜次第地端上来，小钢锅炉点燃，酒精里渗了水，炸出噼啪的声音。蓝色的焰苗舔着锅底，剁成块的鱼，浸在黄灿灿的油料里，一会儿便蒸起热气，锅里吱吱地沸响。

秦奋用嘴唇清了下筷子，将上面的碎末残滓舔一遍，向那坨鼓囊囊的大鱼鳔扎去。秦奋喜欢吃鱼鳔，白晃晃的，蠕在嘴里柔软，嚼起来有劲道，香滑不腻，据说补肾。鱼越大，鳔越大。鱼在水里潜浮，都得益于它的收放自如。

他也中意胖大的鱼头，戳开里面的脑髓吮，凝脂如果冻，那是鱼的精华，轻轻一吸，滑溜溜，那感觉妙不可言。还有一宝，鱼肚下方，窄长突起的一片肉，鱼的生殖器官位置，纯净得没根刺，肉质细嫩，入口绵软，在舌头上可含化。

无鱼不欢、鱼水之情等，祖宗造出许多关于鱼的词汇，对鱼的评价颇高。

莽荒时代，捕鱼狩猎维持生存，满足人类对肉欲的饥渴。吃法很多，生吞，熟食，花样繁多，现代还在创新。

钓鱼用钩，装上诱饵，候鱼上钩，俗称"钓鱼"，这种方法，照顾了鱼的情绪。让它有积极性，踊跃献身。

大网一抛撒，或在水里设下迷魂阵，捞起身陷囹圄的家伙，这叫张网捕鱼，只能怪自己时运不济倒大霉，谁叫你瞎溜达，没长眼色。

还有种更绝情的，涸泽而渔，将池塘的水抽干，让鱼无藏身之所，暴露在光天化日之下，一条条捉，想摸哪条就哪条，鱼活蹦乱跳，挤在一堆，和宫里选妃差不多，与烟柳勾栏里挑花一般，都是盘中菜。这种方法太直白，缺少浪漫情怀。

捕鱼也要讲情调，古人早有表率，姜太公不用钩，也不屑撒网，连区区诱饵都省下了，光一绳，一杆，就钓到大鱼，居然还是周王。这种斯文的钓技，达到某种境界，不诚服不行。这则故事的中心思想，启发我们几点：钓鱼，可以不必血腥，温柔一钓也可行；空手套白鱼，并非天方夜谭；小钓，拼饵，靠智；大钓，靠德。要钓，就钓大的，钓关键的大鱼。钓一窟一溪的不算本事，钓一国的鱼才见真章。钓了对方，对方还欢喜地被钓，挺感激地自愿上钩。

鱼在水里，人在水外，人钓鱼，还是鱼钓人？如果鱼足够强壮，一样可拽线，把钓者拉下水，成为鱼的点心。切鱼用刀，需要利器。享用鱼，要剔刺，小心卡住喉咙，轻则难受，重则会一命呜呼。这是鱼事。

有位美女作家，芳名鱼玄机，堪称大唐豪放派代表，“鱼乐圈”天后级别，风流倜傥的鱼美人，人如其名，用身体写作入诗，茂盛浪荡才情，恰似一江春水向东流滔滔不绝，只可惜天妒英才而早夭。这是鱼人。

人为刀俎，我为鱼肉。老祖宗这话值得品味。我既然是鱼肉，说明还有点儿油水，至少是咸鱼干，即使没那么生猛新鲜，也尚有烹饪的价值。如果此人的刀不够锐利，说不定，这块干瘪的腌鱼干，将它折磨得钝秃。

秦奋钻研着华夏博大精深的舌尖文化，其中第一章——鱼，频频抬手，自斟自饮爽口的啤酒。魏贤开腔：“本不该我出头主持会议，理论上我负责财务，就当抛砖引玉，先啰嗦两句吧。”

魏贤恭敬地望了秦斗一眼，得到首肯，表情庄重地从口袋里掏出一沓打印资料。

“我摸了下家底，秦奋当家期间，八个月共亏损十万，其中是非枝节，就不深究了，这个账如何处理？一是挂在账上，等盈利后冲减；要么公司重组，从交接的那天斩断，将亏损的分摊，重新核算股份。以后新开账本，大家讨论一下。”

秦奋乍一听，心一紧，夹的花生米倏地落到桌上，提着筷子去拈，总是钳不实，手抖得厉害了，气馁地放弃。令他惊诧和极度不爽，敢情他们早打过招呼，魏贤操刀，秦斗定砣，给出理由：扔掉包袱轻装上阵，重新洗牌开局，然后召见我，这不太藐视我了。这样干，对他们有啥益？他冷静地琢磨：“将亏损封冻在账上，这招最简便。新开张的公司，起初负债经营很正常，资金链不断就行。为何要抛出第二套方案？”

开业这么短时间就要重组？是学问，还是有蹊跷？秦奋被砸蒙了，他一时捉摸不透，这到底为什么？又没理由反对，他是一小撮，反对也白搭。他有个笨办法，不吱声，看他们怎么唱戏，演得再像，总有露马脚，唱走调的疏忽时刻。

“你们定主意，我都同意！”秦奋和稀泥，你们都比老子贼，跟着盗墓贼后面捡漏，是不会吃亏的。

秦斗紧绷的脸活起来，他站起来，斟了一圈酒，散了几支烟，将笑靥绽向吴志。四个男人，你望我，我瞅他，在拉锯，都不愿第一个表态。

“我赞成重组，将亏损清掉，我这厢轻装上阵，甩开膀子大干一场。”秦斗那双金鱼眼泡被烟熏得眯成缝。

“魏贤咋弄我咋弄。”吴志附和，他不在乎，反正就几万元，作为倚靠的技术力量，不可能将他一脚踢掉。这小子鬼精灵的，魏贤还没说哩，他俩就穿一条裤子了，是吴志缺心眼，还是早就和魏贤统一了？

秦奋沉住气，此刻魏贤的话举足轻重。公司章程中标明一条：四名股东，每人拥有一票，凡重大的事件：解散，重组，转让，扩张，收购，集资贷款，按少数服从多数来执行。

魏贤眨巴眼，嗯嗯两声清润嗓子，中气十足地说：“与过去一刀两断，新官不理旧账。”

“来，合作愉快！”秦斗摘到他虑谋的果子，嘚瑟起来。

为了拯救工厂的颓势，秦奋没表异议。玩的是账面上的数字游戏，只要不让我再往里砸钱就行。

秦斗甫上台，烧的第一把火，便让秦奋瞠目结舌，不知葫芦里到底卖的啥药。魏贤将报表给各股东，总资本从 50 万降为 40 万：

秦斗 40%，原始股从 20 万变成 16 万；

魏贤 30%，原始股从 15 万变成 12 万；

秦奋 20%，原始股从 10 万变成 8 万；

吴志 10%，原始股从 5 万变成 4 万。

《共创公司重组表》由魏贤编制，各自签名，人手一份，即刻生效。各人所占的股份比率不变，但身价缩水了。实行重组，亏损由股东埋单，公司不再担着，零负债。共创公司经此番洗礼，似乎焕然一新，和谐地将秦奋时代画上句号。

魏贤意味深长地说："将资产泡沫捏破，实打实，无论谁转让，省一大笔，轻闪多了。"

难道有人提前打埋伏，将在某天吞掉我的股份？彻底休了我？许多公司始创时，元老们尚能共苦，并肩开疆拓土，一旦踏上灿烂的坦途，要么争权夺利，要么分道扬镳，内部的绞杀便赤裸裸地上演。唉，走一步，看一步，也许多虑吧。揣着这薄薄的一张 A4 纸，秦奋苦笑，这就是我的成绩单？签个名，几万元打水漂，我的努力被全盘否定。这么急切地"重组"，难道有人蠢蠢欲动，想收购公司？真是个谜。秦奋又走神。

火燎得正旺，锅在煎。几条小泥鳅，在沸汤里上下翻卷，氤气弥漫。玉珠般的莲子，有节律地弹跳，洁白圆润，似一粒粒凝结的泪珠。

秦奋仿佛听到嘤嘤的饮泣，从那白雾里飘来，哽咽的声音凄厉细微，那种音调他从未在人间和牲畜界听过，飘忽不定而怪诞。小泥鳅洗得干干净净，活蹦乱跳地顽皮，一条条活生生地，丢进滚水里烫熟，原本光滑软绵的体表，被高温灼伤，皮开肉绽，烹得僵直。

秦斗用漏勺舀起一条，沥一会儿，浸上搅和了腐乳的酱汁，哈着气，放进嘴里，有点儿烫，锁紧牙，将露出的鱼头切断，牵扯一线内脏，吐在碟里。两瓣唇上，涂满黄糊糊如大便的余渍，伸出舌头舔净，那条鱼的眼珠，白森森鼓凸，它在愤怒吗？它感到痛吗？

鱼是水的灵，因有鱼，水才有了生机；因有水，鱼才有了生命。水是它的命，现在水要了它的命。这是今世的鱼水情吗？如果它也能说人话，它的临终遗言是什么？会诅咒人类吗？你们是在吃自己的同类。生物课堂上，老师好像讲过，人，是从水里爬上岸，再进化成懂得羞耻的猿猴。成万上亿的精子，摇头摆尾地向卵子冲刺，那不就是一尾尾鱼吗？历史的密码，每天一次次在演绎，追溯着我们的渊源。那些能变成人的鱼，亿万年前也会被烧烤吃掉吗？哦，忘了，那时还没电煤油酒精等能源，扯几蓬树叶，架起篝火，撇几根树枝穿过鳃、肚，熏鱼的味道，口感也不赖，没聪明人发明的工业添加剂。

“还有件事商榷。”秦奋被酒精麻得云里雾里，正在遐想，猛听到秦斗的宣布，被喉管里正下咽的酒噎住，捂嘴，扭脖，朝地面猛烈咳呕起来，面红耳赤，眼泪都呛出来。他到底说了什么，激起秦奋如此大的反应？

38. 化 缘

“今朝产能饱和，订单积压，能否加多几台机？”秦斗猛抽一口烟，将最核心问题抖出来。

“生意好自然要机器摆多点儿，有气势。”魏贤夹着一条酥脆的刁子鱼，边啃边响应，嗝都没打一个。他贪大粑粑，摊子铺大了，他干脆辞掉那份鸡肋工作，来这儿混更有出息。

吴志颔首同意。

“满打满算需融资 30 万，怎么去弄这笔钱？是按股份凑，还是以公司名义外借？”秦斗优雅地荡着杯，啤酒陷下一圈漩涡，泡沫从杯底翻涌升起，在液面次第破裂。睁大那双熠熠生辉的鱼眼，欣赏那半杯金黄，只需一张嘴，瞬间便成为腹中之物。

“我口袋瘪的，借贷无门，吴志多金子，你涨点儿股份小意思。”魏贤表情做作地摇头。

“没指望，老婆是家里出纳，怕我打牌输掉，盯得紧。”吴志嬉皮笑脸地回应。

讨论这个话题显然多余，会前秦斗都探过口风，他不过让大家当面表个态，有人见证，免得事后反水。

“不勉强大家，要是我个人注资 30 万，会稀释你们的股份，行吗？”秦斗说得轻飘飘，却暗藏机锋，如软水冻结的冰凌，光芒咄人。

包房里气氛骤冷，寂静，残剩的酒精抖动着黄褐色的火焰，在托盘里无力地吐芯。几节被斩断的脚爪，一块块覆着墨绿色胶质的龟壳，钝突昂扬的龟头，红彤彤的辣椒，一节节的白藕尖，披着油光，被热气沏得蔫蔫的，甲鱼肉焦在浅浅的锅底，散着煳味，浓酽的汤汁渐渐炖干，皲裂成艳红的块状，凝血般瘆人。

这么大补的王八，不装进肚子里太可惜，秦奋举箸向龟头掇去，他丰富地联想起来，不禁哑然失笑。概括得挺形象的，伸缩自如，进退有度，软硬兼备，动静相宜，做生意，行走江湖，为人处事，值得向乌龟借鉴取经，儒家文化的精髓，不正蕴藏其中吗？龟兄，偶像啊！值得吐槽灌水膜拜，虽说长相糙点儿，动作笨拙点儿，俏货有市场，生得愈粗愈多人神往。据说龟兄在水族中地位显赫，摆阔绰讲排场，老有面子了，又不履行计划生育，龟儿子蛮多。

龟头滴着油亮的液体，散发热气，秦奋哈气吹送，让它冷却，含入嘴里，蓄满的涎液，迫不及待地将它润湿，津津有味地品，温润，咸辣怡人，里面有软骨，不敢放肆地咬，卷起舌头轻慢蠕动，一股黏稠的肉汁盈腔，溢出嘴角，他揪一缕餐巾纸擦拭掉。

问海中极品，口舌快活，大千世界的人间美食，不过如此。有人点烟，烟丝清晰的燃烧声，烟雾袅娜散淡，从一个人的鼻孔喷出，又钻进另一个人的鼻孔。

魏贤握着笔，在一张废纸上专心地画着，他脑瓜灵光，扒拉出几组数据：“不妥！你再增30万，你的股份升成62%，其他股东加起来，都没过半，丧失表决权，一股独大一言堂，和我们的初衷背道而驰，那有啥奔头？”魏贤果然老到机敏，当面挑明。

各人拨各自的小算盘，涉及切身利益，在公司里的话语权和分量，没人会谦让。通过增资扩股，大股东可光明正大地蚕食小股东，且是原始股，令小股东吃哑巴亏。

“没劲，还是看菜吃饭。”吴志挺魏贤。

秦奋静坐在那儿，忙着从一窝辣椒藜蒿中，挖掘里面的黄鳝片，他最好这一口，特别是将刺剔净的鳝鱼，用味蕾和心去体会，韵味无穷，他要歌颂鳝鱼：

一袭土豪金的贵气，外表光洁润泽细嫩，皮肤保养得好，肉感丰盈却不显肥腻，身段苗条却不干瘪，步态妖娆多姿，柔若无骨长袖善舞，神出鬼没，善于打洞钻营。要么深居简出潜于幕后；要么翻云覆雨混迹高层。衣香鬓影口吐莲花，时尚界的宠儿；月光下、镁光灯前的活跃分子；水族里的美人鱼；地界的妖精，非君莫属。

据年轻时下放农村，插过队，当过赤脚医生的秦爸讲，鳝鱼是个谜，至今无人研透它，它死后，无论天气多热，僵硬却不腐烂，可能身体内含有某种元素发挥作用。是什么造就它永垂不朽的金刚之躯？传说中，只有菩萨才这样。难怪每朝每代，都现它的魅影。

“问你咧，发呆？”吴志举起手，拨正在神游的秦奋。他收回注意力，愣头愣脑地说：“随便，你们议好，我闭眼签字。”

秦奋做好好先生，谁都不得罪，偷着乐，我要当看客，让你们三人，狗咬狗一嘴毛。哥上过当，不会再上当了，坚决不掺和，人云亦云，随大流走。

魏贤占上风，凭人头胜，扩股方案在烟草的熏陶下被否决。秦斗郁郁寡欢，没地方找茬发泄，闷着一个劲抽烟。秦奋见苗头不对，嚷着叫服务员再送五瓶啤酒来灭火。

“边喝边聊，不要憋住，有屁就放，这样爽快！”秦奋频频端杯，催他们喝，管它明天洪水滔天，战争和平，这些哪归肉食者操心，我等嗜鱼的升斗屁民，不操宇宙的闲心，今朝先不亏待自己，灌晕了，洗洗去睡。

秦斗沉思良久，对趴在一条战壕的那两位同志的忤逆不满。彼此关系，陡然裂了罅隙，舌头嘚了两声，以示鄙夷反感。

“既然都不抬庄，那这 30 万，算我私人的借出，亏了自己埋单。”秦斗硬邦邦地说，原指望股东们能帮忙扛一下，分摊点儿，到了要出血的时刻，都龟缩起来，一个比一个会装贞洁。

“赞同！”魏贤终于干脆一回。他美美地想，你私人投得越多越妙，公司不用付分文的利息，你的风险越大，越会精心扑在公司上。

吴志默许。他俩没参悟到另一层，秦斗会恁傻？钞票上没写字，哪张是公司的，哪张是私人的，混淆到一块，到时财务乱成一锅粥。他调配资金，谁能插嘴干预？赚的钱，到底算他私人的那一块赚的，还是公司的盈利？如何算得清？如亏损了，会不会将债务转移？

秦奋想玉成此事，没将这层纸戳穿，有点儿偏心。无论怎么说，秦斗是小弟。再说，他这么有心去拼，一味地反对，他受到掣肘，积极性消减，谁敢当此大任？都坐等分钱，有风险就躲，就不用创业了。还有，财务是你魏贤监管负责，我操卵心。他俩如此天真，公司的发展势必埋下隐患，这个定时炸弹迟早会引爆。

除了袒护秦斗，秦奋也有不可告人的私心，明知这是个脓疱，却不挤破它，到底居心何在？

乱，大乱才有大治！乱得不可收拾了，便会乱世出英雄，他们才会呼唤哥回归，才能体现哥的文治武功。螳螂捕蝉，黄雀在后，树下的猎人，端着枪瞄准黄雀！秦斗不是正赌火，想好好表现一番吗？没问题，你利用我，我利用你，一起抱团取暖！

天罗地网，人海茫茫，都是这网里的鱼！谁逃得出宿命的安排？你玩弄我于股掌，我让你跳不出如来佛手心，不就是玩嘛，看谁会玩，耐玩，玩出大动静，玩得深入舒服。谁玩谁，未可知咧。

39. 得 意

清晨，秦奋趿着拖鞋，啃着冒蒸气的白胖馒头，吸吮一杯浓稠的现磨豆浆，遛到街角报摊，丢下枚硬币，打着哈欠，睡眼惺忪地从大嫂手里接过一沓报纸。目光停留在招工广告栏，上下左右掂量着希望，按图索骥。

秦奋被那条信息击中，忙兴奋地回家。换上称妥的西装，脚蹬用纸巾拭得锃亮的皮鞋，心怦怦地摸过去，末尾，快瘪瘪地折回来。

将期望值从经理下调到主管，然后降到业务员，最后衰到普工，接地气了，多项选择，看有没有伯乐，相中他这个价廉物美的便宜货。

一家制衣厂考问他，作为营销总监助理，能否在3个月，将业绩提高5倍？当他是孙猴子，捻一根毫毛，搓几下，就无性繁殖。哥能创造这神迹，总监干吗去？

另一服装公司招区域经理，这行他驾轻就熟，那位销售部老大，仔细研究了一下他的简历，傲慢地说：“你到处跳槽，没个明晰的职业规划，请另谋高就吧。”他讨回花了两元钱复印的简历，灰溜溜地撤，回想这位金领的临别赠言，不无道理，哥要是做好职业规划，用得着装嫩上你这儿来，听你说教？不就为解决温饱问题，再美好的职业规划，还不是老板在规划你的职业！老大，有本事规划老板吧！

屡屡碰壁，哥这块收敛了光辉的金子，就没人捡吗？那就退而求其次，当废铁贱卖。

中信大厦耸入云端，秦奋站在落地玻璃幕墙前，将半瓶矿泉水泼到头上，冷却冒火的额头，把湿淋淋的头发，用力向左边甩 90 度，矿泉水纵横地爬在脸上，用手抹抹，端详着镜中的光彩形象，哥除了年龄超标外，哪样没特色？优秀到 DNA 的哥，冠绝动物界，居然没林子栖息，难道哥长得真那么卓尔不凡？

“我想买设备，你吃亏回来一趟？”手机里，秦斗客气地问。

“我去没用吧，叫吴志陪你，他懂。”秦奋纳闷，他偏偏挑我这个门外汉。还有，一个月，他从哪儿找这么多的钱？看来，他是铁了心要大张旗鼓地干。

“我提过，吴志不想去，麻烦你来动员。”秦斗无可奈何地说出实情。

人家不甩他，和股东的关系这么淡，可能与刚子有关，吴志讨嫌这屌毛，几次要秦斗炒他，都没得逞，因此，对秦斗的态度也变得不冷不热。

“吴志，这几天有没有空？我想请你帮个忙！”

“老秦有事，吩咐一声就到！”吴志嘻嘻哈哈地，他总亲热地称秦奋为老秦，乍听起来成了老禽，老辣的禽兽，纯粹哥们间的戏谑。

“一起去小缆镇，进几台机器，你参谋一下。”

“这样呀！”电话那边犹豫了片刻，“陪你，我就去，其他的人，我可抽不出时间！”吴志话里有话。

“长能耐了，不就少搓几圈麻将吗，忙个雀雀。”秦奋笑骂。

“你俩一路，我就放心了。先给你卡上转 10 万做订金，拉回来，调试好后再给卖方结清。”秦斗的钱不轻易出手，就算亲哥也不放心，他的理念，钱揣在自个儿腰包才踏实。

说老实话，秦奋也没动力，赚到，我们连毛都沾不到。再说，他那样撩我，恨都恨不起来，只想躲得远远的，不愿和他搅和。

但于心不忍，谁不希望在困难时，有人帮扶一把？将心比心，就软了。心里打鼓，这是最后一次帮忙，下不为例，但每每到最后关头，自己先投降。当别人可怜巴巴地央求时，无动于衷，觉得有愧，就算自己没那能力援助，也会热心地出点子。

秦奋有时也骂自己贱，喜欢揽事，搞不清是自我膨胀爱逞能，还是良心太善。

上个月，吴志介绍的技术主管，水平糙，自我感觉超好，脾气冲，动不动就骂人，甚至和云信公司的经理大吵一顿，气得将电话砸烂。秦斗不便发作，说重话批评吧，怕对方记恨，巴望这些人卖命。技术上动点儿手脚就大祸。且是吴志的人，打狗看主人，秦斗只能两边安抚情绪。作为老板，又不能放任自流，势必纵坏员工。几头为难，向秦奋诉苦。

秦奋到处托人，物色这方面的人选，安排他们到中山面试，终于百里挑一，请到了一位性价比高的师傅，解决了秦斗的后顾之忧。

簇新的机器拉回去，开足马力生产，秦奋鼓动一家模具厂，搬过来做配套，一条龙服务，共创公司迈上一个新台阶。

将一些琐事协调好，秦斗特意设宴，犒劳秦奋。两兄弟虽因工厂的事闹得生分，秦奋还是那么大度，既往不咎，将得失看得比较淡，不属于我的，抢也没用，送给我，也无福享受；是我的，老天注定的，甩不脱。

趁着酒意，秦奋开诚布公地说：

“有源源不断的单，可喜可贺，还需点儿远见。纯加工，靠几家上游客户施舍吃饭，风险大，一旦发生变故，会产生骨牌效应。如资金充裕的话，上新项目，创响自己的品牌，挖建营销渠道。

“生意兴隆，皆大欢喜，作为舵手，尽量低调，别拿成绩显摆，别眼光也跷高了，要将股东们哄好，平时将香烧旺，他们有面子，心里舒贴，自然愿意来无偿地帮忙。

“不要总抱怨他们，成天叽叽歪歪，光张嘴会嚼，不干实事。我觉得，这个观点太酸，人家热心，才会评头论足，当自家事，才会这样咋呼。要是不领情，给人脸色难堪，就犯大忌！

“现在，你不差钱，不缺单，顺风顺水，有没有估过，万一哪天周转不灵，没米下锅了，咋办？干瞪眼，再临时抱佛脚？有求于人家，就装孙子，得手了，就拽成大爷？我们都有缺点，需历练和学习。

“魏贤有很多优点，关键是你用不用，你主动请他理账，让他清楚每笔收支的来龙去脉，他还会发牢骚，做无妄的猜测？财务不透明，眉毛胡子一把抓，这是独裁。谁还有积极性参与？将人心拢在你这儿，分而治之，人尽其才，为你所用，这才叫高明！谁都不是全能的，善于将各类人才聚合，各司其职，那便是帝王的御人之术！

“话就扯这么多，点到为止。大小道理，人人都懂；谈起来，个个满腹经纶，不用打草稿，关键用到实处。在你的领导下，公司蒸蒸日上，我也巴实，将自己沉低，会愈稳当，更有度量。”

酒喝得上劲，秦奋便束不住嘴，他标榜的仁善在作祟。

迷途知返，回头是岸。都以为前途是光明的，却不知，也许是迷途，茫茫然，走到黑，也未醒悟，不晓得回头。人不要走得太快，让心跟上脚步。

秦斗没申辩，似有所悟地点头，没丝毫的抵触情绪，酒倒是喝去不少。他会不会不辜负秦奋的一片苦心，择善从流？

40. 喜 宴

“哥，生了，八斤重，白胖小子！”秦斗兴奋地报喜。

“恭喜！你升级了。”秦奋喜上眉梢，小弟辛苦播种了八年，终于瓜熟蒂落，这是成绩呀。添丁加口，延续香火，可谓家族的大盛事，自然广而告之，值得张灯结彩地庆祝一番。

秦爸收到喜讯，老泪纵横，喃喃自语：“好，好呀！”秦母碎步跑进供菩萨的佛堂，烧香磕头，虔诚跪谢观音的大恩大德，列祖列宗的保佑，让秦家开枝散叶。那曾遭的委屈，怄的气，如那火盆里烧尽的纸钱，化作轻飘飘的烟灰，随风而逝。

秦斗得意地透个秘密：“这几年，光陪老婆吃药打针，花了十几万，才下蛋成功，真是烧钱啦。”

“如果没结果，那十几万不打水漂？”

“可不是，35 岁的高龄产妇，住院又花了一笔。”幸好他当年做采购收入丰厚，油水捞得不少，加上做吉祥的总代理，这块稳定的进项，他足以应付得过来。

“月底摆满月酒，请你过来参加。”秦斗绕了半天的圈子，向秦奋下请柬。

“在广州，不太方便呀。”秦奋支吾，不想去凑热闹。

一是和弟媳关系僵，不乐意欣赏她那张翻白眼阴沉的脸，特别在这由她制造出来的大喜日子。母鸡下了蛋，咯咯哒的高傲姿势，岂不活灵活现？另外口袋羞涩，吃了上顿愁下顿，经济危机进行时。作为新上任的大伯，红包里不插五百，拿不出手，让人瞧不起。

再则，弟弟结婚，也没请秦家任何人的客。结婚这么多年，女方竟然未到家乡拜过公婆，和诸多亲戚碰个面，当秦家的人形同虚设。这样的娘子，就算仙女下凡，娶进秦家，又有何益呢？供在堂屋里，她还嫌咱家寒酸。

“抽空过来吧，你要是不来，爸妈在老家，不方便来，就缺男方代表。”秦斗可怜兮兮地请求。

有一种痛苦，当你春风得意时，周围没人喝彩，那会是怎样的寂寞。快乐无从诉说、分享，没有观众来欣赏和炫耀。如美女赤条条地站在盲人的面前，那是多么的浪费和无聊。

秦爸专门来电，下了道御旨：“无论多难，满月酒，你一定要去喝！代表秦家，你随点儿心意。生意上，无论多大的纠纷，此一时彼一时。你回想一下，当年，你被骗到湖南关起来，得亏秦斗寄钱去赎你，我都吓瘫在床上。你女儿过生日，他从中山将童车衣服，装进木箱，千里迢迢寄来峰口，要不要回礼？”

接着，话筒转给秦母，继续训导：“你是老大，咱家就你们两个，又不多，有啥矛盾放不下？这世上，你是他哥，他是你弟，永远改不了……”

听着听着，秦奋的泪快要滚下来，一股酸楚涌上心头。利益争斗，当面对血缘和亲情，是那样的渺小和苍白无力。有长辈坐镇遥控，秦奋是孝子，不敢违抗。

中山富华酒店，灯火辉煌，门前的迎宾小姐个子高挑，楚楚动人，甜蜜蜜的小酒窝，溢满柔波，娇滴滴的声音，能舒筋活血，加快荷尔蒙的分泌。一袭中国红的描金旗袍，开衩到腰际，裹着青春曼妙的身材，步态婀娜，绽现那一抹白嫩嫩的春色，秀色可餐，更让人回味！

秦府满月宴，红纸金字，贵气逼人。凤莲打扮成国色天香的仕女，烫一头金色卷发，脸蛋白净，气质端庄，灿烂地站在门廊，招呼嘉宾。

秦奋将颈龟缩到竖起的衣领里，撇过脸去，趁她不注意，贴着墙边，迅疾溜进去。口袋里预备了个小红包，装着200元，秦奋隔着衣服，在外面按了按，硬硬的还在。几张银行卡上的余额，查了几遍，都只有个位数，过来喝喜酒，白吃，没点儿意思，可就真没意思了！那还是亲哥？小家伙还小，叫不叫我大伯得等几年，不用怕在他面前丢人现眼。但向老爷子无法交代，误会我，故意去吃白饭捣乱。这个媳妇嫌老秦家不富裕，配不上这位归巢的凤凰，岂不让人家嚼舌根，唾老秦家的人，窝囊没出息。

秦奋为装多少钞票，斟酌了老半天。装多点儿，一两千，阔气，但手头紧，没米；少装点儿吧，两百，不妥，好歹也当大伯了，咱还代表翠花呢，她缺席，但礼数要到位。那就装个三百，意头好，三，广东话念“生”。

于是插进三张红色的主席像，坐大巴买票，钱不够，翻兜找遍都没惊喜，抓头搔耳，犹豫半晌，厚着脸，从红包里又抽出一张来。

唉，对付吧，就一百，按咱北方的风俗论，好事成双，也挺吉利的。再说啦，以秦斗当前的身价，也不会在意我这点儿小钱，还不够上一盘海鲜呢。百来块，对于我这类流落广州的难民来说，那作用就不可小觑。

秦斗笑眯眯地到处搭讪，秦奋瞅他得闲，大步靠过去，贴近，掏出那枚红色的炸弹，塞到他手上：“恭喜，钱不多，一点儿小意思。”

秦斗有些惊讶，乐呵呵说：“你还来这套？”将叠成两折的红包展开，装进兜里，转身张罗其他客人。

秦奋如释重担，终于完成这桩仪式。平静下来一反思，不妙，红包封皮上忘记写我的大名了。晚上，他和老婆关起门来，清点战利品，会不会分不清我这份？完蛋了，白送哒。管它咧，估计他不会对凤莲提，只会说大哥送过礼，要是将确切的数字报出来，他在老婆跟前也没面子。

原以为会形影相吊不合群，随便找张台喝闷酒。令秦奋喜出望外的是，老秦家哄来一桌人，好有人气。堂哥堂姐拖儿带女，从东莞浩浩荡荡地带队伍过来，连白发苍苍，身子骨硬朗的大伯母都颠过来，老人家七十多岁了，脸上的皱纹沟壑纵横，精神矍铄，笑嘻嘻地抽着烟，多年没见面了，秦奋非常挂念她。的确是场丰收的盛会，让人不虚此行。

富丽宫外，水榭瀛台，雕栏画栋。一窝窝修竹，在窗前舞弄清影；朵朵白云，被一泓绿波揽在怀里，轻轻摇荡；一群锦鲤，在睡莲间畅游，追寻着爱情。阵阵微风，播来茉莉花的幽香；两只翠鸟，栖于峥嵘的山石上，唧啾对歌；一只蚂蚁，在墙上漫无边际地闲逛。

宫里布置豪华，美轮美奂。秦奋坐在小表哥旁，向同桌的大伯母问安。老人家神清气爽，返老还童般地哈哈，侃起家乡的典故，手舞足蹈，陶醉其中。

秦奋拿起桌上的菜谱打发时间，培养胃酸：

金龙献爪：豉油皇凤爪

潜龙闹海：韭菜龙鱼羹

玉龙呈祥：脆皮烧肉

见龙报喜：鲜奶云英鸡

战龙争霸：西区霸王鸭

跃龙贺胜：脆炸肝卷拼虾饼

飞龙翥凤：玫瑰醉香鸽

腾龙夺标：冬菇支竹红枣煲

醉龙起舞：五柳松子鱼

花龙叠彩：荷塘五秀

祥龙似锦：姜蓉蛋炒饭

王龙加冕：栾樨饼咸煎饼

火龙时珍：火龙果拼盘

十三道广府粤菜，冠以大气的称谓，名曰“醉龙宴”，颇有历史掌故。下面几行小字注释，号称西区长洲的特色佳肴。

满桌的山珍海味，撩起秦奋的食欲。老子如今日子不好过，每天青菜煮面条，要不就啃富含维生素C的胡萝卜将就，时不时泡碗麻辣方便面来打发，真是天壤之别。进了龙宫，脱离尘俗，且在阑珊酒意里，做一回腾云驾雾的潇洒醉龙。

觥筹交错，人声鼎沸。红色的装饰摆设，红色的气球和飘带，红色潮润的脸膛，红色的幕墙上缀着一对逸飞的龙凤，周遭泛滥成红色的海洋，一尾尾穿着红绸缎，刺绣着金丝云纹旗袍的女服务生，是闪着熠熠光彩的美人鱼，悠游其间。品着杯中醇香的醉龙酒，红色晕染了视线。晚霞，映在窗棂，鲜艳璀璨，泼洒进来，在喧闹的空气中，恣意蔓延扩散。

突然，锣鼓喧天，铿锵作响，从外面闯进几名黄裤白衫的壮汉，头缠红布条，精神抖擞。

有的左手提着黑陶罐，右手抓住一节精赤龙头，那龙遒扎长角，圆眼凸鼓，龇牙咧嘴，仰首腾挪，须髯飘逸，气势轩昂；有的手持一节龙尾，金鳞灼灼，上下翻跃，矫健，轻盈出没。

只见那好汉，仰脖灌酒，步履轻浮，意态迷离，手擎龙首，迤逦遨游，吸纳鼓腮，将满腔的米酒，酣畅淋漓地泼向空中。龙影在的雾帐迷蒙里，气势磅礴地蜿蜒跃动，掀起惊天的浪涛。电闪雷鸣，暴雨滂沱。

这哪是扬天喷的酒水，分明为蛟龙翻云覆雨，溅起的浪花；这哪是鼓乐喧哗，分明是潜龙在渊，拍起的惊天骇浪。

醉龙一会儿在地面匍匐盘桓，摇头荡尾，憨态可掬；一会儿直上云霄，呼啸而去；一会儿双龙衔珠，首尾顾盼，嬉戏追逐；一会儿群龙汇集，缠绵穿梭。演绎百态，令人目不暇接。

好一场精彩绝妙的长洲醉龙舞。

司仪在一旁激情解说："该舞蹈有个动人的传说，很久以前，本地暴发瘟疫，哀鸿遍野，人心惶惶。乡民抬佛像，祭祀巡游。从岐江突然跃出一条大蛇，遭乡民斩断后，血染江水，狂野地舞蹈。转眼间，那蛇死而复生，飞跃成龙，腾空而去。乡民喝了荡血的江水，除病祛瘟，信奉大蛇是神龙降凡。为志纪念，每逢这一天，人们捉舞醉龙，饕餮醉龙宴，祈求风调雨顺，消弭水祸疾患，国泰民安。"

这个民俗，给秦奋一点儿小启示：蛇，行善积德，就算粉身碎骨，也会涅槃，往生成龙。善有善报，恶有恶报，这就是所谓的报应。

台上在演，台下也在演。宾客们端起酒杯，热烈地敬酒，歪歪撇撇地醉舞。且饮一杯醉龙酒，暂将乾坤颠倒，暂在人间醉舞。

是龙，永远是龙，无论跌落红尘，沦为醉龙，还是飞龙在天，遨游九州。是龙？是鱼？还是徐徐进化的龙鱼？醉眼恍惚里，谁看得明？再酌一杯醉龙酒，往那清纯的琼浆里深潜。直驾云帆会有时，且将今宵逍遥去。嘴里嚼着文化大餐，不知屙的是文化糟粕，还是挤出几滴文化乳汁？

宾客们酒足饭饱，腆着肚子，剔牙喝茶。凤莲和秦斗拢过来，高傲的女主人热乎地向大伯母敬酒，秦斗一一介绍老秦家的亲戚，她挂着笑致意。

移到这边厢，秦奋礼貌地向她举杯，那对丹凤眼故意斜到别处，视线从秦奋面前瞥过去，冷漠的态度冻伤了秦奋，他浑身猛地涌起鸡皮疙瘩。

至于吗？秦奋愤然，既不欠你钱，又没抢你老公，与你前世今生并无深仇大恨，何必这样傲娇？相见，连视线都不交汇一下。老子太贱，自讨苦吃，要不是给秦斗的面子，八抬大轿抬，也不会来，热脸贴你那张冷屁股，吃饱撑着了？节衣缩食凑的两百块，真不值当，肉痛我那一个月的伙食费！

秦奋后悔过来吃酒，暗地发毒誓，以后不管杀人放火，打死都不与这臭三八碰面，你那麻屁脸香喷喷，我这脸就臭不要脸了？乞丐和妓女也有自尊咧。

散席了，大伯母亮声唤服务员打包："多金贵的菜，剩在这儿，糟蹋了，回个锅热一热，能享用几天咧！馋死人，托你们儿孙的福。"老人家蹚过苦日子，节俭惯了，深谙肚子比面子重要。

凤莲请她二姐带小孩，二姐性格温和，抱着可爱的小宝宝，挪到秦奋面前。

秦斗初为人父的喜悦溢于言表："乖乖，这是大伯。"那小脸蛋红扑扑，眯着眼，粉嫩的小指头，含在肉嘟嘟小嘴里，津津有味地自个儿吮着。这么温馨的场面，望着嫣然一笑的二姐，秦奋纳闷："一母所生，两姐妹怎恁大区别？"

窝一肚子火，返到广州，秦奋百无聊赖，考虑着自己的"钱"程和未来，奔四的人还有未来？这样不着边际地混下去，没点儿思想，那和行尸走肉的牲口有何区别？回忆一下，自个儿还有什么优点，挖掘一下能否当卖。

在路上，一个漂亮的小女孩，握着支蓝色的塑料瓶，吹着肥皂泡。一串串肥皂泡，飘向天空，圆圆的饱满，晶莹透亮，硕大的如鸡蛋，娇小玲珑的是珍珠，丰富多彩，平淡的外表，不时焕发瑰丽的魅惑。借着风力，有的飘得高远，有的悬浮着不动。一个可爱的男童，张开胳膊，追逐着这些美丽的肥皂泡，想将它们捧在手里。

一个个肥皂泡，轻盈地歇落在男童的手里，或触到地上，一瞬间，富有灵气的肥皂泡，迸裂，消失，只余下一丝滑腻的水沫。

望着此景，秦奋的心，升起莫名的伤感。这些肥皂泡，不就是各色人生的写照吗？渴望飞得高远，陨落时，都不过化作几滴忧伤的泪水。唯一能做的，是让这份光彩，如何停留得更长久，不要太匆匆逝灭。

太阳冉冉升起，是秦奋的黎明吗？

41. 奔 波

“秦大师，得闲过来指导一下？我在大沙头鸿运酒店。”秦奋接到许总的电话，有点儿意外和小惊喜。

坐在公交车上晃悠，秦奋寻思，难道他有大动作？记得我曾建议他，先在广州辟个陈列窗口，以北上广为据点，向外辐射。酒店坐落在江边，附近便是闻名遐迩的盛贤摄影器材城，秦奋对这片熟稔，没费多大工夫便直奔大堂。

“来坐，菜早上齐了。”许总说话铿锵有力，稍有点儿嘶哑，上身穿件暗红色休闲西装，格外精神。

“这是我太太，那位是我大学的周同学，刚从德国回来度假！”许总扬起手介绍。

中年男子欠身响应，戴着眼镜，斯斯文文，不苟言笑，似乎城府很深。秦奋向他俩分别含笑致意。那个许太，倒是听王工提过，在广州某图书馆任职，周末便回中山小聚，和许总是大学同学。

秦奋仔细端详，娘子身材娇小，穿套紧绷绷的浅绿色碎细花的连衣裙，线条优美炫目，那对玉兔呼之欲出，清爽白净的肤色，香肩微露，性感迷人。长发飘逸，俊眼修眉，瓜子脸，五官精致，给人留下温文尔雅的印象，娇柔而不妖娆，有种江南小家碧玉的款款风范。话语不多，一双含情的大眼，不时凝望她老公，如欣赏一幅气势恢宏的油画，小鸟依人般地安静地坐在那儿，体积庞大的糙老爷们，娶到如此俏丽秀气的女子，许总艳福不浅。

秦奋不便多瞄，虽内心神往，也不敢放肆去想入非非。许总在座，需顾及他的感受。不是君子，伪君子也得痛苦地扮一下。他早过了蠢蠢欲动、锋芒毕露的青春期，被岁月磨钝成了闷骚型的绅士男。临近更年期，对于赏心悦目的美景，他会带着艺术家的眼光和情趣去观摩。

“我们打算在这儿开专卖店，恰巧你在，请多指点！”

“不敢当，谢抬举，还靠你关照！”秦奋谦卑地说，共创公司的第一单，便是他批的，一直在做，虽属鸡肋订量，但这份人情让人没齿难忘。

“听王工说，你会长期待在这儿，刚和周同学去选了铺位，等会儿一起商量装修的风格，过几天，王工会留在这边，现阶段精力主攻市场。”许总口若悬河，如书记在台上做报告般连贯，一套一套环环相扣。

他不时将眼光投向周同学，伸长手臂，远远地夹起块白切鸡，轻轻放在太太的碗中，那份殷勤和怜香惜玉的动作，让秦奋感动。好一位体贴细腻的男人，唯恐冷落了身边人，对女人的这份细致用心，非我这类粗线条的家伙能模仿的。不经意流露出来的呵护，对太太一往情深，如初恋甘之如饴，并没因两地分居而淡薄，因公务繁忙而疏忽。好一对有情人，好一位痴情人！善于经营家庭的人，也善于经营事业。望着眼前的一幕，秦奋似乎有所悟。

许总将注意力搁在秦奋这里：“就像你说的，搭建窗口，让品牌树起来，你有没有兴趣过来帮我？你有这个能力！”

坐在面前的，是位年纪不到四十岁的青年企业家。短短几年，从一台老旧压铸机起步，扩大到资产近亿，如果说，他没有魄力，没人相信。给我戴高帽子？没这个必要，请我吃饭夸白，浪费时间。这是他第三次郑重地邀请秦奋，当着太太和嫡亲同学的面表扬，这番诚意让人感佩。

“谢谢你的信任，容我和家人商量，本人深感荣幸，这是次向你学习的难得机会。”秦奋未当场表态。

作为名商人，话不说满，不轻易承诺，这是基本的语言技巧。面前有条肥腴的诱饵，再饥渴也应保持冷静的平常心，还要掂量，有没有暗藏锋利的鱼钩。不能轻易草率地吞下，就算没危险，也需耐心地和对方周旋，把握火候，或许因你的耐心，会让对方迫不及待地让步，加码，斩获更丰厚的美味。

许总见秦奋没回绝，知道有戏，他将秦奋的底细摸查过，目前无所事事，正四处瞅机会。许总求贤若渴的心情昭然若揭，但秦奋有顾虑，加入其团队，会得到什么好处？他讲得模棱两可，没将聘礼亮出来，在套秦奋的底牌。

酒楼旁的两层楼正在招商，辟作摄影器材卖场，许总风闻，急忙通知秦奋过来参谋。他办事雷厉风行的高效，可见一斑。

送走许太和周同学，秦奋装模作样地巡视一番，培养点儿感觉，他腹议："得道的风水先生，会有第六感。他自诩属于此类灵兽，天狗转世。眼察阴阳，鼻嗅凶吉，手把脉前程，耳听八方，嘴判古今。"

秦奋将自己的直觉一吐为快，遮遮掩掩的话，那太对不起人家请吃的这顿粮食，何况也想露一手，表明咱物有所值。

"对面是生意红火的老市场，隔着宽阔的大马路，筑有护栏，行人过来购物，需绕立交桥底，兜大圈子，交通不便。弊端一。（这点，明眼人一看就知，纯属废话！）

"新开的卖场，人气需一年半载焐热。（这话多此一举，地球人都知道。）

"有利的，租金便宜，能占到好位置。（插出亮点，先冷后热，先打击对方，水得一钱不值，然后回暖，挑好听的讲！真是奸猾没的医！）

"如果我们是老牌子，知名度高，本地销路畅，我不主张租这儿。但我们云信的产品，新嫩面孔，目前只是零卖，没形象，缺乏宣传，如何让它脱颖而出家喻户晓？让生意找上门来？"秦奋屁了一通，引起许总颔首共鸣。

"这里适合起步，如果一两年卖场还煲不旺，盯住老市场，只要有空铺腾出来，立马挪窝，这边作跳板，租铺，只当租了间仓库，产品摆在这儿，就是活广告，实物广告，意义非同凡响，拥有了第一间专卖店，将品牌旗帜扬起来了。"秦奋从多个角度分析利弊。好坏都沾边，随你中意听哪方面的，这是专家的看家本领。此技，秦奋早练得精熟。

许总表情凝重，陷入深度思考："谁都会说，还得我真金白银的埋单。不到 10 平方米，一年十多万开销，吃紧呀。不租吧，产品扔在人家店里，小打小闹看尽脸色。给面子的，就摆几只，不上心的，不知晾在哪个阴暗角落。这一炮，必须放得山响。秦奋说得在理，这店就算卖不动货，权当做广告也值！"

"就这么定了！上楼交订金！"许总牛气地说，颇有大将风范，做事说话不拖泥带水。他身手敏捷，旋风般钻进电梯。

拿着合同，许总笑道："从到这里，起意，到拍板租下来，不到三个小时。明天派人装修，王工过来跟，辛苦你。我马上赶回中山，下次再讨教！"

他说话总这般客气，听了舒坦，给秦奋以被重用的满足感。

挤在罐头似密封的公交车里，秦奋呼吸着浑浊的二手空气，心情轻松活泛，仿佛刚从一场紧张的厮杀中全身而退，和许总待在一起，尿尿都得跑步前进。路边的商店里，播放着悠扬动听的老歌《掌声响起来》，让思绪暂时栖在它的旋律里，如鸟归巢的安逸。

明天不愿醒来，也许一场新的冲锋等着我。冥冥之中，被一条无形的绳牵扯着，向着一个梦寐的地方驰去。总觉得难以捉摸，不能主宰自己，难道这便是旅程？

42. 诱 惑

“秦老板，在哪儿？我是王工哈。”

“在家上网呢。”

“我到广州了，有空过来耍。”

店铺，装修师傅正在弄照明，铺地毯，王工脸色蜡黄，有点儿憔悴，仿佛大病初愈。

“许总舍得让你挪窝？”秦奋揶揄。

“没办法，开发已告一段落，主要去推销，我要长期杵在这儿，帮我租房。”他有气无力地说。

“石溪的民房便宜，晚上带你去找。”

王工忒实在，搞设计管生产，面面俱到。他曾在富士康作为技术主管，按他的话讲，可惜运气不济，当年小有积蓄时，将好几万元阉在股市。后来在吉祥公司蹉跎了几年，也没存几两碎银。与许总合作搞产品，从头到尾，他一手操办。

来南方有些年头了，一直东搬西迁租房住，老婆孩子跟着四处漂泊。他将全部的心血都搁在这个项目上，寄望有所回报，从此扬眉吐气。

瞧他做得这般辛苦，秦奋劝叨，身体是本钱，别都贴进去，与人合伙，多长个心眼，不然被人家刮干净了，一脚踹开。他傻傻地笑道：“不会的，不可能。”

秦奋总以最坏的打算去绸缪，以最好的希望来开始，常用小人之心度那些君子之腹，练就狡兔般的谨小慎微，他研究产品比我在行，我研究人心比他精准。

这次过来也是迫不得已，王工向秦奋倒潲水，见不惯张丽的颐指气使，像发情的癫狗到处叫。弹指三年，十几款新产品出笼，销售得一塌糊涂，许总的脸色越来越严肃，几百万投资下去，未见到回收的端倪，压力山大，许总终于铁下心，将重点移到营销方面。

秦奋深表理解，将产品制造出来，不难，如何将它富有利润地卖出去，才最屌。这个过程，也许温腾漫长，需要坚守；也许横空出世，一鸣惊人，那是机会。坚守的过程，需要煲耐心。品牌的打造，需要时间的磨炼，沉淀。

晚上，两个人钻进村口的小饭店，炒两碟一荤一素的小菜，边喝边聊。

“出来见识一下也好，免得闭门造车。”秦奋说。

“许总很赏识你哦，总夸你，要我们多向你取经。许总问，你过来销售，要什么待遇？”

“不好张嘴，说高了，许老板不喜欢，笑我漫天要价，开低了，就不值当。依你们诚意给，行的话，我就过去，不行的话，就免费做顾问。”秦奋快言快语，毫不隐饰。

“那也是，我没经验，你先起个草稿，算求你了！他指派我跟。”王工乞告。

将球又踢给秦奋，许总真是猾，让秦奋自个标价码，他不露面，将棘手的事推给憨厚的王工去捣弄。谈成了，便替他吝钱，他偷着乐；谈崩了，他不得罪人，再蹦出来，尚有回旋的余地。他藏在背后唱曲，王工做扯线的皮影。每个老板都爱玩这招，个个无师自通。

秦奋不含糊，先描个框，便于他们照着画瓢：“按销售回款××%提成……”留几处空白，双方再议。如发货的总金额，授予多大的权限，多久收回货款，这都有很大的弹性，蕴藏着风险。如何管控？如果我离职了，经销商未结算的货，如何交接？细想想，非一纸合同便囊括了，关系到彼此间的信任，还有老板的度容。

“管它那么多，先交差，让大当家去答题，不会让你吃亏。”王工喝了两杯啤酒，脸青一块紫一块，臊到脖子，说话也不利索。

秦奋一直犹豫不决，许总的意思再明朗不过了，但秦奋迟迟不点头，在担忧什么呢？他内心总有一丝不安，还在揣摩，王工这几年，成了他参照的一面镜子。

许总这人咋样？秦奋没底，犯迷糊。会不会，共苦可忍忍，同甘就闹别扭？一旦投入到云信公司的麾下，便需全力以赴，几年下来，竭诚付出了，中途会不会被当作破罐子烂席子抛弃？最后落个人财两空？如果我管销售，他能采纳几成的建议？和他那位亲爱的女秘书，如何和谐相处？

按说这是多虑，我不正失业吗？跑去当搬运工缺肌肉，送报纸早上爬不起来，现在营销总监的位置送上门来，却忸忸怩怩，太不识抬举了？接受吧，立马焕然一新，从奴隶进步到将军，拥有可观的生活质量，多么巨大的诱惑！还在瞻前顾后，是不是有点儿贱，有点儿迂腐，酸？

秦奋以主人翁的姿态，为云信公司客串做事。王工不在广州时，许总将店里钥匙给秦奋保管。

许总有时会突然冒出来，巡查施工现场，事无巨细，颇为上心。

“玻璃柜下面太空，铺些假草坪装饰下，你对广州熟，去买些来。”许总没拿秦奋当外人，吩咐道。

自从秦奋有意效劳后，两个人间的关系骤然变味。许总将秦奋当作其手下随便吆喝的马仔，毫不含糊地发号施令。秦奋一时半晌未醒神，郁闷地想，不至于这么快，就摆上老板的架子吧，俺的卖身契还没签呢！代他跑腿，小事一桩，秦奋知趣地应承。

坐公交车到海珠广场的花卉市场，一打听，手帕那般大小的塑料草坪，每张二十多块，得买三十多张。提着两大捆鼓囊囊的薄膜袋，打的。

一路上，秦奋心底五味杂陈。掏私人的几百块为你办事，他是有意杠我，还是太粗心？为何不预付点儿钱，空口说白话，遣你去买，管你孙子口袋有没有钱，都得去办！这位许总强势哦。幸好俺卡里还有点儿伙食费，否则不白跑一趟，有违圣谕。也许他一时疏忽，而我多虑了。

过了几天，新店开张，王工过来守店，秦奋悄悄地探他，许总为何恁样？王工习以为常地说：“不怕的，我经常私人垫钱。”

“找谁报？我还不是你们公司的员工！”

“等我问下再回复你，不用猴急。”他笑着宽慰。

能不着急吗，没钱开饭呀。秦奋嘀咕，虽然不忿，还是郑重其事地强调：“以后呢，指派我做任何事都行，事先说明了，要花钱的，麻烦你们预支，我没的垫，只负责跑腿。”

哪有不领一分钱工资，先将私人的积蓄，奉献出来办公事的道理，别打错算盘了。秦奋最讨厌这种“大公无私”的强盗作风。王工好歹挂名是股东，他这样做无可厚非，但我不是，别将公私混淆一团，咱可不乐意。就算你许总当时不方便，至少话要说到明处，这样，咱听了也舒服。

过了一周，王工不提，秦奋也不好意思催问，话到嘴边，几次都咽回去。悬而未决，让人心焦。

又过了一周，王工还没回音，秦奋实在忍不住了，再不报销，连坐公交车的硬币都告罄，窘迫呀！

“那事，问得咋样了？”秦奋婉转地说。

“哪事？”王工一脸雾水。

“协议早交给许总了，等他签名呢！没多大问题。”王工信心满满地说。

“不是那事，那几百元钱。”秦奋索性扯下那块遮羞的底裤，直接杵到位。

“还真忘了，我对许总提过，他说按财务程序办。瞧我这记性，丢三落四的。”债主的记性好，欠账的忘性好，秦奋暗骂。

“这点儿小钱不足挂齿，挂在嘴边讨，还笑话我这人小气。”秦奋略带歉意地解释。

“一定会给你的，不用怕。”王工还在宽心。

“晓得会给，关键我耐不住呀。”什么狗屁财务程序，不都是唬人的，还不是老板一句话，立马拿钱。还和俺来这一手，秦奋暗自讪笑。

“先填报销单，送到张丽那儿审核，许总批准，然后到会计那儿领款。你这笔费用，将收据给我，我来帮你填报销单吧。”

“走个流程耗多久？”秦奋按捺住性子问。

秦奋时代，给云信公司做加工时，每回催款，会计推张秘，说单还没传过来；张秘推采购，说对账单还在核实；采购推张秘，说早报过去了。要不，张秘推许总还没审批。拉磨兜圈子，对账单在长途旅行。最后没策，直接挂许总电话，许总装装样子，屌张秘一通。到底哪儿掉链子，就一个字概括：拖。

秦奋生气了，通知生产部门，云信的加工单先甩在一边。于是乎，风水转过来。云信的采购员，天天甜嘴央求出货。秦奋抛根软钉子，我不为难你，实话实说，不结款不做。然后张秘轻声细语恳请，先送点儿应急，款的事立即办。秦奋再钉一枚硬刺，实在抱歉，缺料，要不，你们送料过来？最后许总和气地来电，你马上开机，下午过来拿钱！

往事历历在目，如今，请我做业务，还来这一套，咱得放贼点儿。

“快的话，一般个把月！”王工亮底。我的神啊！快的话都摊这么久，那慢的话，小鸡儿不都孵出来了？俺可赔不起，秦奋不乐吃这套。

“你代表云信公司先给我，你慢慢挨吧！”秦奋找个人垫背。

“这个，这……”王工不太愿意，犯难地说。

“别这个那个的，你不是公司的股东吗？这点儿权限都没？还干个鸟！”瞧他那熊样，秦奋来气了，指桑骂槐，故意撩他。

“我自个儿的钱，让你们挪占了半个月，还不知足？要不，我现在就向许总讨？”秦奋要挟道。

金钱是照妖镜，是人是鬼，一目了然。秦奋和许总之间，如同在相亲，相互估量揣摩对方，取得互信后一层层褪去裹在外面的装饰，向彼此袒露，越深入便越明晰真实，玩味着，是否值得献身。遇到好老板，如同嫁到好老公。打工，要跟对人。创业，要选好人。

“这点儿小事，就不必扰他，反正我还有一沓发票需报销。”王工被逼无奈，乖乖将钱掏给秦奋。

你俩内部如何算，不关我鸟事。拐弯抹角才将钱索回来，真让人心凉飕飕。秦奋不怪王工，他过于懦弱，谦让，隐忍，处处替别人着想，谁替他着想？是我的，哪怕一分钱，都要争取；不是我的，就算一百万，也没兴趣。

经这桩小事后，秦奋有底了。对许总的考察期宣告结束，面对他们炙热的邀请，该如何推辞呢？毕竟秦斗与云信公司还有业务往来。既不得罪许总，不令其心生芥蒂，又让他有面子，顺台阶溜，咋办？

43. 噩 耗

“哥，中大五院的医生有熟的吗？”秦斗半夜焦急来电。

“记起来，认识个临时工，好像还吃得开，要不问下他？”

“没路子。”秦斗对底层人素有偏见，觉得没卵用。

秦奋平时交往的达官贵人，有时喝酒时，想将他引荐，方便做生意，他也没兴趣搭理，认为有事情了，再去拜结也不迟。急时抱佛脚，过于市侩的心态让秦奋反感，不止一次当面说他。

打工的三教九流又怎样？自有其能耐，不要小瞧人家，哪位英雄不是出身草莽？吃一顿酒，也花不了多少银子，大家寻个开心，以心换心。能帮忙的，就帮一把，尽心就行。有权有势的，聚一聚，并非攀龙附凤，献媚取宠，谁没个应急的时候？大家混个脸熟，能关照就关照一下，不行，拉倒。就那几餐酒，图个热闹，能喝穷咱？

秦奋的社交逻辑，蕴着浪漫色彩，他可能没几位两肋插刀的肝胆兄弟，但酒肉朋友，可谓一呼百应。秦斗过分的实用主义，来中山多年，和他走得最近的，就两个，以前在仓库打工时的老同事。

秦奋有个嗜好，大凡朋友熟人，恨不得带秦斗去接触一下，以备不时之需，秦斗却表现冷淡，但凡需要用关系时，便觍着脸，要秦奋去求人家，真是愚昧。

“很紧要的事？要不我找下同学？”听秦斗言辞吞吞吐吐，秦奋关切地问。

秦斗颤着声音，恹恹地说：“凤莲在那儿抢救！想打听主治医生，托点儿关系，好点儿护理。”

“怎会这样？”秦奋说得噎住了，难以置信，上个月不好好的？在满月宴上谈笑风生，没半点儿病兆。层层迷雾，笼在心头。

秦斗带着哭腔，哀伤地说：“她现在躺在医院，一直昏迷不醒。昨天，在家正吃晚饭，她手中的碗啪地砸在地上粉碎了，胳膊软绵绵地垂下来，头一歪，身子从座椅上滑下来，瘫倒在地，口角吐出白沫，眼紧闭，昏死过去。我吓愣了，唤她，不应，牙关锁住，只有微弱的呼吸。我抱起她，叫了的士送去抢救。”秦斗消沉，还未从惊悚里缓过阳来。

“送到这里，天擦黑，直接推进重症室，僵直地挺在那儿，什么知觉都没有，好恐怖，幸好二姐在，能在家带小孩，否则，我都不敢想，一个大人，一个小人，哪顾得来。”

“切莫慌乱，先静下来想想，是不是食物中毒？”秦奋帮他分析，故意分散他注意力，不然神经绷得紧兮兮，加上疲惫不堪，哪扛得住。

“三人吃的一样，不可能。”

“她家族有没类似的病？遗传？你收集这方面的信息，便于医生快速诊断。”

“这还真不清楚，她几兄弟姊妹都正常呀。”确实，谁在恋爱结婚时，会去调查对方祖宗八代那点儿陈芝麻烂谷子的破事。

秦斗忧戚地说：“我还担心小孩，会不会遗传这个病，她还在哺乳期。”

“要不要我回中山帮你？”人在困厄时，最先念想的往往是至亲的人。

秦奋明白，此刻帮不上忙，只能出主意，叮嘱几声。祈愿他的太太，尽快度过此难，难得凑起来的小家能平安。平安是福，平淡是真，曾经失去过，才会珍惜拥有。

“不用，工厂刚子盯着，孩子她姨妈带，我守在医院。”

天有不测风云，人有旦夕祸福。这话虽有些清淡消极，命运的无常，却促人深思。秦斗的遭遇，让秦奋警醒，反省自己，今后该怎么做事为人。

原本以为他一帆风顺：工厂张罗得风生水起；拥有阔绰高档的住宅；夫唱妇随，喜得贵子……真不敢往纵深联想。是老天捉弄人，还是冥冥中的定数？

面对突如其来的灾难，人，显得多么的渺小羸弱，无助！去反抗，逃避？只能忍受，挣扎。用爱点亮一盏灯，照耀茫然囧途，在茫然中，寻找活下去的勇气和希望。播撒善的种子，让美德和正义结出胜利的果实。

凤莲的生死，牵动着许多人的心弦，拷打着灵魂、良知、人性，秦斗如何力挽狂澜，应对这场厄运？他的家业将发生怎样的变故？

空荡荡的走廊，日光灯撒出苍白的光，夜深，静寂，偶尔有脚步声，从远方传来，白大褂在空气中窸窣地摆动，值班护士例行巡房换药。少了白天的喧嚣，一切归于平静，却不能平静。病人痛苦而压抑的哼吟，断断续续拉锯似的呼噜，起伏在散发着酒精和体臭的气味里。

一辆盖着白色布单的担架车，闪烁着不锈钢的冰冷光泽，一动不动停在走廊尽头，披着一张阴暗的影子。上面曾驮过一具具僵硬的遗体，从太平间频繁地进出。一股阴森的冷风，从那门缝中钻出来，光影摇晃，如鬼魅狰狞的面孔，在磨砂玻璃后，张牙舞爪地向外窥视，那些不愿离去的逝者，无尽的怨愤和委屈，遗在那儿。“咣当”一声脆响，接着绵长刺耳的尖厉声，是死者在哀悼和叹息，令人毛骨悚然。

秦斗惊醒过来，睁开惺忪的双眼，他已习惯这午夜惊魂的噪音。撑起麻木的双腿，透过病房的玻璃窗，向里探望。

凤莲一动不动，浑身贴满各种检测仪的探头，输液瓶挂在床头的支架上，滴答滴答，通过细长的胶管，输送着她活下去的希望，生命依赖这些静默蠕动的液体，苟延残喘。她像个木偶横在那儿，不会哭笑，无法言语，双眼紧闭。面色灰白，如敷着一纸面膜。间或，僵直的四肢如遭到针扎，猛然抽搐几下。仪器屏上，波纹线游动，表示她在医学意义上是个活物。

秦斗凄惶地望着，凤莲正无声地承受着蚀骨锥心的折磨，但她吐露不出那痛苦，默默忍受着它们的煎熬，每分每秒，病魔在她身上，恣意地蹂躏。

她在担心那嗷嗷待哺的孩子吧，此时此刻有没有吃饱？哭红了晶亮的小眼睛，挥舞着粉嘟嘟的小手到处找妈妈？她挂念着老公，会为她的疾病过度忧愁悲伤，累垮了身子……她有千言万语要倾诉，却无力张开嘴唇，只能安静地躺着，如植物活在病床上。

秦斗每天吃住在医院，困了，蜷在座椅上打盹；饿了，去泡碗方便面或买盒快餐。陪着老婆一起住院，一个清醒着痛苦地守候，一个昏迷着无知觉地长眠。

两天，没醒来。

……

二十天过去了，还未醒来。

护士紧急呼叫，迅速推进抢救室抢救，注射强心剂，上呼吸机，医生们神情肃穆，行色匆匆。病情反复无常，一次次险情，如海啸间歇性急遽猛烈地爆发，在药物的钳制下，收敛，缓慢退潮，与死神来回搏斗，侥幸活下来，如条冰冻的鱼，无声息地卧在冰柜般冷飕飕的病房里。命悬一线，多次下发病危通知书。

秦斗双眼布满血丝，脸色晦暗，身心疲惫。每天忧心如焚，她的疾病，随时会无前兆地发作，让他胆战心惊。他不愿放弃，焦灼地盼着医生将她救醒，让他来分担她的痛苦，找回那个活蹦乱跳的老婆。

一天，两天……从希望变成失望，堕入无底的绝望。太荒谬，科技如此发达，这点儿毛病治不了？这可是国内一流的医院呀。秦斗糊涂地以为，是不是没舍得塞红包，打点白衣天使，导致没尽全力救？

瞅空，他将装有五千元的信封递给年轻英俊的主治医师，主治医师腼腆地笑着摇头，将他的手轻轻拦开，转身离去。秦斗扬手，啪地，掴自己一嘴巴，脸火辣辣地肿起来，心也一样，他痛恨自己没有照顾好她，平时疏于关心，成天扑在所谓的事业上。

秦斗走到草坪上，头昏脑涨，挨着一棵粗壮的杜鹃花树干，一支接一支地续烟。

凋零的杜鹃花，红灿灿如毡铺满一地，让人不忍践踏这抹最后的芬芳和残艳。

他将凤莲的病情，一五一十地电告亲人，渴望能从亲人那儿，得到些许的慰藉。他从未遇到这么沉重的打击，如汪洋大海里的一叶扁舟，在漆黑的狂风暴雨中跌宕，一片滔天骇浪袭来，瞬间将它拍翻，溺水的人，在惊吓中，拼命地挣扎，胡乱地抓住一截细小的木头，也是莫大的依靠和欣喜。

他一个人，实在扛不起这漫长的压力，如同压榨得已挤净汁的甘蔗棒，精水被碾尽，只剩下干涸参差的碎屑。又是条剔除鳞片的鱼，肚子被切开，剁成一块块，放在炭火上烤，油渗出来吱吱地响，滴在火苗上烧得更旺，烟熏火燎，炙得鱼焦煳，眼珠瘆人地瞪着天空，风劲吹，鱼被熊熊炉火烧烂。

又一朵杜鹃花脱离枝头，旋转着，轻盈飘落，将一季美好的光阴织成花瓣，馈赠给呵护它的大地。

医院外，另一场救赎徐徐拉开序幕。亲人们的反应如何？

“你知不知道，凤莲成瘫子了？”秦爸慌忙火急地问秦奋。

“他说了。”秦奋淡淡地答。

“愁死了，那砍脑壳的，要有个三长两短，小娃咋办？两个月大都没，像个猫伢子，这么小就没有奶吃，如何活呀？”秦爸带着哭腔说，惦记着孙子没人哺。“要有半岁大也好点儿，喝牛奶，这么点儿大，讨嫌呢！”秦爸哀声叹息。

“他奶奶都快哭瞎了，天天跪在菩萨前，烧香叩头，造的啥孽呀，刚过上好日子，就摊上这狗日的事，恼火。”

“净瞎操心，操了也没用。”秦奋担心老爷子吃不消，都届七十岁了。

“你帮补下他，老的老，小的小，还添个瘫子在医院里，听他说，光医疗费，一天都烧大几千，唉，白送钱，真是的！那婆娘又不咋样，他非要当作宝。

“前几年，凤莲在外企上班，票子挣得多，老板还送她出国学习，安心地多做几年，多好咧，鬼迷心窍辞职，偏要读啥外语学院，两年颠个几万元走哒，没长啥本领，光溜苕，照说好找事吧，偏不，几年猫在家里，供着，这些都算了。

“怀个孕，那可不得了，飘上了天，喊婆婆过去照应，还要小姐臭脾气，摆架子，在她家还没过一天，恁挑刺，说话怄人，将婆婆气哭哒，轰出家门，这算哪门子媳妇。

“这些就算了，孕期闹情绪，咱们做大人，就不计较了，劝他两口子，坐月子，一定请个有经验，岁数大的去护理，偏不，瞎掰，今儿个就折腾成这样，什么板眼，害苦了秦斗，几头跑！”

老爸埋怨着儿媳的不是，积了一肚子怨气，向秦奋诉说。

秦奋不吱声。

“据我诊断，她脑筋短路了，植物人就算醒翻，也落下后遗症，一辈子都毁了，那病拖累人呀！我担心，孙子会不会踏她的代，她屋里有什么遗传病就拐哒！”秦爸关心孙子，心疼儿子。人伦之常情，无可厚非。

“大概不会。”秦奋耐着性子劝道。心底不爽，都糟成这样了，还说东戳西，再不咋地，那也是孩子他妈，就算她有错，不孝道，已遭天谴，不必再耿耿于怀啰唆了。

刚掐断电话，又接到秦斗有气无力问医讯：“你在广州，知不知哪家医院最擅长脑科？”

“哪个晓得，怎么啦？”

“主治医生说，她属突发性脑溢血，颅内瘀血，损坏神经元，摧残了部分的生理机能，召开过几次专家会诊，没良策，为不耽误病情，建议转院治疗！”

“不会吧，这么有名的医院都搞不掂？”秦奋诧异道，惴惴不安。

“主治医生系留学博士，他存善心，实话实说，这里设备有限，二十多天了，人还弄不醒，不想让咱在这儿白丢钱，人家挺关照的，特别推荐广州的南方医院，他的导师是亚洲脑科最牛的专家，拉到那儿，或许还存一线醒来的希望。”

“南方医院是部队开的。”秦奋嘟囔。

“另一床患者和凤莲病一样，一直没醒，今天打算转到广州另一家大医院，那床家属热心将地址留给我，选哪家？纠结。”

“这是大事！不可马虎。”秦奋反复推敲，性命攸关！

“我个人的观点，听医生的，靠谱些。他对病症了解，方便与导师沟通；其次，他介绍的，这么铁的关系在，他导师定会照拂弟子的面子。你要是拖到一家生疏的医院，得重新适应，需时间磨合，命悬一线，分秒必争。我的直觉，熟门熟路稳当些，部队的纪律性强，没那么多弯弯肠子。”秦奋嘱咐道，越是危机四伏的时刻，越要冷静思考，往往一着棋定输赢。

秦斗沉默一会儿，说：“那行，你在附近打听下租房，过几天转院！”

秦奋查地图，医院离他广州的家两站路远，当晚踩着碎步，实地转悠了一圈。瞧那气势恢宏的建筑，静雅的环境，增添了他的信心。

翠花也挺关心，问要不要辞工去帮忙，秦奋说不用了，别添堵，这不打他脸吗？要是秦斗主动提出来，那另当别论。以他好强的倔性格，谅不会让人见到他狼狈遭殃的光景。

秦奋心里称量过，妯娌本来不和睦，凤莲从前对待嫂子，轻视怠慢的德行，落得这般凄惨。曾经骄纵惯伺的公主，转眼成了蓬头垢面、神形俱毁的木偶，任人摆布，这是莫大的反讽。秦斗和病中的凤莲心理再强大，也万难消受的。

天空乌云密布，雨水淋漓，秦奋撑把黑色雨伞，去住院部与秦斗会面。

街边鳞次栉比的店铺，提供丧葬一站式服务。黑色相框，黑色人头像，彩色花圈，各种款式材质的骨灰坛，纸扎的别墅、豪车、女人、金锭，还有最新款的手机、山珍海味，为方便那些哀家备全套的身后事。一种悲凉的情绪雨水般淅淅沥沥地降临。

医院是中转站，每天有新生儿在这儿诞生，也有鲜活的生命从这儿逝去。生老病死，眨巴眼，一个呼噜接不上，就结了。囫囵一枚圆圈，用一生的光阴，或长或短，或直或曲，或流畅或艰涩，画完这枚句号。湿漉漉，坚硬粗糙的水泥路上，水珠在刹那间绽放，一朵朵晶莹的昙花，破碎了，四处溅散，最后殒殁于泥土。

几天不见，秦斗衰老了许多，额头的褶皱如核桃皮，一对眼晦暗浑浊，不停打着呵欠，神情萧索，胡子拉碴，背也驼了。兄弟俩都没料到，会在这地方见面，都处于遭殃进行时态。哥哥在这儿浪荡，无依无靠，为生计奔波。弟弟为避免家破人亡，被迫来这儿寻医问药。真是命运多舛，殊途同归。他的心情我能感受，我的心情，谁能体会？

“你要注意休息，不要累垮了！”秦奋亲密地拍着小弟的肩。

“嗯，欠瞌睡，还顶得住。不用在外面租房，出点儿钱寄宿在病房里，方便护理，端屎盆换尿片，隔几个钟头观察，帮她翻身按摩，叫护士换药，就近，脱不开人。”

“吃饭咋整？”

“医院有食堂，这次多亏阿友，一收到我消息就赶往珠海，陪着救护车来，住院的押金都是他垫的，临走还塞给我几万块，说这边消费高，钱不经用，先拿着使，不够他再回去凑！”秦斗红着眼哽咽道。

秦奋耳根听了，嚼着不是滋味。我何曾不想帮你？可没钱呀，被你一脚踹到广州来，几个月没收入，勒着裤腰带过活。患难见真情，咱也想播给你真情，换真情的钱哪儿来？阿友够侠义，这么豪爽的知己，一生中，一个便足矣。秦奋本想陪他上去探望下，又怕他难堪。分别时，秦奋实在捋不出头绪来安慰他，道：“要保重身体，有事立即电话！我随时都能赶来。”

“不知啥时挨到头？”秦斗摇头痛惜道。“能否醒过来，医生也没啥数，病情还没缓和，分分钟濒临死亡的危险！”几滴浊泪悄然滚下， 他扭过头，揉揉塌陷下去的眼窝，快速拭去，强忍着，没在秦奋面前哭出声。

目送他迈进医院，那无助伤感的背影，被长长的走廊渐渐吞没。耳畔萦绕着那忧郁的话，不知何时望到尽头，秦奋心如刀绞般难受。曾经俊朗昂扬的弟弟，为利益事业争强斗狠的弟弟，此时此地，如此的脆弱颓唐。

雨一直唰唰下，没片刻停歇。黑色的伞罩在头上，面前的光线愈加惨淡。不知不觉，夜幕垂临，深一脚，浅一脚，蹚着污浊的泥水行进。远方的灯次第地燃起，在雨帘的掩映下，折射出朦胧的七彩辉晕，沾着雨水的潮湿，有些恍惚和滞重，如噬人的大白鲨，在汪洋漆黑里，闪烁着贪婪的幽光。巴士站的棚檐下，站着焦急候车的人，这样的雨夜，更显得落寞。

回家，家在哪儿？钢筋水泥营建的森林里，那些鸽子笼似的洞穴，便是家吗？繁华浮躁的大千世界，哪里才能放下羁旅的疲惫和匆忙？滚滚红尘，到哪里打捞真爱？茫茫蓝海，何处停泊鱼的眼泪？

注定又是个不眠的长夜，秦斗在充斥着药味、屎尿骚臭和血腥气息的病房中盹觉。

秦奋从家附近的小店，拎来几瓶啤酒，就着几块钱的咸干花生，闷在屋里，面对苍白的墙壁，在酒里，做一条欢乐的鱼，一个人舔醉。

有的人不能醒来，有的人不愿醒来。有的人，用钱换清醒；有的人，用钱买糊涂。有钱，没钱，就这样昏沉醉了去。欲海无涯，回头是岸。鱼戏一生，逍遥自在，了了。

凤莲一天不醒，秦斗须臾不得离开，共创公司的生意只能撒手，单靠刚子去招呼。为了挽救老婆，他会将事业放任自流？就算秦奋能稳坐钓鱼台，其他股东，岂会坐视不理，让白花花的银子打水漂？

44. 坚 守

“老板，好消息，合同已经签了！你过来办下手续。”王工清早拨来喜讯。

秦奋坐公车，慢慢摇到云信专卖店。王工已开档，端坐在电脑前画图。

“这么勤快？看店还做设计。”秦奋调侃。

“反正闲着，替工厂那边修改下。”他憨厚地说。

"许总不是要招女店员？都面试几茬了，有没有敲定？那些应聘的女生成天追问我。"

"没戏，他的意思，留我在这儿，省钱。"这点倒让秦奋异外，店员都舍不得请，让王工兼任，充分利用劳动力。他在这儿孤枕冷灶的，老婆小孩，远在中山，两地分居行吗？

"将全家搬到广州来，长住算了。"秦奋提议。

"将就吧。过一天算一天！"他闪烁其词。

"说句你不爱听的话，他们想踢你走。反正你整出十多种款式，没利用价值了。教会徒弟，饿死师父！"秦奋直截了当地说，不明就里的人，会误以为他在挑拨离间。

"不会的。"王工苦笑。

这不明摆的道道？还装憨。秦奋没深入话题，终究牵涉王工的前程，他非呆子，说多了，会得罪人。

王工从抽屉里拿出张合同，上面龙飞凤舞地签了许总大名，纳着鲜红的印。秦奋浏览了一遍，内容基本没改，提成的空格填着营业额的 2%，含全部的用度，没啥赚头。何况还是生牌子，前期的拓展费很杂碎。秦奋的期待值是 5% 以上，才值得搏一下。

"你看哪些地方需补充？没的话，签了吧，咱们凑一起大干一场！"

秦奋不露声色，有些话不便对王工说透，说了也白搭，他会过滤掉，不敢向许总反映。"先和太太商量一下。"秦奋拿出太太来做挡箭牌。

王工以为他故弄玄虚，想抬高身架，用商量的语气说："嫌提成低？"

"没，做得出业绩，不消说，你们自会打赏。收成贫，再高的提成都是胡扯。"

王工急，思忖着，如能说服秦奋签约，他就能尽早打道回府了，还有一折，销售有人担当，免得自己成冤大头，不时被许总调来调去。要是秦奋业务犀利的话，生意红火起来，自己有盼头。

秦奋才不会那么嫩，凭许总的几顿酒菜，几次激情澎湃的演说，将远景描绘得如花似锦，畅谈"苟富贵，不相忘"的共同富裕规划，就轻易上钩。全是没受精的卵蛋，孵不出鸡的。

秦奋早过这级别了，想当年，他就是这般煽动股东们踊跃掏腰包，追随在自己左右，这招不新鲜了。咱垂涎真金白银的实惠，且当月兑现，对期票啥的没兴趣。

过了几天，王工又兴冲冲地催促，秦奋随便支吾几句，推说，还在做老婆的思想工作。

秦奋何尝不急切想谋份差事，不单自己经济拮据，还有凤莲的意外，那边还翘盼金钱去支援。但咱来广州图啥？单纯的打份工，还是求商机？

不走回头路，在月复一月，年复一年更迭的打工生涯中，消磨掉下半截光阴，蚀去风烛残年的斗志。如果时光倒退十年，咱会欣然接受这份美差，今非昔比，时不我待！只剩下最后一次站在跑道上的机会，要么被岁月淘汰，要么向前冲刺。

弟媳的不幸，深深刺激了秦奋拖沓的惰性，下一秒，不知会发生什么，明天不可捉摸。按部就班，得过且过，最后收获的，只有寡淡庸碌，遗憾地祭奠青春的激扬和匆匆，空余浩叹。我需要突破！主动嬗变，而非被动地承受。一个新的计划，在心底酝酿，咱们九头鸟的祖先楚王曾抒情：“一只鸟，不飞则已，一飞冲天；不鸣则已，一鸣惊人。”多么豪迈，有韧性，名副其实的鸟人！

“哥，我很困惑，想听你的意见。”铃声在深夜两点将秦奋吵醒。

“别急！”

秦斗叹息道：“凤莲一直昏迷，医生说，高龄产妇，加上血管细薄，产后导致脑血管胀裂，颅内瘀血损坏神经元，造成机体功能性障碍。”他啰唆了一通医学方面的概念，让人晕乎。通俗讲，脑出血，中风，瘫痪。

“如果不积极干涉治疗，长期卧床不醒，会引起诸多并发症，医生拟了两套方案，让我选。

“积极治疗，动手术开颅，清除压迫神经的瘀血。好处：见效快。弊端：成功率为10%。

“保守治疗，用药物逐渐疏通血管。风险低，慢，患者可能永远醒不来，沦为植物人，时间久，需终生用药，费用高。”

秦奋一怔，瞌睡也搅得没影啦，他叫秦斗慢慢地复述一遍，人命关天，不敢马虎。

“你的意思呢？”秦奋反问。

“脑子很乱，没想好。”秦斗嗫嚅道。

“她家一干亲戚，从老家赶过来看了病人，和她妈商量后，统一的意思：动手术，运气好，活过来，人不遭罪；一刀切下去，不幸走了，算解脱，她不痛苦，家人也免受拖累。这样耗着，每天花大几千，长期养下去，谁也负担不起，还得请人护理，没意义。

“她大姐还举例，说大姐夫，前年患了晚期肝癌，医生建议换肝，俩公婆都不同意，瞎糟蹋钱，有那白送医院的钱，换个心理安慰，还不如省省留给后人，免得人没治活，撂一屁股债死了，让活人遭殃。”秦斗沮丧地说，“她那边亲戚并非冷血，也担忧将我搞垮了，会向娘家人开口借钱！”

秦奋问：“那咱爸啥态度？”

“老爸的旨意和他们差不多，说就算醒来，也留下后遗症，能生活自理，就算烧高香，患者不是瘸子就废成瘫子。才35岁，还有几十年过，磨死人，医药费是个天文数字，普通老百姓都拖得倾家荡产。如果是高干，有国家报销，那勉强，她不是啥人物。哺活小的，照顾大人，这么大包袱，钱从哪儿蹦来？她家里人都同意放弃，你就顺水推舟，尽力了，娘家人不会怪你。如何是好？”秦斗左右为难，脑中一片乱麻。

一边是金钱，一边是爱人；一边是生，一边是死；一边是植物人，一边是大活人……秦斗内心茫然，纠结，如火山口咆哮的熔浆，随时可能爆炸，摧毁自己的神经。他爱她，一幕幕甜蜜的往事让他难以取舍，嗷嗷待哺的幼儿，让他顾虑重重，这么小就要失去妈妈温暖的呵护……

“我个人的观点，保守治疗！砸锅卖铁，不要轻易放弃一线希望。”经过一番思虑，秦奋依自己的人生阅历做出研判。

“哪种方法救醒，都有后遗症，都需花钱，不过半斤八两区别。动手术，无异于自戕，脑壳一刀破下去，万事大吉，后果无法估量，太冒险。何况，谁不是活一天算一天？婴儿起码能见到妈妈，变成了灰，全盘努力灰飞烟灭，小孩只能到影集中找妈妈。钱的事，走一步看一步！命比那些花花绿绿的纸重要。我挑稳健的，你权衡一下，如选保守的方法，做好长期抗战的准备！”秦奋的想法和亲友团的迥异，他认为，蝼蚁尚且偷生，活着，哪怕卑贱地苟活着，也彰显生命的顽强。只要不是绝症，就该赌一把。我们应充分尊重人的生命权利，任何人，无权替他人选择生，还是死。

“让我再考虑一下。有个实物在那儿，小孩还能见到他妈啥样！再说，我不能代替凤莲来抉择，要是选了积极的，她选保守的，岂不违她的意愿？顶苦恼，她无法表达。”秦斗情绪渐渐安宁下来。

两种观点激烈地交锋，对抗，何去何从，决定着一个女人的命运。一个人的生与死，有时捏在别人的手里。始料未及的，这位对秦奋充满歧视和怨恨的女人，此刻，她的前途等着她眼里的流氓痞子来规划。

人，站着的时候，要退后想一想，躺下去，会不会被他人主宰拨弄。无论秦斗选择哪种方案，今后的路，将横亘着险峻与沟壑。凤莲，这个不再张扬的女人，沉睡在病床上，显得那样的羸弱，可怜。她听到丈夫深情的呼唤了吗？听到幼儿寻找妈妈的号泣了吗？在她的身上，会降临奇迹吗？

45. 危 机

与云信公司的合同，秦奋终究没签，一如既往地帮忙，不领报酬，他们不提，秦奋也懒得去理，提点儿建议，对秦奋来说，举手之劳。

秦斗经过激烈的思想斗争，最后选取了保守疗法，他因此付出了巨大的代价。

每天伏在交费窗口，揣着一长串药费单，将昨天的付清，不能须臾延迟，否则，护士会面无表情地停药。医院这样貌似“绝情”的手段，可以理解。治疗心脑血管的药，基本上从国外进口，都有专利保护，价格昂贵，国内尚没代用品。一匝匝人民币，源源不断地兑成了药水，一点一滴融入凤莲的血液里，她无声无息地横在那儿。秦斗卡上的数字变瘦了，如枯水期的河床，渐趋干涸。

“姨夫，给金达公司做货，要买五吨料，大约六万多元。财务说账上钱不够。”刚子向秦斗请款。

“先买两吨做了再说，再向唐果预支一半加工款。”秦斗疾步闪到室外，对着手机哑着嗓子指示。

半小时后，刚子又心急火燎地报告：“要交厂租水电费，房东过来几次，一脸冰霜，说迟了三个月，我陪了一箩筐好话，他临走时，甩下狠话，说再不交，就拉闸停电！”

“知道了。”

“老板，工人消极怠工，私下议论工资，闹情绪，说两个月都没发了，天天不见老板，是不是卷款溜了。两名辞工的讨工资，和刚子扯皮推搡，110 来了！”华仔鬼鬼祟祟地向秦斗通风报信。

工资拖个把月，对于麻雀小厂来说，不算稀奇，但拖得太久，会影响士气。老婆没出事时，秦斗会将这块资金预留，钉在账上雷打不动。不知不觉，都挪到医药费了。他冥思苦想，到哪儿去调资金来周转？客户的加工款没到期。对了，还有吉祥公司的销货款，先向经销商结些应急，暂不补货，发些库存货支应场面，又可凑个几万。

秦斗吩咐刚子去收款，将工资的事平息。

“你是秦斗本人吗？我是银行信贷部的，你在我行贷款，两期本息总计两万元未存，会影响你的信用……”秦斗嗡地头胀大，忙得团团转，这事咋就忘了。不按时还款，隔三岔五，会接到不明身份的索款电话，烦死人，让人领教他们高度的敬业精神。原来，上次购机器，他将住房抵押，贷了近百万。秦斗一直保密，连他太太都没透露。

秦斗在医院中遥控共创公司的运作，调动和回笼资金，忙得焦头烂额。凤莲住院一个多月了，几十万填进这个窟窿，似无底洞，还在不停地吸血。资金链越绷越紧，到了捉襟见肘的窘况，如没新的来源，工厂的运作岌岌可危。他唯有麻木地硬撑着，不去想后果，奢望奇迹乍现，吊在悬崖绝壁上，一步步攀缘偷生吧。

魏贤坐不住了，急吼吼地问秦奋：“工厂撒手不管，他老婆又病恹恹，天天陷在广州，要不将股东拢起来议一议？”

“行呀，四个都到齐难啊。”

“再这样放任下去，工厂不黄？”魏贤不甘心。

“理解，他家遭殃了，须臾离不开，要不都来广州汇合？”秦奋提议。

“我上班不方便，等他回来谈吧！”魏贤谋得远，防微杜渐，担心他将公司的钱挪给老婆瞧病，这也罢了，如果以公司的名义向外借一屁股债，到时要股东们分摊，那就坏了。为了救命，逼急了，难料。

秦斗一贯大权独揽，如今分身乏术，难道缺席审判？剥夺他总经理职务，似乎不妥。当初草创公司时，没估到这点，大股东如不能正常履职，该咋办？为了公司的利益，断然这么做，有点儿乘人之危的嫌疑，置若罔闻不作为，也不行。

以静制动，时间自会孵出个结果，总有一方妥协投降。秦奋决定采取守势，伺机而动。

股东俨然分成两派，一方是秦斗，苦苦挣扎维持生意，拯救小家庭；一方是魏贤和吴志，心生疑窦，担心个人利益被侵吞。秦奋属骑墙派，是两边都积极争取的对象，香饽饽。

魏贤不敢轻举妄动，他多少忌讳，那是俩亲兄弟。如果联袂起来，他丧失话语权。生意场上，利益定乾坤。秦斗置此内忧外患的谷底，会采取啥动作来扭转？

“和你商量件事。”秦斗谦逊地说。

秦奋心里咯噔一沉，又商量啥事？八九不离十是添麻烦，好事他不会找我。

“魏贤上次嚷着开会，请你出面约他们。”

“你定时间，我从广州回一趟，不就得了？”秦奋好奇地反问，这点芝麻粒的事，还需要咱去张罗，真是，又揣着啥花花肠子。

“是这么回事，现在金达公司的订单井喷，需要先垫料，公司资金周转不活泛，我想请你主持一下，股东们融资，多少随意。万一大伙不乐意，就当公司向私人暂借。”原来他打起股东的算盘，难怪言语羞羞答答。

“行呀，你和他俩通个气，我绝对支持。”秦奋觉得这事简单，根本不用劳烦自己，有钱出钱，没钱使力，大伙的生意，齐心协力划桨共渡。

“不行呀，前几天，我请他俩到家里坐，磨叽了几个钟头，没个爽快表态。”原来秦斗尝试过，那俩厮反应冷淡温暾。这也难怪，平时，风光得意时不甩人家，视股东为冤大头，晾在一边，对他们的提议和关切不理睬，一意孤行；如今遇到坎，才猴急地找拐杖杵一下，换成谁，都吃不消这一壶，都是什么人呀，谁好糊弄？

秦奋本不想蹚这浑水，股东都做看客，让秦斗一个人唱独角戏，表演下去。他尚存的星点良善鞭挞着内心，既然秦斗意识到错了，似乎悔过，咱能袖手旁观？如此绝情寡义，岂不太冷酷？包容，从何体现包容和大度？再说，咱是他亲哥，咱不出面斡旋，过意不去！不是咱的风格。

费尽口水，两个家伙愣是不愿赴会，唯恐是鸿门宴。秦奋只好使出撒手锏来捅他们："我专程从广州来回，费用几百，耽搁一天，图个啥？不想眼睁睁看着大家辛苦开的工厂倒闭！有难了，一起使劲，坎就跨过去，都不管，行！"秦奋故意将语速放慢，抑扬顿挫地说，"停产了，半搭子产品没人要，伤信用姑且不说，将固定资产当破铜烂铁贱卖，遣散工人，再将拖欠的水电房租一交，最后能剩几个硬币？还指望分点儿残屑，扯淡。搞败了，资不抵债，各位反要倒贴！那更惨。"

听秦奋一番冷热游说，两个人顿感问题的复杂性，勉强同意出席会议。

股东们的思想做通了，秦奋不会就此罢休，得修理秦斗，让他收敛点儿。不能随他的性子糊弄下去，必须将共创公司的管理，拽到正确的轨道上。

"人，我是请到了，能否收到成效，你自个儿琢磨。我有两个条件摆下，不同意的话，我不去！"秦奋这招恁绝，先向他表明，自己有本事将股东邀到一块，但你得说服我去，拿出东西，双方交换。我不回中山，这高峰会也泡汤，秦斗的融资计划，便成纸上谈兵。

逼秦斗就范，就得用狠招，下猛药。遥想去年，以他为首的恶分子，率领两名"不明真相"的一起逼宫，将寡人发配到广州，那多可恨可气。现在，求我回来，主持大局，行，得铺排红地毯迎接，乖乖听本座的指示。

秦奋不喜欢要挟别人，更中意等价交换。对于硬骨头，从容地啃一啃，有滋味吸吮出骨髓来。这样做，是不是有点儿反扑的意思，报复雪耻的心理？

"你提啥条件？"秦斗被收拾得服帖，工厂等米下锅，他没其他的选项，只有服软。秦奋拿捏其弱点，工厂一旦停产，秦斗将立即破产，债主盈门。更要命的，没了"印钞机"，那些高昂的治疗费，从何筹措？

"账目要公开，透明，实行收支两条线。另外，亲戚不许进管理层，不能干涉公司事务，调皮捣蛋的亲戚，立即清退。"秦奋的要求并不苛刻，站在公司利益的高度上，重新洗牌，让公司从家族式粗放管理模式，进化到职业经理人的制度化管理。

秦斗很干脆地应承，是他佯装的缓兵之计，还是正儿八经要择善从流？

46. 求 助

翠微村的洪湖酒楼，秦斗最先到，魏贤姗姗来迟。刚一落座，秦奋坏笑道：“你不会又胀饱了吧？”

还真让他猜中。“食堂的工作餐，不吃白不吃，反正免费的。”魏贤惬意地打着饱嗝。

秦奋梳理下记忆，惊讶地发现，和他认识十多年，魏贤抠门从未请过客，妈的，真是悭到家，秦奋暗地嗔骂。极品，不让他主理账簿，那真是屈才浪费了。

秦奋吆他们点菜，个个客气地推搪，光荣的任务又落在咱头上，按目前的形势分析，这顿归咱埋单无疑。秦斗不用说了，苦主一枚；魏贤吃饱了，这个小气鬼！吴志别提了，响应号召，从三乡赶来，到咱的地头，好意思让他做东？公司报销，不可能，正闹穷。不行，咱大老远跑回来，为公事操劳，还自掏腰包，不划算，这次得逼魏贤出血，秦奋坏坏地打起歪主意。

秦奋随意将菜谱翻了遍，递给魏贤，嘻嘻哈哈地说：“每次都我点菜，今天魏总做主！”秦奋向候在一旁的女服务员使了下眼色，她知趣地靠过去。

“我不会点菜。”

“这次你不能推辞，一定要当回家，靓妹都等不耐烦啦！”秦奋怂恿道。

吴志随声附和：“就你点算了，推来搡去干吗！”

秦斗满脸倦怠，萎靡地缩在角落里，一声不吭地抽闷烟。换成以前，他早潇洒地大手一挥，牛哄哄地说：“我来！”那时，他口袋里的钱都溢出来了。男人，也经不起折磨。

魏贤将菜谱从第一页掀到最后一页，又从最后一页，掀回第一页，视线在最便宜的那页上流连，算计着每道菜的贵贱，斟酌了一根烟的工夫，怯怯地说：“凉拌土豆丝，熘白菜，水煮苔菜，韭黄炒蛋，辣椒烩藕片，四个人，五道菜，够了！”

“要不斩只野鸭？来个椒盐洪湖虾，卤水拼盘下酒？”靓妹露出轻蔑的神色，不屑地瞟魏贤一眼，卖力推荐。

“不用，不够再点。”魏贤扬手，仿佛被人窥到隐私，话里透出气恼。

靓妹嘟起小嘴，拾掇起菜谱，气呼呼扭头便走。

“上五瓶啤酒。”秦奋赶紧补充。

“先上三只瓶吧，我不喝！”魏贤打断秦奋的话。砰，包厢的门被愤怒地关上。全是素菜，吃斋！秦奋心里严重不爽。

咬着白菜帮子，用筷子拈起一根黄灿灿的土豆丝，秦奋生起无限惆怅。

“多吃蔬菜好，保健，大鱼大肉都吃腻了！”魏贤夹起一块藕片，叼进嘴里，陶醉地嚼着，白色的汁从嘴缝渗出来。狗屁，难怪魏贤这小厮长得瘦猴似的，藏在家里，天天尽吃素，还大鱼大肉吃腻了，常常借着人家请客来蹭饭。

秦斗点头拥护，这小子一上席就装孙子。吴志皱着眉头，举起筷子夹花生米，哎哟，哼了一声，厌嫌地放下筷子，光喝酒。

秦奋将融资的意思复述一遍，厘清利害关系。泥塑般蹲坐在那儿，等着他们念经。

“吴志先说吧！”魏贤撺掇旁边的吴志。

“上回，我们三个就议过，我的意思，按各人所占比例摊这个钱，当作公司向私人借款。齐心协力，都不愿公司塌，既然有缘合作，就不要把股东当外人。”

魏贤说：“这钱几时还咧？”

秦斗想了想说：“最迟两个月。”

“集资多少？”秦奋漫不经心地问。

“弄个十万吧！”秦斗轻声细语地说，生怕吓到大家。他报这个数，经过深思熟虑。报高了，股东一时半会儿挤不出来，就算有，也不愿割肉出血；报低了，股东会起疑心，这点儿小钱搞得恁隆重，有诈，再说，钱太少，杯水车薪，顶个屁用，不济事。

“我准备三万，凑一下，问题不大。”魏贤长吁短叹。

“我出一万！要请示家中掌柜的。”吴志属妻管严，老婆是他领导。

唯独秦奋没正式表态，他愿承担多少数额，这体现他的精明，因为他根本就没打算掏钱。

为了强化他们当家做主的意识，更踊跃地将钱献出来，秦奋脸色凝重地强调：“从今以后，账目由魏总管，会计对他负责，这几天，秦斗移交。不能再像以前那样煮糨糊！”

“好。”秦斗像公鸡啄米，点头哈腰，一副谀相。秦奋貌似批评他，实则在帮他说话开脱，给那两位一粒定心丸吃。这样安排该放心了吧，财权由魏贤掌管，将秦斗套上缰绳约束，一门心思地替全体股东耕作。

魏贤还在揪心，考虑得精细：“要是这笔钱还不上，咋办？”

“是呀，怎么没想到？”吴志像应声虫。

“这个嘛……”秦斗拘谨地搔了搔头皮，没料到魏贤会杀回马枪，脸上的肌肉抽搐了两下，很快调整情绪，正襟地说：“一定能还上，我私人已垫了近百万！万一公司还不上，就当我个人借的，打包票！”

秦斗涨红了脸，微微抖着手，从烟盒中抽出根烟，拨动打火机，只有火星射出来，不着火，他又气又急。突然，“嘭”的一声闷响，蛇芯子般的焰舌喷出来，蹿得老高，吱吱跳跃，差点舔着眉毛。夹烟的手哆嗦了几下，他大口地吸，一团醇厚的烟气钻进喉咙，从鼻孔冲出来，将他的慌乱、紧张，遮掩包裹起来。

弥漫的烟雾，在空气中缓缓稀释开，散淡去。

那桌菜没扒几筷子，安分地趴在盘里。秦奋光顾喝酒嚼花生米，构思着，如何叫魏贤埋单。

“这还成。”吴志慵懒地点头。

“你们几时将钱递过来？”秦斗见火候已到，急不可耐地问。他最挂念的，就是这点鱼食。前面铺垫了半晌，大伙侃得天花乱坠，着眼点，还不是银两，几时从你的口袋迁徙到我的口袋！

“就这几天！”吴志模棱两可地说，他要打通老婆的关节。

“钱先汇到我这儿，按实际开销转给你。”魏贤想得真周详，恨不得立马上任，展露一下权力。

秦斗憋着不便发作，煞白的脸一沉，姹紫嫣红，真他娘的会算计，钱袋子都让你捏着，你不成奶妈了？啜口奶，都要找你撒娇申请，我还做牛屎的大股东，傻呀！

“行是行，你在台湾佬那儿上班，临时用度，唐突去找你，会影响你吗？”秦斗拐起弯来顶嘴。

酒桌上，骤然令人窒息地静下来。各方在无声地博弈，用沉默来抗争，在静中权衡利弊得失，谈话陷入僵局。

魏贤妄图将财政大权包揽，但他非大股东，现金全让他控住，公司变味了。谁能调动现金，谁是老大，现金为王。显然，这只手有点儿捞过界了，此君窝藏的野心，可见一斑。秦奋的主张不过是魏贤管账，督查收支，岂能把董事长的茅坑也霸住。

“先给你，你再转他，还不如干脆点儿聘个出纳，你将账理顺吧！”秦奋从中解套。他必须站出来敲定它，各人使性子，争来斗去，没完没了，这餐酒就白喝了。魏贤想再固执，就露馅了。不如就着台阶下，便没反对。一场风波平息，秦斗恢复元气。

“钱能否三天交齐？十万火急，等米下锅！”秦斗请求道。

“尽量，可以走了吧！”吴志掏出纸巾抹嘴，他吃得不爽。

秦奋睃了一眼那三个家伙，左顾右盼，没埋单的迹象，大事不妙，得先行一步。他装着内急站起身，拐进厕所，嘘泡尿，清空内存。暗想，先藏在这儿，盘桓一会儿，然后慢慢踱到大门口，三个活宝不埋单才怪！好好地整蛊一下他们，报仇雪恨，以前，不总说我应酬费多吗？这次，让这些蹭惯了的吃货们，肉疼一回。

咦，那三条壮士围在总台旁踯躅，秦奋折返一问，丢人，秦斗说，我钱夹子瘪的。吴志说，就剩二十块的公交车费。魏贤这兔崽子更绝，钱包空空的，就插一张卡。都尴尬地钉在那儿，面面相觑。

秦奋一见这股酸样，真熊包，来气了，晃到魏贤面前，嗔怪道：“魏老板，这回算你请客，找柜员机取钱来埋单！”

魏贤灰溜溜地疾跑出去，吴志望着他滑稽的表情，痴痴地讪笑，嗫嚅道：“谁点菜谁埋单！”

集资款能按部就班到账吗？区区几万元，能解秦斗的燃眉之急？

47. 撤 股

过了三天，还没动静，几方在拉锯。秦斗实在没辙，不得不先缴械，将财务报表送给魏贤。

第二天，秦斗卡上的数字涨了一万，那是吴志收到情报转的。

又到周末，魏贤陪着秦斗上银行，经柜员机划了三万。心密的魏贤叫秦斗在凭据反面打个借条，秦斗斟酌一番写道：收到魏贤支付的三万元。并签上名。

当时，秦斗精明地留了后路，没注明是私人借款，将用途有意省掉。事后，这张小纸片作为呈堂的证物，双方各执一词，成了辩护的焦点。魏贤和秦斗交锋嫩了点儿，站在魏贤的角度分析，这种做法，显然居心叵测。

秦斗问：“你的集资款，不会放我鸽子吧？”

秦奋坏笑地反诘：“你说呢？”

真不知好歹，秦斗这一伎俩，瞒得了其他人，蒙不到秦奋。他正闹饥荒，即便有闲钱，也没打算借，肉包子打狗有去无回。他疑秦斗的动机不纯，将账本交出来，不过权宜之计，但秦奋没点破，期冀秦斗能改弦易辙。

另外，秦奋酝酿着退股，自从凤莲出事，秦奋对他的信心彻底泯灭。为了太太，不惜付出任何代价，这份凄美的真爱让人感动。但这种无畏的执着，需要金装，得钱捧。放在事业方面，是非常可怕的能量，是蕴藏巨大风险的豪赌。

创业，守业，不仅需拥有冒险的精神，更要兼顾稳健，灵活，理性。不顾后果的执拗，易大起大落，不牢靠。直白点儿讲，今天，他为爱人不择手段，放弃所有地搏；明天，可为其他的事，将筹码全部押上。以秦斗的强势风格，与我不温不火的性情，两者格格不入，没交集和互补。继续搭伙，我们之间终将引爆一场惨烈的对决。与其事业做大了，兄弟反目成仇，还不如将冲突夭折在摇篮里。分开后，还是亲人。还有，我蛰伏一年，正在发掘新的突破口，不能将自己的前途别在别人的裤腰带上。

“等魏贤将账核对完毕再说。”秦奋反将他的军，那个账，没几个月是理不出头绪的，或永远是笔糊涂账。

秦奋被逼无奈，也学会了玩虚的。貌似将他俩涮了，其实在为股东们争权益。再说，他俩这么急着转款，也没和咱商量，咱也没强迫他们。咱萌生去意，与各位不再有瓜葛，没必要再借款给公司了。

秦斗还不死心，接连催了几次，还鼓动魏贤来讨。这让秦奋很恼火，开会时不是提过，有钱的多借，没钱的可少借，手头紧的，通融一下，缓些时间，不要勉强。你们做出表率，没理由硬押着老子跟进！鄙视秦斗这种过河拆桥的做派，咱帮你渡过难关，调动股东们融资的积极性，屠刀这么快就向咱挥舞过来？

秦奋被惹烦，向他们摊牌：“从今天开始，我申请退股。”他不陪这伙人玩了，钩心斗角，相互倾轧。如咱撤出，对那三人来说，是件好事。三足鼎立，三点构成个平面，一张桌子，四条柱子，不那么容易搁稳。再者，亲兄弟俩，外人多少会顾虑，无形中，按血缘，分成两大派系，就算俩兄弟的理念水火不容，但关起门来，终究一家人，他们多少会隐忧，公司到时会不会姓“秦”？

让人大惑不解，那两个伙计都极力挽留秦奋，理由蛮充分的。

魏贤滥情地说：“公司由你牵头，鼓动大家建起来，你是发起人，别扔下不管！有啥事，好商量嘛。”

吴志蔫蔫地说：“老秦呀，说实话，本来不熟你弟，你撮合的，连你都撂挑子，那我们做，还有啥意思？是不是有更好的发财路子！”

秦奋听着有点儿感伤，生离死别似的。往往到了分手时才醒悟，原来常被忽视的平凡才珍贵。人，生得贱！

秦斗装憨没表态。秦奋主动走人，对他来说，是做大扫除的机会。少个股东，少个碍手碍脚说闲话的，他早揣着扩张实力的打算。等股东自个儿提出来，省得费神，费周折去打发。

秦奋抗压能力有限，遇到实沉的挫折，眺望不到几年后的光景，便会知难而退，放弃了事；要不，歇一会儿，蜷缩在洞里冬眠。

借此东风，秦斗会端出一盘怎样的遣送方案？

秦斗吞吞吐吐地说：“你的原始股，两年内支付清。你觉得行吗？”他眼神游离，一脸晦色。

“这怎么行？”秦奋激动起来，如被黄蜂蜇了一下。两年不用花一分钱的代价，便将我架空遣送掉，到时还不上，公司资不抵债了，他两眼一翻白，双手一摊，我那份雪花银，向谁哼？秦斗的意图太露骨，哄幼稚园的小朋友，也得掏几粒糖晃下。

“你不用担心，我会还钱，就算亏本，其他人的不好说，你是我哥，卖楼也会付！”他一副愁苦的㞞样，打亲情牌。

“不是不帮你，你接手，多少打发点儿吧，再说，我俩公婆，没生活来源，等米下锅。”秦奋毫不掩饰自己的想法，希望他能体谅自己的难处。既然对这里已绝望，该放手，就松手，做个彻底的切割，不愿再被芜杂的纷扰羁绊。

“资金确实欠缺，能否迟缓下，等我喘过这口气？”

他似乎怪秦奋任性，不通融，在他举步维艰时，不伸出援手，反倒步步紧逼。这种语气，让人听了极不舒服。

秦奋心想：“哪家公司不差钱？谁的资金不紧绷？哪个老板不拆东墙补西墙？腾挪别人的资金周转做大做强，借移他人的钱，孵出金蛋来，便叫成功。用这招来搪塞咱，没门儿！”秦奋懒得挑明这些商场上的潜规则，生气地道：“不能收点儿加工款？”

“能收的早收了，你不帮我，我找谁？”秦斗皱着眉，一脸苦瓜相。

“可以找阿友借呀，到时多付点儿利息不就得啦？我急需这笔钱！岁数大，成了剩男，找不到合适的差事，吃饭都悬，你也发慈悲，可怜可怜我吧！”秦奋也扮委屈。

如果秦斗诚意收购，这是个绝佳的契机。

一是秦奋主动提出来。其二，公司正闹得不可开交，可趁机排除一名异己，将共创的公司所有权逐步收入囊中，正中下怀。

秦斗何不爽快点儿？仅靠一纸期票，换取秦奋殚精竭虑建起的公司，这般如意算盘，只有秦斗才会拨。但从他为难的情绪中，秦奋嗅到了腥气。

“我不为难你，其他股东有没有意向买？”再和他白费口舌，秦奋是在浪费表情，秦斗的调门定了。

“魏贤想要，一时买不起。他老婆过几个月要生了，钱比我还紧张！吴志排除掉，他也就是甩点儿钱进来好玩。”按秦斗的讲法，秦奋别无选择，没其他套现的路子。

如果将钱继续搁在那儿，让秦斗这样瞎折腾，结局有两种：公司捂大了，以他的霸道，秦奋那点儿股份，依旧躺在那儿冬眠；搞黄了，那点儿血汗钱败得无影无踪，彻底蒸发。秦奋均得不偿失，毫无意义。现在秦奋想脱离，一个个都装孙子，想要，没钱。

秦斗看透秦奋的心理，瞅准秦奋的尴尬处境，在其最脆弱的时刻和部位拿捏住。但他万万未料到，当一个人孤注一掷时，会做出惊骇的举动。人，遭到挤压，也会从固态变成更加灵活的液态。

“你考虑一下吧！”分别时，秦斗撂下句不咸不淡的话。

秦奋当然不会让自己的钱陪别人睡觉，主人只捞顶好看的绿帽子戴。既然你们不仁，别怪咱以后还手时狠。你们不变，那咱得变。秦奋讨厌坐以待毙，蓄谋着主动出击，围剿！不能让自己的钞票和心血成为陪葬品。先潜伏下来，静静地等待那个喷发的瞬间。

秦奋会采取什么措施来扭转乾坤呢？

48. 醒 悟

秦奋将秦斗的意思转述给翠花，她跺脚，切齿地驳斥：“说得动听！你弟没安啥善心，吞并你那块，吃鱼连渣都不吐，贪得很！别做梦，当别人都傻子。”翠花心直口快，不像秦奋尚顾及兄弟情谊，说得婉转。

“那咋办？放任他这样做下去，公司迟早不是垮掉，就会转移财产，换成他私人的！”秦奋忧虑道。

“他想得美！当初建厂时，他不闻不问，搁点儿钱就蛮了不起，你将它搞起来，一脚将你踢开，我们不想和他搅和，他一分钱都不退，打发叫花子，都要施舍半碗残饭，你对他明讲，打白条，不可能！要么，分批地付清，要么，咱们反收购！”

秦奋怀疑自己听错了，复问了一遍，小女子竟有如此魄力，令他侧目。

“他能做，咱也能干，不就钱吗，有什么了不得？就他钱多，嘚瑟！”翠花激扬地说。

“可咱们没钱呀？”秦奋试探地问，难道她能筹到资金，还是攒有私房钱。

“你缺钱，说给谁信！随便卖套房，都黑死他，反正物业多，少套无所谓，我交给你去搏一把，成了，安逸了，搞砸了，你也本分了，只当赌博输了，咱们奋斗过，一辈子都不后悔！”

“不行，卖房子做生意，坚决不行！”秦奋连连摇头，在他的词典中，没有“卖楼”这两个字。

啥状况才售固定资产？一是家人等钱救命，用钱换命；另外，炒买炒卖，牟取高额暴利。不到万不得已，秦奋绝不会将房产套现。他对房产的概念是：购进，再购进，如集邮，长期持有收租。翠花盯着房子，在秦奋眼底，是个馊主意，但除了这个途径，还有其他的办法来钱？

“你不要激动，晓得说了，你会恼火，但你想哈，咱们没本钱，死守几套房，啃点儿租金，有啥出息？靠打工能重新爬起来？你过几年就40岁，谋职，能竞争过二十来岁的年轻人？不做生意，咱们死到广州来做什么？就像朋友笑话的，你俩公婆，捧着金饭碗到处讨饭，何必呢？天天对人说没钱，人家反诘，那些房子不是钱堆的？一句话顶回去，噎得人够呛。”

翠花讲得头头是道，却丝毫打动不了秦奋。她的开明，让人敬佩，关键时候，女人的感性比男人的理智更有用。这个女人不简单，小学未毕业，看问题一针见血，指明了一个突围的方向。她如此变通大度，让秦奋省却了后顾之忧。起码意味着，备胎有了。

对于秦斗，秦奋并不想取而代之，只要他将公司盘活，谁当家都一码事。天底下那么多的生意值得做，何必在一棵树上吊死？再说，兄弟俩内讧，闹得不愉快，家中的老人家跟着操心，不得安宁，跟着遭殃，这是大不孝。

翠花寥寥几句话，醍醐灌顶，秦奋开始正儿八经地思索起来，如何将家庭资产盘活，不再盲目地指望打工。时不我待，定好位，不能做无谓的苦力，要充分调动优势资源去巧干，而非埋头苦干。

过了几天，业主催秦奋交四个月的厂租，他忙不迭地解释，工厂交给秦斗在做，可直接向他收。

业主撒怨气：“说过几遍了，全当耳旁风，租赁合同是你签的呀。”这一提醒，让秦奋一激灵，这事倒忘了，坏事都推卸到咱这边来。

又去了几天，金达公司的唐果催货：“秦奋呀，你弟怎么搞的，我下那么多单，他都不按时交货，影响我们出货柜呀，打他电话又不接，急呀，你对他讲讲，还要不要做嘛！”

秦奋连忙递好话，安抚情绪，做加工，客户是老大，得罪不起。这个理，秦斗不会拎不清，可他为何怠慢？

“他那边要先垫料钱，结款又拖拉，只能缓一缓，晾晾他咯。”面对秦奋的疑问，秦斗答得挺轻松，但不接电话，是极不礼貌的，做生意，有事摊开讲，岂能当鸵鸟逃避问题？秦斗的做派让秦奋愈发迷惑。作为旁观者，这些关系户纷纷舍近求远，主动和退休的秦奋沟通，这里暗藏危机，秦斗看不懂，还是不想看？

晚上，秦奋躺在床上辗转反侧，瞪着一双眼睛，在黑夜的潭水里炯炯闪烁。旷野上游荡的野狼，打量着苍茫大地，仰首引颈向那一轮明月狂吠。但秦奋无法狂吠，只能用视线穿过这黑暗，回溯到忘川之水，过去的一些经历浮现在眼前，让他久久无法平静。

曾经是一无所有的光棍，独自盲流来到南方。寒冬腊月，冷风呼啸时，睡过荒野上四壁凉快的工棚、垃圾没膝的废弃的烂厂房、可晚上卧着赏星星的宽敞的立交桥桥洞。

一天只吃五角钱的零食充饥，渴了灌自来水。好不容易进了厂当了名光荣的“外来工”，受到资本家的小器重，将微薄的工资寄给老家眼巴巴翘盼的爹娘，换来内心一丝出人头地的荣耀感。

每天像头吭哧的驴，卑微地拉磨，磨成了生产线上的一枚冷漠运转的螺丝。盼望着下班的铃声响起来；盼望着星期天早点儿挨近；盼望着发薪水的日子那个信封厚起来；盼望着过年的火车票买得到；盼望着第一桶金的到来……在盼望中，咱老了，父母亲年迈了，盼望也老了。总觉得还没混出啥名堂，未飞黄腾达，未能衣锦还乡。到底得到了什么？失去了什么？

理想似乎在褪色、发黄、减肥。眼里除了钱还是钱，为了生活而生活。戴着枷锁和面具挣扎着舞蹈，像名小丑，如同殉道者，滑稽而悲怆，既是演员，又是最忠实的观众。

活着，就这样活着，一秒，一时，一天，一年，在时光的流逝中，像花一样怒放，憔悴，蔫谢。是条鱼，在茫茫人海里，游弋沉浮。有何意义？为活着而活着，为明天而活着？为亲人而活着？为可能的大富大贵的那一天绽放自己而活着？

每天，是杯白开水，无聊，却总涩涩的，让人压抑，不得舒展。与其这般平淡下去，碌碌无为，还不如整点儿动静出来，找点儿乐子，做点儿自己想做的事来打发光阴。这也许称作事业吧，将剩下的时间铺平，展开，最后那一截姑且先剪掉，70岁之后，夕阳再红，人也倦得直打哈欠。20岁之前，懵懵懂懂，美好和可爱都截留在记忆中、相片里、视频中，不情不愿又可忽略不计了。中间这一段，50年的黄金时代，捣弄些什么吧！刨去一半时间在打呼噜困觉，就只剩25年的净日子。掐指一算，能干番大小事业的时间还真紧张呢。算来算去，不知不觉睡过去了。想明白也好，不明白也罢，日子弹指又过去一天。

第二天起床， 秦奋因失眠头昏脑涨，仿佛一夜悟道，打翠花的电话道：“听你的，卖一套房，整点儿活钱，找个项目干一票！”

“听我的准没错，我永远支持你！咱又不怕没屋住。”翠花高兴地说。

有的人，走不出困境，完全被钱所束缚。不要将钱太当回事，不过一种产蛋的工具。纠缠在金钱编成的樊笼里，甘做单纯的守财奴，捆住自由的思维，湮没了前途。已经拥有的，不愿意放弃，不舍得放下，还想攫取更多更好，两只手，哪里抓得下？先空，才能有，空，即是有；有，即是空。值得思量的哲理！

49. 较 劲

“老板，咱们的集资款都交齐了，你的几时到位？”魏贤怯生生地问。

他不提，秦奋还忘了这码事。秦奋估计，公司的资金又到了青黄不接的窘况。

秦斗不好意思向他哥催，怂恿魏贤给秦奋敲边鼓，秦斗不说出去，魏贤咋清楚其中的底细？

秦奋心想，一个个没安啥好心，明知咱经济危机，还要往脖子上套根绳子，往死里勒紧。但嘴上说："知道了，有钱就汇过去，你将账核对得怎样？"秦奋才没这么憨，明知前面挖着火坑，还愣朝里跳。公司经营没透明化之前，再多的钱也填不平那个窟窿。

"单据不齐，我大致算了一遍，亏了！唉！"魏贤叹息。他有心理顺财务，可惜，秦斗根本不配合，阳奉阴违地敷衍，魏贤心里颇不是滋味，空怀满腔热忱，却贴到人家的冷屁股。他也无可奈何，以秦斗的固执，没人能说服他主动交权。谁愿意将经济命脉拱手禅让？

听到魏贤灰心丧气的话，秦奋更坚定了自己的想法，秦斗一手遮天，根本没诚意作改变，还在做扯皮影戏的演出。咱这笔款，无论如何也不能给。

果然没多久，秦斗亲自上阵，追问："哥，上次开会说好的，股东们的集资款都到账了，就差你的！你可不能赖呀！"

秦奋冷笑道："钱不会少一分，你们先将账理清了，立马兑现。"秦奋预设一个前提条件，将他一军。

"这个嘛，我在安排。"秦斗结结巴巴地说，他会将家底全盘抖晒出来？这比剐他的肉还要难受。财务那块，越混沌，水愈肥，越好养鱼。

秦奋回到珠海，开始不露声色地卖楼，将这消息作为最高的机密，守口如瓶。秦奋想，如果秦斗知道咱马上有一笔现款，势必发动亲友和长辈来借，那时，就会陷于难堪的境地。不借吧，是兄弟，股东，亲戚，他们犯难，你见死不救？哪还有一丝人性。借吧，咱在广州如何踢开场面？那卖楼不是白忙活了。

凤莲终于清醒了过来，但需长期服药维持，腿脚不利索，落下癫痫的后遗症。

出院那天，魏贤专程赶过去，送上水果篮略表恭贺，如赛场上，向得胜方献媚的啦啦队员，抑制不住看客的心理，又为修补良心的不安。

秦斗脸上如涂了水泥灰浆，板结着忧戚，将他拉到拐角的僻静处，锁着眉低声说："兄弟，有没有带钱？办出院手续还差三千。"

魏贤身体一紧，本能地摇摇头，怜悯地斜了秦斗一眼，又无奈地点点头，拍了拍他肩膀，感叹地说："不简单，受苦了，痊愈了，比啥都强。"说完，直奔柜员机，紧紧攥着一沓钞票，大热天哆嗦着手，递给秦斗。

凤莲生病这么久，魏贤一直回避这个话题，从未关心过，为何这天突然冒出来，热心肠地去看望？这让秦斗纳闷，更惊喜的是，能从他那儿诓点儿钱解燃眉之急，真是老天眷顾。否则，迟一天，占个床位又白白塞大几百。

魏贤平日里省吃俭用，上超市，尽买不新鲜的特价菜，一分钱恨不得掰成两半使，居然舍得花两百多元的伙食费，去慰问与己毫无瓜葛的病人，他自有盘算。

人患病，生理心理最脆弱，一点点小恩小惠的关怀，比平时殷勤地嘘寒问暖更令人感念。选这个时机，成本最低。初患病阶段，如果不识时务地莽撞过去，碰上苦主张嘴向他借手术费，那可不是小数目。何必主动去撞霉头呢？还有，他想探个虚实，康复的成效到底如何，会不会成植物人？那可是花钱的主，公司再兴隆，也不够她花销。真那么悲催，他还不如趁早撤，一了百了，赔不起。

秦斗挎着圆碌碌的包袱，搀扶着一瘸一拐的凤莲 ，从病房挪出脚步。

凤莲头发蓬松杂乱，面色煞白，如日本舞伎那张抹石膏粉的画皮，由于药物的副作用，脸上浮肿，精神恍惚。右胳膊瘫软，手指鸡爪般瘦长，关节暴突。秦斗用手费劲地悬空托住，不让它垂下，怕它从肩膀滑掉。右腿一半麻痹，前后左右晃荡着，在地上缓慢艰难地拖行，小心地避让着障碍物。

迎面四个人急匆匆地推着急救担架擦身驶过，一名口鼻歪斜，面容扭曲狰狞的病人横在上面，抽搐着躯体。秦斗赶紧让路，一阵酸楚泛起来，模糊了视线。两个月前，他和凤莲就这样，生死一线之隔。医院里，天天上演着凄惨的悲剧，有的人侥幸活下来，却已是面目全非，苟延残喘于人世间，继续顽强地抗争，这是怎样的悲哀。生命之脆弱，如风中之烛，哪经得起摇动。

阳光白晃晃，凤莲的眼眯成一条缝，深深地吸了几口久违的新鲜空气，心底触摸到它的甜。从那里——地狱、天堂和人间，只隔一层脆玻璃的医院，能笔直地踏出来，实属不易，她深情而怅惘地望着秦斗，盈溢着感激。他是个好男人，在我病危时期不离不弃，一起挨过那段痛苦的日子。当年的选择没错，他是我今生的最爱，我会珍惜并报答他的这片深情。可是，拖着这副残躯，他会继续爱我吗？会嫌弃我吗？他对我的好，是自愿，还是被迫尽义务？他以后不要我咋活？唉，真不如长眠在床上，了此一生，没有知觉更好，一个活蹦乱跳的健康人，怎会突然发病，糟蹋成这样？老天为何如此不公，刻薄残忍待我？让我吃苦受累也就算了，还强加到爱人身上，拖累他伤心。今后如何相夫教子？亲戚朋友见到我这病恹恹的衰样，会嘲笑吗？这病，到底几时能治好？

坐在的士上，凤莲想着想着，两行清泪止不住淌下。能流泪，真好，曾经这份权利都被剥夺了。

秦斗拿着厚厚一沓交费清单，感慨万千，终于解脱了。将人囫囵救活，虽然打了折，也算创造了个奇迹。再不用工厂、医院、家几头奔波，也不用大把大把往窗口送钱，可以松口气。他视线锁住病历上两个扎眼的字：癫痫，不禁打个寒战，这个医学名词的生活含义是，她将终生挎着药罐子，需要人照料。

刚孕育的一点儿喜悦，又被忧虑的阴霾驱散。公司早已被掏空，朝不保夕，自己债台高筑，儿子的奶粉钱没着落，十几年的积蓄换来她半条残命，以后的日子该咋过？风雨之后见彩虹，他幸运地见到了彩虹，但还是阴天，需蹚泥泞的路。最苦厄的日子已渡过去，撑下去，或许会有转机。秦斗乐观地憧憬，还会有好运眷顾他吗？

50. 烟 幕

既然撤不了资，那只有进攻。秦奋先致电魏贤，探他的口气。

魏贤在台企打工，不顺心，兢兢业业干了十五年，屡次期待公司将他炒掉，他便能获得一笔高额补偿款，偏偏令他失望，对方蓄意不这样做。将他从仓库主管贬为普工，当作老臣子养着，双方干耗着，都希望对方主动提出，将损失降到最低。这让魏贤忒郁闷，真要狠下心来辞工，每月高达四千元的房贷，上哪儿弄？老婆做家庭主妇，没收入，第二胎又怀上了，唉，想想都头大。打工那些积蓄，全投进共创公司，巴望能赚点儿外快贴补家用，一年多了，没响声，这让他更纠结。本以为秦斗和自己一条心，能有番大作为，未料到，处处对他防范，让他彻底心灰意冷。秦斗老婆那种病，得使多少钱，半死不活地拖着，就算公司再有效益，赚的钱也会挪用掉，分红的机会渺茫。如今，连秦斗的亲哥都要退股，我还赖着不走，太不明智。魏贤萌生去意。

秦斗占着茅坑不拉屎，还尽想法子让股东往里扔钱，几个人渐渐地觉悟，大家的心开始散了。

秦斗干劲十足，成天忙碌，小孩交给凤莲的二姐带，他唯一的希望，也是唯一的收入来源，只有靠工厂了。而吉祥公司的代理业务基本停滞，他与经销商结算完，没再去进新货，这档生意黄了。那些货款，他换成了凤莲的药品。

让秦奋气愤的是，这家代理是凭他的关系才得以合作，并在合同上做担保，如今秦斗甩手不管，对吉祥公司的催款充耳不闻。老板强哥三番五次给秦奋电话，请他协调一下。秦奋好言相劝，秦斗置之不理。想当年，这个生意，一年为秦斗轻轻松松赚几十万，他不知感恩，还像蛇一样，为了活命，反咬农夫一口，真是缺德。

秦奋担心，公司交到这种忘恩负义的人手里，那一幕会重演。过河拆桥，不讲诚信，做生意的大忌！种种迹象表明，大家苦心经营的公司，将沦为私人的财产，他岂能袖手旁观？

近一年没到共创公司晃，那些员工依旧亲切，秦奋坐在办公室的沙发上，跷起二郎腿说："和你商量件事。"

"啥事？"秦斗一怔，因为秦奋很少主动来搭讪。

"上次聊过，我想退股，你先付一半，再打张欠条给我。"兄弟难得见面，秦奋心一软，话也不利索，不想往绝路上逼他。

"我哪有钱，要不缓几个月再议？"秦斗拨浪鼓般地摇头，哭丧着脸说。

"还过几个月？放给你快一年了，时间够宽裕的，多少得表示点儿，一直这么拖下去，咱也得填饱肚子呀！"秦奋不退让，摸到他的脾性，按秦爸的话："好事急于求成，坏事能拖就拖。"秦斗便是这句话的忠实执行者。

"没法子，差钱！"他耷拉着脑袋，埋头抽烟。这话把秦奋呛得没退路了，话冲到嘴边又咽回去。

以秦斗目前的经济状况，维持下去很难。那个黑魆魆的窟窿只会越塌越大，他在那儿死撑着，照料病婆子和嗷嗷待哺的婴儿，打理几十号人的工厂，他哪有那么多的精力？可瞅着他这么上进，就算铁石心肠，也会被感染打动。秦奋于心何忍？但大家一手创立的企业，目送它毁于一旦，明知可拯救，却放任自流，辜负了当初的铮铮誓言，秦奋良心备受拷问。

一面是亲情，要我放手；一面是良知，要我收买。重重矛盾，困扰着秦奋下决定。

秦斗也未闲着，一根接一根地抽烟，苦苦地思索半晌，不情不愿地蹦出几个字："要不这样，我退出，你们谁愿意接手都行。"他捏住秦奋没现金的穴，吴志当开公司是放羊，魏贤的那份工舍不得丢，哪个来接手？秦斗以退为进，反将一军，误以为秦奋知难而退，继续慰留他，促使秦奋再许他一段缓冲期。

秦奋盼的就是这句话，让秦斗张嘴提出来。秦奋平静地说："就这么商定，看谁有意向！"

当公司成为鸡肋，谁都舍不得扔，谁也不会当作宝。秦斗慢条斯理地说："这不是重点，不管谁接管，要将我私人投的那份买下来！"

秦奋的心怦怦乱跳，他还掖着苛刻的附加条件："你投了多少钱？"

"拉拉杂杂加起来几十万吧。"秦斗翘起嘴角，不经意地露出一丝得意。很显然，堡垒相当的顽固。按常理，他私人投资的，与公司无关，人家愿意转就转。但他强箍了这道障碍，将两者捆绑，企图将有野心篡位的挡在门外。

有个大谜底，秦斗打埋伏，他私人购的设备到底值啥价？这个数，谁说了算，单凭他一面之词瞎掰？端眼来瞧，他没诚心转让。不过吓唬那些蠢蠢欲动，不知天高地厚的股东。哪位有实力敢来争这个大位？上蹿下跳，也不撒泡尿照照，掂量自个儿的分量！

"秦斗会撤股？不会吧！"魏贤瞪大眼说。

"他想全部甩掉，打包兜个好价！"秦奋嘲笑道。

"没理由，他自个儿购买的机器，与公司有什么关系，这是他亲口许的，人家凭什么要买他的？谈得拢，划算，两情相悦，哪有强买强卖的歪理？"魏贤发牢骚。

的确蛮横不讲理，但有啥对策？要将秦斗撬走，不费些真功夫哪行。权柄和金钱，占有者都会甘之如饴，拽得紧牢，拥有了，便拥有了力量，哪个轻易舍得放？

让秦奋稍许欣慰的是，这块铁幕已裂开一条缝隙，秦斗在诸多压力面前，不得不有所敬畏和收敛。一次性掏几十万，不仅需要胆识，更需要干脆，孤注一掷的决心。这场收购和反收购的战斗，充满着变数和挑战。作为一名小股东，导演着蛇吞象的把戏，前期的运筹必须细致周全。

“如果你接手，我和吴志继续干！”魏贤对秦奋的态度一百八十度地转舵了。

“要不你们将他的股份买过去？”秦奋提议。

“有第二胎了，得多备点儿钱稳妥，现今最难的事，就是耻于借钱！张不开口呀。秦斗借咱俩的钱都没偿还，唉，麻烦！”魏贤闹心，不是富二代、官二代，没个好爹好妈啃老，普通的市井小男人一枚，他肩上的担子不轻。

探清两个股东的口风，秦奋减了后顾之忧，只要他俩不打岔，别从中作梗，我便集中火力专心对付秦斗，既然他狮子大张嘴，我暂时伪装低调点儿，避其锋芒，不惹毛他，做一个伏在后面的猎人。

秦奋先煽动那两枚棋子，轮番向秦斗讨那笔到期的集资款，然后给业主复电，请他和秦斗清完租金，以秦斗的名义，重签厂房租赁合同。既可撇清秦奋的关系，又往秦斗担子上加码。外围的几个枪手同时向秦斗进攻，令他四面受敌、焦头烂额。

秦奋并未想整垮他，从而坐收渔翁之利，不过用其人之道，还治其人之身，让秦斗体会一下自己曾遭到的屈辱。有些下三烂的招数，秦奋没用，也不屑。如：向经销商煽阴风点野火，故意透露秦斗将要破产的小道消息，如果真这么做绝了，客户势必会终止合作，加速公司倒闭。秦斗似乎嗅到了火药味，也挖空心思应对。兄弟间为争夺共创公司的经营权，调动各方资源，展开了一场残酷的肉搏。到底鹿死谁手？

51. 闹 剧

“秦奋，你好野，我要和你离婚！”翠花怒气冲冲地说，一手推开秦奋，往箱子里捡衣物，泪水迷离。秦奋一脸茫然，反省自己哪儿冒犯了她。她两个钟头前还好端端的，笑嘻嘻地提着礼物去秦斗家串门，说是看望凤莲，回来后脸上晴转乌云，其中一定有玄机。

“想清楚哦，离婚不是闹着玩的，到底为什么事？”秦奋好言相劝。

“你在外面不三不四地滚，心中有数，这么多年，跟你吃苦遭罪，图个啥？将你惯伺坏了，你倒好，在外乱搞……”她愤愤不平地诉说，一边流泪，似乎受到莫大的委屈。

女人，最担心和痛恨的，就是男人花心，吃着碗里的，想着锅里的，红玫瑰，白玫瑰，多多益善，背地里偷腥，劈腿，更令女人不堪屈辱。

难道咱有啥风流把柄被她侦察到了？不会呀，且不说保密工作做得如何优秀，关键是咱与其他女人间的交往，点到为止，从不沉湎于莺莺燕燕，表面上一副道貌岸然，伪装得没破绽。偶尔出没于娱乐场所，基本上还能控制住下面的冲动。到底谁在造谣中伤？后院起火，还是阴火被褥燃，对方图啥？

翠花此时不冷静，秦奋老实地做听众，先让她抱怨，将长期压抑的不满和疑虑发泄。

“不吭声，默认了？理亏吧！”她还真来劲，见秦奋不还嘴，当是心虚，怯了。这话严重地戳伤他自尊，秦奋暴跳起来，怒吼道：“你放屁，将话讲明，老子做了啥见不得人的事？你胡扯什么？要离就离，谁怕谁！”

“这你说的，离开你，我还不活了？笑话！前年，趁我回老家，你和小姐鬼混！”翠花憋不住，声嘶力竭地嚷。

“哪个小姐？我熟的小姐海着呢！”

人在江湖飘，哪有不吃鱼。跟着英雄混，哪有不挨刀。谁没一两个谈得拢关系融洽的红颜或男闺密？在那种场合，酒精的麻醉下，逢场作戏，那是配合人家，识趣。搂下腰，摸几把，吃下嫩豆腐，不过停留在皮肤表层，肤浅地揩点儿小油，从未越界深入其中。这点儿底线，秦奋倒是拿捏自如。

本人没什么良心发现，也非正人君子，不会做道德模范，从没想过从一而终，誓死捍卫男人的贞操，这些迂腐的伦理观点，在咱这儿没市场。当然，也不是放浪形骸的下流痞子，见到女人就趴上的雄性“叫兽”，那种激素男，不是咱所好。

“不知羞耻，和两个小姐搅在一个床上！忘了吧。”翠花一把鼻涕揉一把泪地批斗，在她眼里，秦奋曾是位对女色绝缘的谦谦君子，原来阴捣偷食，所谓的真相，让她震惊和痛苦，内心如刀绞难受。

包袱被抖开，秦奋急忙回忆，几年前的陈年烂事，谁还念念不忘？对了，当时现场有人证：刚子，还有秦奋的铁哥们，一起讨过账的社会青年王哲，谁在她面前检举揭发咱呢？

那天，秦奋请王哲上酒吧疯，刚子死皮赖脸地跟着去，难得放松下，秦奋就捎上他。几个大老爷们枯坐着喝酒，没气氛，王哲电招阿丽和小红过来捧场。这两个女人，以前在王哲看场的舞厅做过，得他照拂，房租在隔壁，当晚不出台，五个人尽兴地高歌，喝透了。

深夜两点散场，刚子住秦斗家，说回去太晚怕姨妈骂，一行打的直奔王哲的住所。一进门，不妙，王哲家就一张大席梦思，他说没关系，秦奋和他俩公婆挤一宿，这让秦奋忒为难，这算什么？横竖人家夫妻的床，哪睡得着？于是到两位女同胞那边凑合，那边仅一张床，刚子和阿丽，一头一个躺下，勉强可以，秦奋不可能贴在墙上吧，实在太困，就扯草席打地铺对付。

当时想得简单，离天亮没几个钟，住旅店花冤枉钱不值得，再说，两位小姐，陪咱们喝了通宵的酒，人家也要吃饭交房租吧，秦奋将口袋剩下的两百元给她俩，作为酬谢。两男两女，挤在几平方米的狭窄空间，和衣而卧，同居了几个小时，天麻亮，刚子起床先走，秦奋头痛，晕眩，对他说自己多躺会儿，继续昏沉地睡去。

秦奋记起来了，刚子那天离开，不怀好意地盯着两位小姐，依依不舍，带有醋意地说："和她俩一起玩哈。"他以为秦奋借故滞留下来，方便和美女玩双飞燕，真是混账王八羔子，老子有这种体力和邪念，犯不着在你这小屁孩面前显露，这不太低估咱的智商？把妹，最忌讳在晚辈和亲戚面前。

一定是这小子告阴状！白喝了咱的酒，背后还大放厥词，挑拨咱夫妻的感情。秦奋本着人正也会影子歪的科学发展观，并未将此事搁在心上。

"就因这，叫嚣离婚？青红皂白都没搞清楚！"抓到问题的症结，秦奋语气缓和，心底有谱了。

"你说，是真是假，有没有冤枉你？还装蒜！"翠花涨红猪肝色的脸，瞧秦奋矮了脾气，以为夺了上风，从秦奋的神情上得到印证。

"无根脚的谣言，也信？还说你精明，人家编瞎话糊弄你的，不用脑壳想哈！单不信你老公？"秦奋递给她纸巾桶，她抓过去，狠狠地摔到地上。

"加油哭吧！幼稚，你当是AV片的情节，两个女的光溜溜地和我肉搏？当时醉酒了，下面那玩意疲条哒，想翘起来都难，你不要乱琢磨了！"秦奋说着夫妻间的闲话，从生理功能方面剖析。

"那就该夜宿烟花地呀，当你是狎妓的风流才子？为何不回家困觉？还在狡辩！"翠花哽咽，哭伤了，衣服都塞满箱子，看来她去意已决，这桩婚姻眼见要破裂。

"一定是刚子瞎嚼的，狗日的白眼狼，搅屎棍！"秦奋切齿地说。

"承认了吧！赖不掉啦，别管是谁讲的，男人没个好东西，都是满嘴仁义道德的骗子！"她拖着那只圆胖的箱子，用纸巾拭着通红的眼睛，砰地拽开门，咚咚下楼。

"你去哪儿？"秦奋忙站起来撵上。

"管我？反正不和你过了！"她噘着嘴不屑地说。

"听我解释，我和她们啥牵连都没有！不信邪，我叫王哲来做证。"

"别黏我，做了就做了，有什么好解释的？"她扭过头，从秦奋手中夺过箱上的拉杆，气嘟嘟地出了门。

一时半会儿理不清，再争吵下去，秦奋怕惊动不明真相的左邻右舍，那些打酱油的围观过来，会捕风捉影，越描越黑。暂时分开，就当她去旅游散心，总会有水落石出的那一天。

山雨欲来风满楼，不迟不早，翠花闹离婚，桃色新闻的传播颇为诡异。是谁不想让秦奋安宁？翠花堪称糟糠之妻的典范，两个人偶尔为琐事拌嘴，从未僵成这样。秦奋没精力去追根究底，刨出那个背后造谣的奸佞小人，他整天应付着房地产中介的热情电话。

秦奋上几家中介咨询过，大凡委托他们售楼的，要签几张维护他们利益的合同，美其名曰：公司规定的。秦奋不吃这套，自己在网上发布消息。直接和买家洽谈，双方都省一笔介绍费。没料到，中介的电话如飞蛾扑火般，前赴后继地蹿出来，相当踊跃。

“你好，你那边有房出售呀，能做你的代理吗……”每个询问都千篇一律，如接受统一的培训，个个颇有耐心，话语熨帖。有时，同一家，不同的员工来电殷勤地致意，太敬业。听多了，让人烦。又不得不礼貌地听对方聒噪，好不容易得到解放，轻松地撂下电话，又来了：“你几点方便，我带人过去看房？”当双方约好时间，等会儿铃声再次吵起，“不好意思，客人说要改时间，你周日有空吗？”买房者似乎更尊贵，和对方没谈妥时间，约我干吗？这种不知天高厚的掮客，秦奋一律拒绝和他碰面。

“我们替你放盘，要收百分之三到百分之五的中介费！”

“不好意思，售价 70 万，净收，我不承担中介费。”秦奋才懒得理什么中介费。有本事，向买方要。

“多少赏点儿电话费吧！”有的中介大言不惭地乞求。吃了卖家吃买家，一边压价，一边抬价，中饱差价，这且不论，还要贪中介费，表达得很诚恳纯洁，这是公司收的，他们捞不到半点儿好处。这种纠缠式的鼻涕佬，秦奋一概回绝，又不是菜市场买小菜，讲斤论两磨嘴皮。

一位中介联系了几次，感觉有点儿诚意，秦奋便去了一趟，远远地，还未到楼梯，下面三男一女，着统一黑西装结领带，围着对夫妻闲聊，吓秦奋一跳，不就领人实地看楼嘛，恁大的阵势，这么隆重，又不是集市上敲锣看猴把戏。

“你是业主吧，屋里有人，按了几次门铃，租客不开门！”一位嘴上长着奶黄色茸毛的小靓仔恭敬地说。谁会开门，黑压压一片，还以为是打劫的。

秦奋没好脸色地吩咐："你们派个代表和买房的进去，其他人待在外面！"

租户接完秦奋的电话，才闷闷不乐地将门拉开，秦奋能理解，那些中介，为了尽快成交抽水，会不厌其烦地领人过来敲门，严重干扰租户的生活。

他们一个个鱼贯而入，根本不听秦奋的，这令他很恼火。啥素质，为了赚钱，连别人的感受都蔑视，轮流地钻到房间、厨房、洗手间、阳台乱窜，窥探，秦奋耐着性子和他们支吾了几句，伸开双臂像吆羊般，将这帮家伙驱出去。

那个身材矮壮，皮肤黝黑的租客难堪地愣在一边，一脸寒意。谁愿意将家庭私隐地带向一帮陌生人开放，供他们好奇地打量？离开时，秦奋致歉："不好意思，麻烦你有空再找房子租！"

秦奋和租户的关系相当融洽，一年到头从不打扰他们。自己曾和他们一样，长期漂浮不定，居无定所，深切体会到寄人篱下的漂泊滋味。

为何普罗大众，宁可忍受高昂的房价，被开发商将半生的积蓄盘剥精光，还要支付房贷的利息，也要勒紧裤腰带供楼，此心大同，此情堪怜。不想再看房东那自命不凡的脸色，遭受城中村治安队，半夜三更恶煞般敲门查证件。没属于自己遮风避雨的片砖只瓦，哪有家的感觉？人，住在母亲温暖的子宫里，然后迁居到房子，最终长眠于嵌着相片的狭小盒子中。没有房，在哪儿暂时歇息流浪的魂灵？

卖房，待价而沽，和买房一样，需要耐心地守候。瞎买瞎卖，一定会有人上钩。

52. 反 扑

一张无形的大网罩过来，如台风来临前沉闷抑郁的天空，乌云滚滚压境，让人窒息，河里鱼儿浮游在水面，咧嘴呼着气。

秦奋坐卧不安，他估料不到暗箭从何方何时射向他。如果是有经济纠葛的客户，他大可以撕下温情的假面具，给予造谣者狠狠的反击。但此时，他不能，对于亲朋故友的敌意，投鼠忌器，他一忍再忍，却无计可施，让一向争强好胜的他倍感窝囊和伤感。一手创建的公司即将分崩离析，被他人攫取，改弦易辙，他无法容忍。合伙人竖起冠冕堂皇的招牌，打着各自的小算盘。暗流涌动，再不反戈一击，他只有被夹裹着卷走。“老子受够了！”秦奋暗地骂句粗口。

经商做生意，遭遇内外攻击，要么雄起，还以抗争；要么被人欺凌，光凭嘴巴上抗议愤怒，没鸟用。

秦斗股份最多，魏贤是“二奶”，虽对秦斗一肚子意见，但两个人打得火热。吴志不构成威胁，墙头草，稍微争取一下，随风倒。秦斗以退为进，宣称要退股，他把准脉：几个穷小子都不富裕，就算有闲钱，也不敢贸然投进来。仅凭这点，哪个敢闹。

秦奋想，与秦斗正面冲突，暂时扳不动他，外加魏贤的帮腔，甘做他的鹰犬，时不时替他抬轿子，处处受到掣肘。得先从魏贤入手，离间他俩，剪其羽翼。秦奋拿定主意，魏贤的股份不多，伺机将其收购，然后联合吴志，再与秦斗争锋，将他整垮。

直接向魏贤摊牌，明说显然不通，要防止他坐地起价，另外，他可能赖住不卖。不如婉转一点儿，明修栈道，暗度陈仓，让这个贪图小便宜的家伙主动“献身”。秦奋会出张什么牌，引蛇出洞？

秦奋给魏贤致电，泄气地说："我打算退出来，将股份转给你们，做得太累了！"秦奋利用他的小肚鸡肠，让那三人窝里斗，魏贤没魄力降服其他的股东，但擅长搞平衡战术，窃取渔翁之利。

果不出所料，魏贤劝说："咱们一起干不是蛮好？何必打退堂鼓？"

"情况你也清楚，秦斗撇开咱们，自搞一套，财务都稀里糊涂，这样混下去，干得不咸不甜没味，再说，瞎用人，那个刚子，你们领教过，任人唯亲呀！"

秦奋故意提起刚子，他自恃是亲戚，多次当面顶撞魏贤和吴志，让他俩耿耿于怀，秦斗却一直罩住，不炒掉他。这下搔到魏贤的痛穴，秦斗还授意架空他这个财务总监，弄得魏贤常常牢骚满腹。

"我们可立下章程，让秦斗改正！"魏贤仍不死心，他想，如果创始人都走了，剩下的跟班还有什么奔头？

秦奋沉默一会儿，叹息说："开个股东会吧，如果没啥起色，我只一个字，撤！"秦奋故意做样子施压，语气毅然坚决，没回旋的余地。魏贤蒙在鼓里，真以为秦奋要单飞。

一个炎热的星期天下午，三人坐进共创公司的会议室，吴志临时有事缺席，秦奋催促了几次，他请秦奋全权代表。秦斗一脸严肃地拘束地坐着，闷声抽着烟。

魏贤望了望两位剑拔弩张的兄弟，打破沉寂："开始吧，公司的总账，几时能整理出来？"

"已安排会计在清了！"秦斗没正面回答，他惯用这种外交辞令来推诿。

秦奋火药味极浓，鼻子哼了哼，呛声："作为股东，连公司的盈亏都不晓得，这样做有意思吗？"

"你们不卖力多集点儿资，天天盯着账不放，专门挑刺，我们干实事的吃力不讨好，大家应该多替公司排忧解难才对！"只要谁一提财务，秦斗就掷出这个棘手的问题，岔开话题。

"还要集资？不明不白的，拿钱打水漂？"秦奋当仁不让地反驳。

"订单做不完，没钱进原料，有生意不做？"秦斗又开始唱高调，好像股东的质疑是在拖后腿，故意找碴儿刁难。魏贤乖觉，不吱声，静观一对鱼咬架。让问题暴露出来，矛盾激发，当双方争得面红耳赤时，他再摆出和事佬的面孔，让事态向自己的意愿发展。外表装得懦弱无能，其实，一肚子男盗女娼的坏水，属于慢热闷骚型。

“账上一分钱都没啦，明天要开工资，交房租，你们看着办！”秦斗如斗红眼的公鸡，满脸戾气，脖子青筋直暴。他完全被啄怒了，“你们谁想做，去做好了，我撤股！免得和你们扯皮。”

室内空气混浊，两杆老烟枪在吞云吐雾。四周瞬间静下来，如战场上恐怖的夜晚，在焦土上、树桩旁弥漫着硝烟，死尸腐烂和烤肉的味道，乌鸦和秃鹫在天空哇哇地鸣叫。

“你不用撂狠话，还是我退吧！”秦奋继续刺激对方，要让敌人亡，先令其疯狂。欲擒故纵，秦奋拿捏自如。

这是难得的机会！秦斗早就想清理门户，将一个个股东体面地挤走，起先想拿魏贤开刀，没料到有人主动请缨，秦斗横眼扫视过来，阴鸷地说：“咋样转你的股？”

“交钱走人了事。”秦奋干脆地说。他知道，秦斗老早虑谋着踢他出局，但此刻，秦奋为何敢叫板？他事先调查了秦斗的财务状况，已是强弩之末，心有余而力不足！而秦奋有备而来，兵强马壮，浩浩荡荡地来发动决战，秦斗太疏忽大意了。

“和你商量下，打张欠条行不？一年内还清。”秦斗骤变得温情脉脉起来。

“不行！一次搞断！” 不见兔子不撒鹰，这是秦奋秉持的观点。

秦奋识破他的诡计，用张白条就换他的离开，门都没有，不能再像去年那么憨，凭一时的激愤，就将管理权拱手让出去，自我流放到广州。秦奋要复仇，报当年被驱逐的一箭之仇，他不会再受糊弄。

秦斗还不甘心，觍着脸说：“要不三个月内先付一半，余下的一年半付完？”秦斗换汤不换药，还在玩虚的，先推秦奋滚蛋，欠的账，让你慢慢去找他要，到时他成大爷了。

秦奋是醉翁之意不在此！贪婪的鱼撞入渔民施下的迷魂阵，还不清醒。秦奋备足了筹码，来陪他们玩一把。

“说来说去，你没诚意嘛！”秦斗倒打一耙，“那你们谁有钱，转我的吧！”秦斗想吓唬一下在座的。

一个低沉的声音，如声闷雷炸开：“咋转？”

魏贤吓了一跳，循声去，惊讶地盯着秦奋，确定是他说的，秦斗不禁打了个冷战，他挂在嘴边的玩笑话，突然有人较真。

秦斗皱起眉，不自然地揉着双手，头傲慢地扭来摆去，抬高嗓门说：“一次付清！”

“能否像你刚才倡议的，分期付款呢？”秦奋故意揶揄道。

“不行！你以为供楼呢。”秦斗答得干净利落。

“连你都不行，那别人是苕？”秦奋讪笑道。

湖区的人，继承了渔民的基因，如泥鳅鳝鱼，滑和猾。

第一局交锋，胜负明朗。秦奋探出对方的底牌，独自小陶醉几秒。要将秦斗撵出局，需付出啥代价，已经一目了然。博弈，棋子已摊开，进入讨价还价的拉锯战。秦奋有足够的耐心，候着秦斗最虚弱的一刻，放最后一根稻草压垮他。

秦奋原本的如意算盘是：将固执的秦斗清掉，剩下三人各司其职，将公司盘活，使之成为真正意义上的股份公司，而非家族式的作坊。然而，事与愿违，意外发生了，半路上兀自杀出个程咬金，让情势失控。

一直睨眼旁观的魏贤没劝架，冷簌簌地飙来一句：“我的股份谁要？”他一直热心于共创公司的发展，当初和秦奋一起装修厂房，勤扒苦干，虽小动作不断，用秦斗的话讲是：搅屎棍。但对公司还是有贡献的，也有所寄托和期盼。魏贤主动提出，让原本对立的两派顿时错愕，迟疑了几分钟，都觉得这是下手吞并的契机。

“我要，半年内将钱转给你，行不？”秦斗急不可耐地说。逮到了，岂能错过。

“好像时间长了点儿，先付一半的订金？我也不勉强，老婆要生二胎了，处处需花销。”魏贤可怜兮兮地说。

“这个，有点儿难度哦！”秦斗拖长音调说，他在下卡子，仿佛能叼定这块肥肉，完全忽略在一旁同样虎视眈眈的秦奋。空手套白狼，这条狼不是病狼，就是傻崽。

“我不管那么多，一视同仁，谁接都一样。”魏贤瞅出点儿端倪，谁也不是好忽悠的善茬。

“要不我向吴志通报声，看他意向？”秦奋没亮出自己的想法，以免成为秦斗攻击的靶子，先拐弯抹角地将吴志推到前台。

“也好！”秦斗不明就里，果然上当。

秦奋将这边的情形大致描述了一遍，并且故意朗声说：“转让股份，需股东一致同意才能生效，请你得闲尽量赶过来。”

“没关系，无论谁吸纳，你代我签字就行！”吴志强调，秦奋将手机传给魏贤和秦斗听，他们均无异议。排除了一位，秦奋现在代表两个股东，而魏贤急于退股，胜算的天平发生了倾斜。

是时候亮剑了。

“这样吧，我来接！”秦奋潇洒地拉开公文包，抓出五匝红灿灿的人民币，递给魏贤。

“这是五万的定金，剩下的，办手续时当场支付。”秦斗刹那间没反应过来，目瞪口呆地望着，魏贤指头蘸着口水，欣喜地点起钞票，自言自语：“这样好，现金，我喜欢，当机立断。”

“给我打个条吧！”秦奋提醒。

“我不会写，还是你写，我签个字。”魏贤飞快地捻着票子，双眼被磁住，埋着头说。秦奋拿出张 A4 的白纸，写道：

说　明

兹有魏贤，将其在共创公司的原始股　元全部转让给秦奋，现收定金人民币伍万元整。

支付方:　　　　　　　　　　　　　　　　收款方:

秦奋刚准备签名，忽然觉得不妥，不应该是这种格式，于是掏出笔记本，重写成：

收　据

兹魏贤收到秦奋转让其所占有公司的股份定金人民币伍万元整。

收款方：

递给他签名。魏贤特别仔细，还叫秦奋在收据上签个名，当时秦奋觉得多次一举，你收款，要我签个名做什么？

“改天再打份正式的协议，其他股东签名见证一下。”秦奋补充道。秦奋沉浸在收购的喜悦中，他未料到，那张作废的《说明》，魏贤偷偷揣进口袋里，那张废纸有啥用？他想干什么？

秦斗神情落寞，他以为网中捉鱼，将魏贤的股份手到擒来，向独裁迈进一步，可恶，秦奋拎着现款来谈判，出手之麻利、果敢，与平时秦奋那慢腾腾的疲性子判若两人。被人打了个埋伏，心有不甘，哑巴吃黄连，有脾气，满腔苦水倒不出来。秦奋迅速荣升为第二大股东，与他平分秋色，一丝凉意涌上心头，危机感、挫败感五味杂陈。难怪秦奋底气十足，一上来就叫板，一时半会儿，他从哪儿筹到这么多钱？

秦斗不晓得，为了这一天和后面的节目，秦奋忍辱负重潜伏了一年，不动声色地备足子弹，运筹了几个月，攻其措手不及。

商战中，资金雄厚者话是，出其不意，用巧力扳倒大鳄，即所谓的蛇吞象的商业吞并。要么不战，要战，就一定要取胜。与其说生意是机遇和金钱的较量，不如说是多方意志和谋略的抗衡，最终的胜利，只属于笑到最后的那一方。

秦奋鲸鱼般的大嘴巴已咧开，锁定下个目标，且看他如何气吞长虹，收拾河山。

53. 变 卦

魏贤似乎从这片沼泽中解脱，半个月后，他气愤地投诉："你弟真不是东西，要他还我上次集资的几万块，赖皮，说是公司借的，等赚到钱再说，当时不是商量好，纯属他私人借的？就算打公司名堂，他亲口应的，赔赚与咱们无关，由他担当，现倒好，变卦了，翻脸不认！"

秦奋连忙安慰："不要着急，和他慢些理论，咱们可作证。"

"没屁用，他说公司亏了几十万，我和吴志这钱都贴进去，单凭他一张嘴信口雌黄，报亏多少就多少，拿我们当猴耍？"魏贤恼道。

此时，他才真正领教到秦斗过河拆桥的厉害。曾经处处卫护秦斗，两个人狼狈为奸拱秦奋走，就没估到这么惨淡的结局？贱卖了自己，还替人家数钞票，愚蠢。秦奋阴暗地得意，觉得魏贤就该得报应，是自食其果。但他不能一味地幸灾乐祸，毕竟魏贤叛离了秦斗阵营，弃暗投明，何况与公司再没瓜葛，让这位受到蒙蔽的同志得到教训，秦奋的灰色愿望已达成，他俩间还有笔交易需圆满完成，他起码得表示下同情，出点儿馊主意。

"可能他随口冒出来的气话。"秦奋劝说。

"我认错人，好心当驴肝肺，你不知道，他老婆中风出院，向我借几千块，他这次恬不知耻地讲：'这几千元属公司借的！'好缺德，危难时，我好心凑钱给他救急，扯成公司的，安啥心！"

原来他俩还有这么深情的一腿，秦奋不禁对魏贤的菩萨心肠深表敬意。按常理推演，秦斗不至于这么孤寒，毫无人性，如果魏贤话未掺水，那秦斗的人品，够狠忒辣！忘恩负义这个成语，大约能概括这种人的性格特质。如蛇与农夫的故事，将仁慈当作消费品。秦奋颇感震撼，这事秦斗从没提过，作为一名思维清晰的成年人，魏贤不至于编造这样的段子来博同情。与凶恶的鲨鱼共舞，除了惊心动魄，更多的是浪费表情。

秦奋决定在生意方面与秦斗彻底撇清，以前还心存侥幸，以为在自己的悉心调教下，秦斗会从善如流。听到魏贤亲口诉说的遭遇，秦奋明白，我虽一心向明月，未料明月照沟渠。

做人，德至上，无德，埋下让人惊悚的隐患。有的人，只能做生意上的朋友；有的人，只能当兄弟，不能杂糅到生意中。面对富有诱惑力的金钱，友情亲情，往往不堪一击。并非友情亲情没分量，而是当天平上，一端码着钞票，另一端最好不要堆友情亲情，两者永远不会水平，无法称量。要将亲情友情保鲜保质，绝不可拉进生意中去，否则迟早会变味。

秦奋将魏贤的一番苦水转输给秦斗，以便验证，并作为当哥的，从中调解。

秦斗没有否认，模棱两可地说："不用理他，一条疯狗乱咬，公司没钱，我不向他们要，找谁？公司大家都有份，亏了都不认数，那我贷的几十万砸进去了，向谁讨？"站在秦斗的角度，似乎在理。

秦奋不便反驳，毕竟集资是他牵头，而且他古灵精怪，提前就算卦到，终究会堕入这一深渊，他的那份厚脸赖着没交。秦斗逼催了几次，还动员魏贤去讨，都被他以冠冕堂皇的理由拦开："公司的账目，哪天交给我过目，哪天就付。"他卖力地和稀泥，自己只站在岸上干吆喝，没蹚这趟浑水。不过话说回来，当时他经济确实拮据，连生计都没眉目。

"集资款，你有异议，暂且搁一边不论，那人家凤莲住院的借款，你不妨给他吧。"

"这个钱，我没说不还呀！实在周转不过来。"秦斗理屈，气势萎了。看来魏贤追回欠账遥遥无期，需要点儿好运气加技巧，或许秦斗突然大方或良心发现。一个嗜血如命的蚊子，和它谈输血，岂不妄想。

魏贤抱怨："咱们多年的老同事，他是你弟，你明知他是这种人渣，还拉他进来合伙！"秦奋还能说什么？投资有风险，咱也不能打包票，亲兄弟又咋呢，多少反目成仇的，帽子都扣在咱头？秦奋大不以为然，你魏贤就没瞧走眼？老子搞得好好的，一帮孙子硬是将老子挤走，不得亏你的功劳？你活该！当然，秦奋不会那么无聊，当着魏贤的面发作，以他的大度和涵养，不屑于打落水狗。他有更紧要的事，尽快将房子盘出去，将魏贤的尾数了结，然后再和秦斗一较高下。

售楼，是一项烦琐和无味的事，一趟下来，将秦奋磨得没脾气，难怪人的阅历越多，性情塑得越练达沉稳，年轻时峥嵘的棱角个性，在岁月的河水里荡得圆滑光溜。

十年前，秦奋买楼，此时卖楼，一个轮回。画了个圈，从起点转到起点，过程刻成弯曲深浅的轨迹，如不同人的人生，最终都会殊途同归，跷腿见阎王，这是天意，自然法则，逃不掉的命数。有的人从中悟到为人的真谛，获得精神或魂灵的自由；有的人彷徨了一世，浑浑噩噩耗尽光阴。与人交往，涉及利益便有博弈和妥协，便充满了巧妙和虚实，人性的阴暗和光辉，在点滴中折射出来。

54. 出 手

几十万的售楼款全部到账，粮草充足了，秦奋内心充盈，底气厚实。金钱便是自信和力量，这让秦奋再次体验到金钱带来的那种富足的感觉。

那些酸文人胡说什么贫贱不能移的，这是多么愚蠢迂腐的观点！在商业社会，没钱就没话语权，就会胆怯，滋生嫉妒怨忧，就会低人一等，哪怕你的精神再高贵充实，也无法掩饰内心的不平衡。

钱，不仅能解放时间，让你经济独立，让你空间自由，不再为五斗米折腰。更能解放思想，让灵魂更洒脱逍遥，不受外界的支配约束，不需奴媚市侩和强权。金钱，能让人强大，成为英雄，成为救苦救难的菩萨，这便是金钱释放的正能量。

一个想有所建树的人，首先要有公允正确的金钱观。拥有了金钱，便拥抱了未来，做爱做的事。实现理想的过程，从某种意义上讲，是让存折上的数字涨到你想达到的额度。何不脱去虚伪的面具，大声说："我就是喜欢钱！"金钱，不仅是物质价值的体现，也是衡量精神价值的砝码。

秦奋不提倡金钱至上，拜金主义，不过揭开中国人的遮羞布，剔除儒家思想中以工商为下贱的陈腐。赚正当的钱，天经地义，寻得合法合道义的利润，这是多么高尚的行为！贫穷是可悲的，亏损是可耻的。文学艺术，洗刷掉精神的贫瘠；物质，让人活得更有尊严幸福。天堂不只有精神层面的享乐，更有美轮美奂的华服和殿堂。

没钱，小日子过得战战兢兢，房贷、水电费、学杂费、伙食费等各种费，都需掐指算精细，为几块钱和菜贩子斗智费口水；面对高档奢侈品，只能隔着玻璃橱窗远眺，用艳羡的眼光抚摸，口里念叨着名车的型号，在那一串青烟中嗅觉它的气派。渴望拥有这些浮华吗？

一切皆有可能。

当粮草调配到位，秦奋像名统帅谋划着即将上演的一场无硝烟的解放战，要么将被窃去的工厂收复，要么重整旗鼓，开间新公司。秦奋不会再窝囊下去。

一匹狼，恹恹欲睡，它还是一匹狼！在夜晚，明月皎洁的山头，高傲地仰起头颅，向深邃的苍茫号叫，全身的毛发钢针般刺立，利爪抓住岩石，血脉贲张，在天地间呼啸的寒风里凄怆地呼嗥，激昂地呐喊出进攻的誓言。它是一匹即将奔赴阵地厮杀的狼，用血肉之躯勇猛地发起攻势，直到最后猎物轰然倒下，血染它的风采。

为便于照顾病人，秦斗将窝安在工厂宿舍。可怜的凤莲留下了癫痫的后遗症，担心她随时发作，秦斗外出，都捎上她。

那么好强的女子，被一场突如其来的灾难击溃，曾经苗条的身体充气般臃肿；面色苍白憔悴；右臂的肌肉在逐渐萎缩；纤纤葱指急剧变形，如皮包骨的鸡爪，无力地弯曲；右腿似根丧失知觉的木桩，被残躯麻痹地拖拽，一瘸一拐，如老弱的企鹅，步履蹒跚。体内如埋着无数枚定时炸弹，突然爆炸，浑身触电般战栗。眼珠上翻，泡沫似的涎液从嘴角流出，面孔严重扭曲，狰狞惊骇，如不及时吃药控制，她会痛苦地抽搐痉挛，情景悲惨恐怖，让人揪心。如果没人照料，猛地栽倒，脑袋磕到地上，后果更不堪设想。当她清醒过来，对刚才的一幕毫无记忆，没任何印象。

秦斗心痛，惶恐，担心她会随时发生不测。他们可爱的稚儿，这么幼嫩，没了娘亲，会是多么凄苦。没妈的孩子，他的天空只有阴霾和哀伤，向谁去撒娇，向谁诉说成长的烦恼？心志不健全，他的宇宙从此残缺狭窄。

秦斗内心在痛苦地纠结，亲友劝他，离了再娶一位，他何尝没有动摇过，下半辈子守着个半截的女人，能给他温存？给他欢乐？面对她哀怨的眼神，乖张的脾气，自暴自弃荒唐的举动，一名判了死缓的邋遢残疾老病号，他能谅解。他内疚，当初要不是大龄产子，她也不至于遭这些罪。

他善意地设想，再找个健康的姑娘，他们不抛弃她，三人和谐地生活，他背的担子会减轻些。但这样的念头，倏忽一闪，就被自己掐灭了。她愿意吗？好几次，她将安眠药偷偷攒起来，企图自杀，寻求彻底的解脱，都被他及时制止。她是个脆弱的病人，自尊心强的女人，遭受这么残酷的打击，内心变得愈来愈敏感忧戚，任何细末的刺激，都令她痛不欲生。

在她眼里，他是她的天，是她的全部，是她的生命，苟活下来的唯一支柱。他哪有勇气提离婚的事？只当是自己身上无用的阑尾，那也是一小节肉，他要安抚好这段无法割除的天意。就算她主动提出来，她能容忍另一个女人夹在他们之间，他也得权衡轻重，已经让一个女人跟着他遭殃受累，还要拉个女人来为苦难垫背，这对那个女人是多么的残忍和不公平，他绝对不会这么做。她能多活一天，儿子就能多见到一天妈，这是他唯一的也是最大的心愿。不离不弃，哪怕再大再沉的包袱，他也要用一个男人的肩膀扛起来。

秦奋踌躇了几天要不要出招。最终，私欲占上风，名义上替公司的长远做想，实质上不过争口气。男人，床上床下，都要雄起，不要说不行。如果说事业是情人，哪个男人愿拱手将情人让给别人共享？

秦奋已经憋不住，这团在体内发酵了近两年的臭屁，不痛快地释放，哪会轻松？新仇旧恨一起算，心底没有所谓的亲情留恋，和对弱势的怜悯，仁慈被自我膨胀的占有欲吞噬，以牙还牙，用他的惨败陪嫁我的得意和任性。徘徊在猎物周围，眼里射出凶狠的贪婪，正义还是邪恶，谁说了算？商场上，在生死存亡的搏杀之际，妇人之仁，君子道德之类的迂腐斯文，都见鬼去吧。这里，只有不见红的血腥和冷暴力，成与败，悬系在分分钟的顽抗中，蕴藏在谋略里。

秦奋私下分别宴请共创公司的两位高层管理人员，一条龙服务之后，将话挑明，我马上要收购公司，希望你们留用，工资在原来基础上加三成，年终分红。但有个前提条件，收到我的指令后立即辞职。

搞技术的小子机灵，会来事，很爽快地应承。另一个老成稳重点儿，说回去考虑下。不管他俩是否能做到，都是秦奋布的棋子。如果他伺主忠诚，向秦斗通风报信，那更中秦奋的圈套，借他的嘴蛊惑散谣，以奸雄秦斗的厚重疑心，势必会怀疑公司寄生其他的内奸。

乱，从心开始，从内部滋生蔓延。搅浑那塘水，鱼儿便蹦起来。所谓攻心为上，先搞好负面的舆论宣传，动摇军心，令员工内心惶惶。烧起第一把火。

秦奋拨通魏贤和吴志的电话，谎称秦斗近期在寻买家，急于将其个人持股转手，没点明转给谁，放了一枚烟幕弹。故意假惺惺地提醒，那笔私人借款，还是尽快催收哟，虽说有我见证，但时过境迁，到时烂账了，可别怪我没提前报信。

不用秦奋教，两位股东债主接下来便会心急火燎地去骚扰秦斗。他们会想，一旦这厮卷款，玩起失踪，上哪儿讨？何况，秦斗还有个病恹恹的老婆，向一个垂危的女人逼账，如何抹得开面开得了口？虚虚实实，兵不厌诈，诡道也。借外力包围和敲打对手，表面上沉寂，却如火山的熔浆，在岩石下汹涌翻滚。

然后，给在峰口老家的秦老爷子致电，将厂里的困窘一一说明，取得他的谅解。老爷子纵横商场几十年，没表态，他能说啥？

两个都是自己的崽，偏袒哪方都不是，在他看淡浮华的那双睿智的眼里，优胜劣汰的竞争早习以为常，但未料到会在亲兄弟间引爆。他为小儿子忧虑，以后该咋办？活路在哪儿，无一技之长，年纪偏大，打工没人要，人人称羡的采购经理位置弄丢了，钱也抛撒完哒，还背上个瘫子，小孙子屙屎把尿，既当爸又当妈，还得伺候那个药罐子老婆，从哪儿找生计？辛苦支起个厂，和股东们掰不清，连这个泥饭碗都保不住，唉，命苦。让他唯一欣慰的，工厂保下来了，旗号没变，还是老秦家的种。

来的终究会来。喜也好，悲也罢，时间会冲淡欢乐和伤悲，圆溜溜的鹅卵石，是岁月长河沉淀下来的无奈和忍受，化石了的叹息。能孵化出生命的卵，只被一层脆弱的薄壳包裹着那一团希望。想要翱翔凤鸣于九天，先得盘桓在草枝的雀巢里。

令七十多岁的老爷子伤感，这是我的不孝，秦奋心底矛盾、内疚、反思：这样的窝里斗有什么意义？放他一马？转念一想，今朝我不出手，以后也会有别人惦记，与其让他败得更惨，不如我提前取代，挽回这种颓势。

市侩点儿讲，肥水不流外人田。这让人勾起一段淹没的历史，项羽捉住了刘邦的老爹，要挟刘家老二投诚，这位吊儿郎当的混混说，烹饪老爹时，不妨分勺汤共享。当商战上的诡谲遇到亲情的调和，一切皆变味了，难以下喉。迫不得已，秦奋打出亲情牌，本不想让亲人们掺和，但有些事，既然由不得我支配，不如先明智地汇报，争取理解，让反对的杂音先降到最低，避免受到干扰，秦奋还有什么值得担忧的呢？

从里到外，秦奋精心布局，以上不过是正餐前开胃的小菜，想逗鱼儿上钩，还需备诱饵，秦奋为亲弟准备了一桌咋样的盛宴？鸿门宴，有酒，还得有剑！长袖善舞的不是虞姬，而是落荒而逃的刘亭长。一场暴风骤雨即将袭来，战场上没有完全的赢家，只有遍地哀鸿、灰烬和侥幸的生还者。既然无法回避，那就冲吧！

秦斗如小媳妇般警惕拘谨，为钱所困扰，他何曾不想扬眉吐气，挺直腰板做人，只因囊中羞涩，一天到晚，如行走在钢丝绳上忐忑。他怕接听那些催款的电话，故意将手机设为静音，到期的账单塞满抽屉，索命般刺眼，他连信封都懒得拆。好不容易回笼点儿加工款，总不够分配。

无形的压力，如春蚕啃噬着桑叶，心里只剩下瘆人的经络。不是不想及时还账，有心无力，现金如此的稀缺，那些能拖欠一下的，只有再向后延期。他也不想被人鄙视不爽快，向客户讨账，鼎鼎有名的上市公司也一个屌样，结算时如挤牙膏，慢悠悠，从月初对账，拖到下月底，说要排队，甚至半年才结一次，给的还是期票，你能怎样？不想做，后面候着的备胎多着呢。艰难地维持，咬紧牙关硬撑着，脸皮被磨起老茧，谁狗日的成心想赖账，不过想做点儿成绩来，证明一下自己。可是，股东们却不领情，处处逼我就范，更可恨，亲哥也趁火打劫，执意想撵走我，可悲，丧气。找哪个借钱解套？

夜深人静的小区院子，秦斗抽着烟，一边喝着啤酒，锁眉思索。

广袤深邃的天空，几粒星星自在地闪烁。草丛里传来虫鸣声，欢畅悠长，徐徐的幽香混杂在有点儿咸味的海风中飘来又散去。强烈的孤独感如黑暗包裹着自己，他想啄个孔透气，却找不到坚硬的外壳在哪儿。蝼蚁般活着，没有思想，没有压力，觅食饱肚，简单卑微地活着，多轻松。

开连锁店的阿涛那儿还能张嘴？上次老婆住院，人家主动送过来的几万块，还没补上，快半年了，哪好意思再借呢！他从不吱声，这么讲义气，拖得越久，心底越难受，人情债如鞭子，无声地鞭挞着。

老家的发小，开IT公司的，几年来混上小康，请他江湖救急，以我俩的交情，问题不大。但他太太管钱，不好办哟，再说，他听说咱老婆的不幸遭遇，立即汇款五万，唉，还没还呢。他太太从旁隐晦地敲打过几回，一直挂着，我这张老脸，都快挂不住了，真他妈熊到家了。

掐指可数，有能力又铁的哥们就这两个，其他平泛之辈，要么有心无力，要不有力没心，没得指望。秦斗脑门肿胀，酒精的麻醉让他感到稍稍舒坦。上帝说，要有光，便有了光。我的光在哪里？垂青拯救我的上帝在哪儿，难道上帝打瞌睡去了？

林立的高楼大厦，各色窗帘布透出迷幻的光影，那里正演绎着男女的兴奋。街灯高高地洒下耀眼的斑斓。空旷的路上，行人陪着自己的影子回家。岐江上，翻涌的波浪不知疲倦地推搡着，兴冲冲地扑向岸边坚硬粗砾的石壁。树上凋落片片黄叶，在忽明忽暗的水面无主地流浪。

秦斗漫无边际地走着。

苗圃里，玫瑰花缤纷地绽放，在黑漆漆的午夜，没有人来欣赏，她们的寂寞和璀璨真实地生长在那片香壤上。乌蓬蓬的树冠下，有只断了线的风筝凌乱地挂着，是在默默地追悼昔日的飞翔吗？没根的孩子，那条丝线在哪儿？到底拽在谁的手心？空落落的，拥有活生生的躯壳，却不知该安放在哪里。为何总这般惆怅，莫名地失落和忧伤。有光，迷离地闪在远方的天庭，燃尽了蜡烛的孔明灯，它的皮囊，明天会飘落在何方？

电线杆上粘着一张纸片：贷款，三天快速放款，为个人和企业解燃眉之急。简短的几个字撞进秦斗的视线，亮了阴郁的眼睛。他走上去，揭下来插进兜里，一股能量被唤醒，重新腾起，天无绝人之路，他念叨，长舒了口气。为了事业，决心最后搏一把。他如愿找到了救星？

秦斗打算将那套房抵押贷款，这是他唯一的窝，良性资产，按现今行情值百万。他和凤莲商量，凤莲坚决抵制，不行，万一还不上，银行查封，咱们住哪儿？经过死里逃生摧折过的，特别在意安定，性情变得敏感偏执。肢体残疾，大脑不时处于狂躁状态，求生的本能比正常人更强烈，思维方式易走极端。

秦斗保证，不会流落街头，大不了再租屋，只当没买过房，南下闯荡的人，大多十多年了还在漂，不赌一把，我不死心。想开点儿，如果亏完了，只当治病花了，老天爷不会总那么刻薄地对待咱俩吧。秦斗说到动情时，面色惨淡愁苦，声音凄怆。我们患难与共，无论挨穷受罪，还是富贵发达，我都不会嫌弃抛下你的。

凤莲两行清泪潸然溢出，她爱这个男人，他的苦累、焦虑，她何曾不想分忧一半，可那条病躯是沉甸的包袱，就连自己的内衣，都需男人去洗晾，胸罩靠男人去扣拢，她恨自己无用，如具行尸走肉，帮不了他啥忙。

她自卑、惭愧，如同熬中药的陶罐，被无法排遣的无名怒火煎煮，苦涩的药汁在心里沸腾，煲得越久，越稠酽。而这个男人，总是微笑着面对她，任劳任怨，从不将烦恼对她诉说，他非铁铸的，没有情绪。但是，房子抵押了，收不回来，我这个半身不遂的衰样，往哪儿安身立命？没有家，连个躲藏的地方都丧失了，这般晦气丑陋的模样，丢人现眼遭人鄙视。

租住在人拥挤不堪的村民房，嘈杂肮脏。租高档社区，哪比得上自家的雀巢舒心惬意？没有房子，就没有家。自己的房子，不仅是避风挡雨的住所，更是保护壳、遮羞布。年纪轻轻就瘫了，让老公养着个废物，人家会嚼舌根，故作关心地过来搭讪，那不纯粹瞅我的笑话？

合上门，断开外面的喧嚣和冷漠，家成了最自在的天堂，慢慢地扶着墙，从这间房挪到那间房，不用顾忌外人好奇轻视的目光；将窗帘拉开条窄缝，把阳光放进来做伴，恣意地打量外面那些两条腿的动物，从眼前神气地晃过，他们欢快地跳呀奔跑，聒噪声敲打着耳膜，锥着心。落雨的日子，推开窗户，雨水织成线，一团团，蚕丝的晶莹，捧在手心，润凉，那是它的体温吗？日落的黄昏，西边涨起彩霞，瑰丽的锦绸拓在阳台的落地玻璃上，用指尖轻触它的美，守着这幅心碎的凄艳，在晚风里徐徐落幕。玉兰树上的鸟声啁啾，慵懒地趴在沙发上，听客厅里的挂钟嘀嗒嘀嗒，在寂静里轻亮地响起，连缀起晨昏，如流星的逝去，那是岁月遗下的屐履声。这样的日子，让人如何割舍？

凤莲不再激烈地反对，皱眉陷入沉思。秦斗没有强勉，他比她更懂，房子对一个女人来说意味着什么，会给她时间消化他的想法。

为房子的事，两个人生分起来，秦斗怕刺激她，处处小心翼翼，不碰这个话题。夫妻间的互动突然变得客套拘束。

秦斗暗自定下坨，如果老婆死活不容许，他偷摸干，生米蒸熟了，她也奈何不了。

事业，是男人的小情人，男人会为她私奔，为了她离婚。事业是男人的面子，情人是男人的衣裳，穿得越靓丽越多，说明越强悍。这是男人的本色。如何跨过女人这道关，多少英雄栽倒在石榴裙下。一夫当关，万夫莫开，精辟地绘出了夫人的威猛。秦斗能如愿吗？

55. 要 挟

“绝不能卖，当年你不买房，谁肯嫁你？”老爷子劈头盖脸一顿训斥。

秦斗小心脏一沉，坏了，老婆侧面发功，搬秦爹做说客。“不是卖，是抵押给银行，两码事，不搭界。”秦斗急解释。

“和典当差不多，还不上高利息，还不得贱卖？那房地段旺，一楼呀，闹中取静，抬腿几步就到江边，哪天你老了，刨不动了，将客厅拆成门面，卖个茶叶蛋矿泉水什么的，多滋润！后面有片敞地，用篱笆围起来，种些时令的瓜果蔬菜，置套石桌椅，牵上两株葡萄。下了班，在密匝的藤叶荫底，吃个饭，歇个凉，多爽快。要是卖哒，上哪儿落脚？媳妇都那样，还能东挪西移？孙子看着渐大，到哪儿上学？走南闯北，闹出啥名堂，都奔中年啦，瞎折腾，安逸点儿过日子！”老爷子是过来人，一辈子端国企的饭碗，只图个稳当，儿子是啥料，从小哺到大，心里明镜似的。

秦斗唯有恭谨地应着，不敢辩半个字。他和老爷子从前有代沟，家里虽说住在镇上，老爷子大小当个经理，脾气臭，没给他铺条好前程。谈个女朋友，双方家长死活阻碍，最后闹掰了。

老家混得憋屈，远走东北，饥寒交迫找不到活路，请老爷子再寄点儿钱救济，他已是第三次求援，老爷子毅然回绝，男儿出去闯，就得断奶，总有依赖心，不如滚回来老实地上班。零下40摄氏度，灶膛没柴火烧，坑上冷簌簌，睡觉冻得如簸筛子，穷的一天，饥了烤个馍……那日子如伤疤烙在心里，硌得慌。

从此，他对家人生了怨隙，一年到头，从不主动去电话问候双亲，在外面混了十八年，从未回老家探视，就连娶妻生子办酒席，都与故乡绝缘。绝情寡义，恨的种子埋得越久，如不铲除，越发茂盛。

在岌岌危难时，亲人们袖在一边，初恋情人也远嫁他人，这是多大的悲哀。此恨绵绵，如蚕蛹外的茧子，密实地粘接，层层叠叠。自己升级当了父亲，渐渐体会到个中的甘苦。经历生活的反复涤荡，疏远的亲情慢慢回归。在老爷子的影子里，找到他未来模糊的形容，佝偻着为后代操劳，血脉相连之外，还有角色的轮回，理解到那份撕裂的断脐之爱，父子间的隔阂逐渐消融。男孩长大成男人，需要时间和苦难来雕琢。

秦斗只有敷衍几句，背着道德的十字架，他对凤莲的冥顽不化有点儿厌烦，至于到处宣传吗？屁大点儿事就捅到老爷子那边，真是酸不拉叽的小妇人。

“听说你要借高利贷，劝一句，就当我没说，银行如周扒皮，连本带息压力大呀，不及时上贡，那些龟儿子一天几个电话骚扰，听说，和社团组织联手，啥歪招都使，狠得呀。近年我也不顺，否则早扔十万八万到你那儿，还不是小菜一碟。”大舅发话，他在老家开超市，前几年拮据，秦斗在风光时借给他三万，一直憋着没吭声，直到凤莲病危，才将钱垫上，多一分都没。说得动听，这几年，在县城小洋楼盖上了，没积蓄才怪。

秦斗没戳穿，何必得罪外戚！人家一肚子意见都按住未表，能惦记你，不骂人就算烧高香，一个好端端的大姑娘，跟了咱几年成个瘫子，没责任？回娘家办酒席，大舅鞍前马后地伺候，给足了面，还能有怨言？拖着半条人，附加个鼻涕佬，吸金黑洞，还得上？谁心底都会打鼓发怵。还多亏她二姐，一直帮忙带小孩，向娘家，我也羞于开口，借与不借，只能发于自愿。知足吧，我有权利去怪别人？他来电的目的是啥？两层意思，将门先封上，借钱免谈；二是代表娘家，为凤莲站边背书，不能打房子主意。不愧是做买卖的大哥！

我的房子关你们鸟事。秦斗烦躁，如被人偷袭，挨了一记闷棍。

“我们是大家族，小妹发生这事，都很难过，亲戚都感激你的照顾，换成了负心人，受不了，早就那个了，你重情义，就不啰唆了，有空来咱山旮旯玩，我陪你喝酒！”大舅不忘虚头巴脑地表扬几声。

不说还不打紧，秦斗浑身起鸡皮疙瘩。你家小妹成植物人那阵子，兄弟姐妹急匆匆地奔来探望，还不是因为老娘活着，没见谁对我做慈善捐款。关系到是否开颅动手术，一个个比谁都现实，恨不得一刀子切下去，一了百了，都怕甩不掉这个活麻烦。要不是我咬牙坚持，她能醒来？能这么有尊严地活着？过去的就翻过去，如今在老子面前唱高调，竖道德牌坊，不就暗示，要我守着她终老吗？还用你来婆妈，哪天老子过得不耐烦，一拍两散，她的六个兄弟姐妹，撒手不管？是不是怕了？每家待两个月，看你还念不念你可爱的小妹。呸！

秦斗厌嫌地喷了个响鼻，她还没想好，找人压我，夫妻一场，沟通就这么难吗？女人心真难捉摸，你反对就明说，东扯西拉，整这些帮腔的登场唱和有何用？不就是件私房事，还将它摊在亲戚面前审判，让咱的面子往哪儿搁？一股燥气直蹿脑门，拈个机会吓吓这娘们，让她服帖，惯坏了，竟纵容后党做大，咱还能主大事定乾坤？软的不行来硬的，爆炒的豌豆就嚼得烂？

超级可恶，秦斗往沙发上摔掉手机，很烦。按说，人历练越多越通透。人都没了，抱个房管屁用？为何不替我想想？她做得这么绝，将我惹毛了，啥都不要，净身出户，悄悄地消失，管他娘的家破人亡。

秦斗窝火，回到家却装着没事发生的样子，舰着脸一团和气，她是名患者，想法荒谬点儿，该忍还得忍。夫妻间的冷战、生分，比大吵大闹更内伤。那些习惯拉锯战的，争吵了一辈子，棍子都捅不散，叫叫嚷嚷成了某种火暴激烈的感情交流方式，无拘无束，恣意尽兴，拌嘴成了胶水，关系黏得牢靠。

早上，秦斗蹑手蹑脚地起床，收拾完毕准备上班，发现公务包拉链上夹着卷纸，拎起来，轻轻阖上防盗门，生怕惊醒凤莲。在街角买了份面包，边嚼边瞄：双方因感情不和，经协商离婚……

每个字都是硬邦邦的方砖，各种堵。起初，秦斗以为闹着玩，脸上讪笑，视线扫到最后一栏，凤莲已签好字，印了朱红的手印，一股寒意袭来，动真格了？

白纸黑字，不像是怄气，她的大脑短路，也不至于这样吧，将我挂在火上煎。我罔顾外面的非议，混账地签了，良心不被狗啃了？熟人会鄙视，将对方当生育机器，养了儿子，就甩掉累赘；不识我的，戳我脊梁骨，骂我喜新厌旧，抛弃糟糠之妻。她以后靠啥生存？每月两千多的药费从哪儿弄？好歹是条命，就算睁只眼闭只眼不管，良心也不安稳。何况，还有可爱的儿子，粉嫩聪慧，呀呀地叫唤，猪伢般滚爬，这个割舍不了的纽带，放得下？

想当年，那位矜持迷人的公主，出落得水灵大方，我不过仓库里猥琐的搬运工，剩男加穷二代，为了博取芳心一动，半夜租车奔赴百里，给她送温暖棉被；穷追猛打，手捧大簇鲜花，闷骚地徘徊在机场大楼里，兴奋猴急地迎接回国的小美人，挖空心思制造各种浪漫……这些甜酸的往事，只属于我俩的记忆片段，剪得断？

秦斗开着金杯车往公司去，“离婚”这个词，像鬼魅缠绕着，让他精神恍惚。一边是公司的前途，一边是老婆的离婚书，黑白犬牙锉齿地交锋。情——钱，老婆——公司，如戏台上对斗的武生，背上满插三角彩旗，在咚咚铿锵的锣鼓声里，有板有眼，压着节拍耍着刀枪，绞咬在一起，步履交叠，人影绰绰，咿呀呀，嗨哈哈，难舍难分的晕眩。

嘎——吱——一条庞大黑影瞬间扑来，秦斗急踩刹车，往右打方向盘，使劲拽手刹，轮胎在尖锐声里拖行，与水泥地蹭出浓烟，烙出长长的墨迹，好险！

高速行驶的金杯车，即将撞向前面等红灯的大货车，仅差一米。右道的小车见势不妙，紧急变道避让，司机吓得手心沁出冷汗，他摇下车窗，气呼呼，对着秦斗凶狠地骂：“找死，妈的，怎么开车的？有病！”

秦斗木桩般杵在驾驶室，被刚才惊险的一幕吓蒙了，要是反应不机敏，小命差点儿毁了。开车分神打岔，分秒沦为马路上的烈士。

突发的恐惧，让秦斗顿悟，哪一个人不是活在分秒中？一个人，真正拥有的时间，不就是那一分一秒。所谓天长地久，海枯石烂，都是哄人的。活好当下的每分每秒就行了。错过了，疏忽了，遗漏了，流逝了，也许便成永别。

秦斗将车拐到海边停下。日子还得过下去，后院先稳住。他将离婚书拿起来，对折，一条条撕烂，攥在手上，轻轻一挥，白色的碎片，朝宽阔的大海，顺风蝴蝶般上下翩飞。

浪涛涌动，波澜如海的皱纹，翻越了亿万年的沧桑。细碎的沙砾，柔软的海水，厮守着短暂相逢的缘分和喜悦。凉亭，翠竹摇曳，粗拙的麻绳串起石质的护栏，坐在海边的渔翁，静望着水中的浮标，在大海里垂钓，红彤彤的太阳，洒落了一垅金光的潋滟。一队穿着鲜艳服饰的自行车骑手，轻盈的身姿飒飒而去，车轮辗出一辙一辙的风景。都在找寻什么？

岩石的缝隙，几株野菊花探出来，舒展着黄灿灿的花瓣，一只肥胖的蜜蜂，嗡嗡飞来采撷。觅食的螃蟹，大大小小，被脚步声惊扰，东躲西藏，倏忽不见影踪。冲上滩涂的残枝败叶，空空的化妆瓶，磨穿了底的皮鞋，一只白森森的鱼骨架，寂寥地躺在沙滩上，听风呜咽，吹来又吹去，听不懂的沉默。我和它们有什么区别？都是岁月之海里，微不足道的过客，终究被时光的波涛，这把柔软的锉刀磨蚀，化作历史的沉积，被湮没。

秦斗将封闭的车窗打开，咸湿的海风拂来，理清思绪。与其裹脚畏首，顾虑重重，不如直接点儿，大胆作为，怕个球。

他不禁自鸣得意，当年的英明和远见，购房时，业主一栏上，只登记自己的名字，否则，搭上婆娘，抵押啥的就不方便，还得乞求她一同去办手续。不能让女人管钱，财政大权要抓在自个儿手里，这是秦斗的原则。

记得有个真实的段子，一名亿万富翁辛苦地打拼，不幸壮年夭折，老婆新寡，改嫁给他们家年轻的小司机。这位新郎在洞房花烛夜，扬扬自得地说："当年，我总以为替老板打工，现在才闹明白，是老板在替俺打工。"

男人有钱就变坏，女人为钱会变节。谁有钱，就是老大。男人不理财，成不了气候。秦斗不声张，私下将房押给银行，贷了几十万。这下长了精神，将外面的欠账还得七七八八，公司又恢复了元气。秦斗也不屌三个股东，都是些落井下石的贱货。回到家，赔着小心，哄着凤莲过日子，万一漏了风声穿帮了，该咋地就咋地，能把我活剐了不成？他想透了。

老爷子发动秦奋，请他劝阻秦斗，秦奋说了半晌好话："这不叫卖房，是利用银行的钱下蛋。"老爷子气呼呼的不听辩解，梗着青筋暴突的脖子，直跺脚："不听话，多好块地段，要是糟蹋了，和你们没完！不替自己琢磨，也得为后代留个窝槽。"

秦奋收到老爷子的指示，犹疑了，要不要出面劝？秦斗会听吗？弄不好他会误会，这是在帮腔，两个人正铆足劲较量，他只会反感。

工厂活过来，秦斗又翘起尾巴。秦奋不但没气馁，反感到欣喜。秦斗啊，说你会算计吧，这回可丢价了。按惯常思维，秦斗有资金周转了，收购的阳谋要泡汤，秦奋何以笑得起来？

这就是凡人眼拙。银行是搞什么的？慈善机构？他们的钱这么好使唤？粗略地算，如果两年还款，每月需还几万块，还有高昂的利息呢。这不是饮鸩止渴吗？秦奋想起这个词，胆忒大，乖乖，到时不是咱逼你卖厂，自然有组织让你就范。

秦奋暗暗替小弟担忧，何苦呢？替银行打工，将加工的微薄利润兑成高利贷，一旦断供，查封房子，宣告破产。他在悬崖峭壁间走钢丝，瞧着风光，稍有疏忽闪失，坠得更惨。突然间，秦奋感到特别沮丧。秦斗这着烂棋，将大家都逼进死胡同，而自己无法挽救，只能静观其变，那一天迟早会来，拖得愈久，秦斗的损失愈大。事态会有如何吊诡的走向？

56. 恩 怨

没盼到秦斗撤资的好消息，秦奋迎来了官司。

突然收到法院的快件，拆开一瞄，头皮发麻，一阵晕，怒火勃然飙起。魏贤起诉他，要求秦奋按他原始投资埋单，而非按公司重组后的。这狗日的，会这样绝情，狂，不可理喻，四位股东白纸黑字敲定的，他凭什么反悔？真是恶人先告状，贪婪！奸猾！昧良心。他向秦斗催不到那笔私人欠款，倒打秦奋一耙。

秦奋气急败坏，手直哆嗦，在电话里吼道："你什么意思？当初咱们谈好的，现在变卦了？你要不想转股份，可将订金退给我，为何要杵上法院？”

魏贤不急不躁，冷漠地说：“和我律师谈吧！”魏贤窝一肚子火，我打工辛苦攒点儿钱，交给你们打理，说声亏了就缩水，这个洞你不填，难道要我埋单？他早咨询过律师，胸有成竹。自然，生意上门，律师正反分析，然后怂恿他打官司，捍卫自己的权益。胜负对这类职业讼棍来说，无伤大雅，代理费照单全收。

魏贤本来是个婆妈性子，长期受压抑，被人家一鼓捣，如逢到知音，终于扬眉吐气，忙不迭地献上三千元律师费，换来专家唾沫飞溅的保证，小事啦，有七成把握。律师说得活络，七成的把握，后面省了宾语，是七成赢，还是输，值得玩味。

赌注砸下了，三千搏五万的差额，魏贤和老婆晚上在床上办完事，趁着余兴，辗转讨论了几宿。输了，也长面子，看谁敢欺负咱，压一压秦奋的嚣张气焰，又可敲打一下秦斗，让他早点儿还债，俩兄弟，再怎么僵，都一个妈生的，一丘之貉。何况，说不定赢了呢，就少丢点儿。

那层温情的面纱揭去，露出狰狞的欲壑，让秦奋心寒，我到底做错了什么？纠结、愤懑，令他无法冷静。秦奋忙知会张律师，积极应诉，花冤枉钱，也要给魏贤一记教训，告诉他“诚信”这两个字是怎么写的。

秦奋腹背受敌，虽没损失，却表明人心在加速分裂，坐下来，和和气气地协商已成奢望。吴志在观望，没提啥异议，这让秦奋稍觉欣慰。好聚好散，当年四个人团结一致，共襄盛举的那一幕，如刚谢去的昨天，清晰生动，一晃眼，结了怨，对簿公堂。人呀，反复无常的动物！

对于法院，秦奋像进戏院般随意，并非轻视那里的庄重，见惯了一些人在此粉墨登场的纷争，他抱着观赏心态，娱乐地进出，面对一出又一出的表演。不是你的，偏要争占，是你的，沾不到边。都用自己的心，去称“公平”两个字，于是矛盾激化，现场版的苦情剧，哗啦啦地在此开演。

法院、医院，这两院，做生意的人，都有机会进去。一个是修理心理不平，一个是治疗肉体疾病。有了问题奔这两院，将困扰和隐私裸开，最丑陋、最真实、最血腥、最阴暗、最吸引眼球的地方，成了解剖的标本。

秦奋从不忌讳造访，求一份心宁，将解不开的结在这里打开，如得到宗教的感化、加持、打扮，然后获得轻松。

事务所在三乡，秦奋开车去接张律师。他精瘦干练，中等偏矮的身材，带浓重的湖南口音。张口代理费五千，秦奋品着茶，慢悠悠地还价。几番拉锯过后，降了一千，另附加请张律师吃饭。“都是生意人嘛，好说！”秦奋点明双方的关系。

“那请你多介绍些老板。”张律师老辣，一双鼓突的鱼眼，滴溜溜地转，生着黄褐斑的脸上，架着近视镜，笑得灿烂。他从内地司法局副局座内退，跑到中山闯事业，开了这片档口，小日子过得蛮惬意。

“爽快！”秦奋从包里掏出一沓钱，抽了几张递过去。见到红艳艳的，张律师亮起眼，蘸着口水专注地捋了一遍。

“请大老板以后多关照哈！”张律师一笔一画，认真地开妥收据，嵌上印。“正式的发票，过些日子才有。”张律师先堵住口，防避委托人纠缠，反咬其不纳税。

“搞得蛮正规！”秦奋瞟着用法律文书格式写的收据调侃。处处谨慎，这让秦奋开了眼界。

“开快点儿，八点半开庭，不能迟到！”张律师坐在车内，屁股在垫子上不安地扭动，不停地催。

集镇上人来车窜，秦奋沉着地扭动方向盘，左避右闪，点头呼应，却没有超速。他也急，但不慌张，平安到达，是他的宗旨，他性子疲，耐得住。

“还需多久到？已迟到10分钟！完哒，完哒！给法官第一印象糟了！”张律师盯着表，哇哇直叫。

“没事，晚了就晚了吧。”秦奋安慰道，一边稳健地加速，由于紧张，尿意压抑着膀胱，憋得难受。有理还怕迟到？当律师，遇事不镇定，是个熊包。

“你真沉得住气！我以前开单位车，横冲直撞都不怕！”张律师倚老卖老，在旁挑唆。

“哪能跟你比？公家车，你牛，撞坏了，有人顶包埋单，我一介草民，冲个红灯200块，一顿饭钱贡献出去，能不肉痛？”

车终于兜进法院，张律师腋下夹着包，踏着鸭步一路紧跑，如同钻进了他家的小区，直扑向312室，秦奋吁着粗气，屁颠地尾随。

一扇扇门，间隔出纷扰和宁静，室内控辩双方在嚼舌根，外面空荡荡的落寞，无聊的空气陪着无聊的空气。阳光慷慨地照耀，从走廊的这端绵延到尽头。大理石地板洁净锃亮，无声地承受着众人的践踏，清脆的脚步声，嚓嚓的回音，叩击着窗玻璃。玻璃上黏滞着灰尘，户外的世界模糊，令人看不清远方。人筑起高楼，寻求更宽广高深的空间，站得越高，离地越远，脚底越悬。

张律师轻轻地推开门，弓腰闪入，扎着头，谄媚地向着主席台说："不好意思，塞车……"他猫着腰蜷缩在被告席上，斜眼定睛一瞧，法官还未驾到，几张空椅子，安分地缄默着，一位年轻的书记员在整理资料。张律师这才扬起眉，挺直驼背，脸上浮起端庄的气势来，倨傲地扫视原告席，感觉找回来了。

"比我还迟！"秦奋说。墙上挂钟，指向9点。精彩的拳击赛即将播出，胜负如何？

57. 反 诉

秦奋鄙夷地瞅着对方，一名体量似日本相扑的律师，一大摊臃肿的脂肪，侵了原告席大半位置，霸气十足。个子瘦短的魏贤陪衬，哭丧的脸上如丧考妣，两个人滑稽而强烈的对比，说相声耍宝似的，挺般配的搭档，让秦奋乐起来，不愧是重量级选手。

魏贤还有脸来当堂对质，秦奋鼻子哼了哼，不禁唾弃起他的无赖。

"等会儿开庭，你不作声，由我来答辩。"张律师一脸严肃地告诫，临阵前的气氛骤绷，他要为擦亮自己的招牌而骁战，怕秦奋说漏嘴，扯些无关痛痒的，无法打动法官。

张律师在信笺纸上，扒拉着应诉提纲。

秦奋无所事事地抖着大胯，枯坐在那儿，太沉闷了，东张西望。一位气度不凡的女法官翩然而入。精致的面容，柔和的轮廓；经过修饰的柳叶眉，得意又玲珑；白净嫩滑的脸上，隆起希腊雕像里高挺的秀鼻；两只大眼睛，用水灵灵去形容，那是赠给情人的，柔波留转处，如月光和煦妩媚，能做条小鱼在那柔波里悠游也觉畅意；红唇轻启的生动，让人有深潜蜜泉探索的向往，那里种有芬芳的兰花，温润的香息幽幽，如能被承接，抑或将游子的渴望浇灌，那会是怎样的销魂……秦奋的遐思，误入了桃花源，被满眼的春色陶醉。

“请原告陈述！”婉约清丽的声音如乳燕初啼，让秦奋缓过神来。

胖律师口才绝佳，滔滔地讲：“据共创公司成立协议，原告投入原始资本为15万，占20%股份。依照被告写的‘说明’，清楚地注明，被告支付5万股的定金，还差10万转让款未付，原告请求依法判决，被告偿还所欠余款10万。”

原来，魏贤钻空子，当时秦奋作废的那张草稿，随意扔弃在桌上，另外开了张收据。没料到，魏贤将那纸片拿走，在空白处添内容造假。更让人气愤的，为了印证它的真实性，他私下叫吴志也补上名。颠倒黑白，事实上那天，吴志根本不在现场！

魏贤将动过手脚的“证据”呈给法庭，无耻透顶！秦奋悔悟，自己做事毛躁，被居心叵测的人捏到把柄。他天真地想，做人该坦荡真诚，却换来阴毒的算计。怒火在胸膛焚烧，一纸垃圾，成了冠冕堂皇的合约物证，莫大的讽刺。这张‘说明’最大的漏洞显而易见，没有秦奋的署名。张律师瞄准这个漏洞，进行强有力的炮轰反击。

秦奋向法庭出示一份至关重要的材料，原告收定金前半年，全体股东签名的资产重组报表，将总资产重新界定，魏贤的股份已变更为10万。这份证据，胖律师并不否认。双方律师如两尾荷尔蒙亢奋的斗鱼，唾沫四溅地对啄着，难解难分，主张各自的权益，攻击对方的软肋。

秦奋冷眼旁观这场富有激情的争拗，想起童年养的蟋蟀。小伙伴将蟋蟀倒进瓦缸里，用稻草拨弄。两只蟋蟀斗志昂扬，弹腿理须，张牙舞爪，碰头便凶咬，几个回合的胶着撕扯，胜利者张翅，嘎嘎唧唧欢唱。拨弄这两条猛士的稻草，是什么？

令魏贤惊愕的是，被告反诉其收到定金后，没在约定的时间办理转让手续。被告请求裁决：终止交易，原告按双倍的定金赔偿。这招狠棋是张律师的点子，不仅要痛扁小人，还要揍得对方往外吐血。秦奋默许，并给予鼓励：

如能办成，分一半给他做奖赏。不愧是赫赫大律师，思维就是缜密。

魏贤耷拉着脑袋，满脸难堪，挂着拘谨，阴郁着眼，一声不吭。烦躁地扭动臀部，如坐针毡。他侥幸的图谋被次第浇灭，冒出几缕灰烬残后的青烟。灯管射来白花花刺眼的光，空气裹得他，越箍越紧，鼻腔里的混浊，让他连打了几个射出鼻涕的喷嚏，脑子混沌，嗡嗡有些头痛。

胖律师的两瓣嘴，一张一翕，模糊成自动说话的电子布娃娃。他是我请来的吗？为何说服不了法官？他曾振奋地承诺，十拿九稳的正义，被对手驳得体无完肤。丝丝寒意袭来，魏贤如坠冰窟，身子颤了几下，像条即将被冻僵的鱼，做最后的顽抗。

两位律师的陈述，貌似铮铮有理。信口雌黄，这是口才，他们的职业必修和强项。有理无理，红唇白齿地鼓吹，似乎黑白得以分明，美丑得以彰显。

秦奋不信这套，真的就是真的，假的，再仿真，那也是赝品。他心底嘲笑魏贤太蠢，你坏事干脆做绝点儿，更犀利细腻些，在“说明”上模仿我签个名，这事不就成了？如果被告质疑，需做笔迹鉴定，这个难度大。反正是做假，就做得全泛点儿。

人在做，天在看。蒙蔽了一时，愚弄不了历史。对得住良心，便不惧别人的猖狂和玷污。这是秦奋为人的思路。与人斗，教育度人，善莫大焉，其乐无穷。秦奋不是好糊弄的家伙，做人，要有点儿血性。和君子交往，我更君子；和小人过招，我更小人。德言善行，可以广披芸芸众生，对于自甘堕落者和冥顽不化者，要用信仰去感化。欲海无涯，迷途知返，回头是岸。给需要救赎的人，建立信仰，敬畏和热爱生命。这种信仰便是：真，善，美，施与，分享，和谐，感恩，宽容。

58. 大 度

法官没当堂宣判，张律师如斗胜的公鸡，仰着脖，闪着得意的眼说：“不用操心，准成。”老江湖从现场嗅出风向。

管它呢！秦奋不在乎结果。两个人间的关系冷冷地画上句号。遇到个没价值的对手，他觉得请律师来辩论，是浪费，对付这类轻薄人，用律师是多余，过于隆重。如果法院乱判，他会继续上诉，无论如何也要打倒魏贤，这口恶气不出，心里不顺。

秦奋邀张律师去喝酒，他有事忙，因此作罢，张律师富有职业性的圆滑，但不讨人嫌，秦奋喜欢这种类型。

二十天后，秦奋收到判决书，如端着碗滚烫的汤，有点儿炙手，忐忑与激动地读道：“不支持原告诉求，驳回被告的反诉。”他畅快地大笑，高声嚷：“赢了！”

阳光和煦，大地一片光明，天湛蓝广袤，每个毛孔都舒张，喜悦如暖融融的空气，熨帖着肌肤。

兴奋了几分钟，秦奋拐进酒楼，叫上一桌菜，一个人畅饮。这个胜利，他不需要人陪，除了律师，也不会向外人提及，他只想好好地喝上几杯，犒赏自己。

在酒精的熏蒸下，秦奋想起曾捧读过的《圣经》，心情有些沉甸。它完全是一部苦难史，博大精深的思想，无与伦比的忍受精神，叹为观止。蘸着血泪在书写一个字：爱！为何能传播和影响千百年，成为亿万人顶礼膜拜的坚贞的信仰？煅成西方世界价值观的基石和支柱，撇开它的玄灵和因果报应等说法，从实用主义的角度剖析，它的不同凡响，荟萃了人类至诚至善至爱的思想成果，教导人们如何面对困苦，倡导博爱，结束奴役和压迫，让人活得更有尊严和幸福。

爱世人，爱敌人，有这般胸襟和眼光，那天下人心，迟早收于囊中。就算是一名人人唾弃的可怜妓女，主，都能站出来替她辩解：“谁没有过错？我们如迷失的羔羊，需要忏悔原罪和过失。迷失的，是心灵，迷茫的，是眼睛。人们需要在爱河中洗礼，反观和检讨自己，将爱的光用心呵护和传递。”

每个人，当拥有了爱心，都是天使。传播爱的过程，也是自我觉悟和修炼的过程。爱，就在自己的手上，眼里，心底。伸出手，睁开眼，敞开心扉，将爱的光辉放射出去。那时，你也会被爱所包围，不再需要到处寻觅所谓的真爱。没有贫富、美丑、贵贱、老幼、强弱、肤色的区别，都是万物之灵，人人平等。因为爱，没有差别。一只微小的蚂蚁，它有它的世界。一叶一花，都有智慧和灵性。

酒瓶，一只一只见底，金黄色的啤酒气泡，翻涌而起，瞬间破灭，完成了气泡的使命。流进体内的液体，还能称为啤酒吗？经过胃肠的消化，排泄成腥臊的尿，同样的金黄色。然后，汇入江河，再被酿成啤酒。循环与轮回，没有损耗和消失。这里便蕴有禅机。

既然一切是空，何不让这个空空得更大，更多面呢？悟了，色即是空，空即是色。那就行动，将人生的色彩涂画得与众不同，更绚烂潇洒。坐实这个空！空，也比别人空得深邃与广大。当遭遇不幸、困苦、灾难，被动地承受时，用这种无畏而恬淡的心境去面对。无法逃避加披在身上的重荷，但可以将心灵放空，只要肉体还没泯灭，便是存在的最大意义。在地上画个圆，圆里面是空，圆外面也是空，何不跳出圈里那个仄小的空间，拥抱圈外那无垠的空间？如果现实和理念，是这个圆，是不是再审视检讨一下，到底局限和定位在哪里，圈里，还是圈外？不执迷于条条框框编成的樊笼，不小视轻贱怠慢自己。

我本尘土，终归于尘土。那就让这粒微尘，如一枚星星，在浩瀚的宇宙间闪现，就算静默无名，缺乏恒星的光耀，也曾流星飞过，虽转瞬即逝，也划出亮丽的轨迹。我本渺小，那就让我渺小地绽放吧。不要收敛和吝惜自己的热情和能量，用心和行动去点起烛光，在夜晚，就算无法照亮世界，起码可以照亮自己。

如何获得这种透视的本领？将物事当作物事；将诱惑当作虚幻；存在的，也许只是暂时，学会挖掘深层的本源。当处在纷繁复杂的环境中；当深陷困厄，孤立无援时；当志得意满、骄奢淫逸时；当信心爆棚、想入非非时，浮躁或恐慌，常常会侵蚀原本理智的慧心，什么都会过去，神马都是浮云。

但是，并不因为万物皆虚无，便不作为，坐而论道地空谈或等待。恰恰相反，就因为事物的发展不可捉摸，更需要积极进取、参与，心不为坏事而晃动，却向好的方向萌生。振作信心，继续孜孜不倦地上下求索。一静，一动，动静相宜，相得益彰。将困难放大，便是铺天盖地的罗网；将困难缩小，不过是一枚阻碍的顽石。搬不动它，可以跨越，或绕道而行。山的那边，是平原；海的那边，是陆地。

名和利都是空，为何苦苦追求，就是捕不到这些空呢？难道说，还有比名利更空的东西？将名利看淡，觑空，不要枉费心机，侵害别人的名利来自肥，不必斤斤计较名利的得失。透彻名利，名利如空气，它存不存在？名利是空，便容易放下，舍得，忘了。名利是空，有着无限的空间，有待拥抱、赢取。当获得更大更多的空，能否将这个空，施与他人？这样才能真正做到大空！这个空，非空洞无物，而是空得博大，无形有形的，都能融容，人人都能自由生活在这个空中，各取所需，有各自的位置。学会将自己放空，便能轻松愉快地生活。奋勇直前，理直气壮地追逐名利这种空吧。人生，就是要空得有内涵！

59. 莲 心

王工约秦奋到日天公司喝茶，秦奋和胡总打过官司，担心大家会尴尬，犹豫半会儿还是去了。秦奋发明了几款新产品，正委托王工画结构图，这点儿面子得给足。

日天公司搬进敞亮的新厂房，秦奋摸到大门，半信半疑地去门卫处登记：“这是日天塑料制品公司？”

年轻的保安仪容整齐，生得清爽，敬礼答：“都一个老板，改名为日天摄影器材公司。”大半年不见，闹阔绰了。秦奋肃然起敬，这胡总咸鱼翻身，还真有一套。

王工腼腆地笑迎过来，后面跟着一位气质高雅的女人，王工介绍：“我表妹，老板娘！”秦奋面带窘色，忙捧住女人大大咧咧伸过来的玉手，软绵绵的润滑，像触摸鸭绒般的温和舒适。

“梁山好汉，不打不相识！”女人朗笑，秦奋的拘谨被她的热情卸甲了。她就是慧娟，两个人只通过电话，第一次见到真人。他一直以为对方是一名长得粗的女汉子，眼前的这个女人，一袭贵气。胡总这坨牛粪，真有福气，插着一枝娇艳的鲜花，秦奋羡慕嫉妒恨啊。

小娘子身材亭亭，凸凹有致，挺胸翘腚，内容不同凡响，不是那种纤弱得只余骨感，1942年大闹饥荒的造型，也非唐朝的丰腴贵妃，富态得脂肪直抖。她是减一分嫌瘦，添一分显胖。比维纳斯雕像小一号，就这绝妙效果。

乌青的长发，绾成秀髻盘在额顶，如金鱼头顶隆起的鼓泡，缀着四只翡翠饰品，鹅蛋脸上两撇俏眉，细嫩奶酪般的肤色，亮晶晶的眼睛，如幽潭含月漾清辉，红唇皓齿相映成趣，嘴角向上俊挑，一轮优美柔和的弧线勾人魂魄。姿容如从聊斋里下凡的妖娆狐仙。

一袭黑色遮膝套裙的职业装，上衣右胸高耸部位别着厂牌，举手投足干练利索，白晃晃膏腴的小腿，磁住秦奋的视线。秦奋阅女无数，面对眼前极品尤物，小心脏不禁怦怦加速直跳。

办公室里，摆着红木精雕的桌椅，两盆硕大的青花瓷缸，矗在明媚的窗下，濯濯清水里，养着几枝翠荷。纤纤荷秆上，有的擎着含苞待放的花蕾；有的花瓣曼妙舒展，捧着鹅黄的花蕊。几条金鱼曳着裙裾，翩翩地游来逛去。见到生趣的荷花，秦奋顿觉亲切，想念起千里之外的故乡，那碧波浩渺的洪湖：河水，青幽幽的，岸畔垂柳依依。

有阳光的日子，这一泓柔波，揽着游动的朵朵白云和一尾尾鱼儿，相嬉相逐。近水的浅滩上，茂生墨绿的水草，轻轻舞动着纤纤柔姿。这样晴朗的天气，可见清澈的河床，两三只肥硕的螺蛳，背着隆起的壳，缓缓蠕行，在稀软的淤泥上，慢悠悠画出一道浅浅的痕迹。有褐色的蚌壳一张一翕，往外吹出串串圆圆的气泡，一枚一枚地升浮。午后凉爽的树荫下，就着肥油油的草毯席地而坐，漫不经心地垂钓。望着水面上，波光粼粼，守着夕阳西下，一抹晚照，胭红满河的柔水。夏天，会遇到顽皮的孩童，在码头赤条条地嬉水，听他们的欢笑，阵阵溅落，和扑腾的水珠一起跃动。河上的小舟，抛着牛角铁锚，有的成排地拥靠，有的零星地散布。有炊烟从船尾升起来，呛得驼背的老太婆连声咳嗽。戴着斗笠的老渔翁，蹴在船头，用手轻扯丝网，细致地清理网上卡着的小鱼小虾或杂物。牙牙学语的乳儿，胖嘟嘟的圆脑袋，粗藕节的壮胳膊，围着绣了“吉祥如意”的红兜布，晃晃悠悠地满舱爬动。落雨时分，另有几番景致。三月淫雨霏霏，缠缠绵绵。有时纷纷飘飞，柳絮扬花；有时迷蒙一片，淅淅沥沥，了无绝期，淋湿了晨昏。七月划龙船的炎夏，大雨滂沱的日子，铺天盖地，那般酣畅淋漓，不经意袭来。江南的雨，如江南的女子，秀气而多情；细腻时，悄悄来，娇媚润物无声；浓烈时，也会泼辣洒脱，让人一时无法躲避。堤上的树木，浴在茫茫雨阵里，似在烟雾里蒸熏，有风拂来，千万枝条摇曳，如醉如痴。河面上，涌起层层波澜，推搡着渔船，在风雨里吱吱呀呀地摇荡。船上，不知何时，已遮盖了油毡，被雨水洗刷得愈发乌亮。

如今，不会再有别离的人，独坐孤舟，抚弹琵琶，拨乱那一池月华的凄清；不会再有艄公，催促开船的吆喝声，一篙撑断游子依依望乡的视线。静坐于岸上的酒肆，凭窗听旗风烈烈，杯中白酒，烈的，还是醉了得好。

有人倚在桥头凝眸，凝眸这连绵清甜的河水，在流，流不尽，乡思苦，才去了，又被闲风翻拾起。那一叶叶渔舟，载不动的，是离愁。水的那一头，连着我的江南。

大家彼此谦让落座，寒暄几句，秦奋顺便问候胡总，他这几天出差外地，去某日企谈业务。慧娟娴熟地沏茶，一勺干枯墨青的茶叶，在水里润湿后舒展，渐渐地绽开，清水慢慢浸成绿色，香气袅袅，染着丝丝生涩的泥土气息。

慧娟招呼喝茶，娓娓说道，纯加工的发展遇到瓶颈，夫妻一合计，两条腿走路，胡总继续原来的业务，她在老家就会裁剪，由她带领上马包包制作，先给几家大企业做配套，近一年的磨合，反响不错。准备扩大生产，创自己品牌的摄影包，从王工处探知，秦奋对这行的营销颇有见地。

“感谢秦总，上次给我们普及了一堂法制课，你是大善人，咱也不避前嫌，请你过来指点下。”小娘子声线清脆动听，简短地将意图托出来，话讲得光面，把秦奋拍得酥软。奇女子！将曾经的怨隙当作施与，打包封存起来，并不纠结，大方地向前看，令人敬佩。

王工在一旁添着恭维的话，以他俩臭味相投的交情，自然不会敷衍他的事，何况还是位大美人盛情请托。这俩公婆为何悬殊忒大，拣个成语形容：天壤之别。外观品相，一个武大郎的矮糙，一个潘金莲的俊俏；性格等综合分数，一个猥琐小气的土蛤蟆，换成褒义词是宅心仁厚、谨慎勤俭；一个大方快意的侠女。绝配！一对鲜明的反义词。

秦奋参观完样品室，再次落座品茶。相距咫尺，那美更闪眼，秦奋忍不住，怦怦地瞟过去，急急将视线收回歇在别处。

紫色的茶具上，趴着一只褐色的蟾蜍，用滚水浇在上面，浑身瞬间变成一坨熠熠生辉的金疙瘩，俗气的金色如镀着一层霞光，慢慢褪去，最后消逝得无影无踪。秦奋对它发生浓厚兴趣，青蛙变成王子，只需美女的一吻滋润，大约是另一版本。

秦奋想入非非，仿佛胡总扑在那一叠财宝上，嘴里衔着枚金币。慧娟罩在氤氲的热气里，幻化成一缕馨香，飘进那青花瓷里，柔化成了绿茶，将癞蛤蟆淋成了金蟾，月宫折桂。难怪上次吴志喊胡总同去泡妞，他死活不去，原来金屋藏娇，这位绝色已令他死去活来，将公粮交空了。

秦奋也不将自己当外人，好话歹话胡扯开来。你们做的包不专业，只抄到外形，缺神韵，硬邦邦将几片布料拼起来，呆板，没那味。建议聘个做过名牌包的纸样师傅，真不可轻视。做几大系列，以便迎合不同消费者的嗜好，要在仿冒基础上改良，这样才吸引眼球。营销方面，先借用成熟渠道，参加类似北京摄影器材展，将牌子敲锣打鼓推出去，不能小家子气悭推广费，要大手笔、大气势、大方向、大胸怀，向全球一线品牌看齐……

对面的王工找上洗手间的借口，溜出去闲逛。

会客室只剩孤男寡女，飘忽着淡淡的荷花香和女人的体香。慧娟默默地点头，水灵灵的眼睛睃着秦奋，写满仰慕。给他续水时，雪白的纤手，轻盈地执着茶壶倾倒，热腾腾的甘露往下嘘，杯盅很浅，炙热的绿液，富有生机的浓酽，从杯底向上涨起来，满当当，溢出了杯沿，漫到紫檀木的茶盘上，湿漉漉一片。她专注地听讲，忘了收手。

秦奋恨不得吞下这位娇娃，她眼波里漾着春光，他的视线游弋成一条小鱼，往那明媚里泅水。那是初恋少女的明眸，纯净清澈，长长的睫毛轻轻地眨，如柳叶在迷离的水面绘着情话。水被煲得滚烫，那条小鱼受到惊宠，跃出深潭。

秦奋心怦怦跳，有点儿小慌乱，他佯装镇定，愣怔地去端茶盅，“哎呀！”右手被开水烫到。慧娟缓过神，急忙将壶嘴抬起挪开，绯红着脸怜惜地说：“对不起。”头凑拢过来，躬腰抓起一块凉湿的毛巾替他揩。由于太忙乱，葱白的手哆嗦地碰到秦奋，触电般麻了他一下，肌肤相亲，令他心旌摇曳。他分明感受到，她温润如兰香的呼吸，脸上，毛茸茸得发痒，泛红发烧，周身燥热，不知是茶水太热，还是美女灼人。

秦奋接过毛巾，盈笑道：“不碍事，我来吧！”

人是导体，那水直烫到心底去。

她的那种美，是三百六十度的美，芙蓉般气质高雅，不忍亵渎。秦奋如优哉游哉钻进网里的鱼，觅不到出路。

有的女人，第一面便似曾相识，仿佛神交很久，你甘愿做她的俘虏，魂不守舍地听她差遣，可以不索任何回报。秦奋遇到了他的女神。好茶需品，如好女人，初初有点儿生涩，愈到后愈发清香馥郁，提神养生。喝不完的茶，品不尽的女人。秦奋醒转过来，将杯中茶一饮而尽，杯底一朵泡得盛开的茉莉花，就让它留在那儿吧，一缕香魂已随君去。

“当——当——当”，铃声响起，慧娟抬手看表：“咦，过得真快，到钟吃晚饭，我做东，与君一席话胜读一个 MBA，上次给你添麻烦了，咱们一笑泯恩仇，二来拜师学艺。”

秦奋客套一番，哪敢高攀，收这么聪慧绝色的女弟子，心底甜津津的，半推半就应承。君子近兰，他也想探个究竟，商海沉浮这么多年，对方一定有过人之处。记得上次日天公司将近歇菜，苟延残喘，勉强维持，是哪一壶灵丹妙药，让它振作发达起来？再说，他岂会拂了美人的款款盛情呢？旖旎的风景需融入，多角度赏析。

在车间叫上王工，慧娟开辆白色的帕萨特，一起到荆楚酒家。

踏进门槛，正庭前方砌成水池，簇生着蒿草和荷花，一架老式木水车，在不停地轮转驮水，一张撒开的渔网做屏风，赫然伫立在池后，穿过渔网交织的洞孔张望，屋里屋外，一切尽在网中。

墙上挂着成串的咸干鱼和烟熏腊肉，棕色的蓑衣和土黄色的草鞋，漆上桐油的斗笠乌黑锃亮。船木做的厚拙桌椅板凳，每张台面置一盏朴实的马灯，透过玻璃罩闪烁的斑斓，是渔火如幻如梦。空气中流淌着经典民歌《洪湖水浪打浪》，低缓缠绵，桨板悠悠划动，水声哗哗，阵阵荡起游子的思乡情。

她冰雪聪明，特意用秦奋的家乡风味吊胃口。

对于吃货来讲，不是去哪儿吃，而是同谁吃。和心仪的人，坐在路边的大排档啃烧烤，也韵味无穷。

洪湖甲鱼煲、野鸭香锅、藜蒿炒腊肉、排骨莲子藕汤、粉蒸菱角米，漂亮的女服务员介绍，这些菜肴精选地道的食材，每天请熟识的班车，从洪湖捎带过来。望着桌上盘碟挤得满当当的佳肴，秦奋心里一热，真是个体贴的女人，她早就预订了。

秦奋点了瓶“洪湖浪”白酒，给王工斟满，轮到慧娟的面前，她甜笑着推辞：“不好意思，不能沾酒。”

王工惊讶地说：“你从前挺能喝的，海量哈，总替胡总挡酒，不会打咱们埋伏吧？敞开干，等会儿叫人来代驾。”

“关系这么近，我在你面前还装蒜？”

“这就怪哉，你工厂去年开庆功会，还见你端起白酒撂倒一批酒鬼，老公不在，怕喝高了没人背？”王工开玩笑。他和慧娟是发小，穿开裆裤时就在一个村长大，说话没啥禁忌。

“瞎扯，前些日体检，我患甲亢，医生说忌口，酒不能挨！”

“别迷信中医鬼打架那套，胡扯，这也不能吃，那也不能喝，活着有什么意思？酒是穿肠毒药，以毒攻毒。”王工犟着不依，秦奋纳闷，王工平时没这么会劝酒的，今天怎么啦？不对劲。

秦奋解围：“要不这样，先盛满。喝多少随意！”

“就是嘛，口口声声说取经，我将金牌业务员吆来，多少表示下。”王工附和道。

慧娟见拗不过，将攥在手里的小酒盅松开，白王工一眼，嗔怪道：“看我不向姨妈告状！尽欺负人。”

“甲亢没什么，常见病，平时不要过度疲劳，心情舒畅就可调养好。”秦奋又在卖弄那点儿医学知识。

“医生也这么讲，现在想开了，不像以前那么躁。感谢你能来！” 慧娟优雅地举杯和大家碰，浅浅抿了一口。

王工站起来给秦奋注酒，他自个儿倒了一杯，喷着酒气说：“你哪庄都好，处处替别人着想，就是不晓得心疼自己。你妈总要我提醒你，在外谋生不易，不要太好强，这些年你也不简单，屋里带顽皮的双胞胎，还要忙厂里，通宵熬夜，我几次探你，没见你一刻闲过，比我还拼命，这不将身子搞垮了？如今顺风顺水，该歇一歇，多请几个熟手，放手让他们去整，你抓大方向。”

“草根创业，底子薄，没厚实的外援，凭自己双手扒，千头万绪，不搏哪成。那些靠正经做大的老板，轨迹差不多，不过是谁的运气更多点儿，谁撑得更久些。能混得有起色，不是神经质，就是疯子，愁资金，忧订单，担风险，哪项不闹心？创业，是条不归路，只能向前进，向钱进。出门在外飘，哪个不挨刀？多亏遇到一帮朋友鼎力支助，我们跌跌撞撞，才有点儿成绩。只求心安，此生过得不后悔。”慧娟说。

王工灌得脸红脖子粗，醉迷迷地，将杯中酒碰翻，泼在台布上，秦奋一把将他手中的酒瓶抢过来，用胳膊肘按住他。

慧娟扭开一瓶矿泉水说：“王工酒量浅，多喝点儿水解酒，别逞能了，你不瞧瞧秦总，面不改色好酒量，再来几个都不是对手。不好意思，接个电话。”她离开桌位，阖上门，走到外面。

“咱俩喝交杯酒！”王工醉醺醺的，想拽住慧娟的衣角，扑了个空。

王工喝到位了，有些话藏在心底，没逮到机会倾吐，叽叽歪歪地啰唆起来：“他俩公婆般配吗？靓女嫁给个土鳖，第一印象，谁都会好奇惋惜，唉，这就是传说中的命。我和表妹青梅竹马，双方家长都有这意思，那能怎样？她是我远房亲戚，不存在近亲结婚那码破事。我们那山洼洼，闭塞贫困，死封建，从土里刨食，她家三个丫头，在当地直不起腰杆，她爸重男轻女，非要招个入赘的。我是独苗，父母自然不同意。她家两间土坯屋，穷得叮当响，她爸憋着这茬闷气，每日无酒不欢，农活也抛荒，灌醉了六亲不认，瞎发酒疯，里外都她妈操持。

“我考进城里读大学，两个人的关系渐渐疏离。胡总那时叫胡瓜，趁这空隙极力图表现，田头菜园，挑的扛的，他都跑得勤。虽其貌不扬，心却细腻憨实，一块冰都能被他焐化。他家弟兄两个，讨不到老婆，做倒插门也乐得屁颠屁颠的，何况是村花，慧娟是老大，妹妹还幼小。

“她爸在她 18 岁时患病投奔西天，孤儿寡母的作孽，家没个男将，就塌天了。好事的婆姨替她提亲，均是些歪瓜瘪枣的，还不通对方脾性，选来比去，觉得胡瓜还稍强点儿。

“她本来向着我，怕我到大城市，心野了，眼界高，还有种种阻力，一狠心就许了终身。

“下嫁的那天，她哭晕被搀进洞房，家里都掩住消息，怕我回去惹事。生米煮成熟饭，我才知晓，在校园的树林里，醉得一塌糊涂，不省人事，露宿了一夜。这就是命，劫数啊！

“胡瓜对她百依百顺，做饭打洗脚水，啥事都伺候妥帖，对丈母娘嘘寒问暖，比亲儿子还醒事孝顺。

“慧娟是个俏姑娘，心气高，每月背一袋米，爬山去小镇上，学缝纫的手艺。后来与相好的姊妹，结伴跑到南方打工，搞稳当后，将全家老小囫囵捎出来。

“胡瓜先到工地搬砖驮沙，后托熟人进模具厂打杂。他不惜蛮力气，人家就漏点儿技术，这小子忒有心机，估摸到窍门。两公婆攒点儿辛苦钱承包起车间，就这样发迹。一天比一天过得顺溜。

“我的老婆，还是她给撮合的，你说她多善，真是活菩萨。就算外面世界再花，很多土豪贵胄打她主意，愿舍全副身家迎娶她，她从未动念，应酬时支胡总去，委实推辞不掉的，就喊个伴陪着。

“她说，糟糠之夫不可弃，他的心我懂，不求他懂我。女人嘛，就美那几年，再靓不能当饭吃，光漂亮没用。找个爱你的人过日子，这样踏实。找个你爱的人结婚，要是对方不在意你，会心惶惶。女人是朵花，找瓷罐还是金属坛子装，哪种更稳当？

“胡总狗儿的，憨人有憨福，讨到这么知冷暖的老婆。你批他小气，我也讨厌。他从前穷怕了，养成孤寒的毛病，你大人大量，不和他一般见识。他有点儿粗鄙，但人不坏，有啥事托他，很仗义……

“等会儿她来了，嘘，哥们儿，只当没讲过！千万保密，惹她生气，会怪我的。”

王工掩着一份青涩的情史，难怪这么热心邀我来，原来帮衬老情人。失敬，又一个倒霉蛋，失败的情种，一段没结果的、夭折的、看起来很美的初恋。每个人，都有一段不忍回首的烂炖的情爱故事。

秦奋脑海里，一位立体鲜活的形象喷薄涌出：隐忍负重的坚韧的女子，不仅天生丽质，更孝贤聪慧，内外兼修，是一朵出淤泥而不染的怒放的莲花。美妇，只可远观，不可亵玩焉，否则大不敬，自讨没趣。

秦奋收敛起他刚萌芽的小欲望，平添几许惆怅，只有端起杯中酒，填补这份落寞空虚。

人生最痛苦的事，不是你正在痛苦，而是发现这份痛苦了无绝期，不知道痛苦的因缘在哪里，如何掐断！为痛苦而痛苦。

两个同病相怜的苦人儿，在酒精中释放自己。让我做一条鱼，游进这清冽的白酒里，游进那圣洁的莲花梦里，偎着梦取暖。

慧娟折进来，两条喝得晕乎乎的醉鱼，忙打住风花雪月的话题。

“很抱歉，失陪啦，老公刚递来好消息，接到手袋的出口单，又得忙碌一阵子。下次逮住机会再细聊。”

王工失落地坐的士回家，像空中浮起的纸风筝，扁平的，被劲风托住，轻飘飘地飞。扯住他的那根线，既是牵挂，也是羁绊。

她是一轮皎洁的月儿，照亮我漫天的黑夜，是梦的眼眸，云翳也遮不住，那温柔的缠绵。今晚的床前，会洒下清冷的银白，那是无声的叹息，碎满一地。阴雨天，她不会来，淋漓的泪，濡湿回忆，沿着庭院里油翠的芭蕉叶滑落，洗淡那彻夜黑的凄凉。怕你抛下我，倏忽离去，让我如何忍心合眼，入梦与你在梦里相拥？夜夜空相守，夜夜总相守，月圆月缺，我在月华的眼底，思恋泛滥如海波，潮涨潮落；你远在天边，近在身边，可曾感觉到我，痴迷的仰望和无奈？

60. 沦 陷

听说许强住院了，秦斗派华仔拎筐水果篮去探望，这是财神爷，生意无非人情，勤走动便愈近。近几个月，共创公司的业务节节攀升，得亏他的支持。还有层原因，秦斗处处赔着小心，怕对方万一有个三长两短，几个月辛苦的加工款便没着落。

华仔回来汇报，听说工作过于拼命，积劳成疾，晕倒在车间，并无大碍。秦斗要财务盯紧云信公司的欠账，催勤些。

许强烦躁地仰卧在病榻上，输液瓶里泛起一串串气泡，透明的胶管里，一滴滴药水通过闪着寒光的银色针管，融入血液。高级护理室的桌上，摆放着一簇鲜花和各式的礼品。他瞪大眼，叹着长气，凭他强健的体魄，怎么会轰然跌倒呢？他困惑不解，用目光送走一拨又一拨的问候者，他们满脸挂着关切，各怀心思，仿佛来永别的，至于搞得这般隆重吗？医生说得很轻淡，操劳过度，打点儿葡萄糖氨基酸就结了。

那个张丽也真是，太夸张了！成天吊着脸，送我急救时，扑在我身上，如新寡的小媳妇痛哭流涕，仿佛我就要见鬼去了。她的那片痴情、用心，叫我恨不得、怜不完、拎不起。这两天劳烦她了，忙完厂里那摊子，还抽空过来。提着煲好的排骨汤，也不避讳小护士，当面用勺喂，当我成啥了？当她是谁呀？幸好老婆远在广州，蒙在鼓里。唉，两个女人，两份心思，都搅在我这里，牵牵绊绊，无法割舍，拿什么还呢？

许强睡不踏实，医院是囚他的笼子，身体是锢着他激情的笼子。成天被吊针困在床上，浑身难受，肌肉酸软，动惯了，一天忙到晚，他洋溢着活力。突然静下来，如拘在网中的蛮鱼，焦躁不安。

守着墙上的秒针，一格一格地蹦完一天，他分外郁闷愤怒，那根动弹的秒针如刮刀，将光阴削成片屑，碎在空气中，无影无踪。又像两根捕鱼的铁卡子，哽在喉咙里。几千万的贷款，有几笔到期了……公司有些商业机密，只能他亲自操作，就算亲近的张丽，他都不许染指。不是不放心，只是，唉，女人再能干，终究没男人的肩膀得力。

许强从不让和他睡过觉的女人管财务，他有他的长远考量。爱女人，给她钱使，给她温情的关爱，就不能给公司的财政大权。这方面，他做得特决绝。大小报销单，许强一支笔，牢牢掌控。也绝不允许女方的任何亲戚到公司任职，连做名保安都不准。他觉得，公司里的人际关系，越单纯越便于管理。老板和雇员之间，掺和了亲或情，便会掀起理不清的烦恼。一个恋栈的女人，最听话，最好调教。她的男人，就是她的天。

“早点儿回去吧！”许强温情地说。

“你要安心养病！听医生的话。”张丽熬红了眼，依依不舍，病人都是惹了祸的孩子，她新鲜的初恋，第一次品过的男人，让她挂念。

每到夜晚，便是她黑色的刑期，孤独的蝴蝶，找不到休憩的花蕊歇她的疲惫，那温馨的怀抱在哪儿？这个强大的男人，对我，还像从前那般迷恋吗？你说要和老婆离婚，总也扯不清。为何一直未见动静，给我个名分？等你说爱我，八年了，你总哄我，说喜欢我，爱这个简单的字，就这么难说出口？我还能等你几个八年呢？

我的家里，那张床上，一直留着你睡过的枕头，我抱着它，湿透了多少个孤寂的长夜。真想这躺下的是我，你会来体贴地照顾我吗？我需要你，你的温存！我的初吻，第一次，都给了你。只要能看见你，听你均匀地呼吸，我就满足了。可是，我的晚上，你经常缺席。我要得太多，还是你给得太少？我太贪婪，还是你太吝啬？我太痴情，还是你太冷漠？

张丽拢上门，躲在僻静的墙角，伤感地淌着泪，为许强而流，也为自己。她是一名好强的女人，不想让人读到她的哀怨。

许强将视线抛向窗外，张丽袅娜的身姿融入空旷的黑色，走进苍茫的虚幻里。迎面的汽车灯将她照亮，环状的光晕罩着她，迷幻的轮廓渐行渐远，一个活泼俊俏的女孩，在这朦胧里，翩跹向他袭来。

八年前的太阳是玫瑰色的。

许强在一家大型压铸厂做经理，日子过得逍遥，和大学心仪的女同窗结婚生子，一切按部就班。唯一的缺憾，许太在广州，他窜到中山繁华的小镇，两地分居，生理饥渴只能留在周末解决。辗转跳槽，边潜伏做打工仔积累经验，边窥视机会，他要开间厂，实现个人的抱负。自己自诩天生就是做老板的料，血液里奔涌着澎湃的豪情。

在那里，他邂逅了一位当品管的女孩，活泼可爱，说话似云雀啼啭，悦耳动听。每回逢到他，娇羞的红霞晕染上她的俊脸，那双粉嫩的玉臂不知所措，交叠在一起，葱白的纤指绞着衣角。尚在发育的胸脯，如肉馅的小笼包，柔和地起伏。两瓣圆润的翘腚，紧绷在牛仔裤里，耸动着诱惑。为什么，在下班的楼梯间，在车间的走廊，总和她不期而遇？

那年，她 17 岁。天真活泼，如含苞的菱角花，噙着晶莹的水珠，在男孩子的波光里摇曳。他风趣，伟岸健硕，老板眼里的香馍馍，金领，坐在窗明几净的办公室里吹空调。

全厂近 800 号人，多半数是女工，她是朵奇葩，亮了许强的眼睛。她的那股味儿，和老婆不同。

一个是香喷喷的辣妹子，艳丽带刺的玫瑰，如绚烂的油画，热烈浓酽的色彩磁住眼光，勾起探究的欲望；一个是温婉的淑女，如白菊花，素净淡雅；如一卷江南水乡的国画，风情含蓄地荡漾，让人浅醉。

许强有意挑邻近宿舍的饭店吃酒，喝几顿后，再也按捺不住，云雀从视网里一次次飞走。他憋红脸，远远地招呼，她大方地跃过来，似乎等着这声招呼许久，这个男人的声线，缠住了她的脚步。

他噗噗心跳，是啤酒杯里翻起的气泡。夹菜的手抖晃，将半瓶酒碰洒一地，他谎称喝高了，醉了。

她奶膏般的俏脸蛋，映在瓷碗上荡悠。小火锅里的酒精，吱吱烧得正旺，绿莹莹的火舌煽动，轻舔着银色的锅底，锅底灼透，红一块，紫一块。羞涩的焰苗，在微风里闪忽。

“小妹子挺上进的。”同事嚼着排骨，称颂道。

许强没多言，有她陪着畅饮，他已觉得奢侈。她用少女怀春的眸子，无畏地睃他，他不敢触，唯恐弄皱那泓清澈。他是过来人，还未想稳当，要不要接受那能将他融化的柔波。

她来自穷乡僻壤的犄角山里，父母老弱，在地里刨食，为了供弟弟读书，她高二辍学，外出打工。

“有什么打算？”许强醉醺醺地问。

“想考会计证！不能总瞎混打杂。”

“好！”果然没瞧走眼。此女值得好生栽培。

过了三天，许强递来好消息：“在镇上替你报名了，每晚七点的课。”他喜欢要强的女孩，不屈从贫贱，有追求，不像有些后生伢，下班后泡网吧，或吆三喝五蹦迪，放任青春在虚幻暧昧的光影里耗掉。

“多少钱？算我借你的，发了工资还！”她桀骜地说，不愿占别人的便宜。

有志气！许强接过她节俭出来的饭菜钱，并没推辞，从心底愈发怜她，淳朴，懂事。虽穿着廉价的地摊货，过早地承担着生活的重荷，每天依然笑嘻嘻，从不抱怨诉苦。

有几次，他单独约她上酒楼，她只点廉价小菜，最爱吃白糖凉拌西红柿，噙在嘴里，清甜，微酸，和她一样的味道。

他就想呵护她，实现少女那紫水晶般的梦想。她从内心感激他，他成了她在异乡最投缘的人。

当他作大哥，平添一份奇异的情愫在纠缠。她早打听到他已婚，却从未挑明，她怕酸了这团默契。

他俩在小心翼翼地试探，忽近忽远，情感架在火上，徐徐加温煲热，炙烤，甜蜜而痛苦地挣扎着。无法挣脱，黏在一起，相互依恋、取暖。如陷进蜘蛛网里的毛毛虫，越想解除束缚，越缠得牢。那情丝，韧、绵长、黏稠、似无形，却在眼前、在心底，盘结。

他溯回了久违的初恋感觉，蝉衣轻舞，怕这种感觉被婚姻的壳卡住，枉费了一季的艳阳。如一只蜜蜂，歇到了舒展花瓣的蜜蕾上，芳香迷惑他，不顾一切，贪婪地吮吸花蕊。

她懵懂地品尝初恋，是他炽热滚烫的阳刚抚慰着、牵引着她，清新地绽放浪漫的少女情怀，为他开启那坛酿了十七年的女儿红。

61. 情 网

“强哥，来烧烤摊，请你吃夜宵！”她声线甜丝丝。

开阔的院落，水泥荡平，交错编织的竹栅栏圈住，上面蒙起帆布篷，垂着几盏幽暗的节能灯，矮墩墩的桌椅撒开，有几处围坐满年轻人，率性地拼着酒。

张丽刚下课，拈个角落坐下，啤酒妹掬笑凑过来。许强点了烤鱼、羊肉串、烧生蚝、煎韭菜，三瓶啤酒。台面不大，挤得满当当，两个人对面坐着，紧促的呼吸气息，摸着对方。

“有什么喜事？”许强嬉皮道。

“没啥子，突然很想——见你！”她悠悠地说，颇像文艺片里的镜头。接着是动人的沉默，被夜色凝固。他望着那张满月的俊脸，昏暗里幽邃地亮着，急骤旋转着，能吞没他。

许强猛灌啤酒，用冰爽的酒液，浇灭浑身旺起的燥热。她莞尔一笑，静静地倒了一杯，主动敬他。她淑雅地望着他，暂将他含化在眼里。

上床前，是男的讲，女的听；哄上床后，是女的讲，男的听。征服女人，靠嘴功。许强的兴致被酒水泡胀，滔滔话语里溢出醇香。

“我大学毕业后，考上了公务员，被朝堂豢养着使唤，众卿家钩心斗角，挑战死皮赖脸的底线，大爷没耐心伺候，仅混了半年，辞了；开过大排档，累得够呛，赔钱；又去一家模具厂，对老板说，包吃住就成，工资多少无所谓，修炼了一年技术，将那套整明白了，升作师傅，涨到大几千月薪挽留，咱不干，拍拍屁股跳槽，一月近两万，老实地赚了一年的钱，到顶了。觉得压铸行业有前途，便转行，挨了几年，这家老板娘，犀利，五年赚到几个亿，猛啊……”

他的雄心壮志滴着男性荷尔蒙，让她钦佩，那是蓬勃昂扬的力量，俘虏了她，心在混沌中激荡。许强性格内敛、沉稳，难得抒发一下，她又叫了两瓶，乖巧地筛酒，乘兴多喝了两杯。

不知不觉，她有些迷糊，四处影像绰绰。左手拄着筷子，右手伸过去，抓住对面裸露的粗壮胳膊。许强肉一紧，遭电击麻酥了一下。她柔软的手，像只温顺的兔子，摩挲着他，每一寸推移，他的血便向脑门喷涌，一波一波。

他恨不得反转手，立即将小甜点一把拽过去，揽在怀里。但他努力克制住，牙齿咬得咯吱响，她这种亲昵撩人，或许无意，她还是位青涩小女生，青纯，我比她虚长10岁，大一茬，那样做，是亵渎天真，良心何安？

我结了婚，不能对其他的女人有非分之想，他竭力扑灭这种邪念。不能因为她感激我，我便为所欲为，占便宜，那我也太龌龊了，哄骗小女生的感情，不啻为禽兽！又不能反应过度，伤她的好意。

许强一激灵，将正享受美人抚摸的胳膊抽离，借故去趟厕所，撒泡尿，整个身子轻松起来，用冷水抹了把脸，心稍许平复，下面撑得没那么硬了。好险，差点儿就不能把持，作为男人，何曾不想搂住一堆香艳，与这晚风沉醉。

长长的竹签，刺穿一串串的鸡心，烤得焦黄，洒满斑斓的花椒，一条干鱼，暴凸着白眼珠，咧着惊叹的嘴唇，鱼鳞被剔除，光溜溜，躯体上划着深浅的刀痕；一只生蚝蹴成一团，蜷在半勺的壳里，冒着腥腻的白气。它们都熟了，熟了，才有可口的味儿。人，也需要这样的煎烤才会熟？那些曾经生猛的肉体，此刻，还是否记得前世的爱恨？

桌下暗影里，空酒瓶敞开肚子，将黑夜注满。一只毛茸茸的猫，从许强的裤裆下溜出来，这突来的温柔，惊得他急忙挪开了脚。它是夜的精灵，黑色的眼睛透视黑暗。凌厉的叫声，调稠了漫漫长夜的凄冷；锐利的爪，抓破漆黑的孤独，让迷途的梦找到醒来的路。

“夜深了，我送你回去。”许强叫辆搭客的摩托车，先跨上去，她趴在后面。

座位短窄，三个人勉强挤下。许强尽量靠前，贴着男车手的背脊，腾些位置。

马达轰鸣，突突炸响，犁开辽阔平静的黑夜，风从耳边呼啸而过。起初，她有些羞怩，用手拽紧他的衣角。车加速，狂奔，似一头发情跑场的公牛。为防止被甩出，慢慢地，她自然伸开双臂，拦腰抱住许强，越箍越紧，许强的身体向前一拱，硬板板地僵直，他不想占便宜。

车，心，都在颠，加速地跳跃。一片温润，柔柔的，贴到许强的腰，他不能自已，一阵晕眩。高低起伏的路面，车轮滚滚，酥胸在他厚实的背上搓滚，温柔溢满心头。潇洒的长发，飞扬在空中，缀着亮晶晶的星子。路边，幢幢暗影逝去，马达粗重的喘息声，烟筒里喷出浓烟，厚实了夜的漆黑，咚咚咚，一阵紧似一阵。

许强希望路一直绵延，让这汪洋的黑浪来得更凶猛些，只想远航，忘了吧，将一切彻底抛开，泅渡、浮沉在这柔波里。果园里吊着几盏灯，一只只飞蛾，扑向那团火，炽热的焰点燃了翅膀，和它们的热情一起融化。趁年轻，向着光明，疯狂燃烧一次吧，让我长眠于你的火热之下，永不醒来！

离住所几步遥，摩托车将两个人卸下，径直而去。

一高一低的影子，钉在一棵百年的老榕树下，隔着一层似有似无的薄膜，短促的呼吸迭起。草丛里，虫儿浅唱低吟，卖弄歌喉。时间在风里静静流泻，穿起两个人的缄默，她披散着秀发，在垂钓一尾热情；他在柔波里徜徉，拿捏不稳诱惑，积蓄着勇气。

许强猛地发轫，扯她拢身，忙乱中，狠狠地吻她，她的头向后耸，躲避他的叩问。

哇……哇……几声婴儿响脆的哭啼，截断恣意泛滥的快感。她灵醒过来，用力推开那蓬炙热。

“晚了，你回去吧！”

“好！”他依依不舍，饭烧到一半，突然抽掉柴火，弄夹生了，徒增失落。如只水龙头，水哗啦啦放得正欢，被硬生生地堵住，没能撒欢畅意。

“这是我的初吻。”话轻轻飘来。几许幽怨，作别初涩，让许强难以适应。唤起他的责任感，一丝内疚和羞耻感油然而生，我剥夺了一位少女神圣的初吻，是强取？情不自禁？还是她的期盼、迎接？

我是成年人，用自己的老练引诱她，滑向我温柔的圈套。

家里还有娇滴滴的娘子！如果不能给她个未来，何必猴急地自掘爱的坟墓，让可人儿来陪葬。卑鄙、自私、下作。幸亏点到为止，否则明天如何面对这两位心爱的女子。要是被旁人探到，骂我吃嫩草，拐骗未成年人，薄脸往哪儿搁？

许强惶惑、矛盾，夹杂着猫儿偷腥的兴奋。迟来的艳遇？恋爱真好，那份痴迷，欲罢不能的冲动，就想占有对方，没别的，纯粹的快感、悸动，畅快淋漓地释放。没尝肉体上的爽快，哪会成就精神上的满足？

克制，一刀两断还是顺其自然，都是考验和折磨。我是坏蛋？如今不时兴“流氓”这个词了！风流，下流，如何界定？

许强是率性而为的人，要扯旗帜单干，正和同事筹划，集资几百万，将自己的公司架子搭起来。

62. 情 困

“周末有空吗？我去深圳，顺便带你长长见识。”许强发怵，舌头打卷。

“好呀！”张丽像只乳燕唧啾，他说什么，她都赞同。

和她在一起，他觉得特轻松，说的话，她懂。交往一年，她长大了，蜕去了孩子般的稚气，富含女人味。那眼睛，愈发清亮；娇滴滴的红唇，那次亲吻，时常勾起他甜蜜的回忆；那玲珑袅娜的身子，一次次激发他的“性”趣，每每将老婆压在身下颠鸾倒凤时，他都幻想，下面风骚扭动的是她，承接其雨露浇灌。他的思想背叛着感觉，心底的魔在抓狂、咆哮。

她俨然成了他曾被玩弄的初恋的补偿，替代。当他懂得爱时，爱已生霉变味，凋谢在青葱岁月里。那年的月光是肉色的，赤裸裸的相互需要，对女性肉体的求解和饥渴，晃动的一片白，男人原始冲动在压抑中被纵火。

如今，他不缺性，情感却平庸呆滞了，如碗白开水寡淡。他渴望有爱的性，有性的爱。需要红酒的鲜艳、通透、底蕴，体验逾越廉耻的飘飞。这种爱，是毒品般的爱，吸几口成瘾，无法戒掉的爱。婚姻，是交换各自的需求。爱，是无法交换的，爱只有无偿地付出。

许强办完公事，领她登地王大厦俯瞰，逛世界之窗，两个人一前一后，若即若离。他生得老相，她出落得鲜嫩，他不敢牵她的手，怕熟人发现他在泡妞。他总有不自在的感觉，太太在不远处尾随，或者，人群中会遽然闪现，这一切，她都蒙在鼓里，一如既往地相信他的坚贞。他无法扮坦荡不羁，一边是莫名的忧，一边踩着兴奋逾越雷区，心存侥幸。这是做贼的刺激和快慰。

“几点回？”天色向晚，她惴惴不安地问。

“多玩会儿！”难得解放一回，许强不想这么快收手，结束这趟浪漫，一个蓄谋已久的念头蹿起，老天快点儿黑吧，拖过九点就没返程车，到时开间房，过二人世界，呵呵。

繁华的街市，华灯初放，他俩踟蹰在这片热闹里。小巷里，袒胸露沟的姑娘们坐在发廊门前，搔首弄姿地卖弄，将诱惑放肆地抛撒给饥饿的眼睛，“峰”起云涌的秀色，挑逗行人的食欲。暧昧的光影如峡谷里弥漫的雾霭，咸湿地罩着干涸的河床。

“回家吧！”她显得焦急，“我从未在外过夜。”

“事未办完，住一晚吧！”许强撒谎道，阴谋终于得逞。

“没带换洗衣裳，天气酷热，人都烤酥了！”

“不怕，酒店有空调，将就一下！”许强按捺住喜悦。

“那到夜市买套内衣吧。”她温驯地说，和他在一起，她不担心受欺负。

抵达夜市。张丽叽叽喳喳，活蹦乱跳。一会儿钻进花花绿绿的服装丛里，躲猫猫；一会儿牵住许强，在琳琅满目的小饰品摊前流连。如未饰雕琢的璞玉，她的活泼感染了许强。

情人和娘子，互为补充。一个泼辣似火，一个温润如水；一个是热情奔放的霞彩，一个是含蓄文静的月华；一个是甜腻浓酽的蜜咖啡，一个是隽永温醇的奶茶；一个川菜，一个粤菜，都合他的口味。各有所长，相得益彰。和情人耳鬓厮磨，他焕发朝气，率性而为，却隐隐觉得愧欠夫人；和娘子相濡以沫，他老成持重，相敬如宾，却时时感到对情人遗憾。如坠入无底的深渊，孤独如黑夜，想挣脱它的桎梏，总被它淹没吞噬。他挣扎着寻觅出口，这两个女人是他的两盏灯，一盏照亮跋涉的征途，分担他的苦累；一盏坚守在营地，替他疗伤，温暖他的疲惫。让他如何割舍？

张丽选购了一条粉红色三角底裤，特节约布料的那种，布满大窟窿眼小洞洞，洁白的蕾丝镶边，前档居然绣着一朵红色的玫瑰花！许强不禁腹议感慨，这个设计师是女的，还是男的？或不纯种，第三性别，这么懂女人的心思，男人的喜好。陪着买这么私隐的玩意，是向我暗示吗？她的纯洁，滋长了他的想象。

“真是小孩，今年多大了？”许强想确认一下，等会儿把持不住阀门，将她收了，恐被人告成嫖宿幼女。

“刚过18岁生日。”

“哦！那好！”他定砣了。据说有人和妹子卿卿我我，你情我愿，兴致勃勃上床，最后一查芳龄，慌了，未成年，被严打，完哒，犯罪的凶器捅错了地方。

开房，不能上大酒店，太招摇，公安最爱逛这些地方。许强有这方面战斗经验，磨磨蹭蹭考察了几家酒店，寻到一僻静的招待所，事业单位办的，门前冷清，没显赫的车马。一般小气鬼才钻这低档的旮旯。

许强鼓起勇气走进去，一位打盹的中年男迎上，问“住店？”难得有生意递上门，他脸上的褶皱生动起来。

许强斜了眼墙上的价目表，假装镇定地问：“有标间？”

“有。身份证！”许强虚怯地递过去，中年男眯起绿豆眼，盯住妹子，嘴角扬起淫笑，说：“这里安全，不会查的。”不提也罢，这一点破，许强陡增难堪和紧张，这么快被瞧出破绽，大神！会不会故作腔调，候着野鸳鸯玉成好事，破门而入，捉个现形。到底安全不？

楼道铺着廉价的地毯，脚步的簌簌摩擦声，短促的呼吸声，如一股烟浮起，拐角的天花板上，架着摄像头，镜片反射出诡谲的辉光。许强关上房门，插实门闩，心怦怦跳。这里，是今晚的洞房？

天气炎热，许强的短袖衫黏答答，渗出汗馊气。张丽叫他脱掉，空调吹一晚就干了，不碍事。

许强裸着上身横在床上，摁着遥控器。床塌正对一面大镜子，一摊白花花腱子肉，在里面注视着自己，他哑然失笑，镜子里漾满诱惑，如果镜子有灵，它会储多少秘密！席梦思上，来来往往，串花似的，勾兑过多少浪漫柔情，都被它目睹见证了。那里面是我吗？如一头潜伏的雄兽，心乒乓狂跳，酝酿着情绪，蓄势待发。

张丽忸怩地拐进冲凉房，将半透明的玻璃门掩上。

他晓得她没闩门，只需轻轻一推，便能得手，阅尽无限风光，抱住那令人垂涎的芳香酥体。但理智又缚住这份冲动。如果遇到反抗呢？岂不糗大了！他不愿强逼别人顺服自己，更不想伤害一名无邪的少女。

他是嗜血的虎狼，却温柔地善待猎物。布局，让对方自投罗网，心甘情愿地献祭。攻心为上，让人心悦诚服，这是他经营人生的哲学。另外，他心存一丝不忍，关系升华后，我能给她什么未来？娶她，那个家，将生生毁在我手里，会辜负更多的人。如单纯寻刺激，何必占有她？那不可宽恕，和那些纵欲的种猪有何两样？

许强将音量调大，盖过水声，勒住胡思乱想，注意力集中在电视里扑朔的画面上。

湛蓝的大海，几条鲨鱼遨游，一群群小鱼惊慌逃遁。一名女声旁白："鱼分为软骨和硬骨两类。软骨类的鱼，均为凶猛的肉食动物，鲨鱼堪为代表，因它没鱼膘，不能悬浮在水里，必须不停地运动，不能歇。"海中的霸王，天生这个弱点，许强的思绪一下扎进那片浩瀚的海水。唯我独尊的大白鲨，横冲直撞，撕咬掠杀，大快朵颐地享受，在商海纵横驰骋，仿佛自己。

镜头切换到鱼的繁殖，鱼分卵生和卵胎生。这缠住了许强的兴趣。大多数鱼直接将卵排在水里，受精孵化。卵胎生是雌雄鱼，有媾和动作，如彩虹鱼，在体内受精，然后产出小鱼儿。每到雌鱼发情期，会诱引雄鱼追逐，成全姻缘。

水，成了情侣们缠绵的床笫。崇山峻岭和广袤陆地围起汪洋的大海，是巍巍的鱼缸，里面栖息着缤纷多彩的鱼，在食物链上，吃或被吃，无一幸免，用生命编写了残酷的自然法则。金字塔尖上的鱼，不是狡黠凶残就是体型庞大。中底层的，为了生存，要么游得比敌人快，要么会伪装，在这苍茫大海，每分每秒上演存亡的游戏，各种欲望交织，随波逐流。

张丽穿戴齐整，搓着许强的汗衫，水龙头的水哗哗地喷，很快溢出洗脸盆，她的心思绵绵不断。蹙起眉，揉着揉着，她嗔怪那件衣服，这么生硬硌手？费老大的劲，都理不顺，泡沫越搿越多，浸入水里，泡沫漂浮在水面，次第破碎，沾在手上，她想甩掉，却顽固地附着，心绪牵牵扯扯的烦，浴水濯掉，残留着太滑腻。一件汗衫，整整洗了一个多钟头，双手都泡起褶，提着抻妥的衣服，晾在空调的出风口下。

许强洗漱完时，她和衣躺在另一张床上，迷糊睡了。

许强弯腰吻她，她慵懒地抬起手，勾住他的脖子，眼睛半睁半闭，吮他伸进来的舌尖。他在搅；她在缠。他在探索，她渴求被吸纳。她的手渐渐松弛，她没再坚持，他却泄气矛盾了，跨过这道门槛，登堂入室，耽于一夕的鱼水欢娱，以后如何面对？万一我俩携手共赴巫山云雨，那个狡黠的店家突然破门而入，抓个现行，情何以堪，该如何交代？一想到这层，许强下面就快了。

电视跳出蓝屏，赫然闪现硕大的字：END。节目结束了，许强戛然而止，翻身去关掉。

熄灯那一瞬间，美人鱼眼角一粒晶莹的泪，流进黑色的海里，一宿无话，两张床彻夜都在海里颠簸。

云信公司开业第八天下午，许强约张丽，到石岐吃西餐。

选邻窗处落座，路边的杜鹃开得正艳红，热闹地挤在带刺的枝条上。两个人温情脉脉地打量，许强逗她，小妮子越长越水灵了，再这么嫩下去，逆生长成洋娃娃了。

张丽扑哧一笑，伸手揪了许强一把："你坏，这么久不来看我，怪欠的。"许强顺势将她的手捂着，抚摸，不愿松开。她如受惊的小兔子，弹开，嗔怪道："小心有熟人！不怕你老婆叫你跪搓衣板？"

"没事，这儿是隐秘会所。"

"有段子说，家里红旗不倒，外面彩旗飘飘。那我也成你的彩旗了？我还不够格，我要你举白旗，向我投降。"

她眼波粼粼，如秋水揽月澄清。粉嘴嘟起，生气的样子都娇俏。

"你是我唯一动心的姑娘，有气质有味道的女子。"

"歪理，油嘴，辩不过你。到时，你不要我了，我会恨死你的。"她正襟地说。

“哪会呢，小乖乖，谁都可不要，你是我的宝贝疙瘩，打包都会随身捎走。问个正经事，你够18岁没？”

“有啦，图打工方便，扯身份证时虚报几岁，奇怪，你问过几次了？”

“我怕你还是幼女！”

“真坏，年轻就不许恋爱？”

许强终于踏实。

一名服务生手捧束玫瑰花，拎盒巧克力，径直走到张丽面前，道：“一位先生吩咐送给您的，祝您生日快乐。”

张丽欣喜地睁大眼睛，连声致谢。她陶醉地嗅了嗅花，带着笑靥问：“谁记得我生日？”

许强不动声色地凝望她，如韩剧中老套的求爱桥段。她扭捏不安，撇嘴道：“吃醋呀，不许取笑嘛，人家第一次收花，还没准备好呢。”她急切地扒开芬芳的花朵，拈出一张金黄色的小卡片，一字一顿地念，突然扑向许强，含着热泪吻他一下。撒娇道：“谢谢！”

“前几天忙得屁股冒烟，今儿个补上。”许强故弄玄虚，慢吞吞地将开厂的喜讯道出。

张丽比他还兴奋，许强叫瓶拉菲庆祝。高脚杯，红葡萄酒，舒缓的钢琴曲，小资情调盎然。灿烂的夕阳在杯中消融，染红了脸颊。

“吃饱后我们去消化一下。”许强埋完单道。

沿着孙文西路散步，步行街林立着各式的商肆，一幢幢雕檐画栋的骑楼，一扇扇或闭或掩镶嵌着古旧彩色玻璃的窗棂，映出魍魉魅影如电影镜头闪逝：一位衣香鬓影摇着纸扇的民国女子，倚窗向下窥视，协奏曲从吱吱呀呀的留声机里，如一束忧郁的眼光泻出。洋油灯影下，长袍马褂的账房先生，噼噼啪啪拨弄算盘。刚从南洋负笈读书回来的少爷，丫鬟伺候他，梳理着油亮的长辫，他得意地把玩那块珐琅怀表。张灯结彩，暖炉香薰，暧昧的洞房里，贴着喜字的烛台前，新郎急不可耐地揭开红绸盖头，抱着害臊的新娘子，倒向绵软的锦被缎褥。一个手忙脚乱宽衣解带；一个欲拒还迎娇滴滴地护着兜肚。爱与不爱，一席帷帐，轻笼一帘幽梦，几宵云雨，重锁几缕香魂。褐色黄铜浇铸的前朝市井的雕像，女人的胸部，被游客的手摸得锃亮，人都有恋乳情结，丰乳肥臀，是生育和性趣的符号。

在这热闹繁荣里隐着一处古迹，拾级而上，石碑上，逼现遒劲洒脱的三个大字：西山寺。

虚空常落红尘里，风幡不动心自在。

我佛也够忙的，人世间纷纷扰扰，诸事繁多，几十亿之广众的红男绿女，就仰仗那不足千号的菩萨罗汉，哪里应付得过来？难怪普度众生几千年，还在加油添香一派繁忙。我佛慈悲，成年累月枯坐在邈廓的大千世界，备受青灯香烛油烟的熏蒸，挺不容易的。

廊柱上，锲刻的对联有意思："山小岂无云出岫，台高还有树参天。"虽有点儿酸意，掩饰山势低矮的瑕疵，胸襟却豪迈。

院子小巧，两株红棉树生机蓬勃，簇拥锦绣，如新娘的红盖头，庇护着这片福地，倒是给素雅的禅门增添了些许华丽。再超凡脱俗的清净地，都需要食烟火的人洒扫，剪不断，理还乱的尘缘，修剪不尽。

佛堂里，燃着长明灯，涂着红漆的功德箱，豁着黑黑的方嘴，将信男善女热切盼望着。高台上，安详端坐着诸位大神，把来人一拨一程地迎送，多少年，从未懈怠和厌倦。来这里晃悠，苦或乐，静或烦，困或解脱，悟或沉迷，还靠自己入定。

要出家，哪里都成行；想入世，眨眼便抵达。无心，便出家。有心，就入世。佛，在哪里？在心底，在虚无处，在静寂里，在热闹中。佛，是慈悲，是大爱，是悲悯，是孤独，是痛苦，是堕落，是鱼……是一切。要成佛，只有不成佛，便成佛。

许强发散思维走神，不小心磕到一块突起的石头，脚崴了一下，本座就是尊佛，老衲要像达摩同学那样，一苇渡江，在商海里踏浪而行，降魔除妖，光耀祖庭，尽享芸芸众生的供养，失败便只履西归，玩失踪，当哥只是传说。

峰峦向晚，香烟缭绕，一对野鸳鸯在沉沉暮霭中下山，悠扬的钟声钻入黑暗，在林莽里蜿蜒潜行。

经过一座粉红色外墙的小洋楼，锈迹斑斓的铜牌上刻着：香山总商会。幽暗的门洞，射出一抹黄光，似巨蟒吐出慑人的蛇芯，许强跨进去探访。

天井，裁下一畦苍穹。滴水檐下，矗立着五名真人般身材的铜像，分别是：提出商战思想的郑观应，先施百货的大当家马应彪，永安百货的老板郭乐，大买办唐廷枢，号称茶王和地产土豪的徐润。虽说是前朝的明月和瓦当，岁月的风尘，却淹没不了它沉淀出的光彩。

大浪淘尽，千古风流；船头常立，一代天骄。仰望星空，英雄正潜伏在民间草庐酒肆里。小隐隐于市，大隐隐于心。

阵阵吆喝传来，循着一个世纪前的悠扬沉郁的声音，溯源，跌进那个动荡变幻的年代。

粉墙黛瓦青石板，招牌旗幡人力车，当铺药房布匹档，沧桑在转角处不期而遇。

柜台上，鸦片烟斗，黑魆魆的翠玉烟嘴里，凝固着谁的最后一口陶醉？

码头上，停泊的轮船，摆渡不完，隔洋相盼的绵绵思恋。

衣柜里，寂寞褪色的长裳绣袄，焐不暖，唐山客天涯漂泊的踪影。

妾把心思绣进鞋垫，托起君的征程；

君却登上莺歌燕舞勾栏的床帏，做了人家的新姑爷。

雕花梳妆台前，蒙尘的镜中，红颜在春光里悄然憔悴；眉笔慵懒，不知不觉，把皱纹画上了年轻靓丽的额头；犀牛角的细篦，梳不尽的是离愁。

鸳鸯枕上，昨夜，缱绻的青丝还在。青春，却挂成墙上的黑白相片，在祭奠！

漫漫羁旅商途，多少追梦人？将梦葬在南洋，长成了黄土坟茔上的萋萋芳草，化作了墓碑上冰冷坚硬的名字。无数英魂，可曾伴鞭炮和纸钱，燃烧的袅袅青烟，飘回故乡？

迈上南基路，眼前豁然开朗，花花世界令人目不暇接。一位秀发翩翩的姑娘，在岸畔巧手浣洗，在这晚风里，揉皱这一江迤逦黑绸，华灯下，亮出她的秀美。岐江在拖曳，各色灯光透射其中：红彤彤，是娇艳的玫瑰，豪放；黄灿灿，是诱惑的金子，和暖；绿莹莹，是温润翡翠，生机；蓝幽幽，是雅致青瓷，含蓄；白花花，是晶莹冰雪，纯洁。

船行水上，激起层层波澜，波光粼粼，如千万条斑斓的鱼脊浮游，涌起的波涛，拍打推搡堤坝上的麻石，跃起来，摘那探向水面的柳穗和杜鹃花。

扶栏上，点缀绚丽的灯，蜿蜒而去。一群展翅的孔雀，栖在光明桥上，抖动华羽的轻盈。桥的两翼，彩灯次第明灭，轮番变换色彩，如一串飞鱼，顽皮地临空跳起，成弧线优雅滑翔。

高远处的楼台，迷幻的光线，勾勒倩影。霓虹灯，一粒粒宝石的眼珠，眨在深邃的天幕，幽蓝是狼，血红是虎，银白是鲨，焦黄是鹰， 媚绿是狐，都在俯视这人间欲火横流的浮华。

岐江桥下，荡漾了千年的江水，清或浊，在无灯的晚上都看不见，一轮明月，将她静静俯照。她低沉的咏叹，在风中，穿越岁月的沧桑，向谁缠绵地倾诉她风姿绰约的昔日的情怀？洗净甲午风云蒙垢的铅华，将新装的霓裳穿戴，浓妆艳抹，焕发出孕育一个甲子的青春，在这浪漫花月季，在这音乐里，踏着节拍蹁跹起舞，且把今宵良辰美景，载君浅渡。

这几天连轴转，许强有些疲惫，连打几个哈欠。张丽关心地问：“要不到我宿舍歇会儿？同租的女孩，今晚到她表姐处耍，不回来住。”

许强怦然心跳，精气神如夜晚的狗，重新振作。是在暗示？那咱就去关心下她的生活！许强带着这种崇高的念头，趁黑摸进少女的香闺，给自己找到一条不那么猥琐的理由。

路上的灯光稀疏，行人零落，两团温暖的影子，一会儿叠加，交织在一起；一会儿碰撞，小心翼翼地避开。无垠的漆黑，罩在头顶和前方，静谧中透出阴森，茂密的榕树，铺开枝冠，向大地垂下密匝的虚根，被风梳弄，簌簌地声张着它们的地盘。

一只偷食的老鼠，倏地从路边的绿化带中肥硕的叶子下蹿出，奔向下水槽，咕咚跳进江里，溅起几掬浪花，在水面上，仰起头，龇牙泅渡，狼狈爬上对岸，抖擞湿淋淋的皮毛，向那一户户厨房储藏的食物钻去。或明或暗的窗洞里，另一场搏斗姗姗上演，各自寻觅着果腹的口粮。

远处传来洗麻将的唰唰声，这项国技，在泱泱大国鼎盛流行，小小的方砖，筑出华夏新的长城。据专家说，能预防老年痴呆，能摸出感情，润滑关系，打通关节，搞出暧昧来。

“你会摸麻吗？”张丽好奇地问。

“会点儿，不精，遇到相好的玩几圈，那活累，费脑耗体力。”

张丽深表认同：“小赌怡情，大赌伤身。”

“玩玩可以，切勿沉迷。”许强接过话茬，他以前代表公司，常陪客户到澳门赌场，见惯了这种天堂地狱的落差，大悲大喜的场面，如电视机换台。

人生何尝不是一场赌博？有的人用金钱和色相，押运气；有的人用命和青春做筹码，博前程，赌注大小和内容不同而已。不赌几把，哪知输赢？哪甘心？平淡贫乏、碌碌无为的生活，是饭桶的人生。人生就是在豪赌，有赢家和输家。不赌就无输赢，就无高潮迭起，刺激的趣味，就没赢后的欢悦，征服的快感，就没输后的沮丧，失败的悔恨。赌中，孕育了快感的释放，只有赌过，才能体会到，何为大起大落，纸醉金迷，人情冷暖的滋味。

进了赌场，都是鱼。赢了不想走，输了更不想走，贪婪钓着自己。一踏进赌场，如鱼游进了迷魂阵，成了砧板上的鱼肉。人都是凡胎皮囊，克制不了自己，斗不过贪。貌似拿钱赌钱，实为用欲望来博欲望。欲望会疯狂，金钱依然冷静，最终谁胜谁负？就算输赢机会相等，赢，在最后的一把！不怕你精，不怕你呆，不怕你赢，就怕你不来。

“听说那边是有钱人的天堂，得闲带我去见识一下嘛。”张丽撒娇道。

“好的，等我赚大钱了，带你去亲密体验那种食髓知味的腐败。不过咧，现在，就可让你感受下，那如醉如痴的味道。”许强顺势抱起她深吻，张丽愕然，瞪大眼，在他怀里扭动，眼睑渐渐沉眯，静静地享受，他在蜜罐里津津探索。

一颗炫耀的流星，它的刀锋划过天际，夜幕被豁开一道口子，将天堂那边的光辉透过来。一切都能浴火焚烧，坚硬的陨石，柔软的肉体，炽热到燃点，划出一段闪烁潇洒的轨迹。

张丽猛然清醒，用劲挣脱开来。“附近住着很多同事！别急，前面那个小卖部旁，爬上楼梯就到了。”女人在温存时，还这么理智，许强兴犹未尽，不情愿地松开那怀温柔。

这栋新建的村民楼房七层高，每层隔成套间，租给外来工。迈进铁皮焊的门，靠墙支着铁制上下铺，窗户铆着不锈钢网晾衣服，贴白瓷片的窄短灶台，分割出装着塑料门的洗浴间。空间虽狭小，功能齐备，经济实惠。

房间整洁，张丽睡下铺，篾席上，蹲着一只毛茸茸的熊猫，憨态可掬。夜夜和美女同床共枕，这个小馋鬼该多幸福。桌上，摆着些瓶瓶罐罐的护肤品。一只小鱼缸，养着几尾花枝招展的彩虹鱼，在清澈的水里，摇头摆尾。张丽喜欢这种漂亮的小鱼，羡慕这些水里的小精灵，披着七彩的裙裾，无忧无虑，自在地生活。

许强也养宠物鱼，新厂开业，图吉利，专程买了一个一米长宽的水晶鱼缸，里面堆砌微缩的亭台水榭，细白的沙砾，水草飘逸，高价请了两条金龙鱼。恭迎高僧，给关公宝像开光，顺带替招财鱼祈福。闲暇时，他会邀一两知己，包船，登上孤悬的海岛垂钓。

隔壁住的几个人，喝酒嗨歌，张丽嫌吵，将门闩插上，去厨房烧水。

许强无聊，给鱼喂食。他有套养鱼心得，饿太久的，不能撒太多食，会污染水质，鱼儿也不屑。一点点引诱鱼儿，逗它们争抢。鱼儿优雅地舞蹈，迎合过来，博取施者的好感。欲擒故纵，诱饵多少，颇有讲究，这是他多年钓鱼积攒的经验。此时，他要钓一条美人鱼，会上钩吗？

张丽收拾晾干的衣服，换上拖鞋，踏入冲凉房。

冲凉房的门，哐当哐当，躁动。里面节能灯的白光，被门缝放出一束光斑，投影在灰暗的厨房墙面，一会儿宽，一会儿窄地跃动。

张丽蓬着长发，穿件白色连衣裙出来，打开房门倒垃圾，折回拖地，地板被擦得锃亮，还反复地拭。

许强望见弓起的背，白净的颈脖上，纤绒毕现，真想凑上去，啃几口才解馋。邻居那伙缺德鬼灌完酒，对着麦嘶吼开了，低音炮里，轰出亢奋的节奏。许强讨厌起他们，总不怀好意往这边瞅？他希望张丽快点儿插门，没外人来干扰他的兴致。

铁门“砰”的一声重重关上。

张丽一挨到床沿，许强扳过她的脸，双臂如藤，紧紧箍住她的柔腰，一把将她轻轻撂倒压上去。张丽手足无措，像不识水性的落水者，手脚忙乱。

柴烤枯焦，尚未点火，浓烟直蹿。

突然，铁门"乒——乓——"地被人紧敲。许强屏住呼吸，僵住手脚。

张丽"哦"了一声，从半酣中惊醒，不耐烦地问："谁呀？"

"开下门！"是同居的女友。

真见鬼，讲好不回来睡嘛。黑灯瞎火，整理衣冠也来不及了，这让人瞄到，脸往哪儿搁。还是张丽机灵，我睡了，你找朋友去挤一宿吧！

"哦。"外面犹豫一会儿，脚步向楼下沉闷地踩去，每一步都扑通扑通的，踩在许强的心坎上。

"不开门不太妥吧。"

"没关系的，她有地方住。"

被这小插曲打岔，许强更觉紧张刺激。张丽吊起的心落定，再不会有人贸然闯进来打扰了。

隔壁的音乐，骤然音量大增，鼓点敲得山响。嘭嚓，嘭嚓，窗外放起了烟花，携着呼啸声，直插云霄，万紫千红，在漆黑的夜空怒放。一朵朵璀璨的烟花，射向茫茫天宇，轰隆隆炸响。楼下有人拍手欢呼，有人爬上楼顶眺望，到处一片哗然。爆炸的光透过玻璃，摄下两条亢奋滚烫的裸体。

烟花，扶摇直上地冲，在最高点迸得脆响，爆出金星银珠飞溅。

音乐，不知何时熄了。窗外，最后一片闪光消逝，一切恢复了虚空。

天亮后，许强哈欠连天地离开。

外面的天空，湛蓝寥廓，他的心，如鹰鹫，俯瞰大地。他要赋予她一个崭新的开始，带她一起飞翔。

63. 逼 债

秦斗半个月来都很烦，借银行的几十万已逾三期未还，那边的工作人员每天殷勤致电问候。他不理的话，对方就往公司反复拨，咄咄逼问几时还。

他办的白金信用卡也透支了，催账公司的人，伪装成律师，一天到晚来电骚扰，嚣张地派人到公司，还扬言到他老家去讨债。

这两壶已够他喝的，业主隔三岔五讨已拖欠三个月的厂租，惹火对方，对方恶声道要拉闸停电，胁迫其就范。

凤莲瞧病抓药挪用一些，加工款难按时到账。里外交困，股东们坐视不理，等着看笑话，连亲哥也不体谅自己，处心积虑地整垮他。真他妈背时！秦斗愤懑地想，设一计：以退为进，吊下他们的胃口，看能否圈点儿钱应急。

“哥，如果你同意我的条件，厂子就转给你算了。我做厌了！”

秦奋欣喜地收到消息，该收网了，等的就是这一刻。

“小心有诈，他可不是好缠的。”翠花劝道，“吉祥公司的强哥来电投诉，你弟刚开始还踏实做，近几个月既不订货，也不回款。我猜那盘生意快歇菜了，缺钱就去经销商处预支。我估摸着，你弟已掏空它，你有份担保呀？他溜了，强哥会找咱们算账。”

当秦奋读完转让清单，脸铁青。秦斗将设备按原价出售，还得先付一半！正式交接时，付清余款。外面的加工款，由秦斗去结。

“机器用过两年，打个折行不？”

“不行！”秦斗语气坚定生硬。

“这不合理吧，机器总有折旧？”

“这我不管。”

“那些办公用品座椅板凳，你也按原价？用旧了，八折行吗？”

"不行！"

"那我不要这些玩意，从清单中删除。"

"不行，必须一起转。"

"这意味着秦斗买的垃圾都待价而沽。忒狠了！"翠花喷道，"他抓住你急迫的心理，咱偏不接招，他拖不了多久，便会塌，你再捡漏。"别说女人没见识，治人还真有一套。秦奋点赞，慢慢周旋，耗住他。

秦斗催问两次，秦奋光和他讨价还价，不松口。

秦斗在网上发布拍卖广告，准备孤注一掷。他小姨子在深圳，与人合伙开印刷厂，他打算撤去那边。这着棋辣。如果厂落入外人手中，股东们的投资如何清算？钱揣进秦斗袋里，都得看他脸色，要是他来一句，全亏了，自己还倒贴几十万，大伙只能干瞪眼。

"他宁愿削价甩卖，也不便宜你，你还处处维护他。"翠花怨道。很显然，秦斗为挽回颓势，欲狗急跳墙。秦奋再坐视不理，只会吃哑巴亏。与其让秦斗将公司败掉，不如悍然拯救。魏贤和吴志均无动于衷，还没瞅出其中的隐患。

共创公司办公室内，兄弟对面而坐，剥着花生，喝啤酒。

"我开的条件，考虑得如何？"秦斗问。

"大体没问题，办公用品给个优惠价，一个烂桌子用了几年，还照原价，哪个苕会买？"秦奋争取。

"我的确那个价买的，不能让我吃亏。"

"你这不白用了？没折旧？"话不投机，两个人闷头灌酒。

秦奋敞开说："老爸交代，厂在你在我这儿，都还在咱家。你将厂贱卖给外姓人，赚得多？不可能！再说，没股东的授权，你私卖，要承担法律责任。"

"我是最大股东，你们管不着！"秦斗狡辩，耍流氓。

"公司合约，你可复习一遍。再说，你卖得掉？不怕股东搅局？没人愿买个麻烦。"秦奋点他的穴，倒逼我就范，哼，嫩了点儿。

秦斗没吭气，点上一支烟抽。他没料到秦奋预备这招。如果自己不让步，以他哥的犟性格，说到做到，到时恐沦为鸡飞蛋打一场空。

"办公用品，需要的可以原价，不需要的，你拉走。不必为这点儿小钱卡在这儿！”秦奋抛出折中方案。

秦斗摊开清单，拧紧眉，拿过计算器杵。烟雾弥漫，室内熏起雾霾，如患上白内障，相离咫尺，却看不清对方。

一个闷声传来：“就这么定！”秦斗深呼吸一口，吐出更浓的浊气。

他想负隅顽抗，但还有更明智的选项吗？砧板上的鱼，蹦跶几下，要么痛快点儿挨刀，要么挣脱掉。谁来搭救这条涸泽之鱼。外表伪饰得再强大，自个儿的斤两，他掂量过。

“换成其他人，都不会这么优惠！”秦斗不忘卖嘴乖。以他的风格，不仅将汁吸干，连渣都会嚼碎吞掉，能这么让步，已令他肉紧。

秦奋正要在合约上签名，秦斗打岔：“还有件事……没事了！”有个秘密刚要吐出，又被他咽回去。

秦奋抬头不解地睃了一眼，以为会反悔，见他刷红的脸，双眼空洞地盯着笔尖，诧异地问道：“真没意见？我就签了。”秦斗默认，带着几许失落和惆怅。

秦奋当即付20万定金，秦斗保证七天内办交接。

回到家，秦奋并没特别兴奋，一件东西未到手时，拼命去争抢，一旦拥有，反觉稀松平常。他揣着疑惑，秦斗视为生命的事业，三言两语，就这么拱手相让，不会有诈？为了维护自己的利益，不择手段，这回表现得如此爽快，他揣着糊涂，还是另有隐情？

翠花想得开，舍得一身剐，理那么多干吗，接收后，与你弟切割干净，互不相欠，咱不粘他的，他也别坑咱。说得在理，既然油锅都滚过，还怕再蹈一次火坑。

半个月过去，那边杳无音讯。秦奋顾及他忙，便没督促。

一个月过去了，还不见动静。致电过去，秦斗嘚瑟起来，说急个啥，正在整理账物。他旧病复发，想玩花招，秦奋懒得和他理论，淡淡地问了声：“你再定个时间，我过去。”秦斗沉默半晌，说宽限到月底。秦奋翻看日历，才月头，一言为定，给你宽裕时间，再不许拖延。一年都等了，不在乎这个把月，秦奋的耐心可见一斑，他的意志坚忍，如檐下的滴水，可以蚀穿任何顽石。

秦奋利用这个空档期去拜访朋友，为接班做充足准备。

据王工的小道消息，云信公司那边，发生了翻天覆地的变化。那个移民德国的周同学做中介，欧洲的订单飙升，许强借机要合伙人苏工追加几百万投资。苏工不愿盲目扩张，许强索性从银行融资，放出狠话，不干就滚蛋，明白撵苏工走。

苏工被迫撤离，许强以资金紧张为由，只给苏工打了张五百万的欠条，承诺三年内分期付款。听王工酸溜溜的口气，张丽一手遮天，嚣张跋扈，自己也会步苏工后尘。

王工还弱弱地透露，日天公司那边生意兴隆，慧娟早想挖他过去，他们新开发了三脚架。王工成了香饽饽，群雄争霸，擅长舞枪弄剑的技术人才走俏。

64. 绝 症

老板娘在车间晕厥，120送到中大五院。胡总颤抖地撂下电话，忙掉转方向盘。内心懊恼自责："一年来生意红火，起早贪黑，算熬出头来，马上要去北京参展，累坏她了，不会积劳成疾了吧？"

"你怎么当老公的？这么不会照顾病人，你太太甲亢危象，正抢救，先去交费！"护士一脸淡漠地怪道。

胡总吓住了，脸煞白，不安地搓着手，在走廊里徘徊。电话一茬接一茬地拨进来，没心思接，铃声顽强地闹个不休，让他愈发烦躁，索性将手机调成静音。

"还傻愣着干啥？叫人过来晚上陪床！"那名护士善意地提醒。

"对对对。"胡总缓过神，点头哈腰地致谢。走到长满青草的院子，透了口气，哆嗦着手摸出根烟，深吸满腔。平时老婆做主，他当甩手掌柜惯了，猛地天崩地裂，发生变故，一时慌了手脚。他拨通王工的电话，请表嫂抽空过来帮忙。

见到王工俩公婆，胡总噙着泪，瞬间崩溃，不停地吸溜着鼻涕。

王工手搭在胡总肩膀上，拥到室外僻静处，劝道："还未确诊，别干着急，你别先垮了，一起想法子。你先回厂安排一下，我俩替你守这儿。"

胡总两眼红肿，布满血丝，两天两夜未合眼，走路踉跄。他还赖着，不肯去歇息。王工夹住他胳膊，架上的士："累趴了一个，还嫌不够？再不爱惜身子骨，谁来照顾小妹？"王工气道。

胡总哽咽道："劳慰你。"

慧娟涨着绯红的脸，躺在病床上。意识混乱恍惚，像有一群鬼魅包围着自己，狰狞地狂笑，有的拿锤，狠狠地砸胸膛；有的拼劲地卸脖子；有的用獠牙般的手指，血淋漓地挖眼；有的用尖锥，乱戳麻木的躯体。

癫狂的身体，气球般轰然爆炸，碎屑在黑窟窿里飞溅。躯体往下急速地坠落，像出膛的子弹在呼啸。

她恐惧地号叫，却嚷不出一个字来；她拼命地蹬腿，挥动手臂顽抗，渴望抓住什么牵系，不向下滑去，但周壁空荡荡。她在绝望中哭泣，却嚎不出声来。

她的孩子，模糊的面孔，如彗星一闪而过，被炫目的光亮吞噬。她的老公，拿着锏，成了鼓着眼泡的钟馗，被一群牛头马面的小鬼抬着轿，朝她奔袭！她叫他的名字，他却充耳不闻，哭丧着脸，怒目而去。

她不想放弃，羽毛般轻盈的身体，继续沉沦，放手便得解脱，执着就会痛苦。她想轻松下来，未了的事，如一团乱麻羁绊着她，她在十字交叉路口彷徨。

一丝若隐若现的呼唤，如遥远的洞箫声传来，渐渐清晰，飘忽而熟悉，这个声音很陈旧，如压在箱底，经年褪色的老褂子，慧娟，是谁在喊？

那崇山峻岭的老家。竹篱笆、栀子花香、玩泥巴的儿童，小女孩捉小溪边青草上的红蜻蜓，不小心跌进水沟，哇哇大哭，小脚丫被淤泥越陷越深，小男孩扑过来，一把拽住，拉她上来，就是那双温暖的手，急切的声音！是表哥！

两行清泪默默淌下，那年的山花，开得特别旺亮。

慧娟缓缓睁开眼，那个影子越来越明朗。王工见她醒来，慌张地松开手，激动地站起来，扭头去喊医生，慧娟嘴巴嗫嚅，王工苦楚地点头，"挺住，小妹！"

几个白大褂呼啦啦围过来，将她拉走。脸色凝重的主治医生，吩咐王工，通知直系亲属来签字，时间紧迫，做组织切片检查。

胡总从昏沉的噩梦中被叫起，听说慧娟醒来，他喃喃念叨菩萨保佑，火速赶往医院。

砸锅卖铁都要治好，他下定决心。往事历历在目，让他潸然泪下。

她的好，是吹绿江南的春风，润物细无声，融入生活的每一页。人为何如此脆弱，比陶瓷罐罐还不经摔？生个病，如山上放棵树，劈几斧头，锯扯几下，就塌天黑地地倒下。

咱以前活在山里头，咽米糠馍馍，嚼腌菜帮子，身子棒棒的，也没见闹啥病的。进了城，富裕了，反倒金贵了。翻着花样，吃香喝辣的，歪风一刮就感冒，抽血、化验、吊针、沽药，真邪门。

他责备自己，太臭蛋混账，明知她有甲亢，还马虎，成天掉在钱窟窿里，混得高尚了，面子光鲜，亲人却翘到冰冷的手术台上。寒酸时，天天苦挨死撑地盼求，发达了，又如何？好日子还没焐热，人就麻痹，钱就是个骚货，人他妈的贱，被它弄得碌碌转。

还不如回去垦荒，种几窝红薯，哪个都不用睬，囫囵过一辈子算了。把她的病瞧扎实了，将这里都典卖，扎起包袱，回咱山洼洼里，好生伺候她。

天麻麻亮，空气沃着露水，甜丝丝的清凉，山顶罩着雾帐子，在日头的辉照下，一圈圈往下潮退。绿油油的松木林子，被八哥和喜鹊的叽喳唤醒。早起的男女，蓬头垢面，抹着干结的眼屎，提着荡着尿骚的马桶，吱呀推开茅房的木栅门。家户人家，烧柴火的烟子直杠，在云端如蘑菇盛开。幺儿、丫头、砍老壳地，还不死起来？喊叫声惊破酣梦，年轻伢们，气嘟嘟地从暖窝里挣起来，伸着懒腰，嘴角流着涎液，叽咕着“烦死了”。

灶台的锅里，热气腾腾的苞谷饭，已被铲去一块豁缺；堂屋，木桌上，菜碗尚有余温；大人们荷锄牵牛，踩着湿漉漉的田埂，去薅草，灌溉忙活。农忙时，中午歇晌，麻利地塞几口饭；闲时，东逛逛，西凑凑热闹。爷们儿，边嘬杯热茶，叼支烟，打几圈小牌；婆娘们，聚一堆头，织毛衣，东家长西家短，卖弄口才；小孩们，屁颠颠，鸦雀般撒欢地上学。

向晚，日沉西山坳，将满山野跑、肚皮滚圆的群羊吆拢。大狗领着胖墩墩的狗崽子，在村口摇头晃尾，迎接主人归来。披着金灿灿的彩霞，黑牯牛牵进圈前，啪啦泄出一摊稀牛粪，臭烘烘，溅到鞋上，惹得主人跺脚骂一通，那牛自在地哼哼，眨巴眼，甩动尾巴驱嗡嗡的蚊虫。

高耸入云的落凤山上，莲花宫，暮鼓敲响。盘发的道士，拈香礼唱。山中的獐獾，踱回石岩的洞穴。溪涧里的娃娃鱼，潜到水底睡去。荫坡上，匍匐的红豆杉，在月光下，挂着一粒粒相思。那是生养我，贫瘠而乐活的故乡，脐带剪断了，她的血在我身上活泛，我要带爱人风光地回去，反哺。

胡总青紫嘴唇，战战兢兢地拿着检查结果：恶性淋巴癌，只觉天昏地旋，到处白森森蜇眼。“弄岔了？她咋会得这病？”他神经质地缠问医生，王工在旁赔着好话，打圆场：“对不起，他一时接受不了。”

医生用习以为常的表情解释：“有几套方案，动手术切除，不保证能清干净，癌细胞可能会转移；化疗和放疗。要不要如实告诉患者，你自己拿主意，反正不能耽搁！”

两个心里揪巴的男人，蹴在凉亭里争辩。

“保密，骗她是良性肿瘤，割掉就成。”曾经蔫不拉叽的胡总，变得有主见起来。

“不妥，你冷静点儿，她要是昏迷无意识，我们可替她做主，但她清醒得很，身子属她的，疼不疼，她切肤感受。一刀下去有风险，就算手术成功，如果效果麻麻的，搞拐了，如何收场？以她的脾性，会坏了情绪。按我说，不能包办，尊重她，摊开讲，她自个儿话事。要不问下你岳父母？”王工是理科生，研判事比较理性。

“没球用，他们和咱一样，大老粗，侍弄土疙瘩和牲口还行，哪遭过这劫？”胡总心思比针尖细。

王工瞧他不顺眼，狗儿的渣男，活蹦乱跳的花姑娘，交到这王八羔子手里，咋这么快整残了。挨千刀万剐的，怎不是你？这癌是长疮剪枝，修补一下，就痊欢了？白刀子进，红刀子出，这一镐下去，好端端的人，也废半条命，人作孽不说，癌细胞扩散，这顶个屁用，猪！脑壳被夹瘪了，没生活质量，被当标本解剖，活着啥意思？死活都土埋半截脖子，还不如快活几天算球，有几钱骚包，罔顾科学常识，磨死人。再说你瞒得过？她冰雪聪敏，吞啥药，打什么针剂，一瞄字就晓得，还装个㞞样？

和两个肃杀的男人相反，病房里，暖融融的气象，慧娟讲俏皮话，逗得护士笑嘻嘻。待他俩赔着小心进去，慧娟轻声细语地说："两个大男人，愁苦脸干啥？我自个儿啥症状，自个儿晓得，手机上网一查，对号入座就知七七八八，还掖着明白当糊涂？胡瓜，你给我记住，绝不动手术，科技未强到那一步，别傻折腾钱，人还受难，形容枯槁，就图个安慰，人作孽！保守治疗，活一天算赚一天，老天爷要谁走，拗不了，这是命！"

胡总噙着泪，忙不迭地点头。

王工难过地瞥向窗外，那堵墙上，攀沿着一枝不知名的藤蔓植物，几片叶扬起，朝光明处探望，一棵盆景树伸长的阴影，盖住这株小生命。

"表哥不是外姓人，趁我清白时，啰唆几句。切不要违我的意愿！厂子继续开下去，请表哥淘神，表婶也同意了，说你在云信公司做得闹心。胡瓜，你不许欺负他。我拟了份文件，交给律师，赠些股份给你，你别推辞，就当帮扶侄儿一把。表哥，你同意吗？"王工难掩悲戚，哼了一声。

"另外一件事，从今天开始。你们该干吗就去干吗，展销会不能缺席，很多大客户都邀了去，不要围着我兜圈圈，犯晕，还不济事。这儿有人照料我，大老爷们，哭丧鼻子，算咱山里的汉子？不要垮着冷脸，像个不经事的娘们儿。哪天我走了，葬回老家。这不是啥忌讳的话，刚赶了趟鬼门关的集，生死看清淡了，熟门熟路，就那码事。双亲那儿，我会交代的，不会为难。这些都写在纸上，谁都不许变，表哥做见证。

"你们都去忙吧，我累了。"

慧娟靠下来，翻身面朝墙，用床单遮住眼睛，泪无声地唰唰地流。她将包袱递给了两个对她牵挂的男人。一个遥远的爱情，一个沉甸的亲情，在他们的呵护下，她度过最美的少女时光。就这样，挥一挥衣袖，绝别那康桥下的鱼，如何舍得离开那一泓潋滟的柔波？她的质朴和坚毅，是巍巍的山魂赋予的基因。

护士进来换药，胡总向坐在走廊的表嫂道谢。

"我去请个把月假。"王工在车上说。

胡总霜着脸，一路伤感地飙车，慧娟的话醍醐灌顶，我男人，如被扔进火炉里熬炼的铁矿石，拂去渣滓，煅出坚硬的内核，绝不能让她一心挂两头失望！仿佛一夜找回自信，扭转性情，他挺直脊背，冷峻地处理抛荒的生意。

“好，你负责北京参展的事，全权代表我去。”

许强坚决不同意批假，这下激恼了王工，他将退回来的请假条，一缕缕地撕碎，抛出窗外。他在云信公司的前途和所有付出，如那些纸屑，在高空中纷纷扬扬，一阵风，吹得满天飞舞。

欲灭去，网便自破，再完好密实的网索，也缚不住鱼了。

王工铁了心要离开，慧娟一事，成了导火索，引爆他的愤懑，再次读出许强的冷血，他奴役、敲诈股东的本性，并未有丝毫收敛。如果说以前还能为所谓大局容忍退让的话，这次绝不能辜负她的一番心意，一个濒死之人，慷慨赠我股份，就冲这点，也值得去帮她。

王工潦草地写份辞职书，用订书机压在办公桌上，通知人事部文员去拿。

过两天，许强知悉后，心里咯噔一沉，甚是诧异，喉咙如被鱼刺卡住，奶奶的，给脸还上脸，一个萝卜填一个坑，养娇脾气了，他将文件夹狠狠砸到地上，手下敢炒他的鱿鱼？何况是敦实木讷的王工，仿佛一巴掌掴他脸上。

张丽摸到他男人的躁性子，扭身带上门出去。

过几天，许强终究舍不得王工这个奴才，假惺惺地去电夸白：“你散散心，休整下，欢迎随时归队，我刚接到上亿的订单，须臾离不开你！”

王工惬意地坐在日天公司崭新的办公室，跷着二郎腿，闪着胯，瞟着湛蓝的电脑背景上，一条自由游动的鱼儿，和他的老东家，语带讥锋，轻蔑地打哈哈，一手用竹签，剔着搭在牙缝里的肉屑，果断地挑出来，弹进垃圾桶，别扭的牙齿，顿觉释然。

65. 舞 蹈

春寒料峭的北京，皇城根，随便踩一脚，都沾染几百年的风尘。

抬头仰望，威仪傲然的黄瓦青砖，不是王爷格格，就是将相贵胄肃穆奢华的府邸。冷冽无情的风，扫去多少庭院里的恩怨情仇和芳华？高堂阔殿，曾经雷霆万钧的权势，寂寞锁春秋。野猫在烽火熏过的城墙上，伸着懒腰。香妃井里的水，酿了百年的魂愁，游人隔着铁栅栏往里眺。晦暗的镜面上，映出谁扭曲的锈脸？

护城河边，白花恣情怒放，是在祭奠逝去的妖娆的嫔妃？颐和园里的潭水，揉乱了六宫粉黛胭脂般娇艳的青春，依依杨柳，飘拂的千穗，抚不平满池的愁眉。

八达岭下的声声马蹄，踏碎了征夫的乡愁。南归的鸿雁，捎不尽毡房里啁啾的问候。十三陵的高冢石窟，埋不下千古帝王的遗憾。光秃秃的树丫，生出蓬勃的新绿，寻常屋檐下，燕子衔泥筑巢。

国际会展中心3号展馆，铺着红地毯，各路客商和不明身份的人物云集，胸前挎着长枪短炮的摄影师潮涌而至，中外美女穿着清凉，在音乐的轰鸣里搔首弄姿，炫耀她们的魅力。

日天公司的展台前，蜂拥着密匝的人。

未剥皮的松树棍，用粗麻绳捆成架子，盘绕着紫色的牵牛花，高低错落，搁着款式新颖的摄影包。地上铺设青翠草坪，间或散布些油亮的鹅卵石，蹴着几截新锯断的浑圆木桩。

正面屹立一堵阔绰幕墙，喷绘着一湖丛生的荷花：有的含苞带露，羞涩可期；有的粉堆玉砌，撒欢泼娇；有的一枝独秀，擎着粒粒饱满的莲蓬，得意扬扬。荷叶葳蕤，筛出几点明媚；清水濯濯，养成四季风情。一只黑鹭，兀立在一枝倒伏的枯梗上，咄咄眺望。

王工在后台，接待来往的中外宾客。

舞台周围，小射灯啪地熄掉，一束柔和的圆光斑，投影在幕墙中央，如月光辉映荷塘。浓雾缓缓升起，悠扬的音乐荡响，桨声哗哗，划过水面，叮咚叮咚。

寒蝉凄切婉转；蝈蝈鸣啭，被露水溽湿，沉郁地弹唱。影画上，变幻着青花瓷的图案，一尾尾红金鱼在游弋。音调逐渐高挑，音域开阔，叩动心弦的节奏清扬。

栖在湖底，身披银鳞的美人鱼醒来，摇曳婀娜腰姿，破水而出，双手合拢，如蛇蜿蜒。红灿灿的轻薄裙褶，挥成炫彩的尾鳍，在声光里，婉约轻曼地跃动，融进那暗香疏影的荷花里，舞弄一上阕波光粼粼的江南晚照。

时而蛾眉颦蹙，玉臂舒颤，似受惊吓，机敏旋转；时而笑颊粲然，媚目娇滴，姿态纤妙，柔美可掬。动时，凌波轻盈，倩影袅娜；静时，形象毕现，意寓婆娑。在烟波浩渺里，秀出舞姿，泼洒喜乐哀愁；在琴瑟和谐处，蹈着脚铃，诉说今生往事。

此时，千里之外的那边：一座莽莽山村，笼着愁云惨雾，灵堂摆放着洁白的莲花，慧娟熟睡般，安详地躺在花簇中。脸角似带俏皮的甜笑，如清泉里的一轮皓月，了无声息，缓慢悲怆的哀乐，凄凉地泣响。

从梁上垂下黑色挽联，被冷风簌簌刮动。撕心裂肺的哭号，唤不醒那缕逝去的香魂。长明灯的油捻子，扑朔着火苗。

胡总头缠白麻布，蹲在牢盆旁烧冥钱，火嘭地熊起，映出一张憔悴颓废的脸。一堆花花绿绿，被火舌吞噬，盆里，溢出灰白翻卷的烟尘，呛得他咳呕几声，青烟熏灼了视线。慧娟在迷雾里，正朝他莞尔一笑。

我能伴你乘风而去？内心是那盏油灯的棉芯，为君点亮，奔赴寂寞迢迢的黄泉路。再恋舍不得，奈何桥上，切记不要回头张望！来生，我们不做半途伤别的夫妻。要做，就化作千年相依的鱼水，你流到哪儿，我跟去哪儿，你是我的命，我做你的魂，我在你怀里生息，你被我含在嘴里入梦。

喜气洋洋的这边，王工与客户握手言欢。

那条“美人鱼”，在高分贝的伴乐下，舞得更酣畅婀娜。

一声霹雳炸响，灯光瞬间黯淡。那只乌黑的鹭鸶，张开阴鸷的翅膀，从画上猛扑下来，利爪钳住她幼嫩的脖颈，尖喙频频撕咬她纤柔的腰段。她惊恐，怯懦地挥动四肢，顽强抵抗。鹭鸶狞笑、厉嗥，淹没她嘤嘤泣声。

探照灯，泻出一池血红的惊煞，美人鱼在瓢泼的血光里，惶恐地跳跃。

又一声雷鸣，迸碎滚过，她栽倒在地，浑身抽搐。

灯光换成凄凉的苍白色，如锦缎覆盖。二胡割出哀怨嘶哑的弦音，锐利如刀锋，剖切空气和耳膜，硬生生勒开，一腔血淋淋的痛楚。激切的鼓点擂响，亢奋的火焰烧起来。

舞台上，烟雾腾起来，一条美丽的鱼，定格在青花瓷上，不再徜徉翩跹她的美丽。

那边，一身缟素的胡总，捧着盛殓慧娟的骨灰坛。

青花瓷上，绘着一条活灵活现的鱼，鱼在荷花护佑下闪亮，这是他专门挑的。

锣鼓唢呐，悲戚地回荡在山谷。黑色的挽幛，白色的孝带，在寒风里飘扬。

在葱岭，回荡着一首黑白浸淫的哀歌，将悲伤别在巍峨大山的衣襟上。苍天，枯竭了泪水；风，未停止呜咽；浩瀚林海，涌动着无边的忧郁；栖霞，层染落凤山的惨淡愁容。

阴阳先生向空中抛出蝴蝶般纷飞的纸钱。胡总紧紧抱住轻飘飘的骨灰坛出殡，一步一徘徊，向新掘的坟茔跌撞爬去。

三天的展销会圆满闭幕，美女们的千姿百态，吸引了无数渴望的眼睛。人潮退去，参展商卸下假模特的胳膊腿，装进棺材般的木箱里拖走。王工收获一堆名片和订单，一头钻进飞机的胖肚里，没有辜负表妹的托付，心在空中，上下左右摇晃，她还好吗？我带回满机舱的惊喜，还有北国新奇的感受。

三天的葬礼被鞭炮炸完，吊唁的男女老少，如硝烟散去。

胡总独自背着满当当的供品，上山圆坟。点燃清香和蜡烛，插在封土上，跪坐在新洗的石碑前，用衣角细细擦拭，凝视着拓印在上面的相片，任性地号啕。

苍莽的山林，令人毛骨悚然：老鸦在树枝上，呱呱哀啼，扑扇起一团乌云；强劲的山风将花圈撕扯，瑟瑟抖动。他在恸哭，她含着笑，默默地望着丈夫，望向渺茫的远方。

一个人，觉得孤单冷清吗？癌细胞无情地扩散，她提前梳妆打扮。她说要美美地去瑶池旅行。弥留时，仍忍着痛，强作欢颜。

死亡是怎么回事？刚才还顾盼流芳，眨眼就冰凉僵直了。生死两茫茫，此情何待？一死百了，还是难了？死，解脱亡者的痛苦，卸不掉活者的枷锁。生死难料？阎王簿上，判官笔下，为何不批他自己荒唐的归宿？

死是空，空是什么？空不是什么！推理出死不是什么？死，永远地离去，离去上哪儿呢？魂魄与肉体结合是生，分别是死，肉体烧成一钵灰，魂魄寄放何处？灭了吗？真的无痕迹地毁灭了？

胡总满脑子糨糊，总觉得慧娟没走，恍惚出远差了。他能贴切地感应到，她在某个地方存在。

夕阳是忧伤的眸子，红彤彤地陨落，拂去大千世界的奔波。朦胧里，水墨山峦间，从山底生起几朵明丽的莲花，鲜活地绽放，亲眷们执火把，绕墓冢插一圈，祭奠亡灵。

两个壮劳力搀起哭昏瘫在地的胡总，驮下山去。

临别那天，胡总去了趟山坳。那间简陋破烂的小学，尘土飞扬的操场上，斑驳的土坯教室里，刻录着他和她童年的嬉笑。离开时，他递给执教一辈子的老校长一张支票，拜托修缮这所学校。

老校长哆嗦地摘下老花镜，一滴滴扑簌而下的泪珠，和那“1”后面六个零一样圆和亮。胡总要忠实地履行她的遗愿。物欲横流浮躁的城市，出卖了他的良心，他要在淳朴宽容的山村赎回来。

日天公司总裁办公室里，在墙上慧娟微笑的见证下，胡总递给王工一份股份确认书，两个哽咽的大男人，柔软地握紧双手，久久不愿分开。

秦奋得到噩耗后，深表惋惜。王工难掩忧戚地说：“我几乎崩溃了，胡总挺过来，真汉子。我已离开云信，和他搭伙干。”

“许强舍得放你走？你这匹良驹！”

“别笑话我，还不得亏你的指点，他管得宽，不同意是他的事，腿反正长在我身上。”

“你小子长志气了。”秦奋呵呵笑道。

“没办法，要养家嘛，几年吊在那儿半死不活，忒没劲。和你透个底，云信公司的生意你防着点儿，我不是反水，说老东家坏话。想想苏工的下场！许强故意和苏工闹僵，起初三个月还付几万，第四个月扯资金没到位，一毛都不给。苏工抹不开面子，苏太红颜一怒，冲到许强的办公室，骂他耍赖皮，泼辣地吵，才不情愿地打发几万块。

“别看他表面大气，其实小肚鸡肠，工厂事无巨细一把抓，生怕外姓人搞鬼。苏工曾私下讲漏嘴，很精辟地概括许强：‘那么爱惜自己的羽毛，他的生意不会轻易死；要死，会先找个垫背的。’

“胡总这边给他加工过包袋，也是我牵线，现在我全部砍掉，以绝后患。我入股的那点儿钱，还悬在那儿，估计没戏了，你好自为之。”

秦奋心底油然升起一股暖流，王工预言的灾难，会成真吗？

66. 交 涉

秦奋狠下心去摊牌，刚子见来者不善，媚笑着迎过来。秦奋没正眼瞧他，刚子猫在角落拨号报信。

秦奋踱进车间，和他熟稔的工人寒暄。然后坐进秦斗办公室，跷起二郎腿，厉声问：“你几时撤？”

秦斗敬烟，他摆手没接，就势自己点上。“太忙没顾得！”秦斗轻松地拦回。

“耍阴的？三番五次地延期，我也认了。没空是吧，等会儿拉闸停电，各部门立即盘点。”秦奋抛出他的计划。

“不太合适吧，在赶货。”秦斗还想敷衍，脸色如霉豆渣般难看。

秦奋往水壶里倒了一瓶矿泉水，按下茶具上的电源键，静静地等水烧开。

“如果你反悔，不愿转，也不勉强，将定金退还，合约作废。”秦奋放出活口，他够宽宏大量，并非罔顾手足情的冷血动物。

“那我打张借条？”秦斗精神一振。

“不行！我掏现金给你，你毁约，咱不计较，必须现伙！其他歪扯。”秦奋还不长记性，小弟的那套流氓作风，欠贷款，银行将逼债的骚扰电话拨回峰口老家去了，他依旧我行我素；挪用吉祥公司几十万货款，强哥几次通过秦奋这个担保人，好言好语约他面谈，他置若罔闻。劣迹斑斑，还能信他的话？

不锈钢水壶被煎得哐哐震动，吱吱冒白气，从壶嘴往外越冲越茂。热量充足了，软绵绵的水，也能咆哮。

秦奋拎起来，烫杯沏茶，浅啜一口。有些灼嘴皮子，一股香气润过喉咙。

不用滚水，泡不出好味道，这是茶道。没有激情，泡不到妞，这是情道。缺乏闯劲，成不了大事业，这是商道。一茶，一禅机；一水，一柔情；一壶，一世界。

秦奋开业时买的鱼缸，被移到阴暗角落处。水浑黄，一只仰翻的小鱼，弓着身乱迴，几条觅食的同类抄近，试着嚗它。起初，它摆尾反击，挣扎着弹开，那几条饿疯的鱼，发现威胁不大，一条体型彪悍的冲过去，向其腹部猛咄一口，挫了一片鳞甲，扬长而去。其他的敏捷跟进，聚集在同类周边，反复啄食。那条奄奄一息的鱼，再无招架之力，伤痕累累，沉到污秽的缸底。

喝完几盅茶的工夫，鱼肉被剜得干干净净，只剩下一条完整的白骨架弃在那儿。没一点儿血腥，眼窝空洞，脑髓吸干，刺尖尖，硬生生戳在柔软的水里，水会疼吗？为了果腹，同类相残而食。

刚子神色紧张地敲门进来，递给秦斗一沓请假单。秦斗随意翻看，来回兜圈，嘴气得歪斜，一怒之下，将它们砸进垃圾篓中。

“一群吃里爬外的东西。”他嘟囔，“知道啦，你出去吧！”秦斗一屁股跌坐在大班椅里，额角拧巴。秦奋气定神闲，自斟自酌地品茶。

水，是观照鱼性最好的透镜。欲望的吸引力有多大，人性就有多真实。

“别干得这么绝！”秦斗阴鸷地迸出一句，“要挟我？是你动员那些主管集体罢工？”

“你别胡说八道，他们是成年人，哄不到！”秦奋见火候已到，切齿地说，噌地站起来，挽起袖管，小宇宙爆发。将那只精美的陶瓷杯，狠狠砸在地上，一扬手，掀翻那只盘龙红木茶盘。见没破损，尚不解气，弯腰抬起来，往鱼缸使劲扳去。

雕工细腻的茶盘，咔嚓摔成两半，鱼缸砰地崩裂，惊得鱼儿在污浊的水中疾窜。一条鱼儿掉到地面，鼓起圆眼，窘头拍尾。

“再耗下去，鱼死网破，就这下场！”秦奋丢下一句话，攥紧拳头，梗着脖子，踩着一地的水渍，扬长而去，鞋后跟踏到那条挣扎的鱼，肚肠被挤破，散发腥臭。

秦斗愣怔地望着远去的暴虐分子，人一旦失去理智，连禽兽不如。再玩下去，后果不堪设想，他一直以为，秦奋会迁就他，不会为俩钱伤和气，未料这次大动肝火，来拼命了。他的两个堂兄弟，为争老头遗产留下的一套小房子，小的动刀子，将大的捅进医院，秦斗不敢往深处设想，后怕。

过了三天，秦奋收到个鼓囊的牛皮文件袋。刚子领他办完交接，上财务室结了工资辞职。

秦奋做东，去洪湖餐馆为刚子饯行，顺便套点儿话。

酒过三巡，刚子的脸臊得似猴子屁股，人神经质般地妄语。

“你打算去哪儿？”

“上深圳老妈那儿。”

“和女朋友一起？”

“她家里总催她回去。”

“你姨夫常夸她贤惠，对你实心，几时结婚？”

“不晓得，娶不娶还是码事！”

秦奋愕然，按秦斗的评价，刚子的女友杨萍模样生得周正，是个勤快温良的女孩，当今稀罕，上哪儿去找？刚子只有那样的能耐，还这么浮躁，真不醒腔。秦斗多次和刚子妈提及杨萍，撮合这档姻缘，接这样的媳妇，这小子有福气，对她赞不绝口。从未见秦斗这样，毫不吝啬地夸过一位女孩。秦奋阴暗地泛酸，这么对胃口，不如你收了，自肥吧。没料，是这般下场，唉！

秦奋入主共创公司的第一天，扔了那只破鱼缸，叫花卉市场的伙计，送来一座豪华的大鱼缸，养起一公一母的两条锦鲤，图个吉利：锦绣前程，鲤鱼跳龙门。

他放眼扫了这间既熟悉又生疏的办公室，清洁阿姨驼着背，抹桌椅，倒垃圾，楠木牌匾端庄地挂在正中央，魏书的“厚德载物”，蒙着不易觉察的灰尘。沙发后竖立的楚绣屏风上，十条金鱼绕成圆，拱卫着金丝绣的“福”字，阳光透过薄如蝉翼的丝绢，景象如梦如幻，鱼和福浮在空气中，灼灼灵动。

秦奋将大班椅拨过来，一瓣屁股正要塌下，椅轮子向后滑，要不是他迅速地扶住抓手，差点儿跌地上。他小心翼翼地再次落座，挺尸般伸长腰，颠上簸下地摇晃。坐稳这个位置忒费周章咧，秦奋感慨。未来会怎样，还来不及思考，先舒服再说。

正闭目养神，桌上固定电话叮叮噪鸣。

“喂，是秦斗吗？”对方直呼其名，秦奋一闪身，俯到桌上，谁这么没礼貌？真没素质。

“有啥事请讲！”

“我是银行委托的律师，你贷的那笔款逾期四个月，今天三点前一定要还，否则我们报公安，上门缉拿……”

秦奋打断对方的恫吓：“别唬人，这是经济纠纷，公安不管这破事。”

“你恶意骗贷，拉你坐牢不冤枉。”

秦奋较真道：“你当我三岁小孩啊，法院是你家开的？想逮谁就谁。你们不想赚高利息？无利不起早。兄弟，奉劝你一句，追债要客气点儿，别动不动黑人。”

对方吠道：“你不信邪？我们封你的厂！”

秦奋阴阳怪气地问：“凭什么？”

“忘了吧？你用工厂名义联保的！”

秦奋当头浇下冰桶，冷飕飕，敢情我煞费苦心，巨资买下个虚壳壳，幸好他心脏够强大，换成脆弱的，这么刺激下，不突发心肌梗死，也会晕厥。

那厮还在软硬兼施地吓人，秦奋一字一顿地答：“我不是秦斗，公司与他无半毛钱关系！欢迎过来喝茶，但我正告你，他无权将厂抵押，我没授权！婊子养的，什么狗东西！”说完啪地扳下话筒。

对方复拨过来，秦奋将那个号码加入黑名单，免得烦。

生活如硬币的两面，向着你的一面亮闪闪，背对你的那一面蒙擦擦。以为捡了大漏，原来是高仿品。

翠花得知秦斗耍滑头，发飙，挥舞指头，点着秦奋的鼻子，骂道：“早就说他缠不起，你硬和他搅一块，还怪我挤对你，这下满意吧，你当他弟弟待，他将你作憨粑。我们巴心巴肺，他将几十万揣兜里，一溜了事，甩个烂摊子给你收拾。舍不得吃，舍不得穿，牙缝里抠出来的钱，全好适他？你不能缓几天，工厂安定下来再付？我不过了！”

翠花第二天气呼呼地回了老家，散心疗伤，秦奋快疲了。

秦奋将客户捋了一遍，通知生产部，将云信公司的加工单暂时截断，对方追问的话，就说排期太满。他定下一条铁律，凡需垫资的一概不接，全力以赴开发新产品，腾笼换鸟，从单纯加工转型到树品牌。与其被动挨打，不如主动出击，加工这条单行道，越行越窄，他要聚焦，占领制高点，搏一把！

67. 诡 谲

“不得了，忙得陀螺转，缺帮手。”张丽告急，“自从展销会回来，一直超负荷赶货，工人们打疲劳战。”

“许总，去年贷银行的两千万快到期了，是优先还贷，还是做流动资金？”

“通货膨胀，原材料一天涨个价，赶紧多屯库存，贷款先付息，本金待销售款回笼再定夺，银行的信用额千万要保持。”许强说，“听说你有个熟人，叫什么来着，对，宋行长，将他攻下，估计能贷个一亿。”

“你不是不爱借贷经营？改性了？那些银行瞧咱生意红火，要主动贷款给咱们，你好多都婉拒！”

“现在订单井喷，扩大生产需垫资，以前夯实基础，而今大跃进，今非昔比，灵活应对嘛！”许强最擅长以高屋建瓴的态势说服别人，让听者臣服他的号令，心甘情愿地卖命。

王工投奔日天公司拓展三脚架，原来的股东同志成了竞争对手。许强尚有不甘，瞧王工那迂腐衰样，料也翻不起滔天浪。转念一想便释然，主动滚蛋也好，省了笔散伙费，以绝后患。

许强逛网上的新闻，很感奇怪，都说国外金融海啸，出口锐减，欧美需求萎缩，为何我的生意兴隆，未受丝毫波及？真应验一句话：剩者为王，淘汰那些微小企业。我经过技改，增大规模效益，才独领风骚！

鄂尔多斯的房地产泡沫破裂，寄生在上面的高利贷套牢崩盘，借款人、债主要么逃亡，要么蹲监狱，要么自我了断，要么惶惶不可终日。光景好时，锦衣玉食，一觉醒来，回到解放前。都因一个字造孽：贪。为求多、快、好、省地发财，借款人，掘地三尺揽钱；放款人，高利息地吸金，都卷入钱眼的旋涡无法自拔。以此为戒！

干实体，蛇大窟窿粗，难免一时资金紧张，资金调度有大学问。中小企业向银行贷款难，门槛高，年限短，没出路。求助民间资本方便，不幸陷入高利贷，饮鸩止渴，恶性循环，不死，也大伤元气，蜕层皮。这些活生生的案例，让许强有所触动。

许强像往常一样点开邮箱，周同学的邮件跳出：“刚知悉，梅塞斯公司破产！我们500万欧元的货款回收，危。正联系律师处理。”

许强木桩般杵在屏幕前，脑子一片糨糊。周同学代表云信公司，全权负责欧洲市场，梅塞斯属老牌的跨国集团，与许强合作几年来，一向信誉上佳，从未爽约。怎么一夜就倒闭收档了？我正指望这笔货款还贷啊。

枯坐半根雪茄烟的工夫，许强深吸两口长气，镇定起身，朝门外的张丽抛出一句话，任何人不见！

将门反锁，放下窗帘，房间顿时阴暗，手提电脑屏发出荧光，鱼缸里，微弱的节能灯映照那方清水，翡翠般碧绿通透。

许强抬起右腿，皮鞋蹬在桌沿上，拿起电话，拨通德国办事处，他要周同学亲自解释原委。一道明晃晃的光柱，从帘缝插进来，投射在那沉郁冷峻的脸上，如一把淌着寒气的利刃，劈向额头。这通电话耗时一个小时，许强站起来，放下话筒，恶狠狠地说道："好！干得利索。"他反剪双手，在房里来回踱步，黑如墨汁腌着他。困在这水泥浇筑的大鱼缸里，一条饥饿的鲨鱼，龇着白森森的獠牙，在蓝海里逡巡狩猎。

金龙鱼，一会儿贴近水面浮游，一会儿潜降，在茂密的水草里匿迹。那只壮硕的，追逐着那只细幼的，到处躲藏。许强认真地观赏这缸鱼，鱼鳍刀片般划开水面。鳃，一张一翕，唇一豁，就将整粒食料吞没。"有了。"他喃喃自语。

许强拨通内线问张丽："用来炒原材料的款，有没有转？"

"财务下午去办。"

"好险！只转一半，另一半先赊着，余款，将所有供货商账清掉，追加一倍的订单量，结算期延展为三个月，开期票，尽量外发加工。"

"他们会这么听话？"

"你傻呀，结算期先稳住，保密，这次咱们大方地清欠，还将采购量翻番，他们开心得抽筋还来不及，放风出去，咱们又接到国际买家大单！你上财务支十万，帮我预约一下宋行长，月底我领你去澳门耍，庆祝一下。"

"要得！"

许强将所有邮件彻底删除，清空垃圾箱，不留蛛丝马迹。大手一扬，窗帘哗啦拉开，房间里释放进一片光明。面对惊涛骇浪，谁见过鲨鱼慌张？思路决定出路，播种在什么环境土壤的苗籽，就结什么样的果实。

许强将黑色大奔停在湾仔码头，俩人乘船去澳门。这里通关人少，快捷，免得排长龙。"我的出国签证办回来没？"

张丽从坤包里掏出护照和银行卡，递过去。小妮子打扮得花枝乱颤，一对富实的豪乳，经许强悉心呵护，愈发茁壮挺拔，更蕴内涵。

议事亭前地，古老建筑融汇中西风格，窗前摆设鲜花盆栽，碎石块拼出波浪纹的地面，古色古香的街灯，漆成绿色的栏杆，摩肩接踵的各色人流，林立的店铺，生意红火，这座东方的赌城精致繁华。

玫瑰圣母堂，米黄色饰面上，勾勒着各种精美的白花纹，格外的秀雅脱俗。旁边门廊，两位裹着头巾的修女，坐在摊位旁，零卖着基督教方面的小礼品。一枚陶质的十字架，标价 10 葡币，倒也实惠。

肃静的教堂，仿佛踏进了另一个世界，街区人声鼎沸的嘈杂声，断在门外。四五个虔诚的信徒，坐在条椅上祈祷。钉在十字架上的耶稣，垂着头颅，铆住四肢的楔形钉子下，凝结着干枯的血迹，他在默默地倾听羔羊们的忏悔和诵唱的赞美诗。阳光透过彩色斑斓的天花窗，温馨地洒进来，圣洁的礼拜堂里，游客蹑手蹑脚地走过。沐浴着基督信仰千年的光泽，信还是不信，一横一竖的十字，已拓印在每个端详她的瞳仁里。

循着指示牌，许强一个人踩着咚咚响的木楼梯，爬上二楼，土生葡人的保安，打量他，然后噔噔下楼，许强也饶有兴趣地回敬他一眼。

楼上陈列些圣物：有神父祭祀时穿过的旧袍子，戴的高耸礼帽，有几百年前教会的工艺品。没有窗户的阁楼，寂静，灯光昏黄，人影映在展品的玻璃罩上，跌落在黝黑的木地板上，变幻着诡异的图像。古镜中反射出他的眼睛，神圣的偶像和器皿，瞬间复活了，在窃窃暗语，放肆地狞笑，空中无数的手臂，向他抓挠，空气压抑沉闷，它们在怜悯谁的罪过，还是拯救谁的灵魂？许强只感到头皮发麻，浑身战栗，如陷入冰窟里的鱼，不能灵活动弹，莫名的恐惧阵阵袭来，欲攫取他的心脏。

得罪！许强暗暗祈祷，逃也似的下楼。在侧门处，许强从口袋里掏出一枚硬币，投进那只开条窄缝的积善箱里，心有余悸，忐忑地离开，硬币碰到铁皮底，叮当，如一声叹息，轻悠。

抬头仰望，巍然屹立的大三巴牌坊，穿梭其间的红男绿女，装饰成一道靓丽风景。历经了数次大火的洗礼，坚贞地守护着南海边这方净土，踏着万里波涛，穿越四百年的风雨，投入母亲的怀抱。她是浴火的凤凰，在莲花盛开的东方，展翅翱翔。

张丽拿着 ipad4，雀跃地到处拍照。许强捺下她，拾级而上，坐在开阔平台上的条石凳上歇息。

大理石垒成的世界遗产，位于右手边六米处。一堵淡黄色的墙壁，挺拔在蓝天白云下，无言地诉说着她往昔的沧桑和今朝的辉煌。呈金字塔的顶端上，缀着一只生满绿锈的铜鸽子，俯瞰脚下芸芸众生。捧着鲜花的小天使，环绕着抱住圣婴的慈祥圣母。四尊圣徒各执法器，威武地站在龛内，远眺前方，塑造得栩栩如生。右边石板上，镂空浮雕着一副骷髅，张牙舞爪地在昭示着什么。

许强心境渐渐安宁，富贵浮华，生意纠葛，暂且抛在一边。

来来往往的人，从牌坊那洞门进出，这边是天，跨过石门槛，那边还是天。没遮没挡的空，从前的附属物均被火焚烬，只剩下这一面《圣经》般立起的墙垣，未在苦难的岁月里坍圮。

张丽笑嘻嘻地跑过来，拉着许强往后面参观。

人走入地下，用力徐徐推开一扇厚重的黑门。岩壁上，一堆碎石插着根铁十字架，晕黄的灯光下，一撮灰土里，埋葬着远东殉教者的骸骨。低矮狭窄的空间，回音缭绕，仿佛地狱里枉死索命的灵魂，囚在安息室里游荡。

许强掠起一层鸡皮疙瘩，急忙用肩膀撞开另一扇门，冒出地面透气。“这里太旺了，火了三次，不愧为风水宝地，让我也沾点儿运气，除掉晦气。”许强幽默道。

新葡京娱乐城，是一个庞大的捕鱼地笼，扣在海边，纵横的篾片，编成一枚凸肚的竹篁，络绎不绝的行人，如过江之鲫游进游出。大门口，摆着两尊凶神恶煞的铜雕，体格壮硕霸道，各握兵器，鼓着眼泡，横眉冷对，瞪着来历不明的游客。大厦檐牙高啄，如一柄柄直戳的大砍刀，倒有辟邪的象形意味，将妖魔鬼怪拒之门外，广纳怀揣银两和欲念的宾客。保安和杂役众多，个个如丧考妣面无表情，在各自岗位上晃。

迎面而来，是赫赫有名的何大掌柜的半截身子，如三乡发财古玩城里，遍地被锯掉的佛头，形象生动，用什么材质弄的，拿眼端详不出来。似笑非笑，两只眼睛却不空洞，直视进门的每个人，视线的高度，正好瞄准荷包的位置，忒专注，有深度。

左边防弹玻璃匣里，盛一块祖母绿蓝宝石，蓝幽幽的，玲珑剔透；右边对称搁着一颗举世无双超大号的钻石，晶莹炫目，熠熠生辉。这两件稀罕物，价值连城，是这栋楼狐媚的眼睛，磁住无数贪婪的目光，彼此痴情而富有遐想地对望。最高处，供着一只源自皇家园林里的铜猪首，二师兄圆碌碌的头颅，长得比较精悍，尊容不太饱满，没太富余的脂肪，吃过瘦肉精的就这副标准相。从圆明园流失到国外经年，大老倌花几千万买回来，敬献给国家，实属雪国耻的义举。虽只有篮球般大小的体积，无论从哪个角度欣赏它，都感受其气场恢宏，每根猪毛孔里，都闪着金光，拔一根猪毛，都能砸死人。

一个人头，一个猪头，一上一下地端放在气派的正堂神位上，预示着什么？猪是富裕的象征，也是憨笨的代表。猪头哄着鼻子，拱向来客，后面的赌场，便是它膏腴的躯体？八戒扒向赌徒钱袋子的钉耙，藏在哪儿？头顶上，垂下一条条灯饰带，细细密密，透明的，似姜太公无钩的钓鱼丝，钓谁？

沿着过道，趴着一尊胖墩墩的招财佛，金灿灿富贵逼人，高宽近一米的硕大体型，得靡费多少纯金打造？水桶粗的翡翠白菜，水灵灵亮瞎眼；清宫里镶宝石的自鸣钟，雍容华贵；颀长的猛犸象牙雕刻，巧夺天工地凿出旖旎的人物风景。每件藏品都精美绝伦，无不炫耀着主人的品位和财富。

右侧的大厅，修筑一座圆形阔大的水池，流水潺潺。浅浅的水面，漾着些许争妍的莲花，几只鱼鹰标本，散布其间：有的一只爪逮着鱼头，伫立水中；有的长喙叼着鱼，在热烈腾舞。好一幅江南捕捞的3D画卷。

步入赌场，豁然开朗，一台台老虎机，列队相迎，闪着花花绿绿的图案。

百家乐赌台后，穿水手装制服的荷官，高矮胖瘦，神态各异，面对玩家。有的优雅地打着手势，娴熟发牌；有的如淡定的渔翁，静守一隅，候着客人光顾。

玩家们拿着五颜六色圆饼干似的筹码，开始悲喜交加之旅：

有的敛眉沉思地算计；有的凝神屏息等待揭盅；有的嘘声叹气后悔；有的兴奋叫嚷；有的喜形于色地收获；有的输光了悻悻离开；有的捏着筹码踌躇不定；有的急切掏出一匝千元的港币，掷到台面，荷官点数验钞兑换；有的嘀咕着，遗憾未出手；有的袖手旁观，瞅战机；有的看客插科打诨当参谋……

下注，叮地响铃，发牌，开牌，筹码在台上短距离迁徙，十几秒左右，钱从玩家的口袋飞进赌场的柜桶里，反之亦然。

押上喜怒哀乐，玩的是心跳，锻炼了心脏，换来刺激的体验。表情丰富，瞬息万变，比川剧变脸还神速。钱，在赌场不值钱，不过是神经绷紧的幅度，代表机会的大小，筹码的多少，欲望胃口的深浅。

赌桌边支着一根根弧形的管，顶部装摄像头，成了江河边高挑罾网的弯弯竹竿。天花板的格栅筛落金色的灯光，如鱼篓底沥下来的水。到处吊的灯穗，罩在上方，行走在里面，鱼，懵懂地撞进网罗下的迷魂阵，心不甘情不愿，被悉数捕尽。

溜达完，不知不觉到了中午，两个人乘电梯，吃了顿午餐，许强掂出贵宾卡，开了间房，落到二楼，他兑了五千元的筹码给张丽。

“你尽兴耍，失陪会儿，我去赌厅，陪咱们的财神爷宋行长玩几把，晚上碰头吃夜宵。”

“好的，不阻你，有个嫁到香港的闺密，约我聚会。”

晚上12点，许强满面红光，扭开房门，张丽听见动静，穿着性感的睡衣，从床上蹦起来，一对玉兔呼之欲出，活泼地跳跃，扑进许强的怀里，娇嗔道：“等你好久了，人家凉都冲啦。”

许强抱她上床垫，一只红绸绒的首饰盒，从许强裤袋里挤出来，掉在床单上，硌到张丽的腰，她手探过去，举到眼前问：“这是什么呀？”

“哦，差点儿忘了，刚给你买的手信。”

张丽揭开，眼前一亮，一只碧润的翡翠手镯。许强给她戴上，冰肌玉环，相映成趣。张丽溢满一脸的幸福，叠腿坐在床上，睡衣V形开口，涌现沦陷的乳沟，长长的睫毛眨动，眯起眼，赏玩礼物。

“很贵吧？让你破费了。”她气息如兰地呢喃。

“就万把块，我去冲个凉，澳门这边管得严，不敢卖假货，大陆人蜂拥过来买黄金首饰。”许强敞着浴室，边洗边聊。“今天运气佳，用10万赌本，先输到只剩2万，慢慢赶本，赢到130万，我琢磨到150万就收手，哪知背时，我押闲，偏开庄，几把输惨了，我看时候不早，自己犯迷糊，好歹得手60万，毅然撤退，这趟没白来，刨去本钱，斩获50万，筹码也没兑换，都送给宋行长去耍。”

赌这东西，不能恋战，要知进退。输赢没止境，考验定力，赌的是心态，搏的是概率，不能将全副身价扔进去，那就玩完。狗儿的，进了赌场真像中邪，起初还能把握自己，到后尾，那钱算个屁，就是几个塑料筹码，进进出出，几十万元摞在那儿，眼都不眨，豪气，憨气……

许强洗漱完，小清新出来。

张丽偎着被褥，浅睡，一层薄纱如雾，拥着白花花的胴体，如月光辉映下的海岸线，轮廓柔美，波涛涟涟，沟壑曲径里，芳草萋萋，播出淡淡栀子花香。愿做尾小鱼，纵情悠游，在这潋滟的温润里，与那柔波里的水草一起荡漾。

许强将床灯旋暗，湿漉漉地挨到床沿。

张丽惺忪地睁开眼，娇态百媚，慵懒地抬起手臂，将他勾入怀里，像拖网搂住白条条的大鱼，从水里捞起来，等待填满船舱。

窗外，渔人码头的灯火炙热辉煌，仰卧的大海，在海风的抚摸下，压抑着喉音，一阵阵愉快地低吟。一条夜钓的渔船，腹底的螺旋桨飞速地转动，搅动水花，翻滚四溅；烟筒里往外喘热气；船身在水上激骤地晃；船头向前挺进，冲开那汪柔情软水。水在摇，船在荡，天地一片茫茫，乾坤颠倒旋转。水载舟，舟入水，一篙撑进桃花源。水，在欢腾哼唱，船，猛烈地冲抵岸畔，搁浅，马达声咚——咚——咚，长一声，短一声，直至偃息。船入港停泊，鱼市散场。

手镯反射出微光，像手铐箍在腕上，有点儿冰凉。我要做他一世没名分的情人？何时能收到一枚灿晃晃的戒指？哪个女孩不渴望披上婚纱，依偎着爱人的肩膀，步入婚姻的殿堂。她舒展在床上，余兴犹在。

过一天，算一天？每天胜似一年难熬，每到夜深人静，我就想象自己是只猫，蜷在他怀里，才能入眠。几时不再偷偷摸摸下去？大大方方做他的新娘。

张丽回味着闺密的一席话：

“你这么靓，不明不白，将青春押在一个已婚男那里，很危险，不值，走钢丝是风光刺激，悬啊。大婆都不是善茬，总有天穿帮，那你图个啥？红颜易逝，只美几年，脸上起褶子，还会当你是嫩葱，啃你？青葱老成蒜头，不嫌你蒜瓣味重就不错了。赶紧，趁走俏时，钓个金龟吧，再晃几年下爪，成剩女恨嫁，不是你拈男人，是男人横眉竖眼地挑你，歪瓜瘪枣、烂白菜帮子送给我都嫌硌牙。

“你耗得起？他老婆孩子啥都有，你有啥？说句难听的，你大不了是他一碟开胃的小吃，还免费送，嫖妓贵呀，还怕中镖。男人稍有条件，天天大鱼大肉胀腻歪了，胃口膨胀，就馋起青菜萝卜来调口味，挖空心思尝野味。

“你比试下，他老婆高学历，有模样，和他还是老同学，感情扎实牢靠吧，最最重要的，她有撒手锏——一双儿女。你的能耐体现在哪儿？当管家婆？男人最不待见，就是婆婆妈妈，裹死人，让你在厂里当个啥官，再大，还不是他盘里的菜？想咋炒咋煮，随他意，说白了，他请你当奶娘，饿了就吃一口，你还乖乖，贴心给他当奴婢，还未看穿？

“你傻呀，闺女！别幻想了，商人的话，女人的心，最难琢磨。做鸡，都讲个等价交换，来现的！许你张没日子的期票，几时兑现？和擦屁股的手纸有何分别！

“你瞧我，也算脱胎，攀高枝。老公虽资质一般，矮矬子，但他收入丰厚，在香港两套海景房，一间铺面，我整天闲着无事，换花样吃玩消遣。当年，我还不是有志气的打工妹，不向生活低头，没日没夜，肿起红眼泡挣加班费，还被当官的骂得狗吃屎，将牙缝里抠的薄工资寄回老家改善生活，不就想混个人前光鲜吗？

“别说咱是物资女，拜金女，名利控，谁他妈的不是？城里撒泡尿都要五毛，老娘施肥还倒贴钱。想找个顺眼的男人嫁了吧，真进到动物园，一个个饿狼似的围着转，晕死了，也不照照镜子，那屃样。长得衬妥点儿，要不小气寒酸得要命，要不和咱一样，想傍个富几代、官几代，少奋斗几十年。

“再说啦，工厂里都啥档次的，个个没睡醒，丢魂似的，当个破麻雀的官，尾巴还翘老高。有的贼坏，伺机揩女孩的油，家里老婆嗷嗷叫，都没本事喂饱，还有余粮外粜，贱！咱在这染缸里没法待，不是咱眼界高。

“和哪种人交往，你就能成为那种人。定位要高大上。

“我去报读英语，和那些鬼佬练口语，练着练着，口水练了一嘴。美女作家用身体写作，不也是充分利用资源的优势？咱天生的本钱，也别浪费糟蹋呀，和老外好上，进入他们的圈子，讲究品位，咱不跟着长见识。啥叫生活？以前那真是猪狗过的日子，还陶醉得不轻。

“说笑！逢到现在老公，人实在，对我好，关键还有米，就收心，不到处疯哒。”

张丽不禁咯咯地笑。闺密话讲得粗坯，却针针扎到穴位，羡慕嫉妒恨！她幽怨地瞟了一眼许强，哪里才是我的归宿？拉过被单给他搭上，将空调温度调得更舒适。灭灯，房间暗下去，两颗心各自跳动，两个人如同两条沉入漆黑深渊里的鱼。

一堵墙外，彻夜灯火通明。街上有夜行的人，路边的计程车里，司机一双双翘盼生意的眼睛。通宵营业的当铺，一家挨一家，闪着魅惑的霓虹灯，挤眉弄眼地招徕着，输光了的赌客，抵押他们最后的希望。

氹仔大桥，安逸地卧在碧波上，将一辆辆车渡向对岸。几座教堂的十字架，将赌城的天空划上一道道大叉叉。白鸽巢公园里的白鸽，随着主人飞上了天堂。基督教坟场里，几百年的棺椁旁，蟋蟀在叽叽喳喳谈着恋爱。

一枚羽毛在空中旋转，轻悠悠飘向地面。以爱的名义，多少苟且，在那一幢幢楼房里，精彩地上演。

妈阁庙里的神仙，保佑渔民和商人化险为夷的梦想，在缕缕清香里实现了吗？东望洋山的航海灯塔，探照灯炫出光柱，只作风景的扫射。广场上，贴着金箔的莲花，仰望苍穹，将世间最迷人的金光，洒在夜里，寂寞地候着，下一拨的来客瞻仰。新口岸的观音，踏着一波波涛声而来，牢记了多少虔诚的祈求？无边无际的海水，翻滚着亿万年侵蚀沿岸的欲望，生生不息的鱼儿，从水里爬上了岸，进化成了人。情欲、财富、权势……都可兑换成筹码，赌一个人的命运？！

第二天醒来，两个人亲昵地手挽手下楼，坐在气派的西餐厅过早。

“境外的收货地址变更，我要赶去欧洲拜访客户，需我批示的，电话不方便接听，就电子邮件联系。”许强绅士地替情人开车门，叫的士，送张丽到拱北口岸。

天下起小雨，到处湿淋淋，玻璃窗上，一滴滴水珠汇成串往下流，滑过车内张丽那张俊脸。每一次相聚，都是为分别准备的排练，聚散两依依。

短短两个月里，云信公司出了几个二十尺的货柜到香港出口，许强的行踪飘忽，和张丽笼统地说住在澳门，全凭手机和网络联系。

68.变 色

许强在德国逗留几天，登上飞往澳门的航班，黑着脸，如失水的茄瓜，皮皱起褶。脚下，积木式的水泥都市往下沉陷，繁华，被起飞的速度抛弃，白云托起体型庞大的飞鱼，迅疾掷镖出去，却找不到靶子钉住。耳膜受到压迫，在嗡嗡地蜂鸣，心悸，他很困乏，各种累叠加，无法入睡，右眼皮直跳。

一切最坏的预想，都得到当面证实，回国前，和周同学在黄昏的多瑙河边散步，他如一只离群的孤雁，忧戚地瞭望这片神奇的西域，曾带给他机遇，又成了梦想折戟的墓地。他不会就此善罢甘休，认栽。让我替洋鬼子破产背黑锅，没门，要将击鼓传递的手帕甩出去，寻到新的冤大头。他拟订了份周详计划，决定打个时间差，扳回颓势。

飞机徐徐降落，许强从昏沉中醒来，心也从悬浮中落定。用手抹下眼角，有风干的微小眼屎，硬硬的，硌手，他恢复了猎人犀利的直觉。不冒坠毁的风险，人能像鸟儿自由飞翔？对，做空，才能腾飞。

他先在威尼斯酒店订间房，小憩，养足精神。然后从人迹稀少的莲花大桥过关。

一个澳门的健硕男子，恭敬地递给他一把钥匙，耳语了几句离开。他不喜欢拱北口岸的嘈杂闹腾，人头攒动，似拉网赶鱼浩荡推搡，个个揣着投机发财的念想，被硬实地盖上赌的印戳。水客们嗅到免税的商机，蚂蚁搬家，赚点儿眼馋的差价。

天堂和地狱，在这儿毗邻而居，只隔一张赌桌。筹码，便是快乐与噩耗的门票，圆梦和幻灭，兴奋和懊恼，过山车般刺激轮换，一个混沌的泛滥着原始欲望的鱼塘，这便是澳门的魅力。

一辆乌漆锃亮的劳斯莱斯幻影，缓缓驶进云信公司，霸气地趴在办公楼前的树荫下。

一身名牌装束的许强，自信满满地推开车门，皮鞋重重地踩到他王国的领地，溅起了一小股尘屑，正巧将一队觅食的蚂蚁，踏得肉酱崩裂。他如同凯旋的统帅，在一干员工的啧啧声里，艳羡的注目礼中，仰头挺胸，用倨傲的眼光扫视一圈，面挂微笑，迈着阔步。新皮鞋有点儿夹脚，为了庄重地亮相，他也忍忍作罢。

老板从海外荣归，换了辆几百万的新驹座驾，这条消息是一管兴奋剂，激起大家的八卦热情和遐想。

许强将张丽唤进办公室，闭门密商半个小时，张丽退出去时，许强掏出个神秘的信封，交代，下班后到那个地址再撕开。

很快，张丽发布消息，公司接到海外大批订单，招聘告示旋即贴到院墙外，全厂洋溢一派喜庆。有好事者造势，还专门放了一挂百万响的鞭。

噼噼啪啪轰了一通，红色纸屑纷纷扬扬，炸出西边一垄红霞。用一生积蓄的沉默，换此刻惊天动地的鸣响，这是鞭的理想，还是被逼的宿命？难道要等到激情退潮，再去祭奠青春的模样？再不疯狂就晚了！

张丽捏着信封，循着信封上的地址，走进一座欧陆风情的小区。穿着笔挺的保安，朝她献谀地点头致意。

乘上电梯，摸到903号房，畏缩地捅开门，满屋奢华的装修向她奔来，两腿软绵绵，不听使唤。家私布置齐整，她屏住呼吸，如一个冒失的小偷，一扇门、一扇门地轻轻推开，往里瞄。

她索性踢掉鞋子，一屁股跌坐在真皮沙发上，一块硬硬的东西顶到她丰腴的臀部，她斜过身子，摸到一本蓝色的房产证，掀开第一页，户主栏上，赫然拓着一个她最熟悉的名字：张丽。

一阵酥麻让她惊喜，泪水唰地模糊了视线，虽需交月供，月供如月经，哪个女人不渴望，为它烦，为它喜？有总比没有强，这是发育成熟的标志，爱情的前奏曲，获得欢悦的潮涌。房，是家的壳，她努力拼搏、积攒、等待，不就为获间属于自己的小窝。此刻，他替她圆梦，她的心，不再在这个疏离冷漠的城市里漂泊，她皈依，荣升为这里的居民。

推开阳台上的窗户，一片敞亮。不远处，灰蒙蒙的海平面上，波涛沟沟坎坎，湿润的空气掺杂着腥咸味，她的心伴着涛声起伏跌宕。什么动力驱使这片欲望之海奔涌直前，从未枯竭和停歇？海风轻抚她清爽的面庞，将鬓角的一缕秀发吹乱。西沉的落日，如炉膛里的烈焰，炙热地烧透天际边流云的裙角。回家的渔船，舷上扬起猎猎招展的旗帜，向港湾驶去，载着满舱的渔获和欣喜。

突然，一双厚实的大手蒙住她的视野，眼前的美景刹那间拉黑。

“谁呀？”她惶恐地惊叫。

没有吭声，粗重的鼻息喷到她细嫩的脖颈上，那双手勒得更紧，向后拖。她头皮发紧，遭了，刚才忘关门，遇到劫色的流氓？她奋力地挣扎，正要铆足劲高嚷，眼前突然放晴朗。

“小心肝，喜欢不？”是许强那磁性的声音。

“讨厌，吓死我了！”张丽娇滴滴地转过头。

许强顺势抱住她，往客厅的沙发上滚去，压住她。

“看你怕不怕，不锁好门，放小偷进来！”

“我就要开门，放进你这个采花贼。”她主动迎上去索吻，用香舌在里面搅和。

小别如新婚，她焦渴，蓄满了需求。他也一样，相同的饥渴，将她身子点燃。

叮叮叮叮，许强扔在地上的手机骤响，他双手忙得正欢，没理会，张丽睁开眼，斜过身，向他努努嘴，见没反应，佝腰扑在他胸膛，伸长玉臂去勾，还差一寸，撅高屁股抓住。她眼角瞟到屏幕，脸色唰地变了，嘟起嘴，醋劲十足地道：“你太太的。”

许强满脸歉意，正要按静音，张丽制止：“别，说不定有要事找你，不接她更着急，我懂女人！”

“也是，一时疏忽，回国还没向她报平安，还是你大度！”许强接了电话。

“喂，老婆，你好，误机了，我下午才到。(许强撒了个小谎)想死你了……老婆，你哪儿想我？”

“我心里想你哈！”

许强躺在下面，捂住手机，只想那边快点儿挂线，可偏偏老婆絮叨个没完。

“我和小孩的移民手续办得咋样？”

许强不敢正面回答，忧心身上的张丽起疑，嗫嚅道：“办妥了，下月可成行。”

“你顾得周全，我听你的，我买了你最爱吃的卤鸡，等你回家吃晚饭。”

“老婆，我要挂了，来客人啦！”许强关了机，把手机甩到一边……

张丽满足地蜷在这个男人汗涔涔的怀里。许强悠悠地说：“多亏你一直陪我，辛苦了。外面投怀送抱的大把，逢场作戏应酬一下，让我动真感情的，你是唯一。”

“那你老婆呢？”张丽反问，话一溜出口，就后悔了。他俩曾约定，她不提他老婆，他不干涉她恋爱的自由。给彼此充分的私人空间。但她总会不自觉地关心，无意地念叨，那个和她一起分享男人的女人。她时常忘记这条忌讳，心底总和那个女人计长比短。她凭什么都拥有，就因捷足先登，媚住套牢了这个男人？我为吗只能当夜莺，见不得光地和他厮混。起初不奢望他给名分，后来关系升华了，就爱琢磨这事，似乎缺乏安全感？

许强变色道：“你是你，她是她，都不可替代。下次不许犯规。”他将话题岔开，纠结下去，更扯不清，只会闹得不欢而散。“我交代的几件事，你抓紧办。物色个本分稳妥的人，将公司的法人代表变更到他名下。”

“贷款到账后，只留少量的流动资金，其他换成美金，存入我私人卡上，不要假手财务，你亲自去办。”许强一改往日的作风，这些重大决策，原本放在办公室里恳谈，却移到闺房，不伦不类。

这次，她觉得他变成另一个许强，看不懂，一时琢磨不透。一直以来，他是自己仰望的偶像，而今，他如同天外扑朔迷离的星宿，突然为她撑起一片天空，她有些茫然而幸福的晕眩。一切来得太快，她还未准备好，就扑面袭来。送套房给我，有何目的？是打发我的嫁妆？玩腻我了？收买我？还是想长期和我缠绵？他会给我一个完整的家？就算做他的地下夫人，我也愿意，无怨无悔。

许强冲完凉，腆起肚腹，插紧LV皮带，披上GUCCI衬衫，和张丽告别，被她叫住，滞在大门旁，张丽放下吹风筒，仰起湿沥沥的头，将许强从头到尾细细地打量一遍，凑近在他肩膀，指甲拈起两根绞结的长长头发，显然是女人的。将他的衣领捋平顺，单膝跪在地板上，掏出纸巾，麻利地擦亮他的皮鞋。

向女人学偷情，她们心思太缜密了。一股暖流闪电般击中许强。上下服侍妥帖，张丽才依依不舍地拉开门闩，眼里潮润，痴望着这个男人，恨不得活生生吞了他，简短叮嘱："和她好好温存，我是女人，懂。"

电梯门缓缓合拢，许强从百米高处倏地急速降落，数字跳成负一楼。

启动车，像条蝉蛹从地下钻出来，爬进光明纷扰的人间，脱皮，展翅，在枝头宣泄歌声，炫耀最后几个月的追求。

张丽将防盗键扣上。眼泪不争气地溢出。刚才表面上的坚强瞬间溃散，肉欲得到释放，精神的郁闷无从解脱，没人能替她卸甲。他在她身体上，只是名过客、乘客，她沦为他旅途中奔向前程的运输工具，她能满足吗？心里塞满诸多无奈，堵得慌。爱叠得太多，便累成了恨。

天空是倒扣的砚，黑夜这块墨，将大海慢慢研磨成一池墨汁。房间没开灯，张丽赤裸着像一条白鱼，在漆黑编织的丝网里无助地蹦跶，她彻夜未眠。此时此刻，他和那个女人正搞得火热，重演他们在客厅里的激情。

张丽将自己折腾得疲软，拨通那位闺密的电话。那位也是夜猫子，和几个靓仔在铜锣湾吃夜宵。

"见好就收，不要白不要，没个男人靠得住，等你熬成黄脸婆，他早出轨了，要不就入土，或拄起拐杖，零件都锈坏了，还有什么用头吗。

"记住，小妹，丢掉想扶正的幻想，趁你还火，留一手。人啊，邪门，说没了就没了，早上还在电视里晃的富豪大员，暮晚就拜拜了，比股票跌得还快。见势不对，该搂就搂一把，抄底。感情不能当饭吃。先顾好自己！不要等别人先蹬掉你。你我运气好，碰到大水鱼，就赶紧下卡子捞。

"上回在澳门给你介绍的那个老帅哥，你的意思如何？他可常念叨你，有好感呀。你别嫌他老，金主！国外有几栋楼，你抓紧点，稳行，他老伴死翘翘几年了，那货闲得慌。

“听姐的，别瞎晃，万一你的西门大官人熄火了，你有备胎。别嫌姐嘴碎，诅你那位亲爱的。”

夜深了，不知何时暴雨滂沱，海浪拍打着岸边的礁石，波涛声隆隆传来，轰得窗玻璃共鸣。一条鱼，在大海里，自己的家中，迷路了。张丽心被拨乱，手机煲电话粥，直到没电。

过了三天，云信公司发生人事地震，许强连环耍了几把大动作。提拔张丽为总裁，第二号实权派；调派许经理去香港办事处，负责海外业务。将自己两名嫡系隔开，以免造成内耗。由张丽出面，将老臣子财务总监，体面地打发走，将财务部老油条彻底清洗掉。给采购部那批伶牙俐齿的文员，记集体一等功，每人升两级工资，以奖励他们催货及时。

“多、快、好、省为企业奉献”“厂是我家，共同进步”等文宣标语在厂内新鲜登场。人事部发通告，将加班费增加百分之二十。全厂上下洋溢着过年般的喜庆。新思路、新干劲、新格局，许强在中高层骨干会议上鼓吹。

然后，许强去拜会各路供应商，给他们打气，展望远景。那些小老板，被他的新坐骑亮瞎眼，艳羡垂涎之意溢于言表，态度恭顺，不乏大肆吹捧之徒，也不提或抱怨前期拖欠的账款。对于少数还抱狐疑态度的，许强当场开出现金支票，笑嘻嘻地撕下，递给对方。他的气势足，唬得这类小心眼点头哈腰，自惭形秽。

秦奋对豪车并不感冒，不像一些型男屌丝，将车当作炫耀阳刚的武器，开辆高档车，人便涨身价。秦奋像平常一样接待许强，没催货款，只是淡淡地提了下，需调高单价，否则他做不了。未料，许强居然豪爽地答应了，叫他找新上任的张总协调。

秦奋顺便闲扯道，要向许总学习，开发产品。许强没往日那么热心，关切此类话题，敷衍地赞了几句。秦奋有些失落，送走气派的劳斯莱斯，也不免俗气地多望几眼。啧啧赞叹：“稀罕物，将产品做到如此精致、经典，堪称活动的艺术品。”

一股悲凉潮起，秦奋突然觉得自己可怜，活得挺憋屈。自己俭省，手机买淘汰的诺基亚老掉牙款，车开省油环保的经济型，穿档口打折的仿名牌，住非高档小区非湖畔海景的鸽子笼……每天也是24小时，忙得像到处捉妖精的孙猴子。上班，套着轭，成了日复一日地拉磨的驴。咋就不能像他那样，嘚瑟一回？活着，不就是为了显摆？追求奢侈富贵的生活，有啥不好？许强几天不见，飞黄腾达了？狗日养的，神啦，秦奋着实理不清头绪。

华仔粗气地撵上："谢总说您不接他电话，打到公司来，您看？"

秦奋烦躁地摆手："还用问，随便应付他得啦，不就两万的模具费吗，急成这样？"

他心想，老子请你来，不就是挡箭拦枪子的，有个卵用。

华仔嘟囔："又轮到我去呀？"他为难，在原地磨蹭。

"你敷衍他，模具还有点儿小毛病，等他改好，马上结款。"秦奋绷着脸，"还用教？要拖款，随便撒个理由，何况，他延期交货，他娘的，送货不积极，催款倒踊跃，一天三遍电话问候，比孝敬他娘还勤。"

华仔悻悻走开，秦奋鼻腔内粘进啥，痒痒的，"啊欠！"他打了个洪亮的喷嚏。自从一个人盘下厂子，就没睡过踏实囫囵觉，催款的如同狗吠，逼得紧迫。机器24小时转，人也被拴着鼻子干。

华仔这次回归，还有点儿额外的想法。入伙那天，秦奋大方地封他个厂长头衔，还监管账房的流水。这小子用咱洪湖话讲，猾，猾得很，渔民后裔都继承祖先衣钵，吃亏淘神的事不沾边，赚轻散钱。

沉住气观察了三个月，华仔觉得有搞头，做通老婆的工作，咬咬牙，试探性投八万元入股。秦奋也没把他当外线人，怕他三番四复，提醒道："生意有风险，不是小孩过家家，想清楚哟。"

华仔掏出磨出毛边的钱包，手捏住银行卡，拔出一半，停顿一会儿，又插回去，畏畏缩缩，对陪同过来的秦奋说："你先开张收据给我。"

秦奋被他的迂腐逗乐，揶揄道："十多年的老同学，信不过我？万一亏了，你这点儿钱，也不会打水漂，公司挣到钱再补偿你。"

华仔肃着张蜡黄的脸，摇头，用打靶的眼神，审视着收据上的每一个字，确认无疑后，蹑手将收据折起来，捅进钱包，自言自语："老板，公司缺台像样的小车，要不用这钱买？我替你当车夫，方便见客户。"

秦奋一想，可以呀，这小子越活越出息了，会替老板安排。笑道："行，明天咱俩去定。喜欢啥牌子的，你拿主意。只要有四个轱辘的就成。"

车行里的女职员瞪着眼等华仔，保持面子上的客气，追问几遍：“先生，请给卡！”

华仔输进六位数密码，交了订金。一周后，他开回一辆银色的小车回来，这就是他全部的股份，天天被他握在手里，垫在屁股下，为公司拉客。

秦奋调侃，你小子好贼。难怪头顶上的几根毛谢得越来越拉风。坐上股东的位置，华仔端出当家人的架子，不时在秦奋面前嚼腮帮子，表现点儿个性。

秦奋推开办公室门，华仔噔噔跟上，咋呼地说：“大事不妙，房东来了，要找你，被我截到会客室里喝茶。说欠了三月的房租，这次讨不到，就赖在那儿不走。”

秦奋早已习惯，不在乎地说：“先给他一个月，哄他滚蛋，他要是不干，你就挑电费的刺，为何每度电，他收的比供电局的贵几毛钱？什么分摊损耗，黑咱们的钱？台湾佬的货款几时到账？跟紧点儿，好像好久没订货了！”

华仔汇报：“台湾佬总说过几天，人家忒客气，他说咱的专利产品销到日本，被大陆人仿冒顶缸，对方做得更便宜。他要求我们降价，否则支不开场面。”

“不降价！给他贴牌，啃点儿骨头上肉屑的利润，还想榨咱们。”秦奋激愤道。华仔转身离去，中途被叫住，“让房东过几天来，不能一讨就给，当这儿是银行。惯坏了，天天惦记着来。我的电话你接，一概说我不在。”

秦奋锁上门，垂下窗帘，将电话筒拿起来，搁一边。坐在大班椅上，点上支解乏烟。累、烦，望不到光明的前途。关在暗屋子里，才觉得安全。走进阳光中，阳光如无数的箭羽，铺天盖地射向他，他是一只锥满伤孔的稻草人。坚持，谁都会讲，是这个理，但扛得住吗？他发现自己在变质，诚信，他也想讲，缺钱，如何兑现？讲诚信，需要资格。陷进多角债中，上游客户不按约定付款，导致我资金断流，举步维艰，是我的错？他觉得每天都在透支自己的信用和良心。

屋里最亮堂的，是那只鱼缸，水被一只小灯管照得通透，锦鲤在无拘无束地戏水。它有苦恼吗？是不是欲求愈少，愈低级，就愈快乐？鱼在水里，我羡慕它自由潇洒，它望着我做何想？做条鱼，是好，还是不好？

砰——砰——砰，房门被重重地擂响，秦奋有点儿愤然，滞在那儿，屏住气窃听。外面人在嚷嚷："我要见老板。"那生硬的普通话，秦奋猜出，是那个市侩鲁莽的房东。正要抬腿起立，一想，先歇会儿，待在座椅上没动弹，给华仔个表现机会。

"老晒，你信不过我没事，这厂里近百万的机器，蹲在那儿，一时半会儿搬得走？懂我意思？你在这儿闹，坏我们生意，更收不全房租。再说，谁没个不凑手，不方便的时候？您讲义气，我们都晓得感激，再宽限几天行不？"华仔搀着生气的房东，好说歹说劝走了。

外面寂下来，秦奋自怨自艾，狼狈啊！

鱼缸里的大鱼，追赶着一条小的，用尖嘴啄得小鱼四处躲闪。到处一样，大鱼欺小鱼，小鱼吃虾米。活在生物链上，为了各自生存，赤条条的，谈何遮羞，来点儿温柔的战争。力单势弱，这样下去，不困死，也会被大鱼吞噬，得找棵大树投靠，思前想后，搭救我的贵人在哪儿？

肚子胀气、泛酸、闷疼，秦奋拧开灯，从抽屉找几颗胃药咽下。每餐不定时，又贪杯，连胃也抗议。挨到下班铃响，秦奋估计人都散了，拎起包准备回家。

华仔鬼影般又附过来，托着饭盒，嚼着满嘴的饭糜说："你关机，你弟刚过来，我没让他打搅，他在前面酒店等。"

秦奋点头说："一起去撮一顿，改善伙食？"

华仔狡黠地转眼珠，"别！我还是别惹秦斗为妙。听说他混得好，我可不敢沾光。有件要事请示，云信公司将模具又送过来，做不做？您不是说这家拖款，切掉？"

秦奋笑嘻嘻地道："许强提高单价，再说，都老哥们儿，咱们第一份订单，还是他关照，试试，看看表现。有钱不赚，那是憨巴。"

亲兄弟一年没见，闹得再别扭，还是会挂记，时间是最好的消毒水、止疼片，黑色的痛苦灾难，都会在时间里漂白、泡化。自从他举家迁去深圳，投奔姨妹，两个人只通过几次电话。

69. 沉 浮

秦斗沉寂了这么久，捣鼓成气候了？偶尔听秦老爷子在电话里念叨，姨丈和两个人合伙开印刷厂，另一个股东有些社会关系，只当甩手掌柜。姨丈是印刷的能手，对人直冲冲，不善交际，但忒讲义气，为人实诚，见秦斗的生意黄了，秦斗也有意过去搭伙。恰巧一家伙要撤股，便宜不向外，姨丈顺势拉秦斗一把，还能照顾下小妹和稚儿。

“ 哥，你能帮忙贷款？你不是说，老家有熟人在放高利贷？”

秦奋一听，头又涨大了。也不先叙下亲情，见面就谈钱，又来个索命的。

“借不到！”秦奋毫不含糊地回绝，他不愿插手。

秦斗露出招牌式的表情，一副苦大仇深，被压迫被剥削的无产者的形象：“求你啦，那我咋办咧？”

“出了啥事？”

“我和连襟闹僵了。生意盘活了，业务都是我跑来的，我主张扩大规模，他扭着干，反说我心野，太飘。大家憋了几个月，没撕破脸，这几天，他两口子故意回老家，将摊子甩给我，这不刁难我，让我难堪？另一个股东出面调解，你不晓得，连襟憨倔，放出话来，要么我收买，要不我乖乖听他指挥。那股东也不想大家散伙，好不容易捏在一块。连襟只知埋头蛮干，天天加班，薄利的单也接，来者不拒，我可受不了。要我退出？我在这儿学的东西不是白搭？收他们的股份要掏钱，那个股东通融，体谅我的难处，打张欠条就行。他偏不干，要见现钱才肯撤，急呀！”秦斗被逼进死胡同。

秦奋愈发鄙视小弟的为人，咋能这样混？人家好心铺条生路，你俏皮了，故态萌发，又去拆台，寻思踢掉对方。他何以蜕变成这样？缺乏安全感？为了生存，抓到啥就是啥。秦奋又不忍指责他，换成了我，老婆二级残疾的药罐子，拖着个嗷嗷待哺的幼儿，没啥收入和社会福利，全凭一个人赤手空拳，支起这个破碎的家，能咋办？人艰不拆，我有什么资格，道貌岸然地站着，对一个匍匐在地上，卑颜乞讨活命的家庭说三道四。

“你精业务，要不你撤出，另起炉灶？”秦奋善意地劝。

“不行，我不能丢这个招牌，他们以前干了几年，有口碑积累。再说，现成的热锅热灶我不用，傻呀，师傅凑那么齐，是他要掰开，管我啥事？我赖都赖在那儿。”

秦奋听懂了，小弟这回杠上了，一竿子通到底。

“万一没策，将抵押的那套房卖掉。”秦斗郁郁地说，整张脸淹在袅袅香烟里，只有烟头星点火光，忽明忽暗地闪。

这倒也省事，免得银行一天三遍电话，殷勤地问候秦奋：“秦斗是你弟吧，他失联，转告他，每月几万块的本息未付。”更有甚者，声称律师的家伙，给峰口老家致电追数，大言不惭地说：“秦斗再不还款，公安去逮人。”恐吓不明真相的留守老人和小孩，仿佛强力部门是他家的护院。

“凤莲同意了？”

“起先她死活不，我敷衍她，卖了给她20万存卡上，她才不嘀咕。不到绝境，哪舍得卖？唉。麻雀都衔个草窝遮风避雨。我是人，活一遭，连禽兽都不如。”

两个聊得带劲，秦斗接个电话后，骂骂咧咧：“小杂种，魏贤告我赖账不还，法院上个月缺席判我败诉，这王八蛋！”

秦奋安慰道：“没理由啊，合伙经商，并非单纯的借贷关系，你不服可上诉。”

秦斗摇头叹息，毫不在乎地说：“哪得闲？走不开。先不理这茬屁事。他在逃避，痞成老油条。癞子不怕虱子咬，账多不惊债主讨。”

作为兄长，秦奋爱莫能助，他的公司尚未恢复元气，无奈地说：“房卖啦，你省点儿用，别结了疤忘了疼，后面的沟坎多着咧，没钱摆不平！”

秦奋叫华仔开车，送秦斗办事，华仔哼着小曲，旋动方向盘，一脸得意。他故意臊秦斗：“你不屑的人，不照样有出头的日子！”

秦斗挺喜欢他这种骚包的样子，望着车窗外熟悉的街区，陡生依依不舍的怅然。到了花园小区一楼，他让华仔返去交差。

秦斗如赴追悼会，带着伤感和各种情绪，向自己的房子永别，挥别那段优哉时光，触摸融入空气尘埃里的岁月影像：小情侣搬进粉刷一新的家，吊起湖蓝色碎花图案的窗帘，铺防滑耐磨的木地板……每个细节，都精挑细选，宣示出女主人个性化的喜好，装扮出别具一格的温馨和舒适。

搬家公司的劳力，忙忙碌碌地将家私肩扛背驮，运上大卡车，秦斗忙着将杂碎封箱打包，累得直不起腰。刚才像模像样的家，一个小时便掏空了，地上遗下狼藉的垃圾，如记忆撇下的阴影。秦斗拿起扫把，一帚帚地扫，将屋拐角的丝网敷净，失去了家园的蜘蛛，叉开八脚，惊慌地遁形。这里曾载有他和爱人的笑声和争吵，都被无声的光阴带走。每个空间都注满回忆，一刹那，仅余无语呆滞的空气。秦斗的眼发涩，他打开所有的门窗透气。

突然，几个来势汹汹的陌生人闯进来。吓他一跳，待要呵斥，一名穿制服的抢先说："这是秦斗的房产吗？咱们法院的，原告魏贤申请强制执行，请你配合。"

秦斗惊呆了，待他缓过神来，笑道："只差他两万块，没理由查封百万的物业，有没有搞错？再说，这是我唯一的住所，你们这么做，赶我睡马路？"

那人讲："我们执行上级指示，有话可去申诉。"

妈的，魏贤给老子使绊子。昨天都讲妥的，我卖完楼，保证立马付，婊子养的，玩阴的。秦斗给魏贤去电，要他取消，并且威胁说："查封了，房子拍卖，你也收不到全款。要不你来现场，我一收到钱，就给你？"

对方寡情地答："凭什么信你？你糊弄我多少次！拖了几年？依法院的吩咐办！"

再过几分钟，买房的就要送钱过来，收钥匙，如发现门窗贴满了封条，绝对取消交易。秦斗急得飙火，前期工作都铺垫完了，节骨眼上，魏贤横刺一枪，唯一的希望将闪黄了。

秦斗拽住锁头，死活不让这些人封门，苦苦哀求："我老婆是个瘫子，还拖个娃，你们这些公仆就忍心让我家破人亡，流失失所？"他从挎包里抽出凤莲的诊断书做证明。

双方对峙，一个麻脸后生急躁起来，上前卡住秦斗的脖子，意图将他扳倒，恶声说：“胆敢妨碍公务，上点儿颜色！”用力过猛，脚底一滑，将垃圾桶碰倒，撒满一地。麻脸后生将秦斗压在地上，从后腰摸出银镯般新亮的手铐，正要扣上。

“且慢，手下留情！”一声断喝远远传来。原来，房产中介带银行的经理过来。经理掬着笑说：“这房早已抵给银行，不能封。这事简单，卖房款由银行控制，当事人欠的钱，我们付。”

失去逞雄的机会，后生不情愿地松开手。一个小头目冷淡地反诘：“真的吗？”

经理派发名片，甜言补充：“要不我拨你们蒋副院长的手机？他是我叔。”

小头目脸色变温暖，绽开笑：“都是自己人，晓得，收队！”后生挺长眼色，临走时，将窗户上贴的封条揭掉。

秦斗耷拉个脑壳，惊魂未定，一桩买卖差点儿夭折不说，还惹上官司，好险！几分钟后，又一拨人行色匆匆地赶过来，填满一屋。

秦斗和一干人交割完毕，离开了这座生活了十多年的城市。

房子如蜗牛的壳，是幸福和安定的负载，是子宫的温暖和包容，安歇疲惫和狂躁的灵魂。

秦斗成了一尾没有家的鱼，在茫茫人海里，随遇而安地漂。口袋里，银行卡里的数字蹿到六位，他并不觉得踏实。

一到深圳，去车行开回一部十多万的大众小车，带着老婆孩子，放下车窗，风光体面地全城兜了一圈。和吉卜赛人一样，将家安在轮子上。

据秦斗说，连襟也不弱，在直径一公里范围内，重起炉灶，生意忙得陀螺转，没有纷争，各方亲戚走动得更勤更贴。一家厂孵化出两家，似乎皆大欢喜，秦斗如愿了吗？

深夜两点，睡得正酣的秦奋被一阵讨厌的手机铃声吵醒。他和瞌睡斗争了很久，不耐烦地挣扎起来，那边传来瘆人的声音：“欢欢在你那边？”

侄子怎会来？秦奋一骨碌溜下床，揉了揉惺忪的眼睛，惊诧地问：“到底咋回事？甭急，慢慢讲！”

“欢欢平时少人看管，附近都是熟人，相互照应，昨天周末，幼儿园放假，和平常一样，他和小朋友到处串门，逗着玩，到擦黑，还不见回来吃饭，慌啦。我整天没落屋，他妈一时马虎，猛地想起来。糟了，发动所有的老乡亲戚，找遍城中村，方圆十几里没撞见影。一个三岁多的小孩，能走多远？会饿晕倒在哪个旮旯儿？被坏人拐卖？网上报道，犯罪分子将健康的小孩拐走，轧残疾，逼着当乞丐！他妈自责，哭晕倒几回，她妹在照顾，报了警。真弄丢来，活着啥意思？”

秦奋跟着焦虑，嘴上却劝：“别瞎想，心放宽，也许好心人捡到了，看太晚，留宿他？你别六神无主，明大早要还没消息，赶紧印寻人启事，雇几人通街去贴，千万不可惊动他爷爷奶奶。”

听筒里传来哽咽声，那边掐线。秦奋久久不能入睡，唏嘘不已。秦斗真多灾多难，欢欢是他最大的精神寄托，自打出生，一把屎一把尿带大，孩子他妈是半边瘫子，他又当爹又当妈操持，里外靠他一人撑住，不容易，老天还这么刁难他？

秦斗睁着布满血丝的眼，披着黑夜这件厚沉袈裟，跌跌撞撞，像一只饥渴的蚊子，在沉睡的城里，带着嘤嘤嗡嗡的哭腔，一遍遍嘶哑地呼唤，寻觅着他的血脉。他拿着强光电筒，扫射屋檐拐角，掀开臭烘烘的垃圾箱盖，钻进流浪汉露宿的桥洞，不断扩大搜索范围。

天亮了，小孩在大人的牵扶下上学，他凑过去，一个个辨认。有几次，背景恍惚是欢欢，他欣喜激动地冲过去，欲抱起来，被惊愕的家长一把推开，呵斥道：“干吗？”意识到弄错了，惭愧地连赔不是。他到幼儿园校车停靠点，希望那群叽叽喳喳的小天使里，有他的欢欢，车辆一台一台地驶来，又一台台开走，站台上，只留下一双望眼欲穿的眼睛。欢欢喜欢和小朋友搭讪、游戏，他拿着儿子的相片，一家挨一家，怀着期望，巡行在幼儿园的栅栏外，背着失望而归。

连襟伸出援手，帮他料理业务。秦斗很晚才绕回去，潦草地扒几口饭，挂上满当当一小桶糨糊，漫无边际地粘贴寻人启事。他将糨糊均匀地刷上墙、电线杆，被热辣辣干燥的空气烘干，如他心头遭剜割的伤疤，结痂。他的头发、手臂、衣服溅得星星点点，散发着馊味。他倾注感情，每贴一张，贴一份希望，是铺的一块砖，伸近他的崽。

一天又浑浑噩噩地过去了。时间像把钢锉，飞快往复地磨蚀着秦斗还算坚强的意志。

秦奋也如坐针毡，盼望着消息。凤莲几天粒米未进，终日泪眼婆娑，丧魂失魄，姨妹守住她，寸步不离，唯恐她一时想不开，做傻事。连襟请小诊所的医生过来，给她吊葡萄糖。失去了欢欢调皮捣蛋的踪影，整个家毫无生趣，死气沉沉，笼罩着乌云压境的愁闷。

铿——锵——哐——咣，一堆人聚在广场上，围成密匝的一圈，伸长脖子，踮起脚尖往里瞄，秦斗拨开人，费劲挤进去。

一个黄皮寡瘦的小男孩，约莫五岁大，污秽的头发，鸦雀窝般杂乱地竖着，没揩净的鼻涕，风干结成壳，小小的眼睛里，闪着惊慌和对外界不信任的神色，穿两件破烂的衫裤，脏兮兮，膝盖处磨得污渍光亮。青筋暴突的细胳膊小腿，关节嶙峋，蚊虫叮咬的肿包，被抓挠鞭挞得累累伤痕，有的新创化脓，渗出乌血，腥气引来苍蝇缠绕。

空场地的中央，搁着只墩子，小男孩用牙咬住上面凸起的蒂把，全身倒立，摊开双臂，叉开腿，绕着转圈，一不小心，就会戳穿喉管！惊险的动作，引起看客们啧啧赞赏。

一个同样邋遢的小姑娘，年纪相仿，脸色灰白，小心翼翼地候在他旁边保护。

有个驼背汉子，胡子拉碴，一脸江湖的狡诈，叼着根烟屁股，端着个生着绿锈的铜锣，面向人群，点头哈腰，含混地叫嚣：“有钱捧个钱场，没钱捧个人场。”见到丢钱的人，他堆出笑，“谢谢大爷、靓姐！”对磨磨蹭蹭，只贪热闹的，他扯住对方的衣角，眼露凶光，呸地将烟屁股混着一口酽痰吐在地上。

秦斗摸出50元递过去，那汉子眼一亮，向他作揖打拱。秦斗满目酸溜溜，抽身而去。他四处张望，向街边杂货店疾走。

秦斗提着鼓囊的胶袋返来，只听一声呼啸，有人高嚷：“快收摊，城管来啦！”刚才聚集的人群，呼啦啦快闪，两个小孩拾掇着表演的道具，汉子蹴在石头上，闲散地烧烟。秦斗将面包递给小姑娘，她怯生生地伸长手想接，又缩回去，畏畏缩缩地拿眼瞅着那汉子。见他没表态，小男孩一把抱起食物胶袋，送到那汉子面前，眼睛盯着一盒朱古力饼干，垂着手，像罚站的小学生。

汉子被劣质烟呛咳几声，小男孩两腿哆嗦，往后挪。“瞧你这出息！”汉子不耐烦地摆手，凶巴巴地说，“去吃吧，胀死你个龟蛋！”小男孩得到特赦，抓起两块蛋糕，黑黢黢的小手在脏裤子上用力蹭两下，用豁牙咬开胶纸，将那块夹着奶油的，先递给小姑娘。两个小孩捧着蛋糕啃，两双过早阅历尽人间苦难的眼睛，一会儿嘻嘻地对视，一会儿仰望秦斗。

要是我的欢欢沦为这样，受到虐待……秦斗揪心，不敢往深想。阳光扎眼，他背过头离去，眼泪唰唰滴下，不想让这两个小孩见到一位父亲的伤心。

爬上人行天桥，一名敦实的侏儒在卖唱，抓着话筒，DVD碟伴奏，“世界只有妈妈好，有妈的孩子像块宝，没妈的孩子是根草……”秦斗弯腰，丢下10块钱，帮不了多少，行点儿善，希望遇到我儿子的人，也这么待见他。

去几家福利院，打听近期收留的弃儿。他接到几个陌生电话，空欢喜一场，要么是骗钱的圈套，要么张冠李戴。几天下来，秦斗滋生起颓废厌世的情绪，还心存侥幸，只要欢欢在世，我一定要找到他，靠这点儿信念支撑着。

几天劳顿，秦斗精神恍惚。他茫然登上公交车，一路晃到终点，然后换乘另一路，一双空洞的眼睛，在茫茫人海里疲惫地搜寻。

抵达大鹏所城，这座有600年历史的古城，他无心欣赏风景，熙熙攘攘的游客，两边低矮狭窄的店铺，卖着各种旅游产品。他的脸色像城墙的旧砖，苍凉冷峻。

城楼上，茶肆的旗子招摇飘舞，旁边的许愿树枝头，扔满了红色的布条，写满了不同人的不同愿望。小叶榕茂密的树荫下，有人乘凉。路人相逢时，彼此鼓起眼珠打量，各怀心思。

几座将军府邸，也不见阔绰和奢华。宋朝的粮仓，孤傲地横亘在高台处：

一楼陈列着一艘千年前的楠木独木舟，船舱里也曾盛满那些年的夕阳，如今被玻璃罩住，供人瞻仰它的高贵身世，它在怀恋水里游弋的自由？

二楼摆着些冷兵器，寒光闪闪的刀锋切割着视线。这座兵营的缔造者，曾比画着它们，保卫了一方的海防安危，成就了彪炳历史的丰功伟绩。

石头凿的马槽里，战马的嘶鸣声，被风呜呜吹散。挂着几件破旧的军服，被硝烟熏成油灯上的残捻。

路边一口荒废的古井，阴森忧郁，壁间长满凄清的杂草和苔藓。一只豢养在后院的黑狗，对着秦斗狂吠，热情地打招呼。

一名四岁的小男孩，嚷叫着，撒娇地拉着爸爸的手，不肯离开卖糖葫芦的小档，孩他爸拗不过，买下串猪八戒，哄得他汲着鼻涕欢笑。秦斗痴望那对父子离开，丧魂失魄，眼皮兀自抽动，哭不出泪水。他站在高耸的城楼上，恨不得一脚踩过去，像只鸟飞去。

哐当，不知谁向下掷了颗石子，一道美丽的抛物线，在秦斗面前滑过，砸在地上，溅起尘土。远方的山腰，苍翠里，掩映着楼台亭阁，青烟缭绕，低洼处，卧着一片湛蓝大海。

秦斗跌跌撞撞地上山，向那方向奔去。如果欢欢没意外，他应该活着。如果活着，他旁边绝对有大人照顾。沿路每隔几米，杵着根石柱，阴刻着：南无阿弥陀佛。小车呼啸而过。抬头仰望，是一处庙宇，匾额上金字熠熠：东山寺。

在这座物欲横流的现代化城市，还驻守这么一处清修的胜景，让从不烧香礼佛的秦斗惊诧。他一直排斥，从来只信自己，唯一崇拜金钱的力量。他认为，危难时，人人都绝情寡义，只有自己才能救自己。所有人都亏欠他，他要索取回来。他没安全感，为什么老天对我如此不公？让我备受折磨？

一路胡思乱想，秦斗被一股神秘的力量吸引着，不知不觉跨进庙门。

圆形的水池，一个铜铸的立佛，面容慈祥，眼平视西方，一手擎天，一手指地，沐浴在晶莹的水珠里，金光闪闪，一尘不染。秦斗两腿一软，跪在送子观音圣像前，咚——咚，木鱼敲响，他恭敬地点上三炷香，叩头拜揖，灰烦的心，刹那间澄清平静。几案上点着长明灯，火苗轻悄悄地摇，将心底一盏灯点亮，只觉通体舒坦，了无牵挂，是清溪里逸动的小鱼。秦斗往功德箱里插进一张百元大钞。能布施给予，是福，他略有所悟。

一个年轻沙弥，抱着一尊三尺高的财神爷，陶瓷质地，肚里空空的，后面乐颠颠地随着一个戴钻石戒指的中年男，隆着孕妇般的大肚腩，朝一辆豪车歪去。秦斗消到一边，找处阴凉的台阶，靠着栏杆打盹。

金水湾畔，几对新人在海边拍婚纱照，摆着花哨的姿势，挤出幸福陶醉的表情。几个赤条条的小孩，在波浪里光着腚嬉戏，如一条条欢快跃动的小鱼。一条翻白的死鱼，被浪推搡到沙滩，苍蝇蜂拥而至。垃圾堆里，蛆虫在蠕动，一具完整的鱼骨架，在海风里呜咽，塌陷的鱼眼窝，也曾美目善睐！从生到死，完成一个轮回，精彩抑或平淡，长的是哀伤与孤独，短的是快乐和满足。都被雨打风吹去，湮没于尘土里。

迷糊中，一个个黑影扑来，耳边轰隆地响动，肉体跌进无底的悬崖，迅速下坠，他想号叫，唤不出一丝声音，被一条柔软的带子缠住脖子，快要窒息，到处翻滚着温水，将他浸没，突然，一洞门炸开，他被一股强大的冲力挟持，砰地弹出，被一只手接住，外面蒙蒙的，有微光，他第一次见到光，害怕光会扼杀自己，哇哇地啼哭，拼命地挣扎。他降生在军官家里，但天生丑陋，仗着老子的权势，强抢民女为妾，虐待残害，无所不及。偶遇一乞丐，嫌对方挡路，一脚将其踹开，不顾对方生死，扬长而去。最后年纪轻轻，染上梅毒，行将就木之际，被两黑衣人枷住，拖往地牢，正待下油锅煎炸，念其祖上积德，改判投胎。那妾面孔好熟，像凤莲，那乞丐，怎变成欢欢？

一个巴掌不停地抽他："醒醒，不要迷了，醒醒。"他吓得浑身哆嗦，冷汗直沁，泪流满面。

不知何时，天空淋下大雨，一个老和尚拍着他的背说："施主，快去庙里避雨，你在门外迷了好久，湿透了，会生病的。"

在开示我？都是因果？秦斗隐约找到答案，他去香案上，请了本《六祖坛经》，搭乘公交车回家。翻阅小册子，似乎找到了航标，找到了回家的路。跳出那座迷城，拥有外面更开阔的天空。手机在口袋里震动，一条短信映入眼帘："弟，欢欢已到家，你赶紧回家！——秦奋。 "

未等车停稳，秦斗跳下公交车，避开人，蹲在花丛中号哭。发泄完毕，改坐的士，拨通秦奋的电话打听原委。

人贩子侦察他家有段时间了，趁欢欢独自出去玩时，哄说去找爸爸，然后藏到出租屋，联系买家。出关交易时，武警查车，发现这厮神情慌张，和小孩并不亲昵，上去盘问，这厮露馅，被当场抓获。好险，如果过关的话，再找，比登天还难。

“什么时间？”

“中午！”

是中午吗？那时，秦斗正跪在菩萨前，忏悔祈祷！秦斗摸着那本经书，一股暖流熨烫每个毛孔，他再也不需要答案了。

70. 涅 槃

男人不可靠，什么又可靠？因孤独而寻爱，因爱而更孤独。

张丽在微博上胡乱地写下自己的心情。近期发生的事，她琢磨不透，只感到有只无形的手压在头上。许强命她约宋行长，她不愿与这种人交往，色眯眯的，妻天下的种马，凭女人的直觉，就是那种家里喂不饱，还好逞阳风，到处打野食的，在阳光下摆出道德模范的嘴脸。看着许强紧蹙的眉，在一次欢娱后的床上，张丽勉强答应。

许强当然了解宋行长的为人，好那一口，口味还奇葩，许强物色过几位国色天香的小妹，有兼职的大学生，会来一套的护士，未开苞的新桃，介绍过去，都被他婉拒。每次饭局，他都关切地问下：“张秘书没来？”然后一声叹气。

从德国回来后，许强的“三观”有所刷新。和那些教科书上描述的腐朽没落的帝国主义资本家比较起来，他这个勤扒苦干的土财主，算个瘪三，混不进上流社会。当势者恭维他，不过做提款机。自己的苦累，自己背。自己掉在海里，快淹死了，谁会来救？许强掐指一算，只有一个人会舍命，自己！老婆，也许成为别人床上的枕头，情人耐得住多久的寂寞？再说，救，也需要资本。

宋行长一接到张丽的电话，手舞足蹈，听说她也去，越发美意，脸上现出老猎人出征前的憧憬。

许强绕开张丽，叫嫡系马仔，订了间熟人开的酒店，并特意吩咐：“招待贵宾，安全低调。”

晚上，服务员指引着许强，将劳斯莱斯霸气地泊在门口，号牌立即被红布遮住。他俩步行，被服务员恭敬地导向一处隐秘的竹林，临水独立的吊脚楼，每栋相距几十米，外面装饰树皮茅草，如原始人的窝棚，一踏进去，别有洞天。大厅里，布置着名人字画，通屋摆着花梨木的精雕家具，楼上间隔四套卧室。

许强几次追问："你确定他会来？晚了40分钟！"

张丽更急，几次拨宋行长的手机，迟迟没人接。又过了10分钟，飘来条短信："你们先点菜，我晚点儿到。"

龙虾、鲍鱼、黄唇鱼、穿山甲，都经精心烹制，盛满一桌，都变凉了。两个人没心思动筷，主角没上场，许强焦躁，这餐饭，他豁出去了。万元一两的龙井，喝到嘴里愈来愈涩。

来的路上，许强特意交代张丽，今天无论如何，将宋行长陪到位，他酒量大，你悠着点儿，别先将自己灌醉误事。宋行长的精明，他有过招。生意顺时，不时过来嘘寒问暖，主动提出贷款支持，有啥风吹草动，就六亲不认，立即收贷。这是行规，他懂。非得这么势利吗？这和嫖客何异？青春貌靓，捧作奶水，一旦珠黄，鲜有过问，还被反踹一脚。

那道门终于打开，宋行长大背头，生得一脸凛然正气。

宋行长肥臀尚未落座，先径自端起酒杯，举向许强，先赔不是，自罚三杯。许强忙庄重起来，给他满上。宋行长睃了一眼张丽，赞道："我说呢，今早起床，听到喜鹊在叽喳，愿来报喜来的。"

酒酣情浓，话就敞亮说。宋行长主动邀张丽喝交杯酒，她噘着小嘴，不乐意。许强用眼瞪她，鼓励她，张丽也乖觉："要不，我敬你。"

"这么远，不近嘛！"宋行长诡笑道。他将椅子往张丽那边挪拢。许强见宋行长挂着脸，恐抹了他面子，说："既然是兄弟，我来和行长喝交杯。"两个糙男人，勾肩搂腰，嘴对嘴灌酒，像入洞房的情侣亲密。张丽只觉得胃里翻涌，胀气。

许强见火候差不多了，侧面敲问："那件事，老兄支持下！"

宋行长是明白人，手一挥："我晓得，就看张小姐赏不赏脸，今晚，她当我领导，她说行，立马办妥。"宋行长血红着眼，馋向张丽，许强给张丽递眼色："还不谢宋大哥抬举！"

许强执茅台酒瓶，做丫鬟给主人斟酒，这种待遇，让宋行长很受用，大涨阳气，喝到兴奋点，用那双肉坨坨的手，故意触下张丽的纤纤玉指。

“这样不行。”宋行长语出惊人，让许强吓了一跳。“你们车轮战，不公平，我要和美女喝，来！”宋行长牵着张丽的胳膊不放。

张丽憋足劲挣脱，对方钳住，就是不肯松。“我真不会喝，行长你是酒仙，小妹佩服。”许强出来解围：“那得有个喝法！”张丽有多深的酒量，许强清楚。

“冲许总这句话，那事就定了。小妹一杯，贷款加一百万，我陪喝，这样划算吧！”宋行长将军道。

张丽为难地望着许强，只见许强不慌不忙，捏着筷子，向一条肥腻的牛鞭戳去，夹进嘴里，嚼得咯嘣脆响。许强权衡后道：“好！”拍下筷子，鼓掌。

这不往火坑里送，为何不替我挡一下？张丽失望地瞥了眼自己深爱的男人，愁苦地举起杯，她恨旁边这个嚣张的男人，无名的怒火涌起来，逼急了，谁怕谁，小样，她要自卫反击！征战沙场的穆桂英，抖擞雌风，狗娘养的犊子，欺负俺们女人。

和宋行长一碰，仰起脖就倒，将白酒当水喝。一杯接一杯。

宋行长傻眼，在旁陪喝，到了第十杯，宋行长手直颤，将酒洒到台布上。

女人放开了，那世界真要崩溃。张丽越斗越浪，满脸绯红如霞，美艳无法描绘。

许强夺过她的酒杯，劝道：“休兵，都歇会儿。”

宋行长歪歪撇撇起身道：“我去嘘嘘。”许强紧一步尾上。宋行长的一泡尿，量足，线条粗，泄行得有力度，他对许强说：“你的近况，我有所耳闻，要过道坎。既然你这么有诚意，大家能蹲一个茅坑，渡一条船，就别当外人，你的意思我懂，我的意思，看表现哈哈哈……”

一切尽在不言中，不知怎么搞的，刚才许强膀胱胀得凶，却只流出细瘦无力、浅短的尿水来。压力大，肾功能也打折了？

俩男人返回宴席，张丽醉醺醺地趴在桌上眯着。许强搀起她，向房间走去。张丽睁开眼，哼道：“再来一杯。”见是许强，眼皮又耷拉合上，头脑一片混沌。

她迷迷糊糊有点儿影像，其间两个小时，如放电影断片，全拉成空白。有个男人帮她除衫，她当许强，放心任他摆布，然后，那个男人脱得精光，是条刮净毛的白猪……

第二天醒来，她光着身子，仰躺在席梦思上，到底怎么回事？许强从不这样！每次亲热完，他都会深情款款地与我道别，这回不辞而别？

到了公司，张丽接到许强的电话，那边欣喜，又酸溜溜地说："丽，太谢谢，你的功劳至伟，宋行长的那笔款批下来了，狗儿的，我申请九千万，他只放七千万，居然留了一手，哼！我要将重心移到海外市场，常会在境外逗留。"

张丽收到份神秘礼物，没写寄货方，一枚3克拉的钻戒。她以为是许强送的，许强没肯定，也没否定，只说是犒劳她的，张丽为此幸福了几天。

张丽全权打理云信公司，许强遥控指挥，日子过得倒也充实。凭女人的直觉，隐隐不安，自从那次和宋行长聚会后，许强很少要她。

又过了一个月，不见他，张丽从当初的担忧，渐渐习惯他新的作息表。她乐意做他的话筒和扩音器。他是她的灵魂，只要电话里触到他的声音，她一天的疲惫便烟消云散，就算是吼声和斥责，她都视若天籁，她要经营好这份有实无名的感情。

云信公司里一派繁忙，每周都往香港出货柜。又是一个月，许强的电话愈发稀少，一会儿说在国外，一会儿说香港，就是不见人影。每出个货柜，张丽便收到一份礼物，都是些名牌奢侈品，LV的包，香奈尔的鞋等。

他还是爱我的，张丽坐在董事长的大班椅上，闭着眼陶醉。他的老婆和孩子都移民，手续都是她跟进的，他说，以后，她就是他国内的太太。男人三妻四妾，那是本事，得养得起，三宫六院，都是物业哦，财富和能力的象征！更关键的，他心底装着你。

她的观念也在变，以前想独占，现在退而求其次，学会了分享。偶尔，她也会浏览征婚网上，注册了网名：半炉香，带着裁判员的心理，居高临下，观赏着一张张面孔，如同选妃，进了菜市场，任你挑，便滋生得意，相中顺眼的，勾他聊几句，消磨下无聊，也是份趣事和寄托。业余时间，去外语学校读书充电，打发寂寞。

张丽的烦，主要是面对供应商，拖欠一些客户的货款差不多有三月了，而许强迟迟不拨款过来。一会儿讲没到账，一会扯快到了，各种理由。张丽就纳闷，贷的几千万，既没添设备，又没补充人员，都填哪个窟窿眼了？又找新欢了，没迹象。每月出几个柜，钱呢？员工的工资也押了两个月，云信公司从未有过的。这令张丽焦虑，自己跑去香港散心，想倾诉下内心的苦闷，也约不到许强。闺密讥笑："小妹，你傻，给他挡枪子，防着点儿，别将自己当上帝，救苦救难呀，赶紧找备胎，哪有将鸡蛋搁在一个篮子里的？"

夜晚一点半，张丽刚睡着，手机振铃将她吵醒。她是双卡，有个号只有最亲密的人才拨。

"不好意思，衣柜里，我那件黑西服的上衣口袋有个U盘，明早给我快递到香港。"

张丽摸到那玩意儿，将它放进坤包，正待去卫生间净手，手机又响，烦不烦，张丽有些恼。

"你找到没？好，这就踏实了。"许强反复叮嘱，一定要安全寄到！

这么慎重，一定要万无一失，张丽审视镜中的倦容，细嫩的皮肤上，突出几粒小红痘，上火！贴了张面膜。蔬菜靠保鲜，女人靠保养。这么紧要，万一快递不小心丢了，咋办？对，拷贝一份！

一向做事周全的她，打开手提电脑，插入U盘，加密？进不去。张丽心一凉，他还对我保密？啥臭东西，见不得光。好奇心促使她试着敲进几个数字，许强的生日，公司账户密码，公司成立日期，许强手机号，都不对，奇怪啦，他的银行卡密码，我都有，都不是，会是啥？

她有些泄气，不死心，输进自己的出生年月日，画面乍现。只有一个视频文件，她惴惴不安，自问，偷窥别人的资料，多不礼貌。许强不是别人呀！犹豫一会儿，还是点击播放。影像蒙蒙的，视频经过人为处理，男的全裸，脸好熟悉，是他？！女的脸部，如被沙子荡过，体型清晰，双乳高耸，不知是快感还是痛苦，呻吟着。这个女的轮廓和叫床声好熟？一个特写镜头，咦，乳房下有枚痣！

张丽下意识地摸着自己的右胸脯，头嗡地炸了。一会儿，扑在床垫上，恸哭。我怎和宋行长搅在一起？

天放亮，张丽梳了个新发型，描好妆，将戴在指上的钻戒摘下，关进首饰盒。她如披过霜的苹果，一夜熟了。按地址寄出快递，和往常一样去上班。

一整天，锁在办公室，调阅近半年公司的往来资金账目，什么电话都被拦在外面。隔天，她将公司银行卡里仅剩的50万，转到自己的私人卡里，将公章和许强的私章，重要文件，统统拎回家保管。她特意致电许强，关切地问："U盘有没有收到？"

"张总，不好啦！工人们闹事，声称不发工资就罢工。有几个刺头，要不要开除？"人事经理汗渍渍地跑进来汇报。

张丽闭目养神，摇头道："不用了，贴张公告出去，董事长保证，这三个货柜装车了，他会提现金过来发薪水，请大家放心。"

张丽将许强原话复述一遍，连她都觉得好笑，自己的工资也没着落，还在替许强打马虎眼。她内心残存侥幸，希望她所掌握的情报都是假的，虚幻的，许强没有变，还是当年她第一眼见到的，那个有担当的汉子。万一发生不测，她不能白白跟他这几年，床上伺候，厂里跟班，截留下来的那笔款，多少是点儿补偿和保障。闺密讲得对，红尘纷纷扰扰，一时怎看得透。

有好事者按捺不住，向劳动局投诉、向媒体报料，镇政府也派名胖主任过来协调。

张丽和几位领导开了场闭门会，说到动情处，她忍不住落泪。跟着这个男人，辛苦打拼，图了个啥？香港有人捎信过来，许强在德国海钓时，一个巨浪袭来，失踪了，渔船上只遗手机和衣物。为了维稳，在座的暂时保密，切莫泄露出去。胖主任开腔，大家闷声，喷着各种牌子的烟草味，乌烟瘴气。

要来的，终会来。张丽没估到会这么快。

工人们坐不住了，几个起哄，吆几百号人上镇府请愿。个别有见识的员工，自发组织巡逻队护厂，防止有人趁乱转移资产或打劫。供应商呼啦啦闻风而动，挤满厂门口，骂娘跺脚恫吓，什么表演都有。

张丽索性关机，躲起来，联系中介，将那间还没焐热的商品房卖掉。偌大个厂，总得有人出面接待下，张丽推荐了王工。他在工人里人缘好，温性子，是擦屁股的最佳人选。

张丽遭难，王工虽与她有隙，各奔前程，也就淡忘了。作为老同事，王工反倒动了恻隐之心。当王工意外接到张丽的求助电话时，就答应胖主任，过来招呼几天，让张丽全身而退，工人们的怨气，就不会喷向张丽。

工人们加了两个通宵，将货赶出来。王工出面，请广州的批发商过来，优惠价处理。工人们排着长龙，满意地点数一匝工资。那天，王工叫秦奋过来帮忙，两个人站在树荫下，抱着胳膊，唏嘘不已。

打鱼晒网，是鱼被捞，还是渔翁被欲念的网缚住。

王工将一张工资卡送给张丽的亲戚，请对方转交，他将密码微信给她。

半个月后，王工收到一沓厚厚的信封，掏出一瞧，一垛客户资料，让王工眼窝一热。从那娟秀的字迹上，他读懂了张丽的悔意。

街边，嘎地停下辆黑色奔驰，一位穿戴时尚的少女推开车门，款款而下，戴着墨镜。她走进邮政大厅，填了一张50万的汇款单，收款方：红十字会，汇款人：诚信。然后，用挂号寄出另一张U盘。

张丽面露微笑，轻快地走在明媚的阳光下。既然我爱的人不值得挽留，那就找位爱我的人托付。

一只硕鼠，在汽车乌黑的尾气里，慌张地穿过阴沟，吱吱地切齿，像条滑溜的泥鳅，遁形于地下的暗洞。

张丽提着行李，坐进候机厅，翻看护照上的美国签证，夹在里面的登机牌，抬头打发时间。

电视上正播报本地新闻。一张令她厌恶的脸，被中央巡视组带走，镜头一闪，正是那位不可一世的宋行长，因渎职、贪污和生活腐化，被人举报。

登上飞机，她在呼啸声里腾飞，从舷窗俯瞰大地，轻飘和虚空。飞机像条跃升在云海的银鱼，蹦得再高，也会平凡落下。

秦奋将那堆实沉的铁疙瘩贱卖，还了亲戚的债，还有缺口。一了百了，不再为收加工款伤神。改行，做起酒店用品业务。翠花恼火，对这个男人失望，一声不吭地走了。

秦奋看淡了风月，懒得过问。随缘吧。晚上，喝点儿小酒，在微博上发发牢骚，填一首意淫抒怀的歌——《奋斗》：

总想独自飞 / 挣脱一切安逸颓废 / 渴望有所作为 / 经过了雨打风吹 / 总觉莫名烦躁的累 / 这是升华的必备 / 看不到收获的美 / 在茧蛹里 / 默默地饮醉 / 没人来陪 / 将孤独嚼碎 / 拿什么温暖 / 逝去年华的后背 / 心发霉 / 梦已累 / 桌上的酒杯 / 盛满一路的黑 / 抒情的歌 / 难将寂寞抚慰 / 想成为谁 / 此生能搏几回 / 再多的疲惫 / 拭去眼角的泪 / 凝结成轻丝 / 真的无所谓 / 永不言退 / 让生命绽放 / 蝴蝶翩跹的妩媚

小日子不咸不淡地过。秦奋在潜伏，像个老僧，闭关修炼。争来夺去，都成空，却留满身的伤累。他悟到那么一点点：人人都是鱼，在地球这个鱼缸里争食，而那只喂饲料的手，无形却无处不在，谁是这只手？拨弄起争斗！人披着鱼鳞的衣，裹着自己，成为保护自己羞耻的铠甲。于是，勾织各种网，捕食各种鱼。无鱼，便无网！

有一天，华仔的太太居然摸上门，为其老公当年投进共创的几万块钱。

秦奋向病恹恹的女人解释：“我都亏了几十万，打水漂，找谁赔？你老公赊的，我认数，已经还给他一半，实在困难，你缓些时间，等我手头活泛，一分不差给他。”

女人愁苦地摆出家境，8 岁的独苗患肾炎，需药物养病，自己心瓣膜有毛病，不能做活计……女人哭得富有感染力，眼角除了眼白，还有没拭尽的稀白眼屎。

秦奋忙赔不是，怎么讲，华仔是嫡亲同学，这么悲惨，再铁石心肠，也会动容。便保证，哪怕卖血，先补他这个缺。下个月，争取兑现一些。而现实情况，他信用卡超支，皮夹内只有几十元生活费。男人再苦，在女人面前，也要装坚强。

秦奋想请女人到小食店吃个盒饭，她不肯，这更揪心，他疾步走进杂货店，给她买些酸奶和饼干，路上充饥。

送走女人，秦奋无法淡定，涌起一勺的酸楚，是我害了老同学？也许欠一份人情，但不欠他的钱。鱼饵抛进大海，被靡费掉，鱼未捉到，只露出狰狞戳人的弯钩。

秦奋想做有担当的男人，但口袋缺米，肩膀没几两力气，空有豪情和一颗善心，对于女人，顶屁用。讲信用，需要资本，需要狗日的钞票做后盾。秦奋一直在消费他那可怜的一点儿信用。男人没钱，女人没貌，就短了自信。

他唯一的优点就是乐观，相信明天，无论晴雨，都是上苍的恩典，因为他还活着！活着见证了这一天的阴晴变幻。他是一只无畏的不死鸟，浴火重生，如果生不了，那就成熟，做烤鸭也蛮有味道的。

秦斗过来买药，两兄弟顺便聚会，灌一肚子尿液的前世。秦斗变得圆润，时不时给寺庙免费印经书，给老人院做义工。凤莲基本康复，但很偏执，将药当饭吃，死活不肯减量。聊起几位旧人的近况：

魏贤终于如愿，被那家台湾厂炒掉，理由为，经常窜出去干私活，他算计十几万的补偿费，对方拿出监控视频的证据，一分钱没赔。这令他愤然，后来找了份类似传销的活儿，见人就饶舌，宣传他的养生护理理论，兜售他代理的药丸子。魏贤卖力推荐这个最赚钱的行当，撺掇秦奋加入。据他宣称，除了癌症，凡医院里治不了的，他包治。秦奋随意地问下价格，一万元一个疗程，就笑笑。

吴志换了新公司，继续做金领。手痒时炸下金花，或上澳门小赌怡下情。老婆管财经，他自由发挥的空间有限。好久没来往，过得自在，从QQ空间得知，在坦洲供了间大房。家里不乏闲钱，有空便往新马泰转转，摸摸人妖的奶子，蛮讲究生活质量。

胡瓜依旧当钻石王老五，王工辅佐着，生意做得更发旺。

许强没音讯，有人说，在江浙又开了间厂，他在背后操弄。还有传言，在澳门赌场，有人逢到过。说啥的都有，我们那笔货款没指望了。

送秦斗办事，秦奋驾车，经过云信公司的铁栅门，秦斗好奇地问：“许强不还有豪车和物业？哪能这么容易倒呢。”

“据王工从深喉处探到的靠谱消息，什么劳斯莱斯，是他租来充门面的，资产早转移了。击鼓传花，谁是接手的那家，谁晦气。你说他毒不，连他多年的二奶，逼急了，均押作性贿赂的筹码。他使坏，二奶也逆天，反戈一击，让他最后几个货柜无法套现，据说，两个男人共享过的二奶，报仇雪恨，将银行那条金鱼（精鱼）也送进了班房。好精彩！小道消息，你懂得。”

秦奋谈起花边新闻，特来劲。曾经的云信厂院内，重被整饬一新，栽上了花草，四个工人正气哼哼，往办公室搬运着一座两米长的恒温鱼缸，一个衣着考究的人在旁指挥。又出租了，那招牌换成一家制衣厂的名头。

回家的路上，海风习习，秦奋听着碟里的英文歌，席琳·迪翁深情演绎的《我心永恒》，向前奔驰。天边，涨起瑰丽的晚霞，南方的天，高远通透，一抹金色的光铺射在前方，如浪向前翻滚。手机铃声响起："Hello，是我，那份合作协议签了！你说资金明天汇到我账上？行，这桩生意，一起干！"

天籁之音从车窗飘出，洒满一路。

图书在版编目（CIP）数据

创始人 / 刘少勇著 . —石家庄 ： 花山文艺出版社，2015.12

ISBN 978-7-5511-2565-9

Ⅰ. ①创… Ⅱ. ①刘… Ⅲ. ①长篇小说－中国－当代 Ⅳ. ① I247.5

中国版本图书馆 CIP 数据核字 (2015) 第 276554 号

书　　名：创始人
著　　者：刘少勇

责任编辑：李　爽　梁　瑛
责任校对：李　鸥
出版发行：花山文艺出版社（邮政编码：050061）
（河北省石家庄市友谊北大街 330 号）
销售热线：0311-88643221/29/31/32/26
传　　真：0311-88643225
印　　刷：北京慧美印刷有限公司印刷
经　　销：新华书店
开　　本：787×1092　1/16
印　　张：20
字　　数：300 千字
版　　次：2016 年 2 月第 1 版
2016 年 2 月第 1 次印刷
书　　号：ISBN 978-7-5511-2565-9
定　　价：39.80 元